dtv

Die Amerikanerin Gina Heartwell wünscht sich nichts sehnlicher, als in Oxford bleiben zu können. Aber die britischen Einwanderungsbehörden sind unerbittlich: Ginas Aufenthaltsgenehmigung ist abgelaufen, und geht sie nicht freiwillig, so wird sie mit Gewalt außer Landes verfrachtet. Verzweiflung! Doch jetzt tritt auf: Georgie Hartwell, ihres Zeichens Erbin und Möchtegern-Journalistin von lockerer Moral. Sie will um jeden Preis nach New York und findet, ein Rollentausch wäre das ideale Abenteuer. Gina wird an Georgies Stelle den Sommer bei deren Verwandten, den Cordovans, verbringen. Aus der erhofften Sommeridylle wird schnell eine rasante Sommerkomödie, denn die Cordovans besitzen nicht nur ein prachtvolles Herrenhaus, sondern samt und sonders auch einigermaßen bizarre Eigenheiten …

Gally Marchmont lebt in der englischen West County.

Gally Marchmont

Ziemlich wilde Weintrauben

Ein Sommerroman

Deutsch von
Brigitta Merschmann

Deutscher Taschenbuch Verlag

Von Gally Marchmont
sind im Deutschen Taschenbuch Verlag erschienen:
Ein begehrlicher Blick (20244)
Seitensprung und Flötentöne (20318)

Für Sue, Johnny, Oliver
und Freuet-euch-Marshall

Einmalige Sonderausgabe
Juli 2000
Deutscher Taschenbuch Verlag GmbH & Co. KG,
München
www.dtv.de

Titel der englischen Originalausgabe:
›Wild Grapes‹ (Orion, London)

Umschlagkonzept: Balk & Brumshagen
Gesetzt aus der Aldus 10/11,5' (WinWord 6.0)
Gesamtherstellung: C. H. Beck'sche Buchdruckerei,
Nördlingen
Gedruckt auf säurefreiem, chlorfrei gebleichtem Papier
Printed in Germany · ISBN 3-423-08538-X

Prolog

Kinder nicht obligatorisch. Abfahrt 12.40 Uhr in Oxford. Du wirst abgeholt.

Gina las die Ansichtskarte noch einmal und drehte sie um. Auf der Vorderseite war ein unrealistisches, spöttisch grinsendes Schwein in einem herzförmigen Rahmen abgebildet. Darunter stand in verschnörkelter Schrift: *Hartwell-Schinken – immer das Herz einer Mahlzeit.*

Sie blickte aus dem Fenster auf die vorüberziehende Landschaft. Der Zug raste durch einen Bahnhof, ratterte über Weichen und nahm dann seinen gleichmäßigen Rhythmus wieder auf. Gina ließ die Ansichtskarte sinken – sie würde ihr keine Hilfe sein, wie oft sie die Zeilen auch las. Sie lehnte sich zurück und achtete darauf, daß ihre Füße sich nicht mit denen der großen, unansehnlichen Frau auf dem Platz gegenüber verhakten. Der Mund der Frau bildete eine feste, gerade Linie, und ihre Füße, in braunen Ledersandalen Größe vierzig, standen wie festgewachsen unter dem Tisch.

Eine Dozentin, dachte Gina. Garantiert eine Dozentin. Ist es das, was mir blüht? Werde ich größer und noch dünner? Kriege ich eine Warze auf der Wange? Und trage mein glattes graues Haar zu einem Knoten aufgesteckt?

Ein Mann kam durch den Mittelgang. Rücksichtslos, ja aggressiv zwängte er sich am Tisch vorbei und fegte den daraufliegenden Blätterstapel herunter, woraufhin er gleichgültig seiner Wege ging. Gina stand auf, um der Frau dabei zu helfen, die Blätter aufzuheben.

Der Dank war ein schmallippiges Lächeln.

»Die Blätter sind nicht numeriert«, wagte sie sich vor. »Gibt das auch keine Probleme?«

»Ich numeriere immer erst, wenn ich fertig bin«, sagte die Frau. »Ich kenne die Reihenfolge.«

Auf Ginas fragenden Blick erklärte sie: »Ich habe es selbst geschrieben, verstehen Sie. Es ist mein Manuskript. Natürlich numeriere ich es, bevor ich es an meinen Verlag schicke. Sonst wüßten sie dort nicht, was sie damit anfangen sollen. Die Lektoren da sind alle Schwachköpfe.«

»Dann sind Sie Schriftstellerin«, sagte Gina matt.

»Richtig«, antwortete Schmallippe und wandte sich wieder ihrem Manuskript zu.

Gina schaute aus dem Fenster. Vielleicht wirklich eine Dozentin, doch in diesem Falle eine ungewöhnliche Dozentin. Eine, die in ihrer Freizeit erotische Romane schrieb. Das legten jedenfalls die wenigen Passagen nahe, die sie beim Aufheben der Blätter überflogen hatte.

Der Zug fuhr langsamer. Leute standen auf, nahmen ihre Taschen von der Gepäckablage und hielten Ausschau nach einem Müllbehälter, in den sie Einwickelpapier und Plastikbecher werfen konnten.

Nichts ist, was es scheint, dachte Gina, als der Zug in den Bahnhof rollte. Sie blickte zerstreut aus dem Fenster und nahm gerade den Namen des Bahnhofs wahr, als der Schaffner rief: »Heartley Junction. Alle Passagiere Richtung Heartsfield hier umsteigen.«

Hastig stopfte Gina die Karte in ihre Schultertasche, hievte ihre zweite Tasche vom Gepäcknetz und stürzte aus dem Großraumabteil. Die Türen schlugen bereits zu, als sie auf den Bahnsteig sprang.

Ein Pfeifsignal ertönte, und der Zug setzte sich in Bewegung. Gina stand auf dem Bahnsteig, in jeder Hand eine Tasche, und blickte in die vorbeigleitenden Fenster. Als der Zug beschleunigte, entdeckte sie die Frau, die ihr gegenübergesessen hatte; sie hatte die Hand zum Gruß erhoben und lächelte ausgesprochen boshaft – und verschwörerisch.

Wie äußerst eigenartig.

Die anderen Passagiere strebten bereits dem Ausgang zu. Gina blickte sich um und fragte sich, wo der Zug nach Heartsease abfahren mochte. Ein Mann in Uniform trat zu ihr.

»Nach Heartsfield?«

»Ja.«

»Gleis drei, Sie müssen über die Brücke. Abfahrt in fünfzehn Minuten.«

Gina hängte sich ihre Tasche um und schlenderte zum Ende des Bahnsteigs, wo eine Gitterbrücke die beiden Hauptgleise überspannte.

Niemand sonst wartete auf dem Bahnsteig. Ja, im gesamten Bahnhof schien sich niemand sonst aufzuhalten. Der Mann, der ihr den Weg gewiesen hatte, war verschwunden. Vermutlich residierte er oben in dem alten Stellwerk, an dessen schmalem Treppenaufgang ein großer, nach oben weisender Pfeil mit der Aufschrift »Fahrkartenschalter« aufgemalt war.

Es war heiß – die intensive, überwältigende Hitze, die in England an einem windstillen Junitag ganz plötzlich über das Land hereinbrechen kann. Gina schwitzte in ihrem langen Leinenrock. Er war schon ganz zerknittert und hinten vermutlich auch noch ausgebeult. Sie setzte sich auf die einzige Bank, die Taschen stellte sie neben sich. In der Ferne schimmerten Felder in der Sonne. Mit dem Handrücken wischte sich Gina Schweißtröpfchen von der Stirn, und aus reiner Gewohnheit sah sie sich noch einmal im Bahnhof um, um sicherzugehen, daß Popplewell nicht hinter einem der Abfallkörbe lauerte.

Vor zwei Wochen wußte ich nicht mal, daß Popplewell existiert, dachte Gina düster. Jetzt zucke ich schon zusammen, wenn ich hinter mir Schritte höre, weil ich befürchte, es könnte plötzlich seine dürre Gestalt vor mir auftauchen. Oder wenn das Telefon klingelt – es könnte ja seine hohe Lispelstimme dransein.

1

»Amerikaner in Oxford sind verirrte Seelen, heimgekehrt, um ihren Frieden zu finden«, sagte eine durch und durch englische Stimme.

»Hi«, erwiderte Gina, dann sprang die Ampel um, und der Verkehrsstrom setzte sich in Bewegung. Sie schwang sich wieder auf den Sattel und schloß sich der schwankenden Reihe von Fahrrädern an, die auf das Stadtzentrum zusteuerte. Ihr neuer Bekannter hatte einen besseren Start erwischt, und sie sah ihn ein paar Meter vor sich, bis er mit fröhlichem Winken links abbog.

Klaglos atmete Gina die von Abgasen erfüllte Luft ein; es war nur noch ein Hauch der Frische übrig, die vom Fluß und den Christchurch-Wiesen in das morgendliche Gewühl der Stadt aufgestiegen war. Bin ich eine verirrte Seele? überlegte sie. Schon möglich. Man sagt ja, daß Amerikaner leicht überschnappen, wenn sie hierherkommen. Oder sie werden zynisch und reisen so schnell wie möglich wieder ab. Vielleicht wäre ich überall eine verirrte Seele. In New York tummeln sich mit Sicherheit mehr verirrte Seelen als hier in Oxford.

Gina hielt vor dem Postamt und hob ihr Rad auf den Gehsteig. Sie schlang die Kette um ein günstig gelegenes Abflußrohr, an dem bereits ein anderes Rad lehnte. Ein Rad, das sie kannte, unverschlossen.

Zoë wartete drinnen geduldig in der Schlange und las in einem Buch.

»Was machst du denn hier?« fragte Gina. »Du warst noch im Bett, als ich aus dem Haus gegangen bin.«

»Ja, aber du hast die landschaftlich reizvollere Strecke gewählt. Ich bin auf direktem Wege hergekommen.«

»Du hast wieder mal vergessen, dein Rad abzuschließen.«

Zoë wollte es schon leidenschaftlich abstreiten, da ertastete sie das Fahrradschloß in ihrer Jackentasche. »Halt mir den Platz frei«, stieß sie hervor, drückte Gina ihr Buch in die Hand und stürzte nach draußen.

»Noch da«, sagte sie, als sie zwei Minuten später zurückkam. »Ich kann's mir nicht erlauben, noch ein Rad zu verlieren. Es ist so lästig, überall zu Fuß hingehen zu müssen.«

»Reine Gewohnheit, sein Rad abzuschließen.«

»Und trotzdem kann es geklaut werden.«

»Stimmt«, sagte Gina.

»Es hat auch keinen Sinn, davon zu träumen, daß man sich ein Auto leisten könnte. Das könnte genauso geklaut werden, und außerdem würde ich die meiste Zeit im Stau stehen und nicht vom Fleck kommen. Es wird höchste Zeit, daß ich der Stadt den Rücken kehre. Ich finde, wir sollten aufs Land ziehen.« Zoë stieß einen theatralischen Seufzer aus.

Die Schlange rückte im Schneckentempo vor. »Ich brauche ein Antragsformular für einen Paß«, sagte Gina. »Für Alwyn. Muß ich mich da überhaupt anstellen, oder liegen die irgendwo aus?«

»Da drüben sind Fächer mit Formularen«, mischte sich die Frau hinter ihnen ein. »Allerdings sind nie die da, die man gerade braucht.«

»Ich sehe mal nach«, sagte Gina. Im Nu war sie wieder da, mit leeren Händen.

»Kein Glück?«

»Nein. Da sind nur Antragsformulare für neue Pässe. Alwyn will seinen verlängern lassen. Also werde ich wohl warten müssen. Warum ist heute morgen eigentlich soviel Betrieb?«

»Rententag«, sagte die Frau hinter ihnen. »Der schlimmste Tag der Woche. Gehen Sie ja nicht zu Marks & Spencer.

Diese Rentner – da drängeln sie sich alle, um einen schönen Kuchen zu kaufen. Das nervt.«

»Bist du heute abend zu Hause?« wollte Gina von Zoë wissen, als sie vor dem Schalter standen.

»Nein.« Zoë verstaute ihre Briefmarken in ihrer Handtasche. »Ich geh mit Tim ins Kino.«

»Dann bis irgendwann später«, sagte Gina, während ihr der mißtrauisch dreinblickende Angestellte mit dem steifen kleinen Schnauzbart zögernd das Formular für Alwyn aushändigte.

Gina dachte nicht gern über Pässe nach. Es erinnerte sie daran, daß zwar ihr Paß in Ordnung war, nicht jedoch ihr Visum.

Eine Illegale, dachte sie, als sie das Antragsformular vorsichtig zusammenfaltete und in ihre Tasche steckte. Schlimmer als ein Marsmensch. Nur hat es noch keiner bemerkt, weil man zum Glück nicht grün anläuft oder einem Fühler wachsen. Immer schön unauffällig bleiben, dann kommt dir keiner auf die Schliche.

Sie verdrängte den Gedanken an Pässe und Visa und machte sich auf den Weg – zum Markt, um etwas zum Mittagessen mitzunehmen, zur chemischen Reinigung, um einen Anzug von Alwyn abzuholen, dann schließlich zum Jude's, um mit der täglichen Arbeit zu beginnen.

Gina mochte alle Colleges von Oxford, doch am Jude's hatte sie ihr Aufbaustudium absolviert, und dort arbeitete sie jetzt für Dr. Aumbry, ein Mitglied des College-Beirats und hochangesehener Historiker. Gegenwärtig war das College-Gebäude hinter einem Gerüst verborgen und erschien unter ästhetischen Gesichtspunkten wenig reizvoll, doch Gina kannte die Wasserspeier, die hinter den flatternden Plastikplanen einer Schönheitsoperation unterzogen wurden, in- und auswendig und hing an ihnen. Es ging das Gerücht, daß sie Karikaturen früherer Dozenten waren und die Steinmetze bei jeder Restaurierung zu Ehren der lebenden Amtsinhaber neue Charakteristika hinzufügten.

»Das muß ein potthäßlicher Haufen gewesen sein«, hatte Fergus einmal respektlos bemerkt. »Ihre derzeitigen Nachfolger stehen ihnen da allerdings kaum nach. Ist dem Aussehen nicht gerade förderlich, an einem Oxforder College zu versauern.«

Die Männer, die hoch über ihr arbeiteten, pfiffen und ließen Sprüche vom Stapel, als sie in den Bogengang trat. Eine vorbeieilende Studentin verkündete, sie werde das auf dem nächsten Meeting zur Sprache bringen. Es sei empörend, daß das College nicht auf Handwerkern bestand, die sich dem vom Verband der College-Frauengruppen verabschiedeten KPKA-Kodex verpflichtet hatten.

»KPKA?« wiederholte Gina verwundert, während sie ihr Rad zu den Fahrradunterständen schob.

»Keine Pfiffe, keine Anmache«, erklärte eine hochgewachsene Studentin, die ebenfalls ihr Rad verstaute. »Verbale Vergewaltigung, verstehst du?«

Zoë und Fergus amüsierten sich köstlich, als sie ihnen später an diesem Abend die Geschichte erzählte. Sie saßen einvernehmlich am Tisch und aßen heißen Buttertoast; wie an den meisten Abenden hatten sie sich in der Küche versammelt, um vor dem Schlafengehen die Neuigkeiten des Tages zu erörtern und noch eine Kleinigkeit zu essen.

»Sonst noch was passiert heute?« fragte Zoë, die mit dem Messer sorgfältig den letzten Rest der Schoko-Haselnußcreme aus dem Glas kratzte. »Ich hab leider gar nichts zu berichten. Hinter mir liegt ein wie immer sterbenslangweiliger Arbeitstag, und dann hat Tim mich in einen Film mitgeschleppt, der so öde war, daß ich sofort eingeschlafen bin.«

»Und hinter *mir* liegt ein langer Tag mit meiner ebenfalls sterbenslangweiligen Doktorarbeit.« Fergus gähnte hinter seinem in allen Farben schillernden Boulevardblatt und griff nach der letzten Toastscheibe. Dann sah er Gina an und hielt ihr den Toast hin. »Du hast es nötiger als ich.« Er unterdrückte das nächste Gähnen. »Du bist viel zu dünn.«

»Ist schon gut«, sagte Gina. »Nimm du nur.«

»Und was ist mit dir?« fragte Zoë. »Was machen die Tudors?«

»Alles bestens.« Gina fegte die Krümel vom Tisch und brachte Zoës Teller und Messer zur Spüle, um abzuwaschen. »Ich wünschte, ich hätte damals gelebt. Ich bin überzeugt, damals war das Leben intensiver, bunter.«

»Gefährliche Zeiten«, warf Fergus ein. »Aber wenn jeder Tag dein letzter sein kann, gibt das auch einen gewissen Kick. Ich weiß, was du meinst, im Vergleich dazu führen wir heutzutage ein armselig nüchternes Leben.«

»Ach, denk bloß mal an den Gestank.« Zoë leckte den schokoladeverschmierten Löffel ab, bevor Gina ihn ihr aus der Hand nahm. »Apropos Gestank, will Jessica ewig duschen? Ich weiß nicht, woher sie dieses Duschgel hat, aber ich muß schon sagen, es riecht kraß.«

Aus Gründen, die nur der Erbauer des Hauses kannte, war das Bad ursprünglich Teil der Küche gewesen. Als Fergus nach Oxford ging und sein Vater das Haus für ihn kaufte, thronte die Badewanne mitten in der Küche, mit einer Holzplatte abgedeckt, die als zusätzliche Arbeitsfläche dienen sollte.

»Das geht nicht«, hatte Fergus' Vater gesagt.

Fergus hatte es eigentlich gefallen. Er fand die Wanne in der Küche amüsant. »Man kann gleichzeitig baden und sich ein Ei braten.«

Fergus' Vater ging darauf nicht ein, sondern ließ einen Handwerker kommen, den ihm ein Nachbar empfohlen hatte.

»Ich wußte gar nicht, daß es noch Häuser gibt, in denen die Küche zugleich Badezimmer ist«, sagte der. »In der guten alten Zeit war es überall so. Am Samstagabend machte man Wasser auf dem Herd heiß, und die ganze Familie badete. Eine ziemliche Brühe, bis zuletzt die Steppkes drankamen. Aber kein Problem, Sir. Ich kann den Bereich mit dem

Waschbecken und dem stillen Örtchen abtrennen, und wir können noch eine Badewanne einbauen.«

»Inklusive Dusche?« fragte Fergus hoffnungsvoll.

»Aber sicher können wir auch eine Dusche installieren, wenn Sie es wünschen. Und wenn Ihr Dad bereit ist, es zu bezahlen«, fügte er hinzu und sah unter den buschigen Brauen hervor Fergus' Vater an.

Zu Fergus' großer Überraschung hatte sich sein Vater tatsächlich dazu bereit erklärt. Obgleich er ein vermögender Mann war, hielt er das Geld zusammen. Seine sparsame Frau, eine gebürtige Schottin, ermutigte ihn auch nicht unbedingt zum Geldausgeben; doch, wie er zu Fergus sagte, wenn eine Arbeit getan werden müsse, solle man sie richtig tun. »Hier muß alles tipptopp sein, wenn du an andere junge Männer vom College untervermieten willst. Und an Mädchen – die haben keine Lust, in einer Bruchbude zu hausen.«

»Mädchen?«

»Alle Studenten wohnen doch heutzutage mit Mädchen zusammen. Ist ja nichts dabei, dazu muß man nicht verbändelt sein. Sicher, es wird ungewohnt sein nach einer reinen Jungenschule, und zu meiner Zeit wäre es undenkbar gewesen, aber die Zeit bleibt eben nicht stehen. Eine gute Idee, wenn du mich fragst, denn wenn nur du und deine Kumpel hier wohnen würden, wäre das Haus bald ein Saustall.«

»Du meinst, wir ziehen uns weibliche Mitbewohnerinnen an Land, damit sie für uns putzen?«

»Keineswegs«, erwiderte sein Vater freundlich. »Die Mädchen zwingen euch schon, selbst zu putzen. Bringt doch nichts, wie die Schweine zu hausen.«

Gina hämmerte gegen die Tür und erhielt eine von Seifenschaum erstickte Antwort. »Ich glaube, sie färbt sich das Haar«, sagte sie.

»Welche Farbe ist es diesmal?« fragte Fergus interessiert. »Mir gefiel dieses Violett.«

»O nein«, stöhnte Zoë. »Ich muß dringend aufs Klo, und ich will ins Bett. Es macht so müde, sich zu langweilen. Wenn nur endlich mal was Aufregendes passieren würde, das unser Leben verändert!«

»Laß mich bei solchen Wünschen aus dem Spiel.« Gina trocknete den letzten Teller ab und räumte ihn weg. »Ich liebe meine Arbeit, ich liebe Oxford, ich will für immer in England bleiben, und ich will, daß in meinem Leben alles genauso bleibt, wie es jetzt ist. Und so wird es auch sein.«

»Berühmte letzte Worte.« Fergus faltete seine Zeitung zusammen, stand auf und streckte seinen langen Körper. »Gute Nacht, Leute.«

»Gute Nacht«, sagte Zoë gähnend. »Ich glaube, du hast recht, Gina: Alles wird genauso weitergehen wie bisher, Tag für Tag für Tag. Was für eine gräßliche Vorstellung.«

»Da hat jemand nach Ihnen gefragt, Miss«, sagte der Pförtner des Jude's fröhlich, als sie früh am nächsten Morgen Alwyns Post abholte.

»Nach mir? Wer denn?« fragte sie vorsichtig. Es war ungewöhnlich, daß ihr jemand am College eine Nachricht hinterließ.

»Ein junger Mann«, erwiderte der Pförtner. »Keiner von hier. Sah wie ein Beamter aus. Er hat da drüben gestanden.«

Und da stand er immer noch – spindeldürr, übellaunig, einsfünfundachtzig groß. Er beugte sich vor, als er ihr seine leblose Hand hinstreckte.

»Miss Heartwell? Ich komme von der Einwanderungsbehörde.«

Zoë glaubte ihr nicht, als sie es ihr erzählte.

»Die Einwanderungsbehörde schreibt einem und läßt keine aufdringlichen Beamten ausschwärmen, um einen aufzuspüren.«

»Es war aber so. Oh, einen Brief hatte er auch bei sich, und er sagte, es sei sehr schwierig gewesen, mich zu finden.

Und es sei seine Aufgabe, mich davon in Kenntnis zu setzen, daß ich mich illegal in diesem Land aufhalte und es binnen vierundzwanzig Stunden verlassen müsse.«

»Vierundzwanzig Stunden! Gina, das ist unmöglich. Was wirst du jetzt tun?«

Gina zuckte die Achseln. Sie kämpfte mit den Tränen, täuschte jedoch Gelassenheit vor. Ganz ruhig, dies ist eine panikfreie Zone, dachte sie.

»Weiß Alwyn es schon?«

»Ich bin gleich zu ihm gegangen, um es ihm zu sagen. Er war nicht gerade erfreut, weil er wie immer knietief in Arbeit steckte. Und ich hörte mich wohl auch etwas konfus an. Auf jeden Fall ist er rausgelaufen und hat ein Wörtchen mit diesem Popplewell geredet, der noch draußen herumlungerte und vermutlich Zwiesprache mit den Schwänen hielt. Dann kam er zurück und hat sich an die Strippe gehängt.«

»Und, ist was dabei rausgekommen?«

Gina schüttelte den Kopf. »Nicht viel. Zwei Wochen statt vierundzwanzig Stunden. Raus muß ich auf jeden Fall. Ich kann ein neues Visum beantragen, wenn ich wieder in den Staaten bin, aber sie werden mich höchstwahrscheinlich nicht wieder einreisen lassen, nachdem ich illegal im Land geblieben bin.«

»Du wirst Alwyn fehlen. Er hatte noch nie eine so gute Forschungsassistentin wie dich. Das hat er selbst zu Miss Crowe gesagt. Sie hat's mir erzählt, als ich sie heute morgen auf der High Street getroffen habe.«

Zu jedem anderen Zeitpunkt hätte Gina sich riesig darüber gefreut, doch jetzt war es nur ein weiterer Wermutstropfen.

»Ich will nicht zurück nach Amerika«, sagte sie.

»Warum denn nicht? Du hast dort doch noch Familie, oder nicht?«

»Nur meinen Vater. Ich kriege ihn kaum jemals zu Gesicht, und ich glaube nicht, daß er die Fahnen raushängt, wenn ich in seinem Atelier auftauche.«

»Deine Eltern sind geschieden, oder?«

Es war eigentlich keine Frage. Ginas Mitbewohner wußten wenig über ihre Familie, da sie selten über ihr Privatleben sprach, aber Zoë wußte immerhin, daß Ginas Eltern sich getrennt hatten, als sie ein kleines Mädchen gewesen war. Freunde von Fergus hatten vor ein paar Monaten ihre Beziehung beendet, und Gina hatte ungewohnt aggressiv reagiert, hatte sie beschimpft, weil sie getrennte Wege gingen. »Sie haben doch Kinder. Wissen sie denn nicht, was eine Scheidung bei Kindern anrichtet?«

Alle hatten sich über ihre Heftigkeit gewundert. »Ach komm, Gina, alle Welt läßt sich scheiden. Es ist sogar besser für die Kinder, weil sich die Eltern dann nicht andauernd streiten.«

»Nein, das stimmt nicht«, hatte Gina insistiert. »Besser für die Kinder ist, wenn beide Elternteile bei ihnen zu Hause leben. Das ist es, was sie brauchen.«

Fergus' Freund hatte die Achseln gezuckt. »Erwachsene haben auch ihre Bedürfnisse.«

»Dann sollten sie sich keine Kinder anschaffen«, konterte Gina. »Ich bin mit geschiedenen Eltern aufgewachsen, und du kannst mir glauben, es ist ein mieser Start ins Leben.« Dann war sie verstummt, wütend auf sich, weil sie den verräterischen Ausbruch nicht unterdrückt hatte.

»Ja«, sagte Gina.

»Was macht dein Dad beruflich?«

»Er ist Künstler. Maler.«

»Ein guter?«

»Angeblich ja«, sagte Gina ohne großes Interesse. »Bilder im Metropolitan Museum, große Ausstellungen und so weiter.«

»Er wird sich freuen, dich zu sehen.«

»Mag sein«, sagte Gina. »Jetzt, da ich erwachsen und wohl kein Hemmschuh mehr für seine Karriere bin.«

»Hat er dich so gesehen?« Zoë war schockiert. »Ich kann's nicht glauben.«

»Das hat er gesagt. Als ich zur Welt kam, hatte Mom keine Lust mehr, in einem Atelier zu kampieren, zu allen möglichen und unmöglichen Zeiten zu essen – eben so weiterzumachen wie bisher. Sie wollte, daß ich auf eine anständige Schule gehe, ein normales Zuhause und Freunde habe. Und für sich wollte sie das gleiche – ein normales Leben. Er sagte, sie seien nicht kompatibel. Damit meinte er, daß er sein Leben nicht ändern wollte, und wenn es ihr nicht gefiel, tja, Pech gehabt.«

Gina blickte gedankenverloren aus dem Fenster. »Früher warf er mich immer in die Luft, und Mom schrie ihn an, er habe Farbe an den Händen, er werde meine Kleider mit Farbe beschmieren, und er sagte: ›Ich werde dich nie verlassen, Kleines, ich liebe dich über alles.‹«

»Er muß dich geliebt haben«, sagte Zoë. »Alle Väter lieben ihre Kinder.«

»Sie lieben dich und dann verlassen sie dich, so wie alle Männer.«

»Ist er mit dir in Kontakt geblieben?«

»Ja, durch meine Mom. Ich wollte ihn nicht wiedersehen, als ich größer war und begriff, wie mies er sie behandelt hatte. Sie hatte es eine ganze Weile sehr schwer.«

»Wo ist deine Mutter? Kannst du nicht zu ihr gehen?«

»In Italien. Sie lebt mit einem Mitglied der Mafia zusammen.«

»Mit einem Mafioso? Im Ernst?«

Gina seufzte. »Er ist ein gepflegter kleiner Geschäftsmann mit furchtbar viel Geld aus zwielichtigen Quellen. Wie sollte ich außerdem nach Italien einreisen? Dazu brauche ich genauso ein Visum.«

»Wenn deine Mutter dort lebt, müssen sie dich reinlassen.« Zoë versuchte sich ihre Zweifel nicht anmerken zu lassen.

»Ich bin kein minderjähriges Kind«, sagte Gina, »sondern vierundzwanzig Jahre alt. Vermutlich dürfte ich schon einreisen, wenn meine Papiere in Ordnung wären, aber vorher müßte ich auf jeden Fall in die Staaten zurück.«

Die Haustür fiel ins Schloß und Fergus kam in die Küche, eine freundliche Begrüßung auf den Lippen, die jedoch ungesagt blieb, als er Ginas Gesicht sah.

»Was ist los?«

»Erzähl du's ihm«, sagte Gina zu Zoë. »Ich erledige ein paar Anrufe.«

Fergus wollte ihr nachgehen, doch Zoë hielt ihn zurück.

»Laß sie in Ruhe. Sie ist völlig fertig.«

Fergus hörte sich Zoës Bericht über die Begegnung mit Popplewell schweigend an. Sein Gesicht verdüsterte sich. »Der hat Nerven«, sagte er schließlich. »Und Aumbry, hilft er ihr?«

»Ein wenig«, sagte Zoë wahrheitsgemäß.

»Also nicht genug«, stellte Fergus verärgert fest. »Er nutzt Gina aus. Ich weiß nicht, wieso sie das nicht sehen kann. Sie ist völlig vernarrt in ihn, was für eine Zeitverschwendung.«

Gina kam wieder in die Küche. Ihre Augen waren dunkel vor Sorge.

»Hast du genug Geld für den Flug?« Der immer praktische Fergus.

»Nein. Ich hab keinen Cent mehr, wenn ich die Miete bezahlt und alle Rechnungen beglichen habe. Aber Alwyn sagt, er streckt mir das Geld vor, falls sich herausstellt, daß ich wirklich abreisen muß.«

»Denkt er, du kannst unter Umständen hierbleiben?«

»Er sagt, in vierzehn Tagen kann viel passieren. Er hat Kontakte im Innenministerium und will mit Parlamentsabgeordneten reden, die er kennt. Ich glaube allerdings nicht, daß es etwas nützt. Dieser Popplewell wirkte wild entschlossen, trotz seines schlaffen Händedrucks.«

»Vermutlich kriegt er für jeden, den er ans Messer liefert, eine Prämie.«

Fergus reichte Gina eine Tasse. »Trink das. Kaffee mit einem Schuß Brandy. Hilft bei Schock.«

»Geht ihr heute abend zu Sams Party?« fragte Zoë.

Sie wechseln das Thema, um mich aufzumuntern, dachte Gina.

»Tut mir leid«, sagte sie. »Es wird euch nicht leichtfallen, so spät im Semester jemanden zu finden, der mein Zimmer übernimmt.«

»Keine Sorge. Darüber denken wir nach, wenn es soweit ist. Wie Alwyn sagt, in zwei Wochen kann viel passieren. Jetzt trink erst mal deinen Kaffee und zieh dich dann um. Ich führe dich zum Abendessen aus, bevor wir zu Sam weiterziehen.«

»Fergus, ich kann es mir nicht leisten, essen zu gehen.«

»Ich sagte doch, ich führe dich aus. Du hörst nie richtig hin, Gina, das ist dein Problem.«

»Und woher hast du soviel Geld, daß du mich einladen kannst?«

»Ein Scheck von meinen Eltern«, sagte Fergus triumphierend. »Ich hatte letzte Woche Geburtstag, falls du es vergessen haben solltest.«

»Mit dem Geld wolltest du dein Konto bei Blackwells ausgleichen.«

»Blackwells kann warten«, erklärte Fergus nonchalant.

2

Als Gina mit noch feuchtem Haar aus dem Bad kam, sah sie sich plötzlich Auge in Auge Alwyn gegenüber. Er saß am Küchentisch, und Fergus goß ihm etwas zu trinken ein.

»Oh«, sagte Gina überrascht. Alwyn war noch nie hiergewesen, obwohl er zu jeder ihrer nicht gerade seltenen Partys eingeladen wurde. Er hielt sorgfältig auf Distanz zu seinen Studenten und – in Ginas Fall – seiner Assistentin.

»Nur gut, daß er sich zurückhält«, hatte einmal einer seiner Freunde süffisant bemerkt, als er den Gemeinschaftsraum des Lehrkörpers betrat. »Auch so umschwirren ihn schon alle. Es muß Angela wahnsinnig machen, und überhaupt begreife ich nicht, was an ihm so besonders ist.«

»Sein Charme«, erwiderte Miss Crowe, die wie eine böse Fledermaus in einem großen, zerschlissenen Ledersessel saß. »Wehe, wenn ihn das Fernsehen entdeckt. Dann hängen nicht mehr nur ein paar schmachtende kleine Studentinnen an seinen Lippen, sondern Millionen von Hausfrauen.«

Der Freund stöhnte angewidert auf. Mit einem Seufzer, aus dem tiefe Weltverdrossenheit sprach, machte er sich an die Aufgabe, die nahezu analphabetische Seminararbeit eines seiner eher sportlich begabten Studenten zu korrigieren.

Und Charme hatte Alwyn in der Tat. Gina war ihm vor zwei Jahren erlegen, als sie den Job als Forschungsassistentin bekam. Sie hätte für den Teufel selbst gearbeitet, hätte er zu dem Aspekt der Politik in der Tudorzeit geforscht, der sie so faszinierte. Es war jedoch nicht Satan, bei dem sie landete, sondern Alwyn.

Zum Teufel mit ihm, dachte sie, während sie sich mit den

Fingern durch ihr wirres nasses Haar fuhr. Mindestens so unwiderstehlich wie Luzifer und, wenn sie ehrlich war, beinahe der wichtigste Grund, warum sie unbedingt in England bleiben wollte.

Wie gewöhnlich näherte Alwyn sich dem anstehenden Problem nach Art des Wissenschaftlers und hielt erst einmal die Fakten fest.

»Ihr Visum ist tatsächlich ungültig?« erkundigte er sich. »Sie haben es überprüft?«

Gina nickte.

»Wann genau ist es abgelaufen?«

»Vor etwa fünf Monaten.«

»Vor fünf Monaten! Dann verstehe ich, warum die Einwanderungsbehörde unruhig wird.«

»Ich hatte mal einen Freund, dessen Visum abgelaufen war, und man hat es erst bemerkt, als er zwei Jahre später das Land verließ.«

»Warum haben Sie keine Verlängerung beantragt?«

»Ich wußte, daß es keinen Zweck hatte. Ich bin schon zu lange hier, verstehen Sie. Die befürchten, daß ich automatisch Bleiberecht habe, wenn es so weitergeht. Oder wie immer man das nennt.«

»Sie waren an der Universität von London eingeschrieben, wenn ich mich recht entsinne. Dann, im letzten Jahr, hier in Oxford, um Ihren Magister in Literatur zu machen. Und davor?«

»Ich habe in England die Schule besucht. In den Ferien bin ich immer zurück in die Staaten geflogen, also zählt das wohl nicht. Und jetzt bin ich keine Studentin mehr. Ich brauche eine Arbeitserlaubnis.«

»Jetzt wird mir das alles etwas klarer. Woher kommt dieser Unwille, nach Amerika zurückzugehen?«

Wie konnte er so etwas fragen? »Meine Arbeit hält mich hier.«

»Ich könnte Sie Professor Thriblinck an der Columbia empfehlen. Er leistet hervorragende Arbeit zur Epoche der

Tudors. Ein Wissenschaftler, dem ich allergrößten Respekt entgegenbringe.«

Thriblinck, also wirklich. Was sollte ihr ein Thriblinck, wenn sie hier mit Alwyn Aumbry arbeiten konnte?

»Es ist schwierig in den Staaten. Zu den Tudors zu forschen, meine ich. Da gab es ja keine«, fügte sie überflüssigerweise hinzu.

Über Fergus' Gesicht huschte ein Lächeln, und Alwyn sah sie stirnrunzelnd an. »Da ist was dran«, erwiderte er. »Obwohl man heutzutage mit Computern ...«

»Das ist nicht das gleiche«, sagte Gina bestimmt.

»Mag sein. Tja, ich werde sehen, was ich tun kann, aber machen Sie sich keine allzu großen Hoffnungen. Wie ich höre, wird die Erteilung von Visa inzwischen sehr restriktiv gehandhabt.« Er trank sein Glas leer, bedankte sich gewohnt höflich bei Fergus, sagte zu Gina, er erwarte sie am folgenden Morgen zur üblichen Zeit, und ging hinaus.

»Wow«, rief Zoë, die Alwyn auf der Türschwelle begegnet war. »Der große Gelehrte ist von seinem Olymp herabgestiegen. Eine Solidaritätsbekundung?«

Fergus runzelte die Stirn. »Dem mißfällt doch bloß der Gedanke, eine so gute und billige Forschungsassistentin zu verlieren, wenn ihr mich fragt.«

Gina protestierte undeutlich unter dem Handtuch, mit dem sie kräftig ihr Haar trockenrubbelte.

»Es ist leider wahr«, sagte Fergus. »Du machst ihm zuliebe enorm viele Überstunden. Meiner Ansicht nach viel mehr, als man bei deiner Bezahlung erwarten kann.«

»Es ist eben ein faszinierendes Thema«, verteidigte sich Gina.

»Und ein faszinierender Historiker«, zischelte Fergus.

Zoë wandte sich praktischen Fragen zu. »Gina, hast du vor, die Klamotten anzuziehen, die auf dem Bett liegen?«

»Ja«, sagte Gina. »Wieso?«

Zoë schüttelte den Kopf. »Die kannst du vergessen. Sam ist in Spendierlaune. Die Party heute abend ist eine ›Jessica‹.«

Fergus stöhnte auf. »Mist, du hast recht. Hat jemand ein sauberes Hemd gesehen?«

Eine »Jessica« war eine Party, zu der man sich nach allen Regeln der Kunst aufstylte. Obwohl Jessica offiziell bei ihnen im Haus wohnte, verbrachte sie sehr wenig Zeit hier. Sie hatte Geld, und der Schrank, den sie mit Zoë teilte, war bis obenhin mit ihren teuren, eleganten Kleidern vollgestopft. Zum Glück hatten die Kleider ganz verschiedene Größen; Jessicas Gewicht schwankte und ihre Figur veränderte sich laufend, da auf wochenlanges selbstverleugnendes Training im Fitneßcenter ausgedehnte Freßtouren folgten. Für schicke Feten griffen Zoë und Gina regelmäßig auf ihre Kleider zurück, sie fanden immer etwas, das ihnen paßte. Im Augenblick durchlebte Jessica eine Phase mit tristem Schwarz und verlieh ihre Kleider ganz gern.

»Nicht, daß wir sie in letzter Zeit noch fragen würden.« Zoë hielt ein verwegenes rotes Etwas in die Höhe, um es Gina zu zeigen. »Das hier müßte dir passen. Es muß Größe null sein, aus der Phase, als Jessica Ballettunterricht genommen hat.«

»Und sie hat es noch nie getragen«, sagte Gina. »Schau mal, das Preisschild ist noch dran. Das kann ich nicht anziehen.«

»Klar kannst du.« Zoë hielt sich ein hautenges perlenverziertes Kleid im Stil der Dreißiger an und drehte sich vor dem Spiegel. »Was hältst du davon?«

»Nein«, sagte Gina. »Zu raffiniert. Es würde Tim nervös machen.«

»Und das dürfen wir Tim natürlich nicht antun.« Seufzend hängte Zoë das perlenbesetzte Kleid weg und holte ein braves Kleid aus Jessicas Laura-Ashley-Periode heraus. »Du solltest dich beeilen, wenn du vorher noch mit Fergus essen willst. Du Glückliche bist ins Jupiter Inn eingeladen.«

Fergus hatte an jenem Abend in die Zukunft gesehen, dachte Gina jetzt, als sie sich an das von der Sonne warme Metall der Bahnhofsbank lehnte. Ein bunter Schmetterling flatterte über dem blühenden Strauch in dem gepflegten Beet neben ihr. In der Ferne blökte ein Schaf, andere Schafe blökten eine Antwort. Sie stöhnen über die Hitze, dachte Gina träge.

An dem Abend, als sie ins Jupiter Inn gingen, war es nicht heiß gewesen; es war ausgesprochen kühl draußen, als Fergus und sie auf ihr Essen warteten. Fergus hatte beiläufig bemerkt, man könne nie wissen, was das Schicksal noch bringen würde.

»Heute abend bei Sam könntest du zum Beispiel jemanden kennenlernen, der dein Leben verändert.«

»Liebe auf den ersten Blick?« fragte Gina, gegen ihren Willen interessiert.

»Ich hatte eher an jemanden gedacht, der einen Bruder oder einen Freund in der Einwanderungsbehörde hat. So was in der Art.«

»Praktisch wie immer.« Gina strich liebevoll über seinen Arm.

»Natürlich könntest du auch heiraten«, sagte Fergus, ohne sie anzusehen. »Das würde all deine Probleme lösen – vorausgesetzt, du heiratest einen britischen Staatsbürger.«

»Nur will mich kein britischer Staatsbürger heiraten«, erwiderte Gina leichthin.

»Da bin immer noch ich.«

Gina war gerührt. »Fergus, du bist so lieb. Aber was würde Charlotte dazu sagen?«

»Ich schätze, sie wäre nicht so begeistert.«

»Ich wäre meines Lebens nicht mehr sicher«, sagte Gina. »Du weißt, wie aufbrausend sie sein kann.«

»Ja«, sagte Fergus. »Trotzdem, das Angebot steht.«

»Das könnte ich nie tun.«

»Was? Mich heiraten?«

»Einen Mann heiraten, der mich nicht wirklich heiraten will. Ich glaube im Grunde nicht an die Ehe. Hätten meine

Eltern nicht geheiratet, dann hätte es diese schmutzige Scheidung nicht gegeben. Ich glaube, ich könnte keinem Mann genug vertrauen, um ihn zu heiraten.«

Sie verfiel in nachdenkliches Schweigen.

»Woran denkst du?« fragte Fergus schließlich.

Gina riß sich aus ihren Träumereien. Sie hatte daran gedacht, wie wohl sie sich in England fühlte, wie ungern sie nach Amerika zurückkehren würde, an den rastlosen, rasanten Lebensstil ihres Vaters, und wie herrlich es wäre, für alle Zeiten von Rechts wegen in diesem wunderbaren alten Land leben zu dürfen.

»Ach, nichts Besonderes«, erwiderte sie.

»Zweiunddreißig«, rief der Kellner an der Tür des Lokals.

»Das sind wir.« Fergus warf einen Blick auf seinen Zettel und stand auf.

Gina hatte nicht gedacht, daß sie Appetit haben würde, doch Fergus hatte genau das richtige Lokal für sie ausgewählt. Im Jupiter Inn saßen die Gäste an langen Refektoriumstischen, und es wurden ovale Teller mit Riesenportionen zu erschwinglichen Preisen aufgetragen. Die Spezialität des Hauses war Wild, dicke, große Bratenstücke, und an diesem kühlen Abend schien die goldbraune, mit Honig glasierte Wildente, die vor Gina hingestellt wurde, außerordentlich verlockend.

»Ich nehme an, du hast den ganzen Tag noch nichts gegessen.« Fergus reichte Gina Salz- und Pfefferstreuer aus massivem Porzellan.

»Stimmt«, sagte Gina, einen großen Bissen der köstlichen Ente im Mund.

Sie behielten beide recht. Auf der Party lernte sie tatsächlich eine Person kennen, die ihr Leben veränderte – zumindest vorübergehend, dachte Gina bitter. Und nein, es war nicht Liebe auf den ersten Blick. Es war ein großes, schlankes Mädchen mit braunen Locken, dunklem Teint und freimütigem Blick.

»Hallo«, sagte sie. »Kennen wir uns schon?«

»Ich glaube nicht«, erwiderte Gina.

»Ich bin Georgie Hartwell.«

Gina war überrascht. »Ich heiße auch Heartwell. Wie schreibst du dich?«

»Nicht ganz so wie du, das Hart ohne e.«

»Woher weißt du, wie ich mich schreibe?«

»Weil ich Erkundigungen eingezogen habe«, sagte Georgie. »Komm, setzen wir uns da drüben hin, ich möchte mit dir reden.«

Sie zwängte sich an einer Gruppe vorbei, die zwischen ihr und einem breiten Sofa stand. Drei Leute saßen bereits dort, doch für Georgie war das kein Hindernis. »Würdet ihr uns bitte allein lassen?« fragte sie mit betörendem Lächeln. »Wir haben etwas Wichtiges zu besprechen.«

Hätte ich das versucht, hätten mir alle nur böse Blicke zugeworfen und gesagt, ich soll verduften, dachte Gina. Statt dessen trollten sich die drei und entschuldigten sich sogar noch.

»Setz dich.« Georgie klopfte neben sich aufs Sofa. »Ich hab gehört, du hast Probleme mit deinem Visum.«

»Wer hat dir das erzählt?« Gina war nicht sicher, ob es ihr gefiel, wenn sich herumsprach, in welcher Lage sie sich befand.

»Man hört so einiges, weißt du«, sagte Georgie lässig. »Also, vielleicht kann ich dir helfen.«

Gina war skeptisch; ihre Skepsis verwandelte sich in offenes Staunen, als Georgie ihr fröhlich ihren unglaublichen Plan auseinandersetzte.

Völlig verrückt, dachte Gina, jetzt wie damals. Sie hatte es damals in Oxford für grotesk gehalten, und sie hielt es auch jetzt noch für grotesk, und doch saß sie hier und wartete auf den Zug, der sie nach Heartsease bringen würde. Heartsease – Seelenfrieden!

»Hör zu«, hatte Georgie gesagt. »Dieser Typ, Harry Cordovan – er ist ein Cousin von mir, aber laß dich davon nicht abschrecken – will heiraten. So weit, so gut. Es hat mit irgendwelchen Testamentsklauseln zu tun. Die ältere Generation weiß nicht recht, ob man ihm trauen kann – sein unregelmäßiger Lebenswandel und so. Du kennst so was ja. Wenn man die Familie kennt und weiß, wie die's selber so treiben, eigentlich ein starkes Stück, aber na gut. Also!«

Gina wartete. »Also?«

»Also heiratest du ihn natürlich«, sagte Georgie ungeduldig. »Problem gelöst. Meine Familie liegt mir nicht mehr damit in den Ohren, ihn zu heiraten, weil er eine gute Partie ist, du kriegst deinen englischen Paß, Harry rückt in der Kodizilliste auf.«

Gina starrte sie an. War sie wahnsinnig? Oder ein Scherzkeks?

»Weder noch«, sagte Georgie. »Falls du Bedenken hast, jemanden zu heiraten, den du nicht kennst, kann ich dich beruhigen. Er ist wirklich süß. Ach, und schwul, also kannst du in dem Punkt unbesorgt sein. Genau das macht der Familie Kopfschmerzen. Ein bißchen was vom anderen Ufer nebenher, kein Problem. Durch und durch schwul – da hört der Spaß auf.«

»Kommt nicht in Frage«, entgegnete Gina. »Ich denke nicht im Traum daran, einen völlig Fremden zu heiraten.«

»Sei nicht albern«, sagte Georgie. »Du bist nicht auf dem laufenden. So was kommt ständig vor. Normalerweise würde es dich was kosten, aber ich biete dir diese Chance zum Nulltarif. Es ist gar nichts dabei. Eben mal schnell zum Standesamt, Küßchen Küßchen, Schampus eimerweise, ein Traumurlaub im Ausland, dann nach Hause in getrennte Zimmer, ein anständiges Taschengeld. Du kannst hier leben oder in London, wo du magst. Nach einer angemessenen Frist dann die Scheidung. Sie passen nicht zueinander, schade, so ein nettes Paar. Da bist du längst aus dem Schneider.«

»Warum hast du ausgerechnet mich für diesen lächerlichen Plan ausgeguckt? Warum nicht eine deiner Freundinnen?«

»Ach ja, das ist der springende Punkt. Die Familie könnte pingelig sein in der Frage, wen Jung-Harry heiratet. Wenn sie dich für mich halten, ist alles in Butter.«

»Wie bitte?«

»Na ja, weil ich seine Cousine bin und so weiter.«

»Sie werden sofort wissen, daß ich nicht seine Cousine bin.«

»Das ist ja das Schöne an dem Plan. Sie werden es eben nicht wissen. Harry kennt mich, weil wir uns vor kurzem begegnet sind. Die anderen haben mich nur als kleines Mädchen gesehen. Und wir sehen uns ähnlich, das mußt du zugeben.«

Gina sah Georgie an. Ja, es bestand eine gewisse Ähnlichkeit, allerdings nur in äußerlichen, physischen Merkmalen, nicht in Persönlichkeit oder Stil. Im direkten Vergleich wirkten sie völlig unterschiedlich. Georgie strotzte vor Gesundheit, sie hatte üppige Formen und strahlte Wohlhabenheit und Selbstbewußtsein aus. Gina sah aus wie die Heldin eines französischen Schwarzweißfilms mit ihren ausgeprägten Wangenknochen, dem verletzlichen Lächeln und den scheuen braunen Augen.

»Spielt keine Rolle«, sagte Georgie fröhlich. »Kleine Kinder haben weder Persönlichkeit noch Stil, zumindest nicht in dem Maß, daß entfernte Verwandte sich daran erinnern könnten. Und mach dir keine Sorgen, meine Familie könnte zur Hochzeit anrücken und alles auffliegen lassen. Ich bin Vollwaise, keine Brüder, keine Schwestern, nur Großeltern, die auf einer Insel vor der Küste Schottlands leben und sie nie verlassen. Allerdings müssen wir eventuell ein paar Fotos fälschen, wenn es nötig werden sollte.«

»Würde es dich nicht stören, wenn deine Großeltern dich für verheiratet halten, obwohl du es gar nicht bist?«

»Nein. Ich habe sowieso vor, im Ausland zu leben.«

»Das ist ja alles sehr interessant«, sagte Gina höflich, »aber ich halte die Idee für undurchführbar, und die Antwort lautet selbstverständlich nein. Du hast doch nicht ernsthaft erwartet, daß ich es auch nur in Erwägung ziehe, oder?«

»Es sind schon komischere Dinge vorgekommen«, erwiderte Georgie. »Wer weiß, wie du darüber denkst, wenn Popplewell sich noch ein paar Tage an deine Fersen heftet.« Sie stand auf. »Ruf mich an, wenn du eingesehen hast, daß du im Grunde keine Alternative hast. Bezauberndes England, bezaubernder Alwyn Aumbry, wie kannst du all das aufgeben?«

Sie reichte Gina eine Visitenkarte und verschwand. Gina saß da und schaute auf die eigenartig altmodische Karte mit dem geprägten Namenszug. *Georgiana Hartwell* stand dort. Es versetzte Gina einen Schock. Ach, was soll's, dachte sie dann, ich hätte mir denken können, daß Georgie eine Abkürzung ist, und warum nicht für Georgiana? Vermutlich haßt sie den Namen ebensosehr wie ich.

Sie erzählte niemandem von dem Gespräch, als sie am frühen Morgen nach Hause kam. Und als sie schlaflos im Bett lag und es noch einmal Revue passieren ließ, kam es ihr beinahe unwirklich vor; sie konnte kaum noch glauben, daß es überhaupt stattgefunden hatte.

Ebenso unwirklich war Popplewell. Gina ging davon aus, daß er nach London zurückkehren würde. Bestimmt wohnten und arbeiteten die Beamten der Einwanderungsbehörde doch in London? Und doch hatte dieser spezielle Vertreter seines Standes es offenbar nicht eilig, seine Zelte abzubrechen.

»Alles Spesen, vermute ich«, sagte Fergus, als sie aus einem ihrer Lieblingspubs flohen, wo Popplewell ihnen bei ihrem Eintreten über ein Glas alkoholfreies Bier hinweg freudlos zugelächelt hatte. Er war auch in der Bodleian Library aufgetaucht; zum Glück war der Bibliothekar ausnahmsweise mal aufgewacht und hatte ihn so energisch hinausbefördert, wie seine dreiundsechzig Jahre und sein nachsichtiges Naturell es zuließen. Dann hatte Gina Popplewells hochaufgeschossene Gestalt auf der Magdalen Bridge erspäht und war hinter die Obst- und Gemüsepyramiden des überdachten Markts gehechtet.

Genauso beunruhigend waren die Zettel und Briefe von Georgie, die plötzlich auf der Türmatte oder in einem Buch auftauchten, das sie in der Bibliothek auf den Tisch gelegt hatte, oder die Nachrichten, die ihr der Pförtner des Colleges aushändigte.

»Billetdoux, Liebesbriefe.« Er grinste anzüglich. »Und so viele! Ich sollte sie eigentlich gar nicht annehmen. Sie sind ja keine Angehörige dieses Colleges, oder, junge Frau? Aber ich war auch mal jung und hatte meine Rendezvous ...«

Wer's glaubt, dachte Gina verärgert, während sie durch den Kreuzgang zu Alwyns Treppe ging. Diesmal schlug Georgie ein Treffen vor. »Ich komme heute abend bei dir vorbei – heiße Neuigkeiten!«

Gina beschloß sogleich, nicht da zu sein. Doch Georgie war sie nicht gewachsen – die erschien bereits zum Tee, mit einem Brief von Harry Cordovan, in dem er ein wahres Loblied auf ihren Plan sang.

»Schick das Mädel schnellstmöglich her«, hatte er nachlässig auf das Blatt gekritzelt. *»Fährt sie mit dem Auto, oder brauchst du den Bahnfahrplan?«*

»Laß mich bloß in Ruhe«, rief Gina aufgebracht. »Mein Leben ist schon schwierig genug, auch ohne daß du mir ständig im Nacken sitzt.«

»Aber ich kann dir all deine Schwierigkeiten vom Hals schaffen«, sagte Georgie einschmeichelnd.

Fergus kam mit einem Stapel Bücher unter dem Arm in die Küche. Er sah Georgie, die ihn entzückt anlächelte, nachdenklich an. »Ich mache mir solche Sorgen um Gina«, sagte sie, »sie sieht aus, als hätte man sie ins Waisenhaus gegeben. Wir müssen ihr helfen, dieses Problem mit der Einwanderungsbehörde zu klären, meinst du nicht auch?«

»Alle ihre Freunde tun, was in ihrer Macht steht«, sagte Fergus reserviert. Insgeheim freute sich Gina, daß ihn Georgies Reize kaltzulassen schienen.

»Gina, ich bin für ein paar Stunden in der Bibliothek. Kannst du den Schlüssel unter die Fußmatte legen? Ich kann meinen nicht finden.«

Georgie verzog sich kurz nach Fergus, sie mußte sich ja noch mit ach so vielen Leuten treffen und ach so viele Dinge erledigen. »Ich lasse dir Harrys Brief da. Ich weiß, du wirst deine Meinung ändern, es ist wirklich das einzig Vernünftige.«

Gina war zu besorgt und mitgenommen, um sich zu fragen, warum Georgie nicht lockerließ. Niemand konnte so versessen darauf sein, einem Cousin zu helfen. Außerdem hatten Leute, die Georgie kannten, sie vor der Selbstsucht ihrer neuen Bekannten gewarnt.

»Dabei muß was für sie rausspringen«, meinte ein Freund voll düsterer Vorahnungen. »Und zwar etwas ziemlich Handfestes. Ich habe noch nie gehört, daß Georgie Hartwell einen Finger krummgemacht hätte, um jemandem zu helfen, es sei denn, sie hätte selbst was davon.«

3

»Noch vier Tage«, sagte Zoë niedergeschlagen.

»Ja, und zwei davon fallen auf das Wochenende«, ergänzte Gina.

»Sieht nicht allzu rosig aus.« Fergus aß nachdenklich eine große, reichlich mit Cooper's Bester Orangenmarmelade bestrichene Toastscheibe.

Gina griff nach ihrer Kaffeetasse. Bitter, dachte sie. Ich will gar keinen Kaffee, mir ist nicht nach Essen oder Trinken zumute.

Zoë wollte nichts davon hören. »Was nützt es dir zu verhungern? Wenn du nicht ißt, wirst du am Ende noch depressiv. Und du wirst dich morgens beim Aufwachen nicht etwa des Lebens freuen, weil du endlich ein paar Kilo abgenommen hast. Du kannst nämlich kein einziges entbehren. Außerdem mußt du essen, sogar kräftig essen, damit du nicht so fertig aussiehst. Dann würden dir Jessicas Kleider auch besser stehen.«

»Mir ist egal, ob Jessicas Kleider mir besser stehen. Ich werde sie ohnehin nicht mehr tragen.«

»Nichts in der Post?«

»Nein, nichts in der Post«, sagte Gina. »Und ich werde nie mehr Cooper's Marmelade essen können, wenn ich nach Amerika zurück muß«, fügte sie den Tränen nahe hinzu.

Fergus legte den Arm um sie und drückte sie. »Wir geben uns noch nicht geschlagen«, sagte er liebevoll. »Mein Vater tut, was in seiner Macht steht. Hat Alwyn schon was erreicht?«

»Er hat ein Flugticket organisiert. Hin- und Rückflug.« Gina nahm sich ein Papiertuch. »Er sagt, er kann niemanden erreichen, der helfen könnte. Die Parlamentarier sind auf einem Betriebsausflug oder so, und die Beamten rufen nicht zurück. Ein ungünstiger Zeitpunkt, die Regierung wackelt, da halten sich alle bedeckt.«

»Das solltest gerade du verstehen«, sagte Zoë. »Es ist wie bei den Tudors.«

»Nur leider nicht halb so interessant und subtil«, erwiderte Gina. »Letzten Endes hat er nichts bewegt. Darum das Flugticket.«

»Für wann?«

»Es ist nicht datiert, aber ich muß einen Flug für Montag buchen. Dann wird Popplewell nämlich auf der Türschwelle stehen, und ich bin zum Abschuß freigegeben.«

»Er war gestern im Garten«, sagte Zoë beiläufig, während sie sich eine Scheibe Toast nahm.

»Was, in unserem Garten?« Fergus lief rot an, Generationen von Grundbesitzern empörten sich in ihm. »Du hättest die Polizei anrufen und ihn wegen unbefugten Betretens anzeigen sollen.«

»Er hat unten ins Fenster geschaut, und ich hab einen von Jessicas alten Rollschuhen nach ihm geworfen.«

»Hast du getroffen?«

»Leider nicht, aber er ist ziemlich schnell verduftet.«

»Tut mir leid, all das ist eine Belastung für euch«, sagte Gina. »Es ist wirklich nicht mehr lustig. Ihr werdet froh sein, wenn ich weg bin.«

Sie schenkten sich eine Antwort und sahen sie nur an.

»Schon gut, schon gut.« Sie hob beschwichtigend die Hände. »Trotzdem danke.«

Sie stand vom Tisch auf. »Ich komme irgendwann heute nachmittag zurück. Um zu packen.«

»Ich helfe dir«, sagte Zoë. »Ich kann mir den Nachmittag freinehmen.«

»Werden die Uni-Finanzen ohne dich nicht zusammenbrechen?« Fergus zog Zoë liebend gern mit ihrer Arbeit auf.

Zoë hatte einen für Oxforder Verhältnisse recht anspruchsvollen Verwaltungsjob in dem Gremium, das die finanziellen Angelegenheiten der Universität regelte, doch sie machte sich nichts vor. »Wir sind nicht gerade das, was Gina als Superbehörde bezeichnen würde, wie du sehr gut weißt«, erwiderte sie. »Und meine Freunde kommen an erster Stelle.«

Gina ging die High Street entlang und hielt vorsichtig Ausschau nach Popplewell. Nicht vorsichtig genug; bei Blackwells stellte er sie.

»Wie ich höre, haben Sie sich das Flugticket besorgt«, sagte er. »Wir möchten, daß Sie eine Reservierung vornehmen. Ein Ticket reicht nicht ganz, um uns davon zu überzeugen, daß Sie gewillt sind, das Land zu verlassen.«

»Ich fliege, ist das nicht genug?« zischte Gina.

Popplewell senkte die Stimme nicht, doch da er ohnehin leise sprach und schlecht zu verstehen war, weil er lispelte, erregte er keine Aufmerksamkeit. Gina war erleichtert; sie wollte nicht, daß alle Welt von ihrer Abschiebung erfuhr.

»Sie schikanieren mich«, stieß sie hervor.

»Nein, Miss Heartwell, ich tue lediglich meine Pflicht. Wenn jeder unsere Einreise- und Aufenthaltsbestimmungen so mißachten würde wie Sie, wo kämen wir da hin?«

Ich weiß jedenfalls, wo Sie hinkämen, wenn es nach mir ginge, dachte Gina. Nach Bulgarien, oder an irgendeinen gräßlichen Ort in China. Wo sämtliche Einwohner Popplewells waren – bürokratisch, unerbittlich und humorlos.

»Ich reise ja ab, in Ordnung? Und jetzt lassen Sie mich um Himmels willen in Ruhe.« Er rührte sich nicht vom Fleck. »Wenn Sie nicht gehen, lasse ich den Geschäftsführer rufen und sage ihm, daß Sie mich belästigen.«

Er ging. Nicht weit; Gina sah ihn draußen auf dem Gehsteig lauern. Auch gut. Gina steuerte auf die Abteilung Englische Literatur zu und tauchte durch die Tür für das Personal ab. Nur gut, daß einer ihrer vielen Freunde einmal in dem Buchladen gearbeitet und ihr alle Ein- und Ausgänge gezeigt hatte.

Von Popplewell befreit, begab sie sich zu einem italienischen Restaurant im Norden Oxfords, um dort einen Informanten zu treffen.

»Ich bin pleite«, hatte Hugh fröhlich zu ihr gesagt. »Aber wenn du mir ein Mittagessen spendierst, erzähle ich dir alles, was ich über Georgie Hartwell weiß. Und ich weiß eine ganze Menge.«

Gina war ebenfalls pleite, hatte sich das Geld jedoch von Alwyn geliehen und versprochen, es ihm später aus Amerika zu schicken.

Er winkte ab. »Es eilt nicht, Sie können es mir im Herbst zurückgeben.«

»Da werde ich nicht mehr hier sein«, sagte Gina.

»O doch«, entgegnete Alwyn. »Sie haben ein Rückflugticket. Gehen Sie gleich zur Botschaft oder zum Konsulat, wenn Sie wieder in Amerika sind, um eine Arbeitserlaubnis zu beantragen. Ich werde hier alles Nötige veranlassen. Mit ein wenig mehr Zeit kann ich einige Hebel in Bewegung setzen. Ich lasse Sie nicht gehen. Es würde meine Arbeit zurückwerfen, und dafür ist sie viel zu wichtig.«

»Natürlich würde ich gern zurückkommen.«

»Keine Frage«, sagte er, jetzt schon eine Spur ungeduldig. »Es wäre ein schwerer Rückschlag, an diesem Punkt einen neuen Forschungsassistenten einarbeiten zu müssen. Sie sind an meine Arbeitsmethoden gewöhnt, ich habe keine Zeit, mit jemand anderem noch mal von vorn anzufangen. Nein, nein, machen Sie ein bißchen Urlaub und kommen Sie im Oktober zurück. Übrigens fahre ich selbst ein paar Wochen weg«, fügte er beiläufig hinzu. »Mit Angela.«

Zur Hölle mit Angela, dachte Gina.

»Ich nehme eine Riesenpizza«, sagte Hugh. »Wie reich bist du? Kann ich massenhaft Extras für den Belag bestellen?«

Gina lachte. »Ich habe mir Geld geliehen, also tu dir keinen Zwang an. Mir ist egal, was du bestellst, solange du mich nur über Georgie aufklärst.«

»Toll. In diesem Fall nehmen wir eine Flasche Wein dazu.«

Sie bestellten und warteten, bis die Kellnerin einen Krug Eiswasser auf den Tisch gestellt hatte.

»Also?« sagte Gina dann.

Hugh goß sich ein Glas Wasser ein und sah sich verstohlen im Restaurant um. Es war noch früh, und sie waren die einzigen Gäste. »Deshalb habe ich dieses Lokal ausgesucht«, erklärte er. »Es liegt ein bißchen abseits, verstehst du. Georgie würde nie im Leben hier aufkreuzen, und ich sehe auch keinen ihrer Spitzel, der sich hierher verirrt hätte.«

»Spitzel?«

»Georgie ist Journalistin, weißt du nicht mehr? Zumindest ist das ihr neuestes Steckenpferd. Es hält wahrscheinlich nicht lange vor, wie ich Georgie kenne. Andererseits dauert diese Phase schon viel länger als alle früheren, also kann man nie wissen.«

»Von vorn bitte«, sagte Gina. »Woher kennst du Georgie?«

»Meine Schwester ist mit ihr zusammen zur Schule gegangen«, antwortete Hugh. »Sie kam im selben Jahr wie ich nach Oxford, und ich lernte sie auf Partys und so ein bißchen näher kennen. Dann teilte sie sich mit einem meiner Freunde vom College eine Wohnung, und dadurch lernte ich sie noch besser kennen. Etwa zu dieser Zeit fing sie an, sich ernsthaft politisch zu engagieren. In der radikalen Szene – Demos, Polizisten mit Flaschen bewerfen und so weiter. Schließlich hatte ihr College die Nase voll und warf sie raus. Ohne Abschluß, aber das spielt ja keine allzu große Rolle, wenn du die künftige Erbin der Hartwell-Millionen bist.«

»Wieso Hartwell-Millionen?«

»Weißt du denn gar nichts über sie? Ihre Familie hat die Firma Hartwell's Hams begründet, und die gehört ihr immer noch. Komm schon, du mußt doch davon gehört haben. Natürlich geht's längst nicht mehr nur um Schinken. Ihr Urgroßvater war ein Mann mit Phantasie, und in der nächsten Generation kamen Ladenketten hinzu, dann Nahrungsmittelverarbeitung, Fabriken, Export, Spezialitäten. Und die Familie ist drangeblieben. Sie haben einen Haufen Geld gemacht, es investiert und noch mehr Geld gescheffelt. Georgies Eltern kamen ums Leben, als sie noch ziemlich klein war; ich glaube, eine Konservenfabrik in Argentinien ging in die Luft, als sie dort gerade zu Besuch waren – jedenfalls, um es kurz zu machen, wenn Granny und Grandpa den Löffel abgeben, streicht sie alles ein. So oder so wird ihr an ihrem fünfundzwanzigsten Geburtstag eine stolze Summe ausbezahlt. Ein Treuhandvermögen wird dann fällig.«

»Woher weißt du das alles?« fragte Gina erstaunt. Sie wußte nicht halb soviel über die meisten ihrer Freunde.

»Ich habe es mir zur Aufgabe gemacht, solche Dinge in Erfahrung zu bringen. Ich wollte immer schon eine Erbin heiraten«, gestand Hugh entwaffnend. »Eine Riesenpizza an jedem Tag deines Lebens, verstehst du?«

»Ich glaube schon«, sagte Gina. »Ist es einfach, sich eine Erbin zu angeln?«

»Es ist nicht unbedingt schwierig. Und Georgie mag mich ganz gern. Allerdings muß man irgendwo die Grenze ziehen, und leider fällt Georgie da bei mir raus. Sie ist das reine Gift, das kannst du mir glauben.«

»Oh.« Mehr brachte Gina nicht heraus.

»Warum willst du das alles eigentlich wissen?« fragte Hugh.

Ich hätte das gleich zu Anfang gefragt, dachte Gina. »Sie hat mir einen … eine Art Geschäft vorgeschlagen.«

»Laß die Finger davon«, riet Hugh ihr sofort. Er lehnte sich zurück, als die Kellnerin eine gewaltige Pizza vor ihn hinstellte und eine zweite vor Gina. »Jedes Geschäft, das sie dir vorschlägt, wird zu hundert Prozent ihr und zu null Prozent dir nützen.« Er drehte sich auf seinem Stuhl um, einem eleganten Möbel, das er mit seinem Gezappel arg strapazierte. »Wo bleibt der Wein?«

»Vorsicht mit dem Stuhl, junger Mann«, sagte die Kellnerin und knallte triumphierend die Flasche auf den Tisch. »Wir schicken Ihnen die Rechnung, wenn er kaputtgeht.«

»Faschos.« Hugh warf einen bösen Blick auf ihren sich entfernenden Rücken. »Also, wo waren wir stehengeblieben?«

In ihre Gedanken vertieft, holte Gina den Schlüssel unter der Fußmatte hervor und betrat das verlassene Haus. Fergus blieb anscheinend den ganzen Tag in der Bibliothek, und von Zoë war auch nichts zu sehen; sie hatte offenbar nicht so früh Feierabend machen können wie geplant.

Gina sehnte sich nach Gesellschaft, als sie auf einen Stuhl stieg, um ihren großen Koffer von dem riesigen viktorianischen Kleiderschrank herunterzuholen. Sie legte ihn aufs Bett, öffnete ihn lustlos und blies auf eine Spinne, die sich verirrt hatte. Empört über die Störung flitzte die Spinne hinter das Bettgestell. Könnte ich nur auch einfach weglaufen und mich verstecken, dachte Gina.

Sie versuchte sich klarzumachen, daß dies das Ende war, daß sie tatsächlich packte, um fortzugehen. Und wohin? Nach Hause? In Amerika hatte sie kein Zuhause mehr. Andererseits, so sagte sie sich, hatten viele Menschen in ihrem Alter kein richtiges Zuhause. Warum widerstrebte es ihr, einem jungen, gebildeten, kompetenten weiblichen Single, so sehr, in ihr Heimatland zurückzukehren? Sie würde sich einen Job suchen müssen, sicher, irgendwie mußte sie ja ihren Lebensunterhalt verdienen. Was hatte sie denn erwartet? Das Problem ist, dachte sie, während sie einen Stoß Kleider aus einer Schublade der Kommode holte, daß ich ja durchaus zugebe, gebildet und ein Single zu sein, mich aber auf keinen Fall für kompetent halte.

Welche Ironie, daß sie legal überall in den Staaten arbeiten konnte, jedoch große Schwierigkeiten haben würde, den Briten eine Arbeitserlaubnis zu entlocken, ganz gleich, was Alwyn sagte. Wohingegen Georgie überall in England leben und arbeiten konnte, beziehungsweise in ganz Europa, jedoch nicht mal ein Einreisevisum für die USA bekommen würde, von einer Arbeitserlaubnis ganz zu schweigen.

»Sie kann's einfach nicht fassen«, hatte Hugh erzählt. »Mit ihrem Geld und bei ihren Kontakten stößt sie selten auf Hindernisse. Jetzt hat sie die Chance, einen Job bei einem New Yorker Magazin zu bekommen – ein Freund hat ihn ihr verschafft –, und die Yankees, pardon, die Amerikaner, wollen sie nicht haben.«

»Wieso denn nicht?«

»Wegen ihrer radikalen Vergangenheit als Studentin«, sagte Hugh. »Als sie noch jung und unschuldig war, flog sie nach Amerika, um sich an einigen eurer Kampfaktionen zu beteiligen, als reichten ihr die hiesigen noch nicht. Der eine oder andere Polizeibericht, eine nette kleine FBI-Akte ... Nein, es haut nicht hin. Sie kann fünfzigmal Hartwell's Hams erben, sie wollen sie trotzdem nicht.«

Und mich würden sie auch nicht wollen, wenn sie wüßten, wie ich über eine Rückkehr in die Staaten denke, überlegte Gina, während sie einen Stapel Unterwäsche aussortierte, der bessere Zeiten gesehen hatte.

»Hey.« Zoë platzte ins Zimmer, in der einen Hand eine Flasche Sekt, in der anderen zwei Gläser. »Bevor du das Unterkleid da wegwirfst, nehm ich's. Es ist in viel besserem Zustand als meins. Das geht völlig aus dem Leim.«

Gina zuckte die Achseln. »Ich brauch es nicht mehr. Nimm dir, was du willst. Die anderen sind bloß schon ein bißchen ramponiert.«

»Mmm. An dem hier ist nichts auszusetzen. Bist du sicher, daß du's nicht mehr willst?«

»Ich werde keine langen Kleider mehr tragen. Keine Partys mehr, keine Tanzfeten mehr.«

Zoë schaffte auf der Kommode Platz und stellte Flasche und Gläser ab. Sie sah ihre Freundin an. Ihr trauriges Gesicht ging ihr nahe. »Du hast Ringe unter den Augen«, sagte sie schließlich. »Du schläfst nicht richtig.«

»Kaum«, erwiderte Gina. »Im übrigen habe ich immer Ringe unter den Augen. So wie meine Mutter. Mein Vater hat sie immer damit aufgezogen, aber er liebte ihre Augen. Das hat er jedenfalls behauptet.«

»Vergiß das alles jetzt mal«, schlug Zoë vor. »Es ist nicht dein Vater, der dich abschieben will.«

»Nein, natürlich nicht«, sagte Gina ausdruckslos.

Zoë kehrte auf sicheren Boden zurück. »Und wieso keine Partys mehr? Wieso keine Tanzfeten, keine Bälle? Das ist ja was ganz Neues.«

»Na ja, irgendwann muß man doch mal erwachsen werden. In diesem Haus sind wir alle ein wenig überholt, weißt du. Nicht Jessica, die ist noch im Grundstudium, aber wir übrigen. Wir führen uns auf wie die Erstsemester, und das sind wir nicht.«

»Fergus schreibt schließlich seine Doktorarbeit«, sagte Zoë und zerrte an dem Sektkorken.

»Das sollte er besser bleiben lassen. Er sollte sich einen Job suchen und Geld verdienen.«

»Mag sein, aber er wird besser verdienen, wenn er einen Doktortitel vorweisen kann. Außerdem gefällt es ihm hier.«

»So geht es uns allen, aber das hier ist Wolkenkuckucksheim, Schätzchen. Nicht die rauhe Wirklichkeit.«

»Mir ist das Wunderland oder das Land hinter den Spiegeln allemal lieber als die rauhe Wirklichkeit, an jedem einzelnen Tag der Woche.« Zoë ließ sich aufs Bett plumpsen, daß die Sprungfedern rappelten. »Herrgott, wie ich meine Arbeit hasse! Es ist herrlich, mal einen Nachmittag frei zu haben – oder es wäre herrlich, wenn es nicht ein so trauriger Anlaß wäre. Hier, nimm und trink aus.«

Gina nahm das dargebotene Glas und hielt es dicht an ihr Ohr, um das Perlen zu hören. »Was feiern wir eigentlich?«

»Nichts, schätze ich. Es gibt nichts zu feiern«, sagte Zoë. »Ich dachte nur, es würde uns aufmuntern. Harte Sache, das Packen.«

»Vor allem, wenn man keine Ahnung hat, wohin man gehen soll«, erwiderte Gina.

»Ruf deinen Dad an«, schlug Zoë praktisch vor. »Vergiß, was er Anno dazumal zu deiner Mum gesagt oder nicht gesagt hat. Er ist trotzdem dein Vater. Wenn er da ist, bist du sicher aufgehoben, solange du dich eingewöhnst. Wenn nicht, kannst du neue Pläne machen. Fergus hat bestimmt Freunde in New York.«

»Fergus hat überall Freunde«, pflichtete Gina ihr bei.

Ginas Schreibtisch war ein altmodisches Rollpult. Es paßte in keines der anderen Zimmer, daher hatte Gina es bei ihrem Einzug zu ihrer großen Freude zusammen mit dem schäbigen rosengemusterten Teppich und dem großen, häßlichen Kleiderschrank übernehmen können. Jetzt stand sie lustlos davor; es würde Stunden dauern, sämtliche Papiere zu sortieren. Wo hatte sie ihr Adreßbuch hingesteckt? Nicht ihr abgenutztes Oxforder Adreßbuch, ein Ringbuch, das sie stets in ihrer Umhängetasche bei sich trug. Nein, sie brauchte das Adreßbuch aus ihrem anderen Leben, ein schickes Teil von Liberty, das ihre Mutter ihr vor einer Ewigkeit zum Geburtstag geschenkt hatte, um sie dazu zu ermuntern, endlich Ordnung in ihr Leben zu bringen.

Sie zog eine der kleinen flachen Schubladen oben in ihrem Pult auf. Ein paar alte Rechnungen und eine Handvoll zusammengehefteter Einladungen. Bälle, feuchtfröhliche Feten, die Ankündigung einer Veranstaltung des Debattierclubs, eine Winnie-the-Pooh-Party, eine Gartenparty mit Krocket … Zusammengeheftet, um sie hervorholen zu können und zu lachen oder zu seufzen, irgendwann in ferner Zukunft.

Mittlere Schublade; nein, da wird es auch nicht sein,

dachte Gina. In dieses Fach hatte sie ihren Paß und ihr Ticket gelegt, und da hatte sie kein Adreßbuch gesehen.

»Was ist denn?« fragte Zoë alarmiert, als Gina wie hypnotisiert in die kleine Schublade starrte. »Sitzt ein Käfer in der Schublade oder was?«

Gina riß das Schubfach ganz heraus und griff nach dem Paß, der darin lag. Sie schwenkte ihn vor Zoës Gesicht. »Sieh her«, sagte sie. »Sieh dir das an!«

»Immer mit der Ruhe. Ja, es ist ein Paß. Was ist denn so merkwürdig daran?«

»Fällt dir nichts auf?«

Zoë hob die Schultern. »Nein. Er sieht genauso aus wie meiner ... Oh! Ist es meiner? Wie kommt der in deine Schublade?«

»Es ist nicht deiner«, sagte Gina bestimmt. »Es ist ein britischer Paß, Nummer 0294768, und er gehört einer gewissen Georgiana Hartwell.«

»Aber du *bist* Georgiana ... Oh, oh, ich verstehe! Ein *britischer* Paß. Deiner ist natürlich ein amerikanischer Paß. Gina, was geht hier vor?«

Gina ließ sich aufs Bett fallen und stützte den Kopf in die Hände. »Irgend jemand«, sagte sie schließlich, hob den Kopf und fuhr sich wütend mit den Händen durchs Haar, »irgend jemand hat meinen Paß mitgehen lassen. Und außerdem« – sie sprang auf und lief zum Schreibtisch – »ja, und außerdem mein Flugticket.«

»Was? Laß mich mal sehen.«

Sie durchwühlten den Schreibtisch. Jeder Umschlag wurde geöffnet, jeder Zettel ausgeschüttelt. Es gab nicht den geringsten Zweifel, Ginas Paß und ihr Ticket waren verschwunden.

Zoë untersuchte den britischen Paß. »Georgiana Hartwell«, sagte sie. »Das ist doch die, die immer Randale gemacht hat, oder? Kennst du sie?«

Gina nickte. »Flüchtig.«

»Dieser Paß ist ganz neu. Komisch, sie sieht dir ziemlich ähnlich. Jedenfalls ihr Paßfoto; natürlich sehen die Leute, wenn man sie trifft, nie so wie auf ihren Paßfotos aus. Aber wie kommt der Paß hierher? Und wo ist deiner – und das Ticket? Meinst du, Popplewell hat eingebrochen? Vielleicht ist er wahnsinnig geworden und will Päßchen-wechsle-dich spielen.«

»Eingebrochen!« Gina und Zoë starrten einander an, dann stürzten sie gleichzeitig zur Tür. Gina rannte nach oben in Jessicas Mansarde, Zoë stürmte in ihr eigenes Zimmer. Gemeinsam inspizierten sie dann Fergus' Zimmer.

»Sieht alles genauso aus wie immer.«

»Bei mir scheint keiner was angefaßt zu haben, aber wir müssen Fergus und Jessica sagen, sie sollen noch mal nachsehen, ob bei ihnen was fehlt.«

Das Wohnzimmer wirkte unverändert. Unordentlich, aber nicht so, als habe ein Dieb es nach irgend etwas durchsucht. Außerdem war der Fernseher noch da; Fergus' CDs, seine teure schwarze Anlage samt Boxen standen an ihrem gewohnten Platz.

»Kein gewöhnlicher Dieb.«

»Kein gewöhnlicher Dieb würde den einen Paß an sich nehmen und den anderen dafür dalassen«, pflichtete Gina ihr bei.

»Nein«, sagte Zoë energisch. »Los, Gina, wir holen jetzt die Flasche und unsere Gläser runter, und dann will ich genau wissen, unter welchen Umständen G. Hartwell dir über den Weg gelaufen ist. Klingt so, als wäre sie einc ganz üble Person.«

Also weihte Gina sie ein. Sie wird es nicht glauben, dachte sie, als sie Zoë in groben Zügen über ihre diversen Begegnungen mit Georgie ins Bild setzte. Und darüber, was sie beim Mittagessen erfahren hatte.

»Ich kenne Hugh Kirkoswald«, sagte Zoë unerwartet. »Er ist ein Trottel, aber er sagt meistens die Wahrheit. Er würde nicht irgendwelche wilden Storys erfinden; unter anderem hat er nicht genug Phantasie dazu. Auf jeden Fall ist mir jetzt alles sonnenklar. Sie hat deinen Paß und dein Ticket mitgehen lassen, weil sie denkt, sie könnte die Namensgleichheit nutzen, an deiner Stelle nach New York fliegen und in deine Identität schlüpfen. Wie sie wohl reingekommen ist? Kein Fenster ist eingeschlagen, kein Schloß aufgebrochen, oder?«

»Ich weiß genau, wie sie reingekommen ist«, sagte Gina. »Sie war hier, sie wußte, daß ich den Schlüssel unter die Matte legen würde. Sie hat sich einfach bedient.«

»Sie ist reingekommen, hat deine Papicre geklaut und dir als freundliche Geste ihren Paß dagelassen. Eigentlich kein schlechter Tausch«, stellte Zoë fest.

Gina sah ihre Freundin verblüfft an. »Zoë, du willst doch nicht im Ernst vorschlagen, daß ich diesen Paß einfach behalte und mich als sie ausgebe?«

»Warum denn nicht? Du muß Oxford verlassen, zumindest vorläufig, da es wenig Sinn hat, wenn Genosse Popplewell deinen Namen auf der Passagierliste liest und dich anschließend durch die Stadt spazieren sieht. Aber wenn du nicht mehr hier bist und die Passagierliste beweist, daß jemand deines Namens und mit deiner Paßnummer nach New York abgereist ist, wird er sich schon verziehen. Niemand sonst wird sich dafür interessieren. Und dann kannst du nach Oxford zurückkommen und einfach behaupten, du hättest die heißersehnte Arbeitserlaubnis gekriegt. Und sag jetzt nicht, Alwyn wird sie sehen wollen.«

»Nein, das würde ihm nicht im Traum einfallen«, erwiderte Gina. »Ich bin ja bloß die Forschungsassistentin. Nützlich, wenn vorhanden; keinen zweiten Gedanken wert, wenn nicht.«

Zoë warf ihr einen kurzen Blick zu. »Würde dir vielleicht guttun, eine Weile aus Oxford zu verschwinden. Warum fährst du nicht und fühlst diesem Harry mal auf den Zahn?«

»Zoë!«

»Ich sage ja nicht, daß du ihn heiraten sollst. Fahr nur hin und bleib eine Weile dort. Harry Cordovan ist Georgies Cousin, sagst du? Dann bewohnt seine Familie ein phantastisches

Haus, ich habe Bilder davon gesehen. Fahr hin und quartier dich für eine Weile als Hausgast ein.«

»Du spinnst. Dieser Harry wird mich an die Luft setzen, wenn ich sage, an der Ehefront läuft nichts.«

Zoë dachte darüber nach. »Glaub ich nicht«, sagte sie schließlich. »Er wird seiner Familie nicht auf die Nase binden wollen, daß er bereit war, eine völlig Fremde zu heiraten, um was auch immer in die Finger zu bekommen. Also brauchst du nur damit zu drohen, alles auszuplaudern. Er wird erlauben müssen, daß du bleibst.«

Ginas Gedanken hatten bereits eine andere Richtung eingeschlagen. »Weißt du, ich begreife nicht, was ihm eine Ehefrau ohne Kinder nützen soll. Falls es wirklich um eine Erbschaftssache geht. Ich habe Georgie danach gefragt, rein interessehalber, verstehst du, und sie sagte, es kämen doch viele Ehepaare ewig nicht dazu, sich Kinder anzuschaffen.«

»Hat auf alles eine Antwort, diese Georgie«, sagte Zoë.

Gina lachte; das erste richtige Lachen, das Zoë seit Tagen von ihr hörte. »Sie sagte, sie würde sich erkundigen. Diese Frau hat wirklich Nerven.«

Zoë war bereits mit den praktischen Aspekten beschäftigt. »Den großen Koffer wirst du nicht brauchen. Ich leihe dir meine kleine Reisetasche.« Sie dachte kurz nach. »Den anderen sagen wir nichts davon.«

»Auch Fergus nicht?« fragte Gina beunruhigt.

»Nein, auch Fergus nicht. Er ist viel zu ehrlich und gewissenhaft, er würde versuchen, es dir auszureden, dich dazu zu bringen, den Diebstahl des Passes bei der Polizei zu melden.«

»Popplewell würde es für eine dreiste Lüge halten, wenn ich sage, daß jemand ins Haus eingedrungen ist und meinen Paß geklaut hat. ›Ach, übrigens hat der Dieb ersatzweise diesen Paß hier dagelassen.‹«

»Nein, er würde dich vermutlich hinter Gitter bringen. Also, wenn dir deine Freiheit lieb ist, kein Wort davon zu Fergus. Und auch nicht zu Jessica, genausogut könntest du es nämlich in Radio Oxford verkünden.«

»Wenn du wirklich meinst, daß es Sinn hat …«, begann Gina, immer noch skeptisch.

»Sag mir, was du sonst tun könntest«, erwiderte Zoë. »Du hast kein Geld, kein Recht, dich in diesem Land aufzuhalten, und du bist im Besitz eines fremden Passes. Du sitzt echt in der Tinte. Was du brauchst, ist ein Schlupfwinkel, und zwar an einem Ort, an dem dich niemand kennt, an dem du noch nie gewesen bist und an dem dich nicht mal der fanatischste Popplewell ausschnüffeln könnte.«

4

Gina hörte den Zug, lange bevor sie ihn sah. Er stieß einen letzten fröhlichen Pfiff aus, als er um die Biegung des Gleises ratterte und in den Bahnhof einfuhr.

Der Mann in Uniform tauchte wieder auf und verkündete in monotonem Singsang: »Heartley Junction, hier umsteigen nach London, Gleis eins; nach Reading, Oxford und Birmingham überqueren Sie bitte die Fußgängerbrücke zu Gleis zwei. Bitte Vorsicht beim Aussteigen, Vorsicht beim Aussteigen. Dieser Zug fährt weiter nach Long Ease, Little Ease, Corda Episcopi, Heartsease, Upper Heartsfield und Heartsbury.«

Gina kletterte in den Zug, dessen Stufen ein ganzes Stück höher lagen als der Bahnsteig. Eine Frau half ihr mit ihrer Tasche. »Schrecklich, diese Züge, es gibt immer soviel Theater, wenn alte Leute oder ein Rollstuhlfahrer zusteigen wollen. Ich weiß nicht, warum man die Bahnsteige auf dieser Strecke nicht anhebt, ich weiß es wirklich nicht.«

Gina dankte ihrer Helferin und ließ sich auf einen Eckplatz fallen. Der Zug gab ein lautes Kreischen von sich, tat ein paar ruckartige Hopser und tuckerte dann langsam in die Richtung zurück, aus der er gekommen war.

Gina stand auf und schob das Fenster hinunter. »Wir fahren in die falsche Richtung.«

»Nein, nein, keine Angst«, sagte die Frau gutmütig. »Der Zug wird nur ein paar Meter weit in diese Richtung verschoben, dann kehren wir auf dem Nachbargleis um und fahren unter der Brücke durch.«

Gina lehnte sich aus dem Fenster, während der Zug seinen

rituellen Tanz vollführte. Er fuhr rückwärts auf dem geschwungenen Gleis, wartete, bis sich klirrend die Weichen umstellten, und tauchte dröhnend in das Dunkel unter der Brücke ein.

Als sie wieder zum Vorschein kamen, war die ganze Welt grün. Der Zug fuhr durch einen Durchstich, und die Hänge zu beiden Seiten sahen aus wie grüne Mauern. Oben wuchsen Bäume und Sträucher, die einen Baldachin aus grünbelaubten Zweigen bildeten.

»Paradiesisch«, sagte Gina.

»Wirklich hübsch«, pflichtete ihre Helferin ihr bei. »Alle Touristen mögen diese Strecke.«

Sie selbst würdigte die Naturschönheit ringsum, indem sie ihren stattlichen Körper in eine bequeme Lage für ein erholsames Nickerchen brachte.

»Achten Sie auf die Heart-Gorge-Schlucht«, sagte sie noch, bevor sie die Augen schloß. »Da sind immer alle ganz hin und weg und machen Fotos. Aber kein Problem, wenn Sie Ihre Kamera nicht mitgebracht haben, Sie können sich auch eine Postkarte kaufen.«

Eine Postkarte, dachte Gina. Ihr Leben war zu ein paar Worten auf einer Postkarte zusammengeschrumpft. Sie hatte wirklich genug von Postkarten. Nur gut, daß Fergus nicht als erster zum Briefkasten gegangen war und Georgies Instruktionen gefunden hatte. Er hätte sogleich Verdacht geschöpft, aber zum Glück war Zoë vor ihm aufgestanden, der Briefträger war früh dagewesen und sie dem hochnotpeinlichen Verhör entronnen.

Immer noch von Bäumen umschlossen, erklomm der Zug einen gleichmäßig ansteigenden Hang. Dann verlief die Strecke wieder eben, und er brach triumphierend aus dem grünen Tunnel hervor. Gina blickte auf eine weite grünlichgraue Landschaft mit Hügeln, die sich wellenförmig in der Ferne verloren. Weit unten glänzte ein Fluß im Sonnenschein.

Wie wunderschön, dachte Gina. Warum hat mir niemand

gesagt, daß es hier so wunderschön ist? Warum bin ich vorher nie hiergewesen? Schottland, Wales und der Lake District waren erhaben und eindrucksvoll, selbst im Regen … aber das hier! Dies war wie verzaubert.

Sie fuhren durch kleine Bahnhöfe mit seltsamen Namen. Gina blickte auf ihre Karte. Heartsease war schon die nächste Station, und dort, deutlich auf der Karte eingezeichnet, war das Haus selbst, Heartsease Hall. Hatte es dem Dorf und damit auch dem Bahnhof seinen Namen gegeben? Oder hatte das Haus umgekehrt seinen Namen von einem Dorf erhalten, das bereits vor ihm existierte?

Es muß etwa drei Kilometer vom Bahnhof entfernt liegen, überlegte Gina. Wer würde sie abholen? Wenn niemand kam, gab es einen Taxistand? Würde sie allein fahren und sich selbst vorstellen müssen? Und wenn Georgie ihr aus einer boshaften Laune heraus bloß einen albernen Streich gespielt hatte?

Die Küche auf Heartsease Hall hätte das Herz jedes Denkmalschutz-Beamten erfreut. Sie war riesig, mit Steinfliesen ausgelegt, unbequem und sah wohl noch fast genauso aus wie vor dreihundert Jahren. Zugegeben, der höhlenartige Kamin war jetzt unbenutzt, es waren keine Bratspieße, keine Küchenmägde oder Köche zu sehen. Ein moderner Arbeitsbereich mit Elektroherd hatte die Aufgaben des Feuers übernommen, doch in der Mitte des Raums stand immer noch ein langer, vom Alter geschwärzter Eichentisch. Draußen waren rings um einen kopfsteingepflasterten Hof mehrere Spülküchen und Wirtschaftsräume angeordnet, in denen Gefriertruhen und große amerikanische Kühlschränke summten. Längst hatte eine handelsübliche Spülmaschine die Schar der Dienstmägde und ihre Ausgußbecken abgelöst, und in der Waschküche waren deutlich deutsche Hi-Tech-Apparate gefragt.

Guy war in der Vorratskammer, wo er die letzten Wassertropfen von den Salatblättern abschüttelte, bevor er sie in einen Plastikbeutel verpackt in den Kühlschrank legte. Er sah sich um, als Hester in der Tür erschien.

»Guy, Harry möchte, daß wir Cousine Georgiana vom Bahnhof abholen. Ich hätte ja Jarvis geschickt, aber er ist nirgends zu finden. Bist du beschäftigt? Oder könntest du fahren?«

Guy schloß den Kühlschrank und folgte Hester in die Hauptküche, im Gehen band er seine makellos weiße Schürze ab. Er brauchte nicht erst ja zu sagen; natürlich würde er fahren. Jeder, der in der Küche arbeitete, tat stets, worum Hester ihn bat. Ebenso hielt es zumeist auch die Familie, obgleich jeder sehen konnte, daß Victor sich manchmal nur zähneknirschend der sanften Gewalt seiner Schwester in allen Haushaltsangelegenheiten fügte. »Du kümmerst dich um deine Geschäfte, Victor«, sagte sie dann mit ihrer leisen, gelassenen Stimme, »und ich kümmere mich um das Haus.«

Was Gina auch erwartet haben mochte, bestimmt nicht diesen hübschen jungen Mann, der sich so graziös bewegte und auf dessen vollkommenem Gesicht ein so herzliches Lächeln lag. »Sind Sie Georgiana?« fragte er.

Sie starrte ihn wortlos an, bevor sie zu sich kam und murmelte, ja, sie sei Georgiana. Sie wollte gerade fragen, ob er Harry sei, als er sich auch schon vorstellte.

»Ich bin Guy«, sagte er. »Ich arbeite für die Familie Cordovan. Harry bedauert es sehr, daß er Sie nicht selbst abholen konnte, aber er mußte nach London und kommt erst später zurück.«

Er hatte die Stimme eines Schauspielers; ja, er sah sogar aus, dachte Gina, während sie hinter ihm herging und sich zerknitterter vorkam denn je, als sei er direkt dem ›Sommernachtstraum‹ entsprungen.

Er half ihr auf den Beifahrersitz des Geländewagens. Sehr zartfühlend, dachte Gina, dabei wäre eigentlich ein kräftiger Schubs von hinten eher angebracht gewesen, denn ich komme mir vor wie ein schwitzendes Tier, das von seinem Farmer verladen wird. »Ein Schwein vielleicht«, sagte sie laut.

Auf Guys Gesicht erschien ein wunderschönes strahlendes Lächeln, als er auf dem Fahrersitz Platz nahm und den Motor anließ. »Sagten Sie Schwein? Mögen Sie Schweine? Kennen Sie sich mit Schweinen aus? Ja, natürlich – Hartwell Hams. Ich liebe Schweine, und wir haben einige tolle Schweine hier. Gloucester Old Spots im Obstgarten und eine Herde Berkshires. Die Berkshires sind ein Problem, es ist schwierig, sie zu züchten.«

»Ich fürchte, ich weiß sehr wenig über Schweine«, gab Gina zu. Es war schon schlimm genug, sich als die Schinkenerbin aus den Highlands auszugeben, auch ohne so tun zu müssen, als verstünde sie etwas von Schweinen. »Ich kam mir nur gerade wie eins vor. Verschwitzt, aufgeregt, von einem Transporter in den anderen verladen.«

»Natürlich, das kann ich verstehen«, sagte Guy mit seiner gepflegten Aussprache. »Und die Schweine, mit denen das Unternehmen Ihrer Familie zu tun hat, sind wohl auch eher, nun ja, gemeine Hausschweine.«

»Ganz genau«, bestätigte Gina.

Nachdem dies geklärt war, erwies sich Guy als der vollendete Begleiter, zeigte ihr im Vorbeifahren die Attraktionen der Gegend und warnte sie, wenn sich ein Schlagloch näherte. »Wir sind von der Rückseite gekommen, über das Gut. So geht's schneller, allerdings entgeht einem die Zufahrt und der berühmte Blick auf das Haus. Aber Sie sind ja sicher schon mal hiergewesen.«

»Nur als kleines Mädchen«, sagte Gina schnell. »Leider kann ich mich an nichts mehr erinnern.«

»Dann wartet ein großer Genuß auf Sie«, schwärmte Guy. »Heartsease Hall ist ein sagenhaftes Haus. Es ist ein Privileg, hier arbeiten zu dürfen.«

Gina glaubte nicht, daß sich die Frage gehörte, ob die Familie denn ebenso sagenhaft war wie das Haus. Zoë hatte irgendein dickes Buch über Familien mit Grundbesitz ausgegraben und ihr Namen vorgelesen. »Du mußt wenigstens die Namen einiger deiner Cousins und anderer naher Verwandter kennen. Also, du meinst, Harrys Großmutter und Georgies Großmutter waren Schwestern?«

»Das hat Georgie gesagt.«

»Das erleichtert uns das Ganze. Harry ist der Sohn von Victor Cordovan, und hier steht jede Menge über Victor und seine Familie. Hör zu.«

»So viele Leute!« Gina war bestürzt, als sie all die Namen hörte. »Dutzende. Die können doch nicht alle in dem Haus wohnen, oder?«

»Anscheinend doch, die meisten jedenfalls«, sagte Zoë und konsultierte erneut ihren Wälzer. »Du wirst bald dahinterkommen, wer wer ist, wenn du sie erst gesehen hast.«

»Werden Sie immer Georgiana genannt?« fragte Guy höflich. »Ich glaube, ich habe gehört, daß man Sie Georgie nennt.«

»Ja, Georgiana ist ja auch ein ziemlicher Zungenbrecher, oder?« entgegnete Gina. »Georgie wurde ich früher genannt, als ich noch klein war, jetzt ziehe ich Gina vor.«

»Oh, das ist viel hübscher«, sagte Guy anerkennend. »Georgie klingt ein wenig nach den Fünf Freunden. Nicht, daß ich die Fünf Freunde nicht heiß und innig geliebt hätte, aber wenn man erwachsen ist ...«

Gina hoffte, daß ihre Weigerung, zu »Georgie« zu werden, keinen Verdacht erregen würde, aber sie wollte zu allem anderen nicht auch noch den Kosenamen dieser Tussi annehmen, wirklich nicht. Und außerdem würde es auffallen, wenn jemand »Georgie« zu ihr sagte und sie nicht darauf reagierte.

Jedes von Hester für einen Gast vorbereitete Zimmer war vollkommen, und das Gelbe Zimmer bildete da keine Ausnahme. Gina kam sich mehr denn je wie eine Hochstaplerin vor, als Hester die mit gelbgestreiftem Papier ausgelegten Schubladen und die Schränke öffnete und Gina in das opulente Bad führte. Dann zog sie sich zurück. »Du willst dich nach der Reise bestimmt umziehen«, sagte sie.

Ich muß furchtbar aussehen, dachte Gina. Doch niemand konnte Hester der Boshaftigkeit verdächtigen; sie hatte nur ein intuitives Gespür für das Wohlbefinden anderer.

»Ich hoffe, du wirst dich hier wohl fühlen, meine Liebe«, sagte sie und sah sich ein letztes Mal um. »Fühl dich hier wie zu Hause; wir alle hoffen, daß es nach so vielen Jahren ein schöner, langer Besuch wird.«

Die Tür schloß sich leise hinter ihr, und Gina ging zum Fenster, angelockt von der Aussicht über Rasenflächen und Wäldchen mit Bächen, die in der Ferne in einen Fluß mündeten. Und dahinter, weit weg am Horizont, ein schmaler silbriger Streifen Meer. Sie hörte den unheimlichen Schrei eines Pfaus, gedämpfte Stimmen, das Tuckern eines Traktors. Als sie sich aus dem Fenster lehnte, sah sie Guy graziös in Schürze über den Kies gehen; in einem flachen Korb, den er am Arm trug, lagen wohlgeordnete Bündel erlesener Kräuter.

Dies ist eine völlig andere Welt, sagte sich Gina. Reiß dich zusammen. Geh unter die Dusche und zieh dich um, dann wirst du dir nicht mehr so verloren vorkommen. Sie öffnete ihre Reisetasche und blickte skeptisch auf die wenigen Sommerkleider, die sie mitgebracht hatte. Irgendwie hatte sie das Gefühl, daß sie hier weit mehr Kleider brauchen würde; vielleicht, dachte sie panisch, ziehen sie sich ja sogar jedesmal zum Abendessen um.

Gina blieb zögernd an der massiven Eichentür zur Großen Halle stehen und kam sich wie ein neugieriger Eindringling vor. Sie sah eine blonde Frau, nicht jung, deren makelloser Gesichtsschnitt ihr jedoch eine Schönheit verlieh, die man nicht so leicht vergaß. Sie saß in der Nähe eines Fensters und balancierte eine zierliche Porzellantasse auf einer Hand, während sie mit der anderen in einer Gartenzeitschrift blätterte. Klassisch, ja, aber kaum schick, dachte Gina und musterte verwundert das ausgeblichene T-Shirt, die abgetragene Khakihose und die eigenartigen dick besohlten Turnschuhe, die die Frau trug. Ganz und gar nicht mein Typ, sagte sie sich. Hester, die Herrscherin über Teetassen und Gurkensandwiches, schien freundlicher und umgänglicher, obgleich sie ein Selbstvertrauen und eine Entschlossenheit ausstrahlte, die Gina verunsicherten.

In diesem Moment blickte Hester zur Tür und entdeckte sie. »Komm rein und nimm dir eine Tasse Tee. Prim, dies ist Gina.«

Die blonde Frau warf Gina einen durchdringenden Blick zu. »Du bist nicht nach deiner Mutter geraten«, stellte sie fest. »Hester, kannst du ein paar von den Sandwiches für mich abzweigen? Ich werde sie mitnehmen. Ich kann nicht lange bleiben, nicht bei diesem Wetter.«

»Heuernte«, erklärte Hester, während sie Gina eine Tasse reichte.

Gina war es gerade gelungen, ihre Hände so weit unter Kontrolle zu bringen, daß die Teetasse nicht mehr vernehmlich auf dem Unterteller klirrte, als die Tür am anderen Ende der Halle aufsprang. Ein hochgewachsener, bärtiger Mann kam herein; hinterher hätte Gina schwören können, daß sich allein von seiner schieren Energie und Autorität die Vorhänge bauschten und die Teetassen klapperten.

Der Mann steuerte mit zufriedener Miene auf sie zu. »Kleine Georgiana«, sagte er und zog sie in seine kräftigen Arme. »Wie schön.«

Gina war ein wenig benommen, nicht nur, weil er ihr fast die Luft abdrückte, sondern auch wegen seiner überwältigenden Maskulinität.

»Hallo«, sagte sie matt.

»Georgiana möchte lieber Gina genannt werden«, erklärte Hester. »Nimm dir eine Tasse Tee, Victor, und es gibt Gurkensandwiches. Gina, dies ist dein Cousin Victor.«

»Der Haushaltsvorstand auf Heartsease scheint dieser Victor Cordovan zu sein«, hatte Zoë sie instruiert. »Ich habe von ihm gehört. Ein erstaunliches Händchen für Unternehmen, die in Schwierigkeiten geraten sind. Er übernimmt sie, räumt auf und verkauft sie wieder. Ursprünglich hat er Feuerwerkskörper hergestellt, dann hat er an eine Rüstungsfirma verkauft – ich schätze, ein lauter Schießpulverknall ist mehr oder weniger wie der andere. Er hat einen Haufen Geld verdient und könnte jederzeit zu Hause bleiben und sich um die Ländereien der Familie kümmern, aber das war ihm zu langweilig, deshalb saniert er wackelige Firmen.«

Er sieht nicht im geringsten wie ein Geschäftsmann aus, dachte Gina. Einmal war er viel zu groß und imposant, und außerdem viel zu liebenswürdig. Seine tiefe Stimme und sein klangvolles Lachen erfüllten die Halle, als er Gina über ihre Familie und das Familienunternehmen ausfragte. Zum Glück beantwortete er alle Fragen selbst. Gina wünschte, Zoë hätte ihr mehr Fakten über das Hartwell-Imperium liefern können. Allerdings hatte Georgie auf sie nicht den Eindruck gemacht, als interessiere sie sich sonderlich dafür, wie ihr Hartwell-Ham-Vermögen zustandegekommen war.

Prim sah Ginas Miene und lachte. »Achte gar nicht auf Victor«, sagte sie. »Er schreit die Leute immer so an.« Sie stand auf und hockte sich auf die Armlehne des großen Sofas, auf dem Gina saß. »Geh weg, Victor«, befahl sie. »Ich will Gina zeigen, daß wir nicht alle so sind wie du.«

Victor ging, nicht im mindesten beleidigt, zum Tisch, um noch ein paar Gurkensandwiches zu vertilgen. Prim wandte sich an Gina, in Gedanken schon wieder bei ihrer Leidenschaft – Pflanzen. »Interessierst du dich für Landwirtschaft, Hortikultur, Gartenbau?« fragte sie.

»Hm. Ich weiß sehr wenig darüber.«

Prim war überrascht. »Auf Uish habt ihr doch so ausgezeichnete Voraussetzungen. Dort soll es so außergewöhnliche Gärten geben, weil man wegen des Golfstroms ganz bemerkenswerte Pflanzen züchten kann. Tropische Pflanzen.«

Mist, dachte Gina erschrocken. Der Golfstrom? Tropische Pflanzen in Schottland? Ihre Erfahrungen mit Schottland ließen sie eher an warme Unterwäsche denken, nicht an Palmen und Frangipani. »Ich habe mich für die Gärten nie besonders interessiert«, sagte sie.

Prim war schockiert. »Ich muß eines Tages mal nach Uish fahren. Jetzt, wo du hier bist, werden wir mal sehen, ob wir dich nicht dafür begeistern können; immerhin wirst du den Besitz eines Tages erben, und dann mußt du auch Bescheid wissen.«

Nein, werde ich Gott sei Dank nicht, dachte Gina. Und ich gehe jede Wette ein, Georgie verkauft den Besitz, sobald sie ihn in die Finger kriegt. Ich kann sie mir nicht auf einer schottischen Insel vorstellen, tropische Vegetation hin oder her.

Prims Gedanken, so erkannte Gina, kreisten nur um ein Thema. »Ich muß dich Don vorstellen. Erinnerst du dich überhaupt noch an ihn?«

Don? Gina konnte sich nicht erinnern, daß Zoë einen Don erwähnt hätte. Es klang, als gehöre er zur Familie, aber wer war er?

Prim wartete ihre Antwort nicht ab. Auch gut, dachte Gina.

»Er leitet den Weinberg. Die Leute interessieren sich immer für Wein, es wäre also ein guter Anfang.«

»In Ordnung«, sagte Gina, deren Interesse plötzlich geweckt war. »Ich wußte gar nicht, daß es in diesem Teil der Welt Weinberge gibt.«

Schon wieder ins Fettnäpfchen getreten! Prim sah sie mit erstaunt hochgezogenen Brauen an. »Das mußt du doch wissen! Heartset ist berühmt für seinen Wein, hier gab es schon in römischer Zeit Weinberge, und in den letzten zwanzig, dreißig Jahren sind eine Menge Weinkellereien entstanden.«

Gina konnte kaum antworten: Ja, aber wir Amerikaner, vor allem jene, die mal im Napa Valley in Kalifornien gelebt haben, denken bei England nun mal nicht an Weinberge.

»Natürlich, das hatte ich vergessen«, sagte sie.

Wenn es so weiterging, würden alle sie für ausgesprochen einfältig halten. Nervös biß sie in ein winziges Ei-Kresse-Sandwich und wünschte, sie hätte mehr über die Familie in Erfahrung gebracht, wünschte, sie wäre nie hergekommen, sondern säße friedlich inmitten ihrer Bücher in Oxford.

Als Gina sich nach dem Tee in ihr Zimmer zurückzog, war sie Harry alles andere als wohlgesonnen. Na schön, sie war nicht am Bahnhof sitzengeblieben, aber das war auch schon alles, was sie an Hilfe bekommen hatte. Harry hätte wissen müssen, daß seine Familie sie einem Verhör unterziehen würde, ohne daß sie eine Ahnung hatte, wer wer war; schließlich konnte er nicht davon ausgehen, daß Zoë die Cordovans nachgeschlagen hatte. Und dabei waren ja nur die gröbsten Fakten herausgesprungen.

Nein, es konnte nicht funktionieren, dachte Gina, als sie sich auf ihr überaus bequemes Bett legte und die Hände hinter dem Kopf verschränkte. Es war nur eine Frage der Zeit, bis ein schlimmer Patzer sie als das entlarvte, was sie war: eine Schwindlerin, Hochstaplerin und Betrügerin.

5

Die friedliche Stille des Abends wurde von einem ohrenbetäubenden Dröhnen zerrissen. Gina stürzte gerade noch rechtzeitig zum Fenster, um eine schwarze Gestalt auf einem Motorrad hinter dem Haus verschwinden zu sehen.

Prompt öffnete sich eine Tür im Erdgeschoß, und Victors donnernde Stimme ertönte: »Wie oft muß ich dir noch sagen, du sollst mit dieser Höllenmaschine nicht über den Kies fahren?«

Seine Stimme verklang in einem undeutlichen Brummen, als er die Verfolgung aufnahm. Gina überließ sich wieder ihren Gedanken.

Nicht lange. Zwei Minuten später stürzte der Biker in der schwarzen Kluft in ihr Zimmer. Ohne anzuklopfen.

»Hallo.« Er nahm seinen Helm ab. »Du mußt Gina sein. Ich bin Harry.« Er schloß die Tür. »Hier wird Pa nicht nach mir suchen, zumindest vorläufig nicht. Im Augenblick tobt er drüben auf der anderen Seite.«

Was für sagenhafte Augen, war Ginas erster, verwirrter Gedanke. Fast schwarz, mit einem ironischen Funkeln. Wenn man die schrägen Brauen und die ungeheure Energie hinzunahm, war Harry keineswegs, was sie sich unter einem leichten Gegner vorstellte. Zum Teufel mit Georgie, wie hatte sie diesen Mann als »süß« bezeichnen können? Sie stand auf und streckte ihm die Hand hin. »Hallo, Harry«, sagte sie mit betont neutraler Stimme.

»Klingt, als wärst du stinksauer auf mich«, sagte Harry fröhlich. »Tut mir leid, daß ich nicht hier war, um dich abzuholen. In London war die absolute Krise ausgebrochen, deshalb mußte ich kurz hin und alle beruhigen. Nicht schlecht, die Rückfahrt, hat ganze hundertsieben Minuten gedauert, beinahe meine persönliche Bestzeit.«

Er zog seine schweren schwarzen Stiefel aus, auf die silberne und rote Flügel gemalt waren. Dann entledigte er sich seiner Lederjacke und der Lederhose.

»Es macht dir doch nichts aus, oder?« fragte er, während er sich bis auf eine hautenge Jeans und ein schwarzes T-Shirt entblätterte. »Knallheiß unter diesem Zeug, aber wenn man unterwegs ist, muß man es tragen. Hast du ein Glas in deinem Bad? Dumme Frage, das hier ist ja Hesters Haushalt. Ich lechze nach einem Schluck Wasser.«

»Bitte sehr«, murmelte Gina, doch er hatte natürlich nicht auf eine Antwort gewartet und kippte schon das Wasser in einem Zug hinunter.

»Jetzt geht's mir besser«, verkündete er. »Hoffentlich bist du einigermaßen klargekommen – kein dramatischer Fauxpas, im Salon ist keinem das Monokel rausgefallen? Gut, ausgezeichnet. Ich riskiere den Zorn des Patriarchen und laufe schnell in mein Zimmer, um zu duschen und mich umzuziehen. Dann schwirren wir zu einem Pub ab, damit wir vor dem Abendessen noch ein wenig plaudern können. Ich muß dir unbedingt ein paar Infos geben, und hier kann das manchmal ziemlich kompliziert sein. Warte im Stallhof auf mich, in zehn Minuten, okay?«

Er verschwand samt seiner Montur. Gina wollte ihm in den Korridor nachschreien: »Nein, überhaupt nicht okay«, aber er würde es nicht hören, und falls doch, würde er vermutlich keine Notiz davon nehmen. Wie dem auch sei, das Abendessen würde sie so oder so durchstehen müssen – es sei denn, sie gab auf und reiste auf der Stelle ab –, und es wäre eine gewisse Hilfe, wenn sie Harry zuvor mit Fragen löchern könnte.

»Hier gibt's keine Lauscher«, sagte Harry, als er mit schwungvoller Gebärde ihre Gläser abstellte. Gina, die einen klaren Kopf behalten wollte, hatte ein Tonic bestellt. Harrys Getränk sah nach Fledermausblut aus.

»Lauscher?«

»Ja, die Familie, Leute, die auf dem Gut arbeiten, Freunde, der Wirt ... du weißt schon. Unsere Stammkneipe ist das Bunch of Grapes in Heartsbane – übrigens ausgezeichnete Küche, ich lade dich dort mal zum Essen ein. Aber natürlich wird jedes Wort, das man dort sagt, umgehend hinterbracht.«

»Hinterbracht?« fragte Gina verblüfft. »Wem denn?«

Harry spitzte die Lippen. »Möglicherweise Pa. Oder eher noch Julia.«

»Julia. Victors Frau. Nein, Ex-Frau.«

Gina versuchte sich zu erinnern. Victor, verheiratet erstens mit Julia Cordovan; zweitens mit Hermione Mendicant; drittens mit Rosalind Filigree. Anscheinend steht er auf Ehefrauen, hatte Zoës Kommentar gelautet.

»Also nicht deine Mutter?«

»Nein. Ich erklär's dir.« Harry machte es sich auf seiner Bank bequem. Auf seine Art war er ebenso graziös wie Guy, nur wirkte er viel maskuliner. Vermutlich hatte er die Energie von Victor geerbt, wenn er auch nicht so kräftig gebaut war wie sein Vater. Allerdings durchaus muskulös, wie Gina bereits festgestellt hatte. Sie hatte nichts für Hänflinge übrig, und ebensowenig für dicke, große Männer. Aber das spielt sowieso keine Rolle, schärfte sie sich ein. Die Männer der Cordovan-Familie sind für mich tabu.

Harry legte die Fingerspitzen aneinander wie ein Anwalt in einem alten Film. »Pa hat Julia vor einer Million Jahren geheiratet, als sie beide noch blutjung waren und es wohl nicht besser wußten. Dann setzte sich Julia eigene Ideen in den Kopf und ging weg, um Medizin zu studieren. Pa hielt das für ganz und gar keine gute Idee und reichte die Scheidung ein. War eine häßliche Angelegenheit, wie man hört, allerdings ist das alles passiert, bevor ich geboren wurde. Sie ist seine Cousine, und allem Anschein nach entbrannte ein dicker Familienstreit. Dann vermählte sich Pa mit der göttlichen Hermione, die seit Jahren ein Auge auf ihn geworfen hatte. Ach, Pa und Julia bekamen übrigens im Laufe der Jahre zwei Söhne – ziemlich schauderhafte Exemplare. Zum Glück lassen sie sich selten auf Heartsease blicken.«

»Hermione war nicht deine Mutter?«

»Nein, nein. Hermione kriegte Zwillinge, ein Mädchen und einen Jungen, und dann kam als Nachzügler noch Don. Er heißt eigentlich Dennis, kannst du dir das vorstellen? Wirft doch ein bezeichnendes Licht auf Hermiones Charakter. Auf jeden Fall hatte Victor sie schließlich satt und zog mit Rosalind zusammen. Sie ist meine Ma. Im Augenblick ist sie in Afrika, soweit ich weiß, sie kommt viel in der Welt rum. Sie bekam mich, und dann Aimée.«

»Aimée habe ich noch nicht gesehen.«

»Klar, sonst wärst du auch noch ziemlich mitgenommen. Unsere Aimée vergißt man nicht so leicht.«

»Das war's dann, oder?« fragte Gina, ein wenig benommen von der Größe und Verzweigtheit ihrer neuen Familie.

»Bis auf Olivia. Eine brillante Frau, ihres Zeichens Philosophin, lebt in Cambridge. Noch eine Halbschwester von mir, und niemand weiß genau, wer ihre Mutter ist. Vermutlich eine Enzyklopädie. Sie ist das Produkt einer von Pas kleinen Nebenher-Affären, gehört aber ohne jeden Zweifel zur Familie. Übrigens komme ich ganz gut mit Olivia aus.«

»Also ist dein Vater mit Rosalind verheiratet, aber sie lebt nicht hier?«

»Nein, nein. Sie haben sich vor einer ganzen Weile getrennt. Zu der Zeit trat Julia, inzwischen eine erfolgreiche Gynäkologin, wieder in Pas Umlaufbahn ein, und ihm ging auf, daß sie ihm doch ganz gut gefiel. Sie ist toll, das muß ich zugeben, aber o Mann, ist die Frau eifersüchtig! Sie ist wieder zu Pa gezogen, weil eine Ehe in ihren Augen unauflöslich ist und ihr solche Nebensächlichkeiten wie Gesetze und zwei nachfolgende Ehefrauen herzlich wenig bedeuten. Du wirst sie heute abend kennenlernen. Beim Tee bist du ihr bestimmt noch nicht begegnet, heute ist nämlich ihr Kliniktag.«

»Kliniktag?«

»Ja, da hat sie eine Sprechstunde für schwangere Frauen. Na ja, eigentlich Mädchen, und kaum mal eine mit Ehemann. Julia hält ihnen Predigten, und sie fressen ihr aus der Hand. Komisch, was Hormone alles mit einem anstellen können. Ich würde es keine Minute lang ertragen.«

Gina trank schweigend ihr Tonic.

Harry dachte nach und kniff konzentriert die Augen zusammen. »Wer könnte dir sonst noch über den Weg laufen?«

»Prim habe ich schon kennengelernt«, sagte Gina.

»Ja, sie ist Pas Schwester. Hester ebenso. Er hat auch Brüder, aber die kannst du vergessen.«

»Was ist, wenn sie jemand erwähnt? Sollte ich nicht wenigstens wissen, wer sie sind?«

»Immer schön lächeln. In dieser Familie besteht keine Gefahr, daß peinliches Schweigen aufkommt. Alle haben immer jede Menge zu sagen. Hüll dich in Schweigen, dann kannst du nichts Falsches sagen und niemand wird argwöhnen, daß du nicht Georgie Hartwell, einziger Sproß der berühmten Schinkenfamilie, bist.«

»Ich habe gesagt, daß ich mich lieber Gina nennen lasse.«

Harry zog theatralisch die Luft durch die Zähne ein. »Unklug, ausgesprochen unklug.«

»Jetzt hör mal zu, Harry«, begann Gina.

»Zeit zu gehen«, sagte er und stand schnell auf. »In einer halben Stunde gibt's Abendessen, und du willst doch nicht schon an deinem ersten Abend unangenehm auffallen, oder?«

»Ich wollte sagen ...«, setzte Gina neu an, als Harrys schneller Wagen vibrierend ansprang.

»Ich beteilige mich nie an Gesprächen, die mit ›jetzt hör mal zu‹ anfangen«, sagte Harry. »Aus Prinzip. Sei locker und genieß die Fahrt, genieß das heutige Abendessen, genieße Hesters überwältigende Gastfreundschaft und bleib cool.

Morgen fahren wir noch mal raus, dann können wir uns weiter unterhalten, in streßfreier Atmosphäre, hoffe ich. Auf dieser Seite sind wir sicher, hier befinden wir uns nicht auf Cordovan-Terrain. Heartsease und die Dörfer im Westen sind Hochburgen der Familie.«

»Wo liegt der Pub, in dem wir gerade waren?«

»In Griddle«, sagte Harry. »Wir fahren gerade durch Haggle, gleich kommen wir durch Snitch, und dann sind wir wieder in Victors und Julias Reich. Also Mund zu, Augen auf, und achte auf korrekte Sprache. Julia legt großen Wert auf gute Erziehung.«

In der Küche briet Guy geschickt kleine Brotwürfel für die Gazpacho. Victor liebte würziges, pikantes Essen, und Maria, die seit zwanzig Jahren für die Familie kochte, fand, daß es an diesem Abend selbst nach südeuropäischen Maßstäben heiß genug für eine kalte Suppe war.

»Noch eine winzige Idee knuspriger, die Croutons«, sagte sie zu Guy, als sie im Vorbeigehen die Pfanne inspizierte.

»In zwei Minuten bin ich soweit.« Mit einer geübten Handbewegung riß Guy eine Länge Haushaltspapier ab. »Sie können abtropfen, während ich die Gurke schneide, dann ist alles fertig.«

»Wo steckt dieses Mädchen nur wieder?« fragte Maria. »Sie ist nie da, wenn man sie braucht.«

»Ich kann sie in der Spülküche hören«, erwiderte Guy. »Horch mal.«

»Richtig.« Maria schwenkte einen großen Kochlöffel und steuerte auf den Nebenraum zu, in dem Esme lauthals singend an einem Becken mit Seifenlauge stand.

»*Ahora,* nimm die Kopfhörer ab!« schrie Maria.

Esme bemerkte sie nicht. Maria konnte die Melodie der italienischen Oper erkennen, die aus ihren Kopfhörern schmetterte. Im Verein mit Esmes Gesang ergab es gräßliche Klänge. Maria marschierte zu ihr und riß ihr die Kopfhörer herunter.

»*Ave María Purisima!* Du hörst nicht mal einen guten

spanischen Tenor, Carreras oder Plácido. Nein, diesen fetten Italiener mußt du hören.«

»Pavarotti ist das einzig Wahre«, erklärte Esme, nicht im mindesten verstimmt, weil sie ihre Kopfhörer eingebüßt hatte. »Was soll der Aufstand, Maria?«

»Aufstand? Das Abendessen ist fertig, alle warten und fangen Streit an, weil ihr Blutzucker ganz unten ist.«

»Die brauchen keinen niedrigen Blutzucker, um sich zu streiten«, sagte Esme, während sie sich die Hände abtrocknete. »Vermutlich willst du, daß ich ins Speisezimmer gehe und verkünde, daß es was zu futtern gibt.«

»Und bitte sei ausnahmsweise mal charmant und liebenswürdig«, sagte Guy, als Esme, einsachtzig groß in Sandalen, durch die Küche marschierte.

»Charmant und liebenswürdig? Die?« höhnte Maria. »Niemals! Je eher sie nach Australien zurückgeht, desto besser. Das ist meine Meinung.«

»Da sind wir uns völlig einig.« Guy goß die Gazpacho aus der eisgekühlten Schüssel in eine reichverzierte Suppenterrine mit Füßen und verschnörkeltem Deckel. »Allerdings muß ich dich warnen. Sie und Mona aus dem Dorf werden allmählich die dicksten Freundinnen.«

»*Ayí!*« Maria verdrehte die Augen zum Himmel.

Esme erschien wieder in der Küche. Ihre Sandalen klatschten auf den Steinfußboden. »Alles klar«, sagte sie. »Sie sitzen alle am Tisch und gucken hungrig. Bis auf die Neue, die ist noch nicht nach unten gekommen. Wer ist sie eigentlich? Ich bin ihr heute nachmittag in der Halle begegnet. Sehr glücklich sieht sie nicht aus.«

»Sie ist eine Cousine«, sagte Guy reserviert. »Und sie bleibt eine Weile hier. Also, ich bringe jetzt die Suppe rein, und du kommst mit dem Tablett mit den Garnierungen nach.«

»Die Suppe ist ja kalt!« rief Esme ungläubig.

»Es ist eine Gazpacho, eine kalte Gemüsesuppe, du Dummkopf«, zischte Maria. »Eine Spezialität aus Andalusien, meiner Heimat.«

Esme war fasziniert. »Ich dachte, du wärst Spanierin.«

»Himmel, gib mir Kraft«, seufzte Guy.

»In welches Zimmer haben sie die Cousine gesteckt?« fragte Esme, als sie sich an Guys Fersen heftete.

»In das gelbe Zimmer«, sagte Maria.

»Du hast Hester heute morgen doch selbst geholfen, es herzurichten«, bemerkte Guy.

»Na ja, ich dachte, sie räumt nur mal wieder auf. Hoffentlich stören die Eulen die Cousine nicht.«

»Vergiß die Eulen«, befahl Maria. »Ihr bringt jetzt sofort die Suppe rein, auf der Stelle, sonst verkocht mein Fisch, und dann drehe ich euch den Hals um.«

»Du bist der Boß.« Esme trottete hinter Guy her. »Aber erwarte nicht von mir, daß *ich* was von dieser kalten Suppe esse. Igitt!«

In dem kleinen Speisezimmer, in dem die Familie sich versammelt hatte, war es selbst an diesem Sommerabend dämmerig. Die Fenster mit dem Stabwerk aus Stein ließen nur ein Minimum an Licht herein. Kerzen flackerten auf der Anrichte und dem auf Hochglanz polierten Tisch.

Victor zerdrückte ein Brötchen und strich die weiße Serviette auf seinen Knien glatt. Er blickte zu dem leeren Platz hinüber. »Wo ist Gina?« wollte er wissen. »Harry, du solltest dich um sie kümmern.«

»Sie kommt gleich«, erwiderte Harry. »Sie wollte nur eben ihre Uhr holen.«

»Sie wirkt nervös«, sagte Victor. »Müßte mal ein bißchen aufgepäppelt werden. Was hat sie gemacht, daß sie so aussieht?«

»Ich erinnere mich, daß sie als Kind sehr lebhaft und robust war«, sagte Hester. »Egal. Sie wirkt ausgesprochen bedrückt. Ein Weilchen Ruhe hier bei uns auf dem Land wird ihr guttun. Dann hat sie bald wieder Farbe im Gesicht.«

Harry kippelte mit seinem Stuhl und warf seiner Tante einen amüsierten Blick zu. »Ruhe?« fragte er spöttisch. »Hier?«

Gina schlüpfte ins Zimmer, verlegen, weil sie zu spät kam. Sie sah sich im Speisezimmer um, und beim Anblick der kunstvollen Stuckdecke und der prunkvollen Wandbehänge entfuhr ihr ein überraschtes »Oh!« Die Gobelins aus dem 17. Jahrhundert waren in mittlerweile verblichenen Grün-, Grau- und Cremetönen gehalten. Sie stellten Szenen aus der klassischen Mythologie dar. Gina gegenüber wurde eine schmachtende Nymphe von einem feurigen Satyr bedrängt. In einiger Entfernung streifte Persephone durch Felder, und Venus entstieg ihrem Schaum.

Gina kehrte mit einem Seufzer in die Gegenwart zurück und merkte, daß Victor neben ihr stand. Er stellte sie der großen, goldblonden Frau mit dem wachsamen Gesicht vor, die an einem Ende des Tisches saß.

Julia nickte ihr kühl zu. »Guten Abend, Gina. Hester hat recht, du siehst bedrückt und erschöpft aus. Du solltest viel Wasser trinken, meine Liebe, das wirkt wahre Wunder für den Teint. In deinem Alter solltest du nicht solche dunklen Ringe unter den Augen haben.«

Victor plazierte Gina zwischen sich und Harry. »Ein gemütliches Familientreffen«, sagte er jovial, als er sich wieder setzte.

Prim, die jetzt eine weniger ausgeblichene Hose und ein sauberes Shirt trug, warf ihm einen bösen Blick zu, bevor sie sich wieder Hester zuwandte. Sie erörterten in allen Einzelheiten das Thema Rebläuse. Am anderen Ende des Tisches verbreitete sich Julia über eine interessante Patientin, die sie heute untersucht hatte.

»Man sah auf den ersten Blick, daß es keine Harnweginfektion war. Unter anderem ist der Geruch des Ausflusses ein untrügliches Symptom.«

So unappetitlich dieses Gesprächsthema sein mochte, es war Gina bedeutend angenehmer als das Verhör, dem sie anschließend durch Julia unterzogen wurde. Im Gegensatz zu den anderen Familienmitgliedern lag Julia wenig daran, höfliche Erkundigungen über die Hartwells einzuziehen. Sie beschränkte sich auf die Bemerkung, welch reizendes Paar Ginas vermeintliche Großeltern seien.

»Dabei haben sie sich eigentlich nie verstanden, weil sie völlig gegensätzliche Temperamente sind. Ich glaube sogar, sie haben einander gehaßt. Aber sie sind miteinander durch dick und dünn gegangen, weil ihnen die Ehe noch etwas bedeutete.«

Victor wollte davon nichts hören. »Unsinn«, widersprach er. »Das einzige, was sie zusammengehalten hat, ist das Geld. Er hat viel Geld gemacht, sie hat noch mehr Geld in die Ehe eingebracht – ihre Mitgift war erstklassig. Eine Trennung war undenkbar, ganz und gar undenkbar.« Er nickte Gina zu. »Mit gewissen Dingen haben sie heute ja wohl keine Probleme mehr, angesichts des Alters deiner Großmutter. Nach ihr dreht sich bestimmt keiner mehr um.«

Selbst wenn sie gewußt hätte, wovon sie sprachen, und die Menschen, die hier so gnadenlos seziert wurden, tatsächlich ihre Verwandten gewesen wären, hätte Gina nichts darauf erwidern können. Zum Glück betrachtete Julia die Höflichkeitsfloskeln als beendet und wechselte das Thema.

»Erzähl uns von dir, Georgiana.«

Harry amüsierte sich sichtlich. »Sie möchte Gina genannt werden, Mutter.«

»Na schön, Gina. Hast du viele Freunde? Wie alt bist du jetzt? Mal sehen ... vierundzwanzig? Höchste Zeit, daß du unter die Haube kommst. Es geht nichts über dic Ehe, um ein junges Mädchen von Dummheiten abzuhalten. Das beste Mittel, um gewisse Bedürfnisse zu befriedigen, ist das Ehebett, und keine dieser ledigen Mütter, die ihr Leben von Sozialhilfe fristen, wird mich vom Gegenteil überzeugen. Wenn du die richtige Wahl triffst, einen Mann, der gut im Bett ist, besteht kein Grund für Promiskuität. Mach ihn glücklich, sorge für gutes Essen und regelmäßige Erholung, dann wird er die Leistung erbringen, die du von ihm erwartest, und ihr werdet eine gute Ehe führen.«

Gina fiel absolut nichts ein, was sie hätte sagen können.

Harry zwinkerte ihr zu. »Hör gar nicht hin«, sagte er. »Das Thema Ehe ist Julias Steckenpferd.«

Julia warf ihm einen eisigen Blick zu. »Von wegen Stekkenpferd, Harry, werd nicht unverschämt. Ich weiß, wovon ich rede, und das ist mehr, als du von dir behaupten kannst.« Sie wischte sich mit der Serviette den Mund ab und winkte mit herrischer Gebärde Esme zu sich. »Noch etwas Suppe, Esme.«

Gina sah gebannt zu, wie Julia über ihrem eindrucksvollen Busen gekonnt mit dem Schöpflöffel hantierte. Sie war keine junge Frau mehr, und sie war auch nicht schlank oder durchtrainiert oder wies irgendeines der anderen Merkmale auf, die heutzutage als Voraussetzungen für modische Attraktivität galten. Dennoch wirkte sie anziehend, faszinierend, ungemein sexy, und Victor, der, wie Gina vermutete, gern ein Auge bei anderen Frauen riskierte, war zumindest heute abend offenbar der treueste aller Ehemänner, nach dem Schlafzimmerblick zu urteilen, mit dem er seine Gattin ansah.

Jetzt stellte Hester in ihrer freundlichen, sanften Art einen Strom Fragen zu Ginas Wohlbefinden – ob sie morgens Tee oder Kaffee trinke, ob das Badesalz nach ihrem Geschmack sei oder ob sie ein Duschgel vorziehe. Im Kleiderschrank liege eine ultraleichte Steppdecke, falls es ihr nachts zu heiß werde, und ob sie vor dem Schlafengehen gern ein heißes oder ein kaltes Getränk zu sich nehmen wolle?

Gina mußte sich sehr konzentrieren, um halbwegs vernünftige Antworten zu geben. Sie müssen mich für reichlich beschränkt halten, sagte sie sich. Dann fing Julia schrecklicherweise mit Fragen zu ihrer Familie an. Ob sie Jack in letzter Zeit gesehen habe? Ob nicht die Tochter ihrer Tante Sophie im Frühjahr geheiratet habe? Wie es um Georges Rücken bestellt sei, hatte er nicht ins Krankenhaus gemußt?

Hester rettete sie, als die Überreste des Fischgangs abgetragen wurden. »Gina fährt in letzter Zeit nicht oft nach Hause, nicht wahr, Gina? Sie hat alle Hände voll damit zu tun, alles mögliche in Oxford zu organisieren. Das hat Harry uns doch erzählt.«

»Ja, natürlich, da ist Harry dir ja auch begegnet, nicht wahr?« sagte Victor.

»Erzähl uns doch von deiner journalistischen Arbeit«, forderte Hester sie auf.

Am Schluß – das Holundereis war inzwischen serviert und wieder abgetragen und der Käse herumgereicht worden – kam Gina sich vor, als sei eine Dampfwalze über sie hinweggerollt.

»Ich nehme meinen Kaffee mit in mein Büro«, sagte Victor zu Esme.

»Alles klar«, erwiderte sie. »Gibt's heute abend ein interessantes Match im Fernsehen? Wer spielt denn?«

Victor sah aus wie ein kleiner Junge, den man bei einem Streich ertappt hatte. »Ich habe noch zu arbeiten«, erklärte er würdevoll.

Esme klapperte lachend mit den Tellern.

Guy, der auf leisen Sohlen hereingekommen war, warf ihr einen vernichtenden Blick zu und nahm ihr das Tablett ab.

»Für alle anderen Kaffee in der Bibliothek?«

»Nicht für mich, danke«, sagte Prim. »Ich jäte noch ein bißchen Unkraut auf dem Gemüsefeld, bevor es dunkel wird.«

»Ich denke, heute abend nehmen wir den Kaffee im Salon, Guy«, sagte Julia. »Ach, Victor?«

Victor blieb in der Tür stehen.

»Komm heute abend nicht zu spät ins Bett.«

Gina schützte Müdigkeit vor und stahl sich in ihr Zimmer. Sie wartete etwa zwanzig Minuten ab, ob Hester nicht noch an ihre Tür klopfen würde, um sich nach ihrem Befinden zu erkundigen oder ihr erneut den Schlummertrunk anzubieten, den sie vorhin ausgeschlagen hatte. Dann öffnete sie die Tür und schlich zur Hintertreppe, in der Hoffnung, unbemerkt aus dem Haus entwischen zu können. Jedesmal, wenn eine Bodendiele unter ihren Füßen knarrte, zuckte sie zusammen.

»Hallo, Gina«, schrie eine australische Stimme hinter ihr, als sie unten angelangt war. »Brauchst du was?«

»Nein, ich hab alles, vielen Dank!« Gina brüllte ebenfalls, denn Esme hatte ein Radio bei sich, aus dem in voller Lautstärke der dritte Akt von ›I Puritani‹ dröhnte. »Ich hab bloß die falsche Treppe erwischt. Ich wollte noch ein bißchen an die frische Luft.«

»Kann ich gut verstehen«, sagte Esme. »Der Schweiß läuft einem heute nur so runter. Bitte sehr.«

Sie hielt ihr zuvorkommend die Hintertür auf, und Gina fand sich auf dem Stallhof wieder. Drüben auf der anderen Seite hörte sie Stimmen. Sie hielt inne. Esme war ihr gefolgt. »Keine Angst, das ist nur Guy, der mit Harry flirtet. Harry bringt sein Motorrad in Schuß. Harry bringt ständig sein Motorrad in Schuß. Er sollte sich allmählich ein neues anschaffen, wenn du mich fragst.«

Gina stieß ein gequältes »Schsch« hervor, doch Harry war zu konzentriert auf seine Tourenzahl und Guy zu konzentriert auf Harry, als daß einer von ihnen sie bemerkte.

»Am besten, du gehst auf eine der Terrassen«, riet Esme freundlich. »Da stechen die Mücken nicht so schlimm.«

»Danke«, zischte Gina, die genau wußte, wo sie hinwollte.

Endlich von dem Haus und seinen allgegenwärtigen Bewohnern befreit, eilte sie die Zufahrt hinunter. Von Harrys Wagen aus hatte sie vorhin auf dem Rasendreieck vor dem Dorfpub ein rotes Telefonhäuschen entdeckt. Mit einer Handvoll Münzen bewaffnet (hier gab es bestimmt kein Kartentelefon) passierte sie das Tor und ging über die immer dunkler werdende Straße nach Heartsease.

Zum Glück hatte die Lampe in der Telefonzelle schon vor langer Zeit den Geist aufgegeben, sonst wäre Gina wie von einem Scheinwerfer angestrahlt worden. Sie hatte ohnehin das Gefühl, beobachtet zu werden, als sie angestrengt auf die Wählscheibe starrte, um nur ja die richtige Nummer zu wählen. Sie hörte es am anderen Ende läuten.

Laß Zoë zu Hause sein, betete sie. Und laß sie ans Telefon gehen, nicht Fergus.

»Oxford 429817.«

Zoë. Gerettet.

»Zoë! Ich bin's, Gina.«

»Wer? Oh, Gina! Super. Sprich lauter, die Verbindung ist gräßlich. Oder geht es nicht, bist du im Flur oder Wohnzimmer oder so?«

»Nein, ich bin in einer Telefonzelle«, sagte Gina in normaler Lautstärke.

»So ist es besser. Ist jemand bei dir?«

»Nein, nein, darum bin ich ja ins Dorf gegangen. Ich hab andauernd das Gefühl, daß ich belauscht werde.«

»Das Gefühl kenn ich«, sagte Zoë. »Ich bin selbst in einem Dorf aufgewachsen, und weißt du was? Es hat immer irgend jemand gehorcht. Hör zu, gib mir deine Nummer, dann ruf ich dich an.«

»Das geht nicht. Auf der Wählscheibe steht keine Nummer, ich glaube, sie ist mit der Zeit verblaßt.«

»Vermutlich im Krieg entfernt, um die Deutschen an der Nase herumzuführen«, meinte Zoë. »Na gut, dann mach schnell, bevor dir das Geld ausgeht. Zuerst deine Neuigkeiten, dann erzähl ich dir, was hier los war.«

»Es hat keinen Sinn, Zoë, ich komme zurück nach Oxford. Ich bring's nicht fertig.«

»Harry zu heiraten? Ich dachte, du hättest von Anfang an gesagt, daß das nicht in Frage kommt. Macht er Schwierigkeiten?«

»Nein, nein, er ist eigentlich ganz nett, und wir haben noch gar nicht über eine ... über das gesprochen, was du gerade erwähnt hast. Nein, ich kann nur einfach nicht mehr so tun, als ob ich Georgie wäre. Sie stellen mir die unmöglichsten Fragen, auf die ich keine Antwort weiß, und außerdem ist das keine normale Familie!«

»Stinkvornehm?« fragte Zoë. »Steif, fad und unfreundlich?«

»Nein, ganz und gar nicht. Sie sind bloß, na ja, anders. Ich glaube, sie sind alle wahnsinnig klug. Wahrscheinlich wissen sie, daß ich etwas im Schilde führe! Das hier ist die Oberliga, Zoë, ich bin in der falschen Partie gelandet.«

»Nein, nein, das bildest du dir nur ein«, sagte Zoë. »Jetzt hör mal zu, du kannst nicht zurückkommen. Popplewell schnüffelt hier herum.«

»Popplewell? Das kann nicht sein«, rief Gina. »Er denkt doch, daß ich das Land verlassen habe.«

»Anscheinend ist er nicht sicher. Er stand plötzlich vor der Tür und hat alle möglichen neugierigen Fragen gestellt. Fergus hat ihn verscheucht, aber er ahnt irgendwas. Du mußt bleiben, wo du bist.«

»Das geht nicht«, sagte Gina verzweifelt. »Ich komme nach Oxford zurück und packe aus ...«

»Und landest wegen Irreführung oder Störung der öffentlichen Ordnung vor Gericht. Und dann schieben sie dich ab und setzen lauter Kringel in deinen Paß, und du darfst nie mehr zurückkommen.«

»Oh, verdammt«, sagte Gina.

»Du darfst die Sache jetzt nicht platzen lassen«, redete Zoë ihr zu. »Ich weiß, daß du's schaffen kannst. Laß dich nicht von ihnen einschüchtern. Hör zu, ich muß Schluß machen, da kommt Fergus, und du weißt ja, wie neugierig er ist. Er wird wissen wollen, mit wem ich spreche.«

Gina hörte ein Rascheln in der Leitung und dann wieder Zoës Stimme, sehr klar und präzise. »Es ist meine Tante Alice, Fergus.« Dann flüsterte sie: »Diese typisch englischen Familien sind gar nicht so schlimm, wie du denkst, wenn du sie erst besser kennst. Wirklich. Tschüs.«

Klick.

Nein, dachte Gina finster, als sie die Tür des Telefonhäuschens mit der Schulter aufschob. Sie sind viel, viel schlimmer.

6

Klirr. Rums. Peng.

Esme stellte geräuschvoll eine Tasse Tee auf das Nachtschränkchen neben Ginas Bett und ging zum Fenster hinüber. »Toller Tag heute«, rief sie und zog die Vorhänge auf. »Hoffentlich haben die Eulen nicht soviel Krach gemacht. Ich hasse Eulen.«

Gina, die eine heiße, unruhige Nacht hinter sich hatte, in der sie von geflügelten Motorradfahrern, Popplewells in Frauenkleidern und einem wutschnaubenden weißen Stier verfolgt worden war, murmelte ein Dankeschön. Mit dumpfem Krachen fiel die Tür hinter Esme ins Schloß, um sich gleich darauf wieder zu öffnen.

»Hab ich vergessen zu sagen – Frühstück in 'ner halben Stunde.«

Obwohl es erst halb neun war, verhieß der hereinströmende Sonnenschein bereits tropische Hitze. Eulen? dachte Gina, während sie aus dem Bett stieg und ins Bad ging. Ja, sie erinnerte sich daran, gestern nacht Eulen gehört zu haben. Mehrere verschiedene Eulen, nach dem variantenreichen Kreischen zu urteilen, das sich mit ihren Träumen verwoben hatte.

Sie schaute nicht in den Spiegel; sie wußte nur zu gut, wie sie aussehen würde. Grausam.

Die ausgiebige Dusche erfrischte sie ein wenig, doch die Luft war noch ebenso drückend wie zuvor. Shorts, entschied sie. Normalerweise zog sie die nur zum Spazierengehen an. Die Einblicke, die sich einem bei warmem Wetter in der Stadt boten, reichten, um einem Shorts gründlich zu verleiden. Aber hier war sie auf dem Land, sie machte in gewisser Weise Ferien – lieber nicht darüber nachdenken, daß sie sich versteckt hielt.

Ginas Beine waren sehr ansehnlich, doch kaum hatte sie das Frühstückszimmer betreten, merkte sie, daß sie mit den Shorts einen Fehler gemacht hatte. Guy, der Teller herumreichte, empfing sie mit den freundlichen Worten »Tolle Shorts«. Victors Blick besagte allerdings weit mehr, und Julia wirkte gar nicht erfreut. Hester, die vermutlich nie darauf achtete, was man anhatte, bot ihr sogleich Tee, Kaffee und Fruchtsaft an und versuchte ihr verschiedene Sorten Getreideflocken, Eier, Fisch, Brötchen und Toast schmackhaft zu machen. »Was ißt du normalerweise zum Frühstück, meine Liebe?« fragte sie.

Gina wollte ihr nicht sagen, daß es gewöhnlich aus einer Scheibe Toast und Instantkaffee bestand, wenn sie überhaupt die Zeit dazu hatte. Außer an den Sonntagen natürlich. Herrliche Sonntage, an denen Fergus gegen elf Uhr ein, wie er es nannte, anständiges Frühstück zubereitete. Sie saßen dann alle in der Küche, rings um sich die Sonntagszeitungen ausgebreitet, und vertilgten Portionen, die bis zu dem späten Abendessen vorhielten. Gina fragte sich, ob sie jemals wieder einen dieser geruhsamen Tage in Oxford erleben würde. Im Augenblick schien es wenig wahrscheinlich.

»Es hat keinen Sinn, ständig zurückzuschauen«, sagte Harry aufmunternd.

»Wie bitte?« fragte Gina.

»Ich merke doch, daß du irgendwas aus der Vergangenheit nachtrauerst. Das Essen hat dich wohl daran erinnert. Du weißt ja, was es mit Gerüchen und Geschmack auf sich hat. Im Ausland lebende Engländer riechen frisch gemähtes Gras und werden ganz melancholisch bei dem Gedanken an England, sie vergessen, wie naß, schmutzig und rundum scheußlich das Leben hier sein kann. Im Gegenzug schnappen arme südländische Emigranten wie Maria vielleicht plötzlich den Duft von Zypressen oder Orangenblüten auf …

Maria merkt man solche Tage sofort an, weil ihre Karamelcreme dann nicht fest wird und sie einen sehr, sehr spanischen Wutanfall kriegt.«

»Ich habe nicht zurückgeschaut«, entgegnete Gina gereizt. Niemand ließ sich gern sagen, er hänge an der Vergangenheit fest.

»O doch, das hast du. Du hast von glücklicheren Tagen geträumt. Und das ist zwecklos. Es ist immer besser zu denken, daß die beste Zeit noch vor einem liegt. Wer weiß denn schon, was der Tag noch alles bringen wird?«

Ja, wer kann das wissen? dachte Gina, während sie eine große Leinenserviette über ihre Beine breitete und wünschte, Victor würde sich auf seine Zeitung konzentrieren. Der Tag konnte ihre Entlarvung bringen, ihre Demaskierung als Hochstaplerin. Oder – ein schrecklicher Gedanke – er konnte Popplewell oder einen seiner Kollegen zu ihr führen. Vielleicht wimmelte es in seiner Behörde von Popplewell-Klonen, die alle durchs Land reisten und ihre Pflicht taten. Lustlos aß Gina noch einen Löffel Müsli.

»Ich weiß nicht, wie man dieses Kaninchenfutter runterkriegen kann.« Victor biß mit seinen ausgezeichneten Zähnen in eine knusprige Toastscheibe. »Damit kann man doch nicht Leib und Seele zusammenhalten. Außerdem kriegt man davon Blähungen.«

»Victor, das reicht«, sagte Hester. »Gina, was würdest du heute gern machen?«

Harry antwortete an ihrer Stelle. »Wärst du so lieb, Gina heute morgen das Haus zu zeigen, Tante Hester? Ich hab bis zum Mittagessen ziemlich viel zu erledigen. Heute nachmittag könnte ich ihr den Weinberg zeigen. Der wird dir gefallen, Gina. Und danach können wir schwimmen gehen.«

Gina hatte keine Möglichkeit, das abzulehnen, sie konnte schlecht vorschützen, sie müsse arbeiten oder Briefe schreiben. Eigenartig, nichts zu tun zu haben.

»Ich nehme an, du willst deinen Großeltern ein paar Zeilen schreiben«, sagte Hester. »Leg den Brief auf den Tisch in der Halle, dann sorge ich dafür, daß er mit der übrigen Post rausgeht.«

Wieder eine Falle. Gina warf Harry einen stummen, flehentlichen Blick zu, umsonst. Harry verließ bereits das Zimmer, im Vorbeigehen streichelte er kurz Guys Schulter.

»Ich weiß nicht, ob Aimée in ihrem Zimmer ist.« Hester klopfte an die Tür. »Du hast sie noch nicht kennengelernt, oder?«

Eine leise, weiche Stimme rief »Herein«, und Hester öffnete die Tür zu einem Zimmer, das man nur als Boudoir bezeichnen konnte. Dünne silbriggrüne Musselin- und Gazevorhänge wehten sacht an den Fenstern und rings um ein großes Himmelbett. Die Wände waren auch hier mit erlesenen Gobelins dekoriert, wie Gina staunend feststellte. Der Künstler hatte erneut klassische Motive gewählt, diesmal alle zum Thema Liebe, und Gina blinzelte, als sie erkannte, was die Nymphen, Satyren und diversen griechischen Helden da trieben.

»Schockierend, nicht?«

Aimée lag auf dem Bett. Ihr dunkles Haar fiel auf ihre weißen Schultern herab, und ihr vollendeter Busen war von einem dünnen Negligé kaum verhüllt.

»Cousine Georgiana, nicht wahr?« fragte Aimée mit einladendem Lächeln. »Komm, setz dich hierher« – sie klopfte auf das Bett – »und erzähl mir von dir. Bist du verliebt? Ich sehe, daß es so ist. Es ist nicht Harry, nicht wahr? Natürlich wünschen wir uns alle von Herzen, daß Harry sich verliebt, aber Frauen sind ganz und gar nicht sein Fall. Jedenfalls im Moment nicht.«

»Aimée«, sagte Hester, ziemlich scharf für ihre Verhältnisse. »Es ist allerhöchste Zeit, daß du aufstehst. Mrs. Slubs wird dein Zimmer saubermachen wollen. Gestern konnte sie wieder erst nachmittags hinein.«

Aimée streckte anmutig die Arme aus und gähnte. »Gestern war ein wunderbarer Tag, Tante Hester. Weiß du, letzte Nacht ...«

Hester schnitt ihr sofort das Wort ab. »Ich glaube nicht, daß wir von letzter Nacht hören wollen, danke. Gina kann nicht bleiben, ich zeige ihr nur das Haus.«

Aimées mandelförmige Augen funkelten. »Liebe Tante Hester, warst du denn niemals jung und verliebt?«

»Nein, war ich nie, wie du sehr gut weißt, und dafür danke ich dem Himmel.«

»Laß Gina noch ein wenig hierbleiben«, bat Aimée. »Ich sehe, daß sie einen Mann liebt, der sie nicht liebt, und dann muß da noch jemand sein, der sie liebt. Sie kann unmöglich so hübsch sein und keinen Liebsten haben, nicht wahr, Hester? Gib's zu! Ich will alles darüber wissen.«

Hester schnalzte mißbilligend mit der Zunge und legte die Hand auf Ginas Arm. Gina verließ den parfümierten Raum nur widerstrebend, all ihre Sinne waren in Aufruhr. Wenn man Aimée nur ansah, war einem klar, daß kein Mann sicher vor ihr war. Reiß dich bloß zusammen, sagte sich Gina.

»Aimée hat sich wohl sehr verändert, seit du sie das letztemal gesehen hast«, sagte Hester. »Damals muß sie noch ein Baby gewesen sein, obwohl sie immer schon ein sehr anziehendes und bezauberndes Kind war. Alle beteten sie an.«

Das glaube ich gern, dachte Gina. Während sie Hester durch den Korridor folgte, näherte sie sich geistig und körperlich allmählich wieder ihrem Normalzustand an.

»Am dreiundzwanzigsten Juni feiert Aimée ihren einundzwanzigsten Geburtstag«, fuhr Hester fort.

»Johannis«, sagte Gina ohne nachzudenken.

Hester warf ihr einen überraschend scharfen Blick zu. »Sehr passend, könnte man sagen. Abends geben wir einen Ball für Aimée. Du wirst natürlich noch hier sein. Es wird dir gefallen.«

Auf gar keinen Fall, wollte Gina sagen, hielt sich jedoch noch rechtzeitig zurück. »Mit einem Ball hatte ich nicht gerechnet.«

»Ja, mir ist aufgefallen, daß du kein Cocktailkleid und keine langen Kleider mitgebracht hast. Das hat mich gewundert. Zu dieser Jahreszeit finden auf dem Land viele Feste statt, bei euch auf Uish doch sicher auch?«

»Nein, nein«, sagte Gina hastig. »Meine Großeltern sind alt, und ...«

Hester sah sie verdutzt an. »Wie komisch. Ich bin sicher, daß Cousin Jack in seinem letzten Brief eine ganze Reihe von Partys und Bällen erwähnt hat.«

Dieser blöde, geschwätzige Cousin Jack, dachte Gina. »Ich arbeite ja jetzt, in Oxford, deshalb gehe ich nicht mehr oft auf Partys.«

Hester lachte herzlich. »Na, daß das nicht stimmt, weiß ich aber genau. Du mußt nach ein paar Kleidern schicken, oder falls du einen Einkaufsbummel machen willst, in Bath gibt es vorzügliche Boutiquen. Ich bin sicher, Harry wird dich hinfahren. Er fährt recht oft geschäftlich nach Bath.«

Und womit soll ich die Klamotten kaufen? dachte Gina. Ich habe kaum noch Geld übrig. Außerdem muß ich schleunigst herausfinden, was Harry beruflich macht, bevor ich auch da noch ins Fettnäpfchen trete. Georgie hatte aufreizend vage geantwortet, als sie nach Harrys Beruf gefragt hatte. »Oh, er ist im Versandgeschäft«, hatte sie nur gesagt. Gina konnte ja schlecht Hester fragen, was Harry macht. Na egal, heute nachmittag würde sie mit ihm zusammensein, dann konnte sie mehr über ihn herauskriegen.

Jetzt verstehe ich, wie Menschen sich in Häuser verlieben können, dachte Gina, als sie endgültig dem Zauber von Heartsease Hall erlag. Es ist ein Kunstwerk, nicht bloß ein Haus, in dem man wohnen kann.

»Ich habe noch nie im Leben ein so wunderschönes Haus gesehen«, rief sie, als Hester sie durch einen prächtigen Raum nach dem anderen führte. Die Kapelle mit der hohen Decke, die Große Halle, die Kleine Halle, der Hof, über den man zu dem jakobäischen Turm gelangte, die Küche, der

Ballsaal. Die breite Treppe aus poliertem Holz im ältesten Teil des Hauses, das Zimmer, in dem König Charles II. geschlafen hatte, das Rote Zimmer, die Bibliothek, das Sonnenzimmer, so genannt wegen der an die Decke gemalten riesigen Sonne. Und überall Gobelins, die man in jener glücklicheren Zeit wie Tapeten behandelt, rings um die Türen abgeschnitten, über Wandschränke und um Ecken gezogen hatte.

»All dies gehört noch zum alten Haus«, sagte Hester. »Die Bauarbeiten begannen etwa um 1370, und die Große Halle wurde nach der Schlacht von Bosworth im Jahre 1485 errichtet. Unter den Tudorkönigen ging es der Familie blendend. Sie hatten immer das Talent, zum richtigen Zeitpunkt auf der richtigen Seite zu stehen. Sie brachten es zu etwas, bauten sich im siebzehnten Jahrhundert eine Tagesreise entfernt ein neues Herrenhaus und siedelten dorthin über. Das ist der Grund, warum an diesem Teil des Hauses so wenig verändert wurde. Hier wohnten Pächter und unbedeutendere Mitglieder der Familie. Erst gegen Ende des achtzehnten Jahrhunderts schlug wieder eine Countess hier ihren Wohnsitz auf. Ich glaube, sie und ihr Mann einigten sich darauf, getrennt zu leben, aus Gründen, auf die man am besten nicht näher eingeht.«

Hester führte Gina durch die Küche in die Gärten. »Die Countess entschied, daß sie mehr Platz brauchte. Zu jener Zeit war die Gotik in Mode, daher ließ sie das alte Haus nicht abreißen, sondern einen Anbau im neugotischen Stil machen. Deshalb wirkt alles so harmonisch, wenn man sich dem Haus von vorn nähert.«

Wie im Traum ging Gina durch die Ziergärten an der Rückseite des Hauses und weiter zum Obstgarten, wo große gefleckte Schweine zufrieden unter den Bäumen weideten.

Ein Garten Eden, dachte sie. Ich kann unmöglich von hier fortgehen, nach Amerika zurück, wo ein hundert Jahre altes Haus bereits als historisch gilt.

Hester freute sich über Ginas Begeisterung. »Für dich ist

all das natürlich neu. Du warst noch so klein, als du das letztemal hier zu Besuch warst. Deine Eltern kamen sehr gern her, weißt du.«

Georgie ist ein Glückskind, dachte Gina. Sie war mit all dem verbunden, hatte das Recht, jederzeit hierher zu kommen, nicht als Besucherin, sondern als Mitglied der Familie.

Träge schlenderte Gina durch die Gärten, vordergründig, um Hester zu helfen, Blumen für das Haus auszusuchen. Doch die meiste Zeit sah sie sich nur um und staunte an jeder Wegbiegung, die wieder eine andere Ansicht des Hauses oder eine neue, wundervolle Aussicht eröffnete. Es war später Vormittag, als Hester schließlich auf ihre Uhr schaute und sagte, sie sollten besser hineingehen; Harry warte sicherlich schon auf Gina.

Er wartete nicht. Typisch. Statt dessen wartete eine Nachricht auf sie. *Wurde aufgehalten – den Weinberg verschieben wir auf später – um fünf treffen wir uns unten zum Schwimmen.*

Es machte Gina nichts aus, den Nachmittag allein zu verbringen. Sie versicherte der besorgten Hester, sie werde bestens zurechtkommen.

»Aimée ist natürlich verschwunden«, sagte Hester stirnrunzelnd. »Du könntest den Nachmittag mit Prim verbringen, aber ich fürchte, dann müßtest du kräftig zupacken. Sie hält die Leute immer dazu an, ihr zu helfen. Und du siehst ein wenig abgespannt aus, wenn du mir die Bemerkung verzeihst.«

Das Mittagessen war zum Glück eine zwanglose kalte Mahlzeit, die in dem kleineren Speisezimmer gereicht wurde. Gina aß allein mit Hester. Victor war nach Bristol gefahren, Julia hatte erneut Dienst in der Klinik, und Prim hatte einen Picknickkorb mitgenommen.

Hester entschuldigte sich für den Mangel an Gesellschaft. Gina konnte ihr schlecht sagen, wie erleichtert sie war, wenigstens ein paar Stunden lang von der vollen Power der Familie verschont zu bleiben. Ihre Schonfrist währte noch ein wenig länger. Guy, der den Terminkalender führte, erinnerte Hester daran, daß Victor und Julia abends in Heartsbury essen würden. »Prim sagte, sie ißt im Cottage, Aimée hat wie üblich ein heißes Date, also gehe ich davon aus, daß Maria einen ihrer Experimentierabende inszenieren wird.«

»Hört sich schlimmer an, als es ist«, sagte Hester zu Gina gewandt. »Wenn nur ein oder zwei Mitglieder der Familie hier sind und vor allem Victor nicht da ist, probiert Maria gern neue Gerichte aus. Für Victor muß alles perfekt sein, weißt du.«

»Ist er denn so wählerisch, was das Essen angeht?« fragte Gina überrascht. Auf sie wirkte er in jeder Hinsicht wie ein Mann von unverwüstlichem Appetit. Für einen Gourmet hätte sie ihn nie gehalten.

»Nein, Victor ißt sehr gern und würde sich mit fast allem zufriedengeben. Aber Maria denkt, daß er als Hausherr mit besonderem Respekt behandelt werden muß.«

»Und das zu Recht«, warf Guy ein. »Victor ist fabelhaft. Kein Wunder, daß die Leute ihm zuliebe alles mögliche tun.«

»Hmm«, machte Hester.

Als Gina das Rad, das Esme für sie organisiert hatte, zum Tor schob, war ihr zumute, als sei sie aus dem Gefängnis entflohen.

»Es sind haufenweise Fahrräder da«, hatte Esme gesagt. »Diese Familie hat alles im Überfluß. Hier ist ein passendes Rad für dich. Warte, ich pumpe die Reifen für dich auf.«

Gina protestierte, sie könne die Reifen sehr gut selbst aufpumpen.

Esme winkte ab. »Nein, nein, du siehst völlig geschafft aus. Ich mag jede Art von körperlicher Betätigung. Und ich kann dir gut nachfühlen, daß du mal hier rauswillst. Ich weiß, es ist deine Familie und so, aber Mann, das ist vielleicht 'n Haufen Irre. So!« Sie drückte prüfend auf den Hinterreifen – Gina staunte, daß er nicht auf der Stelle platzte –, dann sagte sie, daß sie losmüsse, zum Tennisspielen mit Jarvis. »Er kümmert sich um die Gärten, wenn Prim ihn läßt, aber heute hat er seinen freien Nachmittag. Bis später.«

Zumindest einen unkomplizierten Menschen gibt es in diesem Haus, dachte Gina, als sie am Fuß der steilen Auffahrt auf ihr Rad stieg.

Gina war eine geübte Radfahrerin, in Oxford legte sie sämtliche Wege mit dem Rad zurück. Als sie über die baumbestandenen Straßen fuhr, hob sich ihre Stimmung. Es war erstaunlich, aber sie mußte zugeben, daß ihre Panik nachgelassen hatte. Es mußte etwas damit zu tun haben, daß man hier so weit weg von allem war; Popplewell schien zu einer anderen Welt zu gehören. Dies war eine bis zum Rand mit Geschichte gefüllte Gegend, die Menschen waren hier fest verwurzelt, mit einem Wort, dies war das Land, von dem sie geträumt hatte, als sie das erste Mal nach England kam. Die Cordovans – alteingesessen, zu einem weitverzweigten Clan gehörend, reich – waren die Familie, die sie nie gehabt hatte. Man stelle sich vor, kein Einzelkind zu sein, dachte Gina, während sie einen kleinen Hügel hochstrampelte und auf der anderen Seite hinunterschoß. All diese Brüder und Schwestern zu haben, jede Menge Onkel und Tanten, Cousins und Schwager ... Harry war ein Glückspilz.

Sie hatte zwar ihre Straßenkarte mitgenommen, ihr schwebte jedoch kein bestimmtes Ziel vor. An Kreuzungen wählte sie den Ort mit dem klangvollsten Namen. Oath's Sluice entpuppte sich als ein einzelnes Cottage mit einer Wassermühle; Utter Oath hatte mehrere bildhübsche strohgedeckte Cottages und einen Dorfladen vorzuweisen. Gina erstand eine Dose Cola und eine Ansichtskarte des Dorfs – obwohl es niemanden gibt, dem ich sie schicken könnte, dachte sie, als sie wieder auf ihr Rad stieg.

Nach mehreren Kilometern Fahrt kreuz und quer über Land, auf denen sie nur hin und wieder von einem Auto überholt wurde und selbst mehrere rumpelnde Traktoren passierte, hielt sie an und sah auf ihre Karte. Sie war weiträumig im Kreis gefahren und befand sich – so nahm sie jedenfalls an – wieder auf Heartsease-Territorium. Sie blickte zu dem Wegweiser hoch. Links ging es nach Long Ease und Little Ease. Die Straße gegenüber war nach Heartsease und Heartsbane ausgeschildert. Sie kam von Corda Episcopi und würde die vierte Straße nehmen – kaum hatte sie »Heartwell, 1 Meile« auf dem Schild gelesen, wußte sie, daß nichts anderes in Frage kam.

Heartwell war bezaubernd. So wie in Heartsease gab es einen zentral gelegenen Dorfanger, der jedoch viel größer war als das winzige Dreieck in Heartsease. Groß genug, um einen Ententeich, komplett mit Enten, einen Maibaum und eine allem Anschein nach sehr unbequeme schmiedeeiserne Bank mit einer Plakette an der Rückseite sein eigen zu nennen. Auf der Plakette war zu lesen, daß man die Bank zu Ehren von Reverend Gartsop, Pfarrer von Heartwell in den Jahren 1921 bis 1927, aufgestellt hatte.

Gina hielt an und lehnte ihr Rad gegen einen Baum. Jenseits des Dorfangers stand eine kleine normannische Kirche, daneben die Schule. Außerdem entdeckte sie einen Dorfladen mit Poststelle, eine Bäckerei und einen Geschenkeshop, in dem man auch Tee trinken konnte.

Gina liebte den klassischen englischen Nachmittagstee, doch sie hatte bereits zu Mittag gegessen, und zwar viel mehr als den gewohnten Happen auf die Schnelle. Dann also die Kirche, dachte sie.

Sie ging um die Kirche herum zu dem an der Rückseite gelegenen Friedhof. Die Grabsteine waren alt, und die meisten neigten sich wie beschwipst nach vorn oder zur Seite. Immer wieder tauchten die gleichen Namen auf: Heartwell, Gartsop, Slubs. Gina war fasziniert. Unter dem weichen Rasen mußten Vorfahren von ihr liegen. Bienen summten und schwirrten um das Geißblatt herum, das von der Kirchenmauer herabhing. Wie friedlich, dachte Gina, während sie genußvoll den schwachen Duft von gemähtem Gras einsog. Wie englisch.

Sie schob das schwere Portal auf und trat in das wohltuend kühle Innere der Kirche. Weiter vorn im Mittelschiff hörte sie Stimmengemurmel, doch sie blieb am Eingang stehen, um den modrigen Geruch in sich aufzunehmen und das Grab des Kreuzritters zu ihren Füßen zu betrachten. Auf dem Friedhof ist es friedlicher, war ihr nächster Gedanke, als sie laute, diskutierende Stimmen hörte. Sie ging durch das Mittelschiff und fand sich in einem Wirbel von Geschäftigkeit wieder. Über dem Altar machten sich mehrere Frauen mit Drahtrollen zu schaffen, und zwei weitere Frauen erklommen eine Trittleiter, die neben einer breiten normannischen Säule stand.

»Das Blumenfest«, sagte eine Stimme an Ginas Ohr. »Ein jährliches Ereignis, auf das wir sehr stolz sind. Kann ich helfen, oder sind Sie nur auf einen Sprung reingekommen, um unsere schöne Kirche zu bewundern?«

Es war der Pfarrer. Gina fand die Kirche beeindruckend und sagte es ihm auch, während sie es nicht über sich brachte, etwas Anerkennendes zu den gräßlichen Transparenten und Spruchbändern zu äußern, die überall in der Kirche hingen und das sicherlich herrliche Mauerwerk verdeckten. Sie sei zufällig mit dem Rad durch Heartwell gekommen, erklärte sie, und die Kirche sei ihr gleich aufgefallen. Der Pfarrer gab erfreute Pfarrerlaute von sich und wollte sich schon entfernen, als Gina ihn spontan fragte, ob sie einen Blick in das Kirchenregister werfen dürfe.

Der Pfarrer sah sie überrascht an. »Selbstverständlich«, sagte er. »Es ist für jedermann zugänglich, nur leider müssen wir es in den heutigen traurigen Zeiten einschließen. Ich sage eben Mrs. Bodkin Bescheid, wo ich bin, dann stehe ich zu Ihrer Verfügung.«

Allem Anschein nach verging er vor Neugier, warum sie einen Blick in das Register werfen wollte. Gina entschied, daß es am besten wäre, so nah wie möglich an der Wahrheit zu bleiben. »Meine Vorfahren lebten vor langer Zeit in dieser Gegend«, erklärte sie. »Mein Name ist Hartwell, ohne das E. Aber ich habe eine Freundin, deren Familie noch vor einiger Zeit hier ansässig war. Ich habe ihr versprochen, ihre Familie nachzuschlagen, wenn ich hier bin. Sie ist im Ausland. Ihr Name lautet auch Heartwell, so geschrieben wie dieses Dorf.«

»Wie interessant«, sagte der Pfarrer. »Wirklich sehr interessant. Die Heartwells waren hiesige Gutsherren, obwohl leider nur noch wenige übrig sind, und sie leben auch nicht mehr drüben in Heartwell House. Es wurde vor vielen Jahren verkauft. Oh, die derzeitigen Bewohner sind zwar erst vor kurzem zugezogen, aber auch sehr, hm, nett. Lassen Sie mal sehen ...«

Die Heartwells waren ein faszinierendes Studienobjekt. Die Namen, die sich durch die Jahrhunderte zogen, waren ein Spiegel der jeweils herrschenden Mode. Auf etliche Marys, Elizabeth' und Thomas' folgten Charlottes und James', die im Laufe der Zeit von Fredericks, Augustus' und Louises abgelöst wurden. Es gab sogar einen Algernon Adolphus, wie Gina entzückt feststellte, und besonders gut gefiel ihr ein früher puritanischer Vorfahre namens Pure-of-Heart – Herzensrein – Heartwell.

»Sie scheinen sich mit alten Registern auszukennen«, bemerkte der Pfarrer.

»Ich bin Historikerin«, erklärte Gina, die ihre Rolle als Schinkenerbin vorübergehend vergessen hatte.

In seiner Begeisterung über die Verästelungen des Familienstammbaums bemerkte der Pfarrer zum Glück nicht, daß Gina weit mehr an den Verwandten ihrer »Freundin« interessiert war als an ihren eigenen Ahnen. Zu ihrer Verblüffung fand sie einen Eintrag über die Hochzeit ihrer Mutter. Sie wollte schon sagen, sie habe ja keine Ahnung gehabt, daß ihre Mutter in England geheiratet hatte, biß sich aber noch rechtzeitig auf die Zunge.

»Ist das die Mutter Ihrer Freundin?« fragte der Pfarrer, dem ihr Interesse nicht entging. »Sie hat einen Ortsfremden geheiratet. Serge Zandermann, bestimmt ein Ausländer.« Er lachte herzlich.

Gina war gerührt bei dem Gedanken, daß die Trauung ihrer Eltern hier in dieser kleinen englischen Kirche vollzogen worden war, so weit weg von den Orten, an die ihr späteres Leben sie geführt hatte. Die Hochzeit hatte im Juni stattgefunden – war es ein heißer Tag gewesen, so wie heute? überlegte sie, als sie aus der Kirche in die erstickend heiße Luft trat. Es war noch schwüler geworden, seit sie die Kirche betreten hatte. Sie würde sich ein Eis im Laden kaufen und dann in gemächlichem Tempo nach Heartsease zurückradeln.

Als Gina sich draußen von dem Pfarrer verabschiedete, stieß eine Frau mit blonden Strähnchen zu ihnen, in einem Kleid und Schuhen, die vermutlich von ›Vogue‹ für landpartietauglich erklärt worden waren. Sie unterbrach ihr Gespräch, ohne sich zu entschuldigen.

Keine Manieren, wer immer sie ist, dachte Gina und wich zurück.

»Es geht um die Blumen für den Altar, Geoff«, sagte die Frau. »Ich habe Hibiskus mitgebracht, in den *herrlichsten* Farben, einfach *wunder*schön. Molly Gartsop hält nichts davon, aber ich finde, sie würden sich ausnehmend gut als Altarschmuck machen.«

Ein gehetzter Ausdruck trat auf das Gesicht des Pfarrers.

»Nun ja«, sagte er. »Der Altarschmuck stellt uns immer wieder vor Probleme.«

»Ich weiß natürlich, daß sich normalerweise Molly darum kümmert, und daß ihr Vater hier im Jahre Schnee Pfarrer war. Aber mal im Ernst. Wenn Sie Besucher in die Kirche locken wollen, *müssen* Sie für die Blumenarrangements eine zeitgemäßere Lösung finden.«

Der Pfarrer klammerte sich an den nächstbesten Strohhalm. »Gehen Sie noch nicht«, sagte er in eindringlichem Ton zu Gina. »Lori, dies ist Gina Hartwell. Ihre Familie stammt von hier. Gina, Lori Mowbray. Sie wohnt in Heartwell House.«

Loris Blick glitt über Gina, registrierte ihre Shorts, ihr Poloshirt und ihre Sandalen – kein einziger Designer-Artikel in Sicht. »Hallo«, sagte sie ohne Begeisterung.

»Hallo«, sagte Gina. An den Pfarrer gewandt fügte sie hinzu: »Nochmals vielen Dank.«

»Wie lange bleiben Sie in Heartsease?« erkundigte er sich.

»Ich weiß noch nicht«, erwiderte Gina.

»Wenn Sie Zeit haben, kommen Sie mal wieder. Ich hole jederzeit gern das Kirchenregister für Sie heraus.«

»Das ist sehr nett von Ihnen.«

»Heartsease?« fragte Lori scharf. »Wohnen Sie im Dorf?«

»Miss Hartwell wohnt auf Heartsease Hall.«

»Was, bei den Cordovans?« Lori konnte es offenbar nicht glauben. »Sind Sie *Freunde* von Ihnen?«

»Miss Hartwell ist eine Verwandte«, erklärte der Pfarrer belustigt.

Lori floß plötzlich über vor Charme. Ein strahlendes Lächeln erschien auf ihrem Gesicht.

»*Hartwell.* Gott, wie begriffsstutzig bin ich doch. Ihre Familie hat früher vielleicht mal in meinem Haus gewohnt! Waren Sie schon mal dort? Nein? Dann müssen Sie unbedingt mitkommen und sich das Haus ansehen. Es war in nachgerade schockierendem Zustand, als wir es kauften, primitiv, ganz und gar primitiv. Aber es ist immer wieder erstaunlich, was Menschen mit Geschmack aus einem Haus machen können. Nein, ich bestehe darauf, eine Viertelstunde können Sie erübrigen, natürlich können Sie das. Ich rufe auf Heartsease Hall an und sage Bescheid, wo Sie sind. Ich kann Sie sogar mit dem Auto zurückbringen, wir haben einen Wagen mit Vierradantrieb, darin kann man problemlos auch

Räder transportieren. Nein, es macht mir ganz und gar keine Umstände.«

Ginas Protest verhallte ungehört, als sie unerbittlich vom Kirchenportal weggezogen wurde.

»Und keine Sorge wegen des Altarschmucks, Geoff«, rief Lori über die Schulter zurück. »Ich komme später noch mal wieder und arrangiere ihn.«

7

Harry lachte herzlos, als er hörte, wo Gina gesteckt hatte. Um zehn nach fünf traf sie mit hochrotem Gesicht und völlig atemlos auf Heartsease ein.

»Du hättest dich nicht zu beeilen brauchen«, sagte er. »Fünf Uhr war bloß eine Richtzeit.«

»Ich hab mich beeilt, um von dieser gräßlichen Frau wegzukommen«, sagte Gina. »Sie wollte mich nicht gehen lassen, ich mußte mir das ganze Haus ansehen. Na ja, es ist hübsch, das gebe ich zu, aber trotzdem! Und die Fragerei! Anscheinend hält sie die ganze Familie für abartig.«

»Sie kennt uns doch gar nicht«, sagte Harry. »Oder zumindest kennen wir sie nicht.«

»Genau das ist es ja«, erwiderte Gina.

»Finden Sie es nicht sehr *schwierig* auf Heartsease Hall?« fragte Lori, als sie die Tür zu ihrer verspielt eingerichteten Küche aufstieß, an deren einem Ende ein enormer Aga-Herd stand und am anderen ein voluminöses Sofa. Hundekörbe, gestreifte Baumwollkissen und geschwärzte Deckenbalken, von denen Küchenutensilien, Kräuterbündel und getrocknete Blumen herabhingen, vervollständigten die Optik.

»Schwierig?«

»So eigenartige Leute. Man kann nicht mit ihnen reden, sie scheinen in einer anderen Welt zu leben. Wir kennen sie im Grunde nicht näher, aber seit wir hier wohnen, sind wir selbstverständlich überall aktiv. Ich finde, man sollte sich als Teil der Dorfgemeinschaft sehen, meinen Sie nicht auch? Daß wir das Herrenhaus bewohnen, heißt ja nicht, daß wir uns nicht am normalen Dorfleben beteiligen wollen. Aber diese Leute auf Heartsease Hall – pardon, ich weiß, es sind Ihre Verwandten – haben irgendwie keinen Gemeinsinn. Ich glaube fest daran, daß man nach seinen Möglichkeiten der Gesellschaft nützen sollte, und die Cordovans tun nie *irgend*was.«

»Ich glaube, sie arbeiten alle«, sagte Gina vorsichtig.

»Sie arbeiten! Wie man so hört, haben sie das wohl kaum nötig. Und welche Arbeit soll das sein? Ich meine, *ich* weiß, was Arbeit ist. Seit wir London verlassen haben, arbeite ich trotz der Mädchen – ich habe zwei Töchter – freiberuflich. Und Gareth arbeitet den lieben langen Tag, macht furchtbar viele Überstunden. Er engagiert sich unglaublich bei seiner Arbeit, schuftet wie ein Pferd.«

Gina fühlte den Drang, die Cordovans zu verteidigen – obwohl ich eigentlich nicht weiß, warum, sagte sie sich, sie sind ja nicht wirklich meine Verwandten. »Victor leitet mehrere Firmen«, sagte sie. »Und er arbeitet auf dem Gut. Ebenso Prim. Und dann ist da noch der Weinberg.«

Lori war blaß geworden. *»Landwirtschaft!«* stieß sie hervor. »Ich weiß Bescheid. Wie Victor Cordovans preisgekröntes Vieh hier durchs Dorf stampft und überall nur Schlamm und Matsch zurückläßt, spottet jeder Beschreibung. Und niemand scheint etwas dagegen unternehmen zu wollen. Ich vermute, alle erstarren vor Ehrfurcht, wenn sie den Namen Cordovan hören, und lassen der Familie alles durchgehen. Das wird sich ändern, es gibt noch ein, zwei andere neuzugezogene Familien, die darüber entsetzt sind, daß diese Rinder ungehindert alles niedertrampeln und die Straßen beschädigen dürfen.«

»Zum Landleben gehören Vieh und Matsch aber doch dazu, oder nicht?«

Lori kam erst richtig in Fahrt. »Und dann die Traktoren. In aller Herrgottsfrühe ein Höllenspektakel.«

»Ich denke, die Menschen hier sind daran gewöhnt«, sagte Gina beschwichtigend.

»Dann wird es höchste Zeit, daß sie es sich abgewöhnen und sich wehren«, erklärte Lori. »So geht das nicht, ein hübsches Dorf wie Heartsease vor die Hunde gehen zu lassen, nur weil die hiesigen Grundeigentümer so zu tun belieben, als gehörten die Straßen ihnen.«

»Was natürlich so ist«, sagte Harry belustigt.

»Was, sogar die Straßen im Dorf?«

»O ja. Und was kam dann?«

»Ist doch alles bloß Klatsch«, wehrte Gina ab.

»Ich liebe Klatsch. Komm schon, raus damit.«

»Wenn du unbedingt willst.« Gina lachte. »Sie hält die ganze Familie für unmoralisch. Euer Auftreten und Benehmen hätte in der Welt von heute keinen Platz mehr.«

»Das gefällt mir«, sagte Harry. »Beinahe würde ich diese Lori gern mal kennenlernen.«

Gina schüttelte den Kopf. »Das willst du nicht, glaub's mir.«

»Als nächstes wird sie hier aufkreuzen und behaupten, sie wäre mit dir befreundet. Meinst du, sie wäre Victors Typ?« fragte Harry leichthin.

»Wenn sie kommt, bin ich nicht da«, sagte Gina. »Und wie soll Victors Typ sein? Jedem anderen Mann würde Julia völlig reichen.«

»Julia mit den Färsenaugen«, sagte Harry nachdenklich.

»Das klingt aber nicht sehr nett.«

»Nein, Julia ist in Ordnung. Sie hat allerdings das Talent, genau zu erkennen, wo deine Schwachpunkte liegen, und darauf loszugehen.«

»Das klingt nach bitterer Erfahrung.«

»Ja, so ist es. Diese ganze Geschichte mit der Heirat – Julia übt einen ungeheuren Druck auf mich aus. Sie will, daß ich so schnell wie möglich vor den Altar trete, die Jungs aufgebe und ein stinknormales Leben führe. Na ja, wenn du mich heiratest, werden wir schon sehen, wie wir damit klarkommen.«

Gina wollte gerade sagen, er solle sich keine Sorgen machen, sie denke nicht daran, ihn zu heiraten, als ihr Zoës Warnung vor Popplewell einfiel.

»Wir kennen uns doch kaum«, sagte sie statt dessen.

»Nein.« Harry seufzte. »Und es ist wohl kaum Liebe auf den ersten Blick, oder?«

»Gibt es so was denn überhaupt?«

»Ganz bestimmt.« Harry schaute über die Terrasse zum Meer. »Das ist meine größte Sehnsucht – von Liebe zu einem Menschen überwältigt zu werden. Bei der ersten Begegnung, beim ersten Blick zu wissen – das ist es, ein Stück Ewigkeit.«

»Hmm.« Gina war ein wenig verstimmt und überrascht von Harrys unerwartet romantischer Sicht der Dinge.

»Komm mit«, sagte er unvermittelt. »Es ist viel zu heiß, um sich den Kopf über dumme Nachbarn oder Liebe und Ehe zu zerbrechen. Gehen wir schwimmen. Wir können zum Meer fahren, da gibt es eine hübsche Bucht, in der wir baden können. Allerdings muß ich dich warnen, das Wasser wird eiskalt sein. Oder wir können den Pool benutzen.«

»Meinst du das hier?« Gina blickte auf das runde Becken mit der Neptunstatue in der Mitte.

Harry lachte. »Nein, das hier ist nur zur Zierde da, und für die Fische. Wir haben einen Swimmingpool. Ich dachte, Hester hätte dir das Haus gezeigt.«

»Hat sie auch, aber keinen Pool.«

»Er ist in einem der alten Wintergärten. Das ist Prims Bereich, voll mit Dingen, die wachsen und blühen, verstehst du, deshalb nimmt Hester nicht viel Notiz davon. Hol deinen Badeanzug, es sei denn, du willst nackt baden. Wir treffen uns dann an der Tür zur Küche. Und sieh mich nicht so sittenstreng an, Victor hat im Pool nie was an, und Julia und Prim auch nicht. Eine edle Antiquität, diese Generation.«

»Wow!« sagte Gina.

»Weißt du eigentlich, daß du manchmal uramerikanisch klingst?« sagte Harry. »Na ja, kein Wunder.«

»Eben.« Und Gina rief betont britisch aus: »Oh, wie *reizend*!«

Die Wintergärten waren irgendwann im vorigen Jahrhundert hinter den Stallungen errichtet worden, von einem Cordovan aus viktorianischer Zeit, der die Weltausstellung besucht hatte und sich davon inspirieren ließ. Der Touristenführer hielt nicht das mindeste von ihnen.

Die viktorianischen Glasbauten passen ganz und gar nicht in das großartige, unverdorben mittelalterliche Erscheinungsbild von Heartsease Hall. Leider haben die früheren Eigentümer des Hauses es vorgezogen, die Wintergärten stehenzulassen, und inzwischen verhindern die Baugesetze ihren Abriß.

Harry ging voran durch die kleine Eingangshalle, durch die man in den inneren Bereich der Glashäuser gelangte. »Dies ist das Große Haus«, sagte er zu ihr.

Ehrfürchtig blickte Gina auf das Glasdach, das sich elegant über kunstvollen Streben und Stützpfeilern aus Metall wölbte.

»Neun Meter hoch.« Harry blickte ebenfalls nach oben. Er klopfte gegen den dicken Stamm einer Palme. »Ein Bananenbaum. Leider sind keine Affen da, dafür aber tropische Vögel.«

Gina hörte sie und sah exotisches Gefieder aufblitzen. »Ich komme mir vor wie im Himmel«, sagte sie.

»Ja, ein richtiger Garten Eden«, stimmte Harry zu. »Übrigens ist alles sehr raffiniert ausgetüftelt. Viktorianischer Einfallsreichtum, wie er besser nicht sein könnte. Es gibt ein Sprühsystem, das sich etwa alle vierzig Minuten einschaltet, daher die tropische Atmosphäre. Das Wasser kommt aus einem höhergelegenen Bach, ungemein energiesparend.

Die Heizung ist in den Fußboden eingelassen. Aber im Sommer wird sie natürlich nicht gebraucht.«

Gina strich über die dicken, glänzenden Blätter. »Es duftet wunderbar hier.«

»Es sind Pflanzen aus der ganzen Welt. Ein paar davon so selten, daß mal jemand von Kew Gardens kam, um Ableger zu nehmen. Einer meiner Vorfahren hat den größten Teil seines Lebens in abgelegenen Sumpfgebieten zugebracht, um Exemplare aller möglichen Pflanzenarten zu sammeln und herzuschicken. Das wäre heutzutage verboten, und am Ende wurde er auch von einem Krokodil gefressen.«

Sie schlenderten durch die Gänge zwischen dem üppigen Blattwerk und gelangten zu einer Doppeltür. »Das Kleine Haus.« Harry trat beiseite, um Gina den Vortritt zu lassen. »Hier ist der Swimmingpool.«

»Oh!« Mehr brachte Gina nicht heraus.

Harry musterte von der Seite ihr verzücktes Gesicht und lächelte. »Hübsch, nicht wahr? Fast klassizistisch.«

Gina schaute auf die eleganten Säulen rings um das Bekken, die tatsächlich eine klassizistische Wirkung hervorriefen. An einem Ende war das Becken abgerundet. Dort ergoß sich aus dem Maul eines Delphins Wasser in eine riesige Muschel, von wo aus es in den Pool lief.

»Toll«, sagte sie.

»Ursprünglich war es als Zierbecken gedacht. Pa hat es vor Jahren in einen Swimmingpool umwandeln lassen, als Charles noch klein war.«

»Charles?«

»Mein Halbbruder. Julias Sohn. Er ist seit einem Unfall, den er als Baby hatte, gehbehindert, und Schwimmen sollte angeblich seinem Bein helfen. Das hat nicht so ganz geklappt, sein Bein ist immer noch steif. Auf jeden Fall profitieren wir jetzt alle davon. Die Umkleideräume sind da drüben, Damen rechts, Herren links. Dusche und so weiter daneben. Handtücher und Bademäntel sind reichlich vorhanden – bedien dich.«

Gina ließ sich auf dem Rücken treiben. Die Wasseroberfläche kräuselte sich von dem schwachen Luftzug, der von den zu den Gärten gelegenen Türen und Fenstern kam. Sie konnte leise die Vögel im benachbarten Raum hören, ansonsten herrschte friedliche Stille.

Nur mir ist ganz und gar nicht ruhig und friedlich zumute, dachte sie. Dieser Ort ist ein Angriff auf die Sinne, nicht bloß im ersten Moment, sondern die ganze Zeit über. Friedlich war nicht das passende Wort; hier herrschte nicht der Frieden, den die grüne Landschaft ringsum verhieß, nicht der Frieden, den sie auf dem Kirchhof von Heartwell empfunden hatte. Dieses Haus blendete und überwältigte durch seine vollendete Ausstattung und Lage, den Blick auf die blühenden Sträucher und Blumen in den Gärten und die üppigen tropischen Pflanzen in den Glashäusern, doch es vermittelte einem keineswegs ein Gefühl von Sicherheit, überlegte Gina. Wie ein Zuhause es eigentlich tun sollte, zumindest in ihren Augen. Andererseits war ein Zuhause selten spannend, und auf Heartsease House herrschte ohne Zweifel eine aufregend lebendige Atmosphäre.

Vielleicht lag es an den ungewöhnlichen, irgendwie überlebensgroßen Menschen, die in dem Haus lebten. Lori hielt sie für anachronistisch und arrogant. Georgie sah in ihnen nur ihre reichen Cousins. Die Dorfbewohner betrachteten sie als eine Familie, die ebenso zu dieser Gegend gehörte wie die Kirche oder die Hügel. Sie, Gina, empfand sie als – ja, als was empfand sie die Cordovans?

Als beunruhigend. Das war das gesuchte Wort.

Harry sprang in den Pool und schwamm zu ihr. Dann drehte er sich um und ließ sich ebenfalls auf dem Rücken treiben.

Gina lachte ungläubig und tauchte unter. Harry zog sie hoch und trat neben ihr Wasser. Sein Blick war spöttisch.

»Was gesehen?« fragte er unschuldsvoll.

»Du schwimmst ja nackt.«

»Ja, klar, das mache ich immer so. Unter Freunden.«

»So befreundet sind wir nicht«, sagte Gina fest.

»Gut, ich beschränke mich aufs Brustschwimmen, um dich nicht in Verlegenheit zu bringen.« Harry stieß sich ab. »So kannst du mich von hinten bewundern. Alle meine Freunde sagen, ich hätte einen tollen Hintern.«

Gina schwamm sittsam zum anderen Ende des Beckens und zog sich unter die Muschel zurück, so daß das Wasser wie ein Vorhang vor ihr herabfiel.

»Keine Spielchen«, rief sie durch den kleinen Wasserfall.

Harry machte ein kummervolles Gesicht, dann zog er sich langsam aus dem Wasser und streckte sich auf dem Beckenrand aus.

»Findest du Wasser und das tropische Ambiente nicht auch furchtbar sexy?« fragte er. »Ich schon.«

Ein Blick auf ihn, und Gina sah den körperlichen Beweis für diese Behauptung. »Raus hier«, brüllte sie. »Sofort. Und nimm bei der Gelegenheit eine kalte Dusche«, fügte sie an seinen Rücken gewandt hinzu, als er gemächlich zum Umkleideraum schlenderte.

»Wie prüde«, erwiderte er. »Außerdem bin ich an Frauen letzten Endes gar nicht interessiert.«

Das nehme ich dir nicht ab, dachte Gina, als sie sich wieder unter ihrer Muschel hervorwagte. Und ich bin nicht prüde.

»Wenn du schlechte Laune hast, Guy«, sagte Maria, »dann geh bitte weg. Schlechte Laune verdirbt mein Parfait, mit schlechter Laune kann man nicht kochen.«

»Ach, das stimmt doch gar nicht«, sagte Esme, die die Küche durchquerte und in ihrem Tennisoutfit geradezu hünenhaft wirkte. »Du hast doch andauernd schlechte Laune.«

Maria schlug mit ihrem Holzlöffel auf den Tisch. »Unverschämtheiten dulde ich nicht.«

»Schon gut, schon gut, krieg nicht gleich einen Anfall.« Ungerührt setzte Esme ihren Weg fort. Erst an der Tür blieb sie stehen. »Ach, Harry läßt sagen, er führt Gina aus, also sind wir zwei Personen weniger beim Abendessen.«

Guy stellte die Rührschüssel unsanft auf den Tisch. »Es ist schrecklich«, sagte er. »Harry hat sie gestern abend ausgeführt, sie waren zusammen schwimmen, und heute führt er sie wieder aus.«

»Ha«, sagte Maria. »Harry lernt, ein Mann zu sein, und das halte ich für eine sehr gute Sache.«

»Harry ist extrem maskulin«, erwiderte Guy indigniert.

»Ja, aber nur mit Männern, und das zählt nicht, weil es unnatürlich ist und gegen sämtliche Regeln verstößt. Es ist höchste Zeit, daß Harry erwachsen wird und die schönen Jungs und Schulfreunde und überhaupt diese ganzen englischen Laster vergißt und ein richtiger Mann wird. Und lernt, wie man einer Frau gefällt. Die Cousine ist sehr hübsch, sehr temperamentvoll und hat viel Sinn für Humor. Sie wird ihm guttun.«

Erneut versetzte sie dem Tisch einen dumpfen Schlag mit dem Holzlöffel und schickte Guy die Eiswürfel holen. Den eisigen Tiefen des Kühlschranks vertraute er an, das sei nun der Dank, wenn man sich für andere aufopfere.

Maria ließ das nicht gelten. »Harry und Mr. Victor schöne Augen zu machen hat nichts mit Aufopfern zu tun. All dies wird dir einmal nützen. Das ist wertvolle Erfahrung, wenn du eines Tages dieses großartige Landhotel eröffnest, von dem du träumst. Also sei still und sieh her, wie man die Mixtur unterrührt, um das Parfait so hinzukriegen, wie es sein soll.«

Diesmal fuhr Harry in Richtung Küste. »Drüben in der Nähe der Bucht gibt es ein gutes Restaurant«, sagte er. »Sag nur Maria nichts davon, sie faßt es als persönliche Beleidigung auf, wenn wir in französischen Restaurants essen.«

»Maria ist eine vorzügliche Köchin.« Gina genoß es, wie die Luft, die durch das offene Fenster hereinkam, über ihr Gesicht strich.

»Maria ist ein Genie«, erwiderte Harry. »Nur ist man nie ungestört, wenn man bei Maria ißt, weil immer irgendein Mitglied der Familie auch da ist.«

»Hier ist es nicht anders«, sagte Gina, als sie den hellerleuchteten Speiseraum betraten. Sie bemerkte schadenfroh Harrys flüchtiges Unbehagen beim Anblick Aimées, die an einem kleinen Tisch in ein Gespräch mit einem bedeutend älteren Mann vertieft war. Einem ungemein attraktiven älteren Mann, dachte Gina.

Der Mann war so gefesselt von Aimée, die in ihrem rotweißen Seidenkleid umwerfend sinnlich aussah, daß er nicht mitbekam, wie ihr Bruder ihr zuwinkte. Aimée schenkte Gina ein bezauberndes Lächeln, winkte ihr kurz und wandte sich dann wieder ihrem Partner zu, der jetzt ihr Handgelenk küßte.

Harry runzelte die Stirn. »Irgendwann kommt Aimée noch mal in ernsthafte Schwierigkeiten«, grummelte er wie jeder Bruder gleich welcher Generation.

»Ich denke, sie kann bestens auf sich selbst aufpassen«, entgegnete Gina. Wie konnte man jemanden kritisieren, der so bestrickend war wie Aimée?

»Mit Leichtigkeit«, sagte Harry. »Sie denkt nur an Sex. Nein, das ist ungerecht«, fügte er fairerweise hinzu. »Aimée geht es um Liebe. Überwältigende, leidenschaftliche, alles verschlingende Liebe. Dazu gehört zwar auch jede Menge einschlägige Betätigung, aber es ist nie rein körperlich, das würde sie als sehr grob empfinden. Nein, sie versklavt die Männer, sie bringt sie dazu, sich wahnsinnig in sie zu verlieben, und dann geht's weiter zum nächsten.« Er zerbröselte eins der kleinen Brötchen aus dem Korb, den der aufmerksame Ober auf ihren Tisch gestellt hatte. »Das Problem ist nur, es ist ansteckend. Halte dich zehn Minuten in Aimées Gesellschaft auf und du wirst selbst an nichts anderes mehr denken können als an die Freuden der Liebe.«

»Sie ist wunderschön«, sagte Gina.

»Siehst du, wieder jemand, der ihr verfallen ist. Paß gut auf, oder du findest dich in den Armen eines ihrer Verflossenen wieder, bevor du piep sagen kannst. Wenn sie mit ihnen fertig ist, sucht sie ihnen nämlich neue Seelengefährtinnen.

Sie verkuppelt immerzu Leute. Jedes Wochenende geht sie auf eine Hochzeit.«

»Danke«, sagte Gina zu dem Ober, der ihnen jeweils eine kleine handgeschriebene Speisekarte reichte.

»Außerdem haben wir heute Seeteufel, ganz frisch, eine Köstlichkeit. Und als Dessert empfehle ich Ihnen Clafoutis mit Früchten.«

Harry schien angetan. »Gut. Das nehmen wir. Es wird dir schmecken, Gina.«

Gina öffnete den Mund, um zu sagen, daß sie ihr Essen gern selbst auswählte, gestand sich jedoch ein, daß sie ohnehin die gleiche Wahl getroffen hätte, und schloß ihn wieder.

Den Kaffee tranken sie draußen in dem winzigen Garten, von dem man auf die dunkle, unruhige See blickte. Kleine Brandungswellen rollten zum Strand, fingen das Licht ein und zogen sich dann wieder zurück. Das Restaurant lag an einem schmalen Pfad, der sonst nirgends hinführte, daher waren die einzigen Geräusche, die man hörte, das Besteckklirren aus dem Speiseraum, das Gemurmel des Personals in der Küche und das leise Saugen und Klatschen des Meeres. Die Luft war salzig und warm, und der Duft von Geißblatt und Jasmin, die in Kübeln rings um die kleine Rasenfläche standen, wehte zu ihnen herüber.

Gina hatte mehr über Harry herausfinden wollen und darüber, was er machte, doch er war wie Quecksilber, entwand sich all ihren schlau eingefädelten Fragen und lachte sie aus. »Nein, ich werde dir nichts mehr über mich erzählen, du wirst es mit der Zeit selbst herausfinden müssen.«

»Warum so geheimnisvoll?«

»Ich mag Geheimnisse. Außerdem weißt du schon ziemlich viel über mich.«

»Esme hat mir erzählt, daß du einen Kurierdienst in London betreibst und daß dir in Bath eine Firma gehört, die mit Optik zu tun hat. Außerdem weiß ich, daß du der jüngste

Sproß der Familie bist. Und daß du behauptest, du wärst schwul, aber heiraten willst. Das ist in etwa alles.«

»Mehr gibt's auch nicht zu sagen.«

»Unsinn.« Gina streckte träge die Beine aus und genoß es, den sanften Wind auf ihrer nackten Haut zu spüren. »Das Porträt ist erst zur Hälfte fertig. Erzähl mir mehr. Was ist mit engen Freunden? In welchen Typ Mensch verliebst du dich?«

Harry drehte seinen Stuhl so, daß er aufs Meer hinaussah. »Das ist es ja gerade. Ich war noch nie verliebt.«

»In eine Frau, meinst du?«

»Nein, weder Mann noch Frau. Sex, ja. Sex mag ich lieber mit Frauen, das ist faszinierender. Männer mag ich als Vertraute lieber, ich weiß, wie sie denken und fühlen, ich fühle mich ihnen näher. Das ist seit meiner Schulzeit so. Ich hatte viele Freundschaften, die man als extrem eng bezeichnen könnte. Aber richtig verliebt war ich noch nie.«

»Vielleicht doch, und es war dir nur nicht bewußt.«

Harry war in diesem Punkt ganz sicher. »Nein. Das Gefühl, das Aimée ständig hervorruft, das, was ihre Männer für sie empfinden, habe ich nie empfunden. Verflixt, und wenn sie sich in sie verliebt haben, sind sie wie verwandelt, als wüßten sie plötzlich, wie man's macht. Und sie gehen hin und verlieben sich problemlos in andere Frauen. Eine ganz neue Welt tut sich auf, und ich will dazugehören.«

»Was hat das mit deinen Heiratsplänen zu tun?«

»Die Heirat hat praktische Gründe. Ich werd's dir erklären, da ich annehme, daß Georgie es nicht getan hat, oder wenn doch, hat sie es vermutlich falsch angepackt. Victor, meinem Pa, gehört Heartsease nicht.«

Gina setzte sich überrascht auf. »Es gehört ihm nicht? Wem denn?«

»Meinem Großvater.«

»Victors Vater?«

»Ja. Conrad Cordovan. Zufällig der jüngere Sohn eines jüngeren Sohnes. Verwandt mit den Hart-Cordovans, unseren vornehmeren Cousins. Der Hauptzweig der Familie lebte bis zum siebzehnten Jahrhundert auf Heartsease. Sie hatten es sehr weit gebracht, wichtige Positionen bei Hof und so weiter. Also ließen sie sich ein großes neues Haus bauen.«

»Ja, das hat Hester mir schon erzählt.«

»Nach dem Zweiten Weltkrieg wurde das Haus kaum noch benutzt, und der Unterhalt eines Zweitwohnsitzes war kostspielig. Das Haus riß ein Loch in die Kasse meiner Cousins, trotz ihres Reichtums. Nach dem letzten Krieg wurde es schließlich zum Verkauf angeboten. Die Familie muß wohl Bares gebraucht haben, oder sie wollte es einfach nicht mehr am Hals haben. Damals wurde man alte Häuser kaum noch los, und das Land war auch nicht viel wert.«

»Und da hat es dein Großvater gekauft.«

»Ja, genau. In der Woche bevor durchsickerte, daß seine entfernten Cousins Ausschau nach einem Interessenten hielten – damals ging so was sehr diskret vor sich, keine Hochglanzanzeigen in teuren Zeitschriften –, also kurz vorher war mein Grandpa in Irland gewesen und hatte beim Irish-Sweepstake-Pferderennen gewettet.«

»Und er hat gewonnen?«

»Ja.«

»Eine große Summe?«

»Keine enorm große Summe, nein, aber es reichte. Er kaufte Heartsease und das dazugehörige Land und zog ein.«

»Was für eine schöne Geschichte«, sagte Gina.

»Mit einem Haken. Der alte Mann dachte nicht daran, sich um das Haus oder das Land zu kümmern. Er hatte alles aus einer atavistischen Laune heraus gekauft, weil es der Stammsitz der Familie war. Er wollte eigentlich nur jagen, schießen und angeln. Alles andere war in seinen Augen langweilig und reine Zeitverschwendung.«

»Und was dann?«

»Dann wuchs Victor heran und sah, daß alles verfiel. Ihm war klar, daß er Heartsease niemals erben würde, wenn nichts geschah.«

»Wie alt war er, als er das dachte?«

»Wie ich Pa kenne, wahrscheinlich etwa neun Jahre. Er wartete, bis er siebzehn war, dann bootete er mit der Hilfe seiner Brüder und Schwestern, die Heartsease Hall ebenfalls der Familie erhalten wollten, Grandpa – und Grandma – aus. Stellte ihnen ein Ultimatum. Ich weiß nicht genau, zu welchen Mitteln er gegriffen hat, aber ich glaube nicht, daß er große Skrupel hatte. Er übernahm den Besitz, verbannte seine Eltern auf ein hübsches Anwesen im Norden, wo Grandpa weiter ungehindert Tiere töten konnte, und wurde Geschäftsmann, um Geld für die Familie zu verdienen. Und um noch mehr Land zu kaufen.«

»Aber er wurde nie Eigentümer des Hauses?«

»Nein, das war Teil der Abmachung.«

»Aber er wird es sein, wenn sein Vater stirbt?«

»Nicht unbedingt. Es wäre vielleicht unklug, wegen der Erbschaftssteuern und so weiter. Nein, der Plan ist, es einem von uns zu hinterlassen.«

»Du bist der jüngste Nachkomme.«

»Stimmt. Aber schau dir die anderen an. Victor will nicht, daß einer von seinen und Julias Söhnen alles bekommt, weil er sie nicht ausstehen kann. Marcus hält er für extrem gefährlich, was zutrifft, und Charles für einen Dummkopf, was nicht zutrifft. Wenn einer von ihnen süße reizende Enkelkinder vorzuweisen hätte, wäre es vielleicht was anderes, aber sie haben keine.

Der nächste Sohn ist Alastor. Einer von Hermiones Zwillingen. Er ist ein großes Tier im Kunstbetrieb, und das heißt, er muß in London leben. Außerdem ist er hoffnungslos in eine Frau verliebt, die ihn nicht beachtet. Er will keine andere ansehen, geschweige denn heiraten. Er mag Heartsease, will sich von dem Haus aber nicht vorschreiben lassen, wie sein Leben auszusehen hat. Seine eigenen Worte, nicht meine.«

»Was ist mit deinem anderen Bruder?« Gina war so fasziniert, daß sie ihren Kaffee vergessen hatte. Sie trank einen Schluck.

»Der muß doch schon kalt sein«, sagte Harry. »Ich bestelle neuen.« Er wollte aufstehen, doch Gina ließ es nicht zu.

»Nein, nein, sprich weiter. Du wolltest von Don erzählen.«

»Ja, du hast Don noch nicht gesehen. Er ist ein anständiger Kerl. Pa versucht seit einer Ewigkeit, ihn unter die Haube zu bringen, aber das Problem ist, daß er laufend Affären mit verheirateten Frauen hat. Außerdem tobt er hin und wieder mit ziemlich zweifelhaften Frauen rum, was allen Beteiligten viel Spaß macht, aber es erhöht nicht unbedingt seine Attraktivität als Ehemann.«

»Und deine Schwestern?«

»Olivia hat kein Interesse an Heartsease. Nicht abstrakt oder abstrus genug. Im übrigen ist sie zwar unbestreitbar Victors Tochter, doch es bleibt dieser Schatten von Geheimnis um ihre Mutter. Sie tauchte hier als Baby in einem der Kinderzimmer auf, und mehr weiß keiner. Außer Victor, und der sagt nichts.

Dann wäre da noch Aimée – muß ich mehr sagen? Kannst du dir vorstellen, daß sie den Besitz verwaltet? Ein Witz. Und Dinah, Alastors Zwillingsschwester, na ja, Dinah könnte alles managen. Das Problem ist nur, sie wird niemals heiraten. Sie haßt Männer.«

»Wie alt ist sie denn? Könnte sie ihre Abneigung nicht irgendwann überwinden?«

»Keine Chance. Sie ist neunundzwanzig, lebt im Augenblick mit einer Schottin zusammen und ist nicht im geringsten an Männern interessiert. Sie ist sehr attraktiv, daher wird sie von Männern umschwirrt, aber ein Blick von ihr reicht, und sie sind erledigt. Keine Hoffnung auf eine Dynastie in dieser Richtung.«

»Du bist auch schwul. Victor hat da ein ernstes Problem.«

»Bei mir geht das nicht so weit, daß ich eine Ehe prinzipiell ausschließe.«

»Zum Wohle der Familie und des Landes.«

»Exakt.«

»Wie kaltblütig.«

»Überhaupt nicht. Ich betrachte es als eine geschäftliche Vereinbarung. Verlieben kann ich mich offenbar nicht, ich schätze, mir fehlt da irgendein Enzym oder Gen. Deshalb war ich sofort begeistert, als Georgie mir von dir erzählte. Für dich ist eine Heirat genauso wichtig wie für mich – aus praktischen Gründen. Und Heartsease ist es wert, meinst du nicht auch?«

»Das ist doch absurd«, sagte Gina.

»Warst du schon mal verliebt?«

»Natürlich.«

»Bist du jetzt gerade in jemanden verliebt?«

Gina schwieg und blickte ebenfalls aufs Meer. Persönliche Fragen mochte sie nicht, vor allem nicht zu ihrem Gefühlsleben. Sie hatte gedacht, sie sei in Alwyn verliebt. Doch seit ihrer Ankunft auf Heartsease Hall hatte sie nicht an ihn gedacht. Kaum überraschend, wenn man berücksichtigte, worüber sie alles hatte nachdenken müssen.

Eine Schwärmerei, dachte sie bitter. Das war es, was sie für Alwyn empfunden hatte. Gänzlich unerwidert zudem, er hatte in romantischer Hinsicht keinen Gedanken an sie verschwendet, er war nicht einmal zu einem guten Freund geworden. Sicher, es tat ihm leid, seine Forschungsassistentin zu verlieren, doch es war klar, daß er ihren Weggang lediglich als lästige Störung seiner Arbeit und in keiner Weise als persönlichen Verlust empfand. Um so idiotischer von ihr, daß sie sich auf ihn verlassen hatte, nur weil er ein älterer Mann war, dessen Intelligenz und Arbeit sie bewunderte. Genau besehen, hatte er sie sogar sehr sorgfältig auf Distanz gehalten; er *wußte* es, dachte Gina und wurde rot bei diesem Gedanken. Wie demütigend. Vielleicht lachte er mit Angela darüber …

»Nein«, sagte sie mit bewußt kühler, beherrschter Stimme. »Nein, ich bin momentan in niemanden verliebt.« Sie dachte kurz nach. »Hättest du nicht Georgie heiraten können?«

Ein angewiderter Ausdruck trat auf Harrys Gesicht. »Georgie ist ordinär«, sagte er knapp. »Ordinäres Denken, ordinäres Benehmen. Und sie hat eine boshafte Ader, die mir ganz und gar nicht gefällt. Klar, ich bin ihr dankbar, weil sie dich vorgeschlagen hat. Ich hoffe nur, die Idee ist ihrer Vorliebe entsprungen, sich in das Leben anderer Menschen einzumischen, und nicht irgendeinem üblen Plan, von dem wir nichts wissen.«

Harry lehnte sich in seinem Stuhl zurück und hob den Arm, um den Ober auf sich aufmerksam zu machen.

»Also, sind wir im Geschäft?«

Ich lasse mich nicht in die Enge treiben, dachte Gina. »Noch nicht«, sagte sie. »Ich brauche noch etwas Bedenkzeit.«

»Wie du möchtest. Sei mein Gast«, erwiderte Harry höflich. »Aber das bist du ja ohnehin, nicht wahr?«

Eins zu null für dich, dachte Gina und warf einen letzten Blick aufs Meer.

8

Zoë wußte, daß es ein mieser Tag werden würde, noch bevor sie die Augen öffnete. Zunächst mal hatte sie Kopfschmerzen. Die Art Kopfschmerzen, die sie an schwülen Tagen in Oxford bekam, wenn ein Gewitter in der Luft lag.

Außerdem war die Milch sauer, was sie erst bemerkte, nachdem sie etwas davon in den Kaffee gegeben hatte.

Mit der Post kamen eine haarsträubende Steuerforderung, eine ekstatische Postkarte von einer Freundin, die in der Villa ihres augenblicklichen Liebsten auf einer Privatinsel vor Sizilien weilte – »Der Himmel auf Erden!« –, eine Mahnung von ihrem Zahnarzt und ein Brief von ihrem Bruder, der anfragte, ob sie nicht eine Woche lang auf seine drei kleinen Kinder aufpassen wollte, während er und Fiona Ferien machten. *Da wir wissen, daß Du in diesem Jahr keine Urlaubsreise geplant hast, dachten wir, es könnte eine angenehme Abwechslung für Dich sein.*

In einem Anfall von Gereiztheit warf Zoë die Post in den Mülleimer, kippte das geronnene Kaffeegemisch in den Ausguß und machte sich auf den Weg zum Bahnhof.

Wenigstens, sagte sie sich, um dem Leben etwas Positives abzugewinnen, wenigstens hatte sie sich den Tag freigenommen. Die Arbeit nervte sie zusehends. Sie fand ihre Kollegen uninteressant, sie haßte ihren neuen Chef, und sie wußte nur zu gut, daß ihr Job sie nicht weiterbrachte. Allerdings war Arbeit nicht so leicht zu finden, besonders in Oxford, wo Horden begehrlicher junger Akademiker auf den Arbeitsmarkt drängten. Arbeit bezahlte die Rechnungen. Arbeit bedeutete Sicherheit und im Alter eine Rente.

Sicherheit, sagte Zoë sich angewidert, als sie in den Zug stieg. Rente! Was war mit ihr los? Sie sollte sich endlich einen Ruck geben und sich einen anderen Job suchen. Vielleicht aufs Land ziehen – aber was für einen Job könnte sie dort finden? So oder so war sie es gründlich leid, in der Stadt zu leben.

Sicher, sie mochte Oxford, allerdings nicht mehr so sehr wie früher. Oxford gehörte den Studenten, die so unglaublich jung aussahen, nicht Leuten wie ihr, die schon vor Jahren ihr Studium abgeschlossen hatten. Wenn sie älter war, würde sie vielleicht gern zurückkommen, doch jetzt kam sie sich vor wie von vorgestern.

Aber den Arbeitsplatz zu wechseln bedeutete soviel Streß, und wozu? Ein anderes Büro, andere Leute, die auch über Hypotheken, Urlaub und Autos sprachen. Ein paar Monate lang würde es interessant sein – neue Aufgaben, man lernte neue Leute kennen, doch dann verfiel man in die gleiche Routine.

Die Fahrt nach Bath dauerte nur etwa eine Stunde, trotzdem kam sie Zoë endlos lang vor. Sie stieg in Didcot um, und als der Zug den Bahnhof verließ, verpaßte sie den Kühltürmen des Kraftwerks in ihrer Phantasie riesige Fliegenpilzkappen. Dann kam Bath, wo ein furchtbares Gewühl entstand, als der Zug aus London einfuhr und Künstler und Musiker für das Festival ablud. Ich hasse Festivals, dachte Zoë.

Sie wollte sich mit Gina um zwölf Uhr mittags treffen.

»Waterstones, bei den Reiseführern«, hatte Gina ins Telefon gezischt, bevor sie unvermittelt auflegte.

Es gibt also außer mir noch einen Menschen, dessen Leben ein einziges Chaos ist, dachte Zoë, während sie die Pierrepont Street entlangging. Schmachtet diesem faden Alwyn nach und sitzt wegen ihres Visums in der Klemme. Warum kann das Leben nicht auch mal unkompliziert sein? Warum finde ich Tim so langweilig, daß ich dem einzigen momentan verfügbaren Mann ausgerechnet in der Jahreszeit den Laufpaß geben muß, in der man einen Begleiter am dringendsten braucht?

Als Zoë in diese melancholischen Gedanken vertieft durch das Stadtzentrum ging, drehten sich mehrere Köpfe nach ihr. Ihr Äußeres gefiel ihr nicht besonders, sie wäre lieber der dunkle, exotische Typ gewesen, aber viele fanden ihre großen blauen Augen und ihr ovales Gesicht durchaus anziehend. Außerdem war sie sehr groß, was es Popplewell erleichterte, ihr zu folgen; er brauchte nur nach ihrem schulterlangen silberblonden Haar Ausschau zu halten.

Am unteren Ende der Milsom Street blieb Zoë am Randstein stehen. Waterstones war auf der anderen Straßenseite, und als sie Ausschau nach einer Lücke im Verkehr hielt, entdeckte sie in der ein Stück entfernt wartenden Gruppe Popplewell. Da er ebenfalls sehr groß und dünn war und eine eckige Brille trug, war er auf seine Art nicht weniger auffällig als sie.

Zoë flitzte über die Fahrbahn, wich knapp den hupenden, quietschend bremsenden Autos aus und stürzte zu Jolly's hinein, wobei sie inständig hoffte, daß Gina bereits in Waterstones untergetaucht war. Im Innern des Geschäfts kämpfte sie gegen den Impuls, die Flucht zu ergreifen, an und schlenderte statt dessen gemächlich durch die Wäscheabteilung. Das wird ihn in Verlegenheit bringen, dachte sie.

Von wegen. Nichts konnte Popplewell auf der Jagd nach seiner Beute in Verlegenheit bringen. Er drückte sich hinter dem Drehständer mit Spitzen-BHs und passenden Slips herum, ein Mann, der seine Pflicht tat.

Bewußt sah Zoë nicht in seine Richtung und steuerte auf den Treppenaufgang zu. Sie ging durch die Abteilung mit den Küchengeräten ins Café, nahm ein Tablett und inspizierte eingehend Kuchen und Gebäck, wählte zwei Teilchen aus und bestellte einen großen Kaffee. Dann schlängelte sie sich zu einem Tisch am anderen Ende des Cafés hindurch – in nächster Nähe zu dem zweiten Ausgang.

Sie stellte alles auf dem Tisch ab und ging wieder zur Kasse zurück, um sich einen Löffel zu holen. Popplewell hechtete hinter eine Auslage mit Küchengeräten. Dann, nachdem sie sich wieder hingesetzt hatte, stand sie erneut auf; zurück zur Kasse, diesmal um eine Serviette zu holen.

Popplewell war irritiert von diesem Hin und Her. Er zog sich noch ein wenig weiter zurück, behielt Zoë jedoch scharf im Auge. Offenbar hatte sie vor, eine Weile hierzubleiben; sie hatte ein Buch aufgeschlagen und biß seelenruhig von ihrem ersten Teilchen ab.

Reine Gefräßigkeit, dachte Popplewell mißbilligend. Popplewell hielt sich an eine Diät, die auf Nüssen und biodynamischem Gemüse basierte.

Ein Verkäufer kam auf ihn zu und lud ihn ein, an der Vorführung einer neuen Reibe teilzunehmen. Er war kurz abgelenkt.

»... auf diese Weise bleiben die Vitamine und Mineralstoffe in rohem Gemüse enthalten, zum Beispiel in Karotten und Rüben«, erläuterte der Verkäufer.

Ein verhängnisvoller Fehler. Er hätte schwören können, daß er Zoë kaum dreißig Sekunden aus den Augen gelassen hatte. Er ließ den empörten Verkäufer mitten im Satz stehen und jagte durch das Restaurant und durch die Schwingtür, neben der Zoë gesessen hatte.

Zoë trat aus einer Nische neben der Kasse, horchte befriedigt auf die Schritte, die auf der Steintreppe verklangen, und begab sich zu dem anderen Ausgang.

Gina stöberte in den Reiseführern und fragte sich gerade, wer sich wohl für einen Stadtführer von Düsseldorf interessieren könnte, als Zoë atemlos neben ihr auftauchte.

»Schnell«, sagte sie. »Popplewell!«

Gina blieb stehen wie angewurzelt. »Popplewell?« wiederholte sie. »Wovon sprichst du?«

»Er ist hier«, sagte Zoë eindringlich. »In Bath. Er muß mir gefolgt sein. Dieses Ungeheuer! Er muß im gleichen Zug gesessen haben! Was fällt ihm ein!«

»Wo? Hier im Laden?«

»Nein, bei Jolly's, er ist rausgerast, weil er dachte, ich wäre ihm entwischt, ach, wir haben keine Zeit für Erklärungen. Bestimmt wird er hier aufkreuzen, er ist dir doch immer in Buchläden gefolgt, oder nicht? In Oxford?«

»Er kann Gedanken lesen«, sagte Gina wütend. »Er schien einfach immer zu wissen, wo ich war.«

»Unheimlich.« Zoë spähte nach draußen. »Ich sehe ihn nirgendwo. Komm, wir laufen, was das Zeug hält.«

»Du siehst müde aus«, sagte Harry, als er für Gina die Wagentür öffnete. »Hast du deine Freundin getroffen? War es ein schöner Tag?«

»Nein«, erwiderte Gina knapp.

Harry legte den Gang ein und fragte sich, was wohl geschehen war.

»Ein Typ hat uns belästigt, deshalb sind wir mit dem Bus nach Bradford-on-Avon gefahren.«

»Soll sehr hübsch sein, Bradford-on-Avon.«

»Vielleicht, wenn man freiwillig dort ist.«

»Wer war denn dieser lästige Typ? Ein Verehrer?«

Gina wollte ihm schon das Phänomen Popplewell erklären, hielt sich jedoch zurück. Es war besser, wenn Harry nicht wußte, wie verzweifelt es um sie stand. »Er verfolgt meine Freundin«, sagte sie.

»Lohnt es sich denn, deine Freundin zu verfolgen?« fragte Harry zerstreut. Er gab Gas, als sich der Verkehr lichtete.

»Ja.« Gina lehnte sich zurück und schloß die Augen.

»Verstehe.« Harry schaltete das Radio ein. »Ein wenig Bach, um deinen unruhigen Geist zu besänftigen?«

»Ich bin nicht unruhig«, sagte Gina.

»Mein Fehler«, sagte Harry.

Zoë war es ebenso leid wie Gina. Als sie in das Bahnhofsgebäude rannte, wurde der Zug nach Oxford bereits ausgerufen. Ihr Buch hatte sie irgendwo auf der nervtötenden Irrfahrt des heutigen Tages verloren, und auf keinen Fall würde sie die Strecke nach Oxford ohne Lesestoff durchstehen. Also hetzte sie zum Kiosk und schaffte es gerade noch zum Zug. Dort landete sie in einem überfüllten, heißen, stickigen Abteil, in der drangvollen Enge allzu vieler vom Tag erschöpfter Pendler, die dringend eine Dusche brauchten.

Genau das, was mir gefehlt hat, dachte sie, als sie die Plastikhülle der neuen Ausgabe von ›The Lady‹ aufriß. Ein Artikel über viktorianische Dienstmädchen. Wen interessierte so was? Rezepte für Reineclauden-Marmelade. Reineclauden! Wo lebten diese Leute eigentlich? Sie blätterte schnell einen Fototeil mit gepflegter Mode durch – bieder, bieder – und las die Stellenangebote für Hauspersonal. *Kindermädchen für süßen Vierjährigen gesucht.* Wetten, daß er ein kleiner Popplewell ist, dachte Zoë gehässig. Schließlich kam sie zu dem Abschnitt Mietobjekte.

»*Heartset*«, las sie. »*Cottage in idyllischem Dorf in der Nähe der berühmten Schlucht Heart Gorge, zehn Kilometer zum Meer, zwei Schlafzimmer, zwei Wohnräume, zu vernünftigen Konditionen bis September zu vermieten. 01888 039 6007.*«

Ich habe noch nie eine Familie gekannt, die so versessen auf ihren Tee ist, dachte Gina erschöpft, als Harry mit halsbrecherischer Geschwindigkeit nach Heartsease brauste. »Wir kommen gerade noch rechtzeitig«, sagte er zuversichtlich, beschimpfte ein Paar auf einem Tandem und hupte wild einen Mann auf einem Traktor an.

»Du bist sehr unhöflich«, bemerkte sie.

Harry lachte auf. »Das ist Jack Lychen. Der macht das absichtlich, hält zum Spaß den Verkehr auf. Ab und zu braucht er einen Tritt in den Hintern, damit er begreift, daß die Straße nicht für ihn allein da ist.«

Rücksichtslos, dachte Gina. Ich hasse rücksichtslose Menschen. Popplewell, Victor, Harry. Meinen Vater. Ach verdammt. Und sie schloß die Augen und versuchte den unbefriedigenden Tag zu vergessen.

»Das wird dich wieder auf die Beine bringen, Gina.« Hester reichte ihr Tee und ein Stück Kuchen. »Du siehst ziemlich mitgenommen aus. War es in Bath sehr heiß und anstrengend? Ich kriege dort an heißen Sommertagen immer Kopfschmerzen, es ist so voll, und die Luft ist so schlecht.«

Gina lehnte sich zurück und ließ die tröstlichen Worte auf sich wirken. Das Klirren des feinen Porzellans, der Schokoladenduft des köstlichen Kuchens, Vogelzwitschern draußen vor den Fenstern ... Sie wurde ruhiger. Vielleicht war das Leben ja doch nicht so gräßlich.

»Da kommt Nicky, da drüben auf dem Rasen«, sagte Hester. »Sie sieht ganz erhitzt aus.«

Gina wandte den Kopf und sah eine Frau mit einer Aureole roten Haars ins Zimmer stürzen. »Meine Lieben«, ächzte die Frau dramatisch. »Die Hitze! Ich breche zusammen vor Erschöpfung. Guy, wenn du mich liebst, gieß mir eine Tasse Tee ein.«

»Sie sollten in diesem Wetter nicht draußen rumlaufen«, sagte Guy ernst, während er ihr etwas von dem dünnen Tee eingoß und eine Zitronenscheibe hinzufügte. »Bei Ihrem Teint ist soviel Sonne gefährlich.«

»Ich bin zu Fuß vom Kai gekommen«, berichtete Nicky. »Dumm von mir an einem Tag wie heute.«

»Du kannst über die Hügel zurückgehen«, sagte Harry ohne großes Mitgefühl.

»Jarvis wird dich fahren«, sagte Hester. »Schön, daß du gekommen bist, Nicky, es sind nämlich noch ein, zwei Fragen aufgetaucht.«

Harry ging zum Fenster hinüber, und Gina richtete sich auf.

»Wer ist das?« fragte sie leise. »Noch eine Verwandte? Sollte ich sie kennen?«

»Nicky? Nein, sie ist keine Verwandte, sie ist eine Nachbarin. Ein Organisationstalent. Sie hilft Don bei dem Verwaltungskram für den Weinberg. Sie betet ihn an – sehr ermüdend. Im Augenblick organisiert sie den Ball für Aimée.«

»Soll es eine große Sache werden?«

»Ja«, sagte Harry. »Alles, was mit Aimée zu tun hat, wird überdimensional. Bestimmt werden Hester und Nicky dich auch einspannen, sofern du Ihnen den kleinen Finger reichst.«

»Ich würde gern mitmachen. Wenn ich helfen kann.«

Harry war belustigt. »Ich dachte, du wärst eine Gelehrte, die Daten sortiert und über Haushaltsbüchern aus der Tudorzeit brütet. Ein Ball fällt da doch wohl kaum in dein Fach, oder?«

»Ganz zufällig«, sagte Gina würdevoll, »war ich auf dem College Mitglied des Abschlußballkomitees, deshalb bin ich nicht völlig ahnungslos in derlei Dingen.«

»Ich sage Hester Bescheid.« Harry warf Gina einen Blick zu. »Eine gute Gelegenheit, um eine Heirat bekanntzugeben, so ein Ball.«

»Eine Verlobung vielleicht.«

»Ah, aber deine Situation gestattet es wohl kaum, die Prozedur derart in die Länge zu ziehen. Die Devise lautet doch, *stante pede* zum Standesamt, um alles unter Dach und Fach zu bringen.«

Ja, dachte Gina finster, und Popplewell versteckt sich unter dem Bett, um sicherzugehen, daß die Ehe vollzogen wird.

»Setz mich nicht unter Druck«, sagte sie gereizt.

Harry hob ironisch eine Augenbraue. »Hab ich das getan? War nicht meine Absicht. Ich wollte dich nur daran erinnern, daß die Zeit gegen dich arbeitet.«

Danke, das ist mir bewußt, dachte Gina.

Nach dem Tee schien es Gina keine schlechte Idee, sich eine halbe Stunde auf der Terrasse hinzulegen.

Dieses Glück war ihr nicht beschieden. Kaum hatte sie sich auf einer Liege niedergelassen, als knirschende Schritte auf dem Kies zu hören waren und Prims Stimme ertönte. »Gina, hol dir ein Fahrrad. Ich will zum Weinberg, und du kannst mitkommen.«

Es war ein Befehl, keine Bitte. Prim war die Autorität angeboren. Dennoch fragte sich Gina, während sie ihr Rad aus dem Schuppen holte, warum sie nicht einfach nein sagte.

Sie stieg auf und fuhr gefährlich schwankend über den gepflasterten Hof und durch den Torbogen. Prim wartete bereits auf sie und fuhr voran über eine der tiefergelegenen Terrassen. Dann ging es plötzlich steil hinunter in den Wald, auf einem Pfad, den die Wurzeln der vielen hochaufragenden Bäume uneben machten.

»Buchen«, rief Prim. »Lärchen, Fichten, Stechpalmen und Eichen.«

Herrliche Bäume, dachte Gina anerkennend, während sie mit ihrem widerspenstigen Rad kämpfte. Es war eine Erleichterung, als sie schließlich durch ein Tor bogen und auf einem staubigen Weg weiterfuhren.

Prim bremste unvermittelt, so daß unter ihren Reifen eine Fontäne knochentrockener Erde aufstieg. »Von hier aus gehen wir besser zu Fuß. Zu holprig. Du könntest stürzen, Gina.«

Gina vermutete, daß Prim auf sich allein gestellt munter weitergefahren wäre. Sie widersprach nicht, sondern ging zu Fuß weiter, tupfte sich mit dem Zipfel ihres T-Shirts Schweißtröpfchen von der Stirn und wünschte, sie wäre an einem anderen Ort, nur nicht hier in dieser brütenden Hitze.

»Entschuldige, gehe ich zu schnell?« fragte Prim besorgt und drosselte ihr Tempo.

Ich hasse dich, dachte Gina. »Mir geht's prima«, log sie.

»Gleich sind wir da«, sagte Prim aufmunternd, während sie durch einen hohen, verwitterten Steinbogen in den Hof eines alten kirchenähnlichen Gebäudes traten.

»Im Mittelalter war hier ein Kloster«, erklärte Prim und lehnte ihr Rad an ein Schild, auf dem in großen weißen Buchstaben KEINE FAHRRÄDER stand. »Die alten Mönchszellen sind alle noch erhalten, Don lagert dort seinen Wein. Die Mönche haben hier schon vor Jahrhunderten Wein angebaut.« Sie deutete auf eine Seite des Gebäudes. »Da sind die Büroräume und ein provisorischer Laden untergebracht.«

»Ein Laden?«

»Don verkauft überwiegend an Einzelhändler und Restaurants, aber heutzutage decken sich viele Leute gern direkt beim Erzeuger ein. Eigentlich sollte Nicky den Laden führen, aber sie ist derart verknallt in Don, daß er die Idee aufgeben mußte.«

»Nicky«, sagte Gina. »Die Rothaarige.«

»Eine schreckliche Nervensäge. Lächerlich, sich wegen eines Mannes derart anzustellen. Egal um welchen Mann es geht, er ist es nicht wert. Ich bin nie wegen eines Mannes ausgeflippt, wie ich zu meiner Freude sagen kann. Genieße es, solange du mit ihnen zusammen bist, dann vergiß sie.«

Gina war fasziniert von diesem Einblick in Prims Privatleben und hätte gern noch mehr gehört, doch Prim ging schon weiter. »Ich zeige dir die Weinstöcke.« Sie steuerte auf eine Holztür in einer Ecke des Hofs zu. »Weißt du etwas über Wein, Gina?«

»Wir hatten ... ich habe mal Freunde in Kalifornien besucht, die einen Weinberg hatten«, sagte Gina.

Prim wandte den Kopf und blickte sie interessiert an. »Vermutlich nur ein Kurzbesuch?« fragte sie.

Ich glaube nicht, daß man es als Kurzbesuch bezeichnen kann, wenn man zehn Jahre dort gelebt hat, dachte Gina. »Eine Zeitlang bin ich immer im Sommer hingeflogen«, sagte sie.

»Ausgezeichnet. Dann hast du eine recht gute Vorstellung davon, worum es hier geht. Siehst du Don irgendwo?«

»Ich weiß gar nicht, wie er aussieht«, erwiderte Gina.

»Erinnerst du dich nicht an ihn? Nein, natürlich nicht. Ihr wart beide noch Kinder, als ihr euch das letztemal gesehen habt.« Prim ließ den Blick über die Terrassen des Weinbergs schweifen, der sich über den ganzen Hügel bis fast zum Fluß erstreckte. »Er wird irgendwo da unten sein«, sagte sie.

Das war er nicht. Don stand in seinem Geschäft – einer nicht sehr überzeugend wirkenden Einrichtung – und bediente zwei Kunden, die eine Flasche erstklassigen Sekts verlangt und dann gemerkt hatten, daß sie kein Geld bei sich hatten, um zu bezahlen.

Die Frau wußte sogleich, wer der Schuldige war. »Du Idiot«, fuhr sie ihren Mann an. »Der ganze weite Weg, in dieser Hitze, und dann hast du das Scheckbuch und deine Brieftasche zu Hause gelassen.«

»Ich dachte, du hättest das Scheckbuch in deiner Handtasche«, sagte er.

Kein kluger Schachzug.

»Und wo ist die Tasche? Du zerrst mich an diesem unmöglichen Tag nach draußen, weil wir diesen ganz besonderen Wein ja unbedingt zusammen aussuchen müssen, und erwartest von mir, daß ich eine riesige, schwere Tasche mitschleppe?«

»So riesig ist sie doch gar nicht«, protestierte der Mann.

Seine Frau kam gerade erst auf Touren. »Und im übrigen will ich diesen scheußlichen englischen Wein gar nicht, der aus Rüben oder Nesseln gemacht und dann in protzige Flaschen abgefüllt wird. Warum nicht Champagner, aus einem richtigen Laden anstatt dieser primitiven, kahlen Scheune? Du machst ein solches Tamtam um unseren Hochzeitstag, aber bedeutet er dir wirklich soviel? Nicht genug, um anständigen Wein in einem anständigen Laden zu kaufen!«

Der Mann, mager, dunkelhaarig, mit sorgenvollem, gescheitem Gesicht, wirkte entsetzt.

»Nadia, es *ist* richtiger Wein, der beste. Ich wollte, daß wir ihn heute abend trinken, um unsere Ankunft in Heartset und unseren Hochzeitstag zu feiern.«

»*Soviel* halte ich von diesem sogenannten englischen Wein!« Nadia schnippte mit den Fingern.

Don genoß die Szene. Nadia mit ihrem schwarzen Haar, den hohen Wangenknochen und dunkelbraunen wutblitzenden Augen war auch ein lohnender Anblick.

»Der Wein ist gut«, versicherte er ihr.

»Es spielt keine Rolle, ob er gut ist oder nicht, wir können ihn jetzt nicht bezahlen. Und ich sage Ihnen noch was, mein Mann kann solchen Luxus wie guten Wein selbst dann nicht bezahlen, wenn er seine Brieftasche mal nicht vergißt, weil er nämlich zu nichts zu gebrauchen ist, in jeder Hinsicht zu nichts zu gebrauchen. Und Ihnen glaube ich sowieso nicht, Sie arbeiten hier, natürlich behaupten Sie, der Wein wäre gut. Sonst würden Sie ja Ihren Job verlieren.«

»Madam, mir gehört der Weinberg«, sagte Don ernst.

»Dann tun Sie mir leid«, erwiderte sie prompt. »So zu tun, als erzeugten Sie guten Wein! Es ist die reine Dummheit, hier in England Wein anzubauen.«

Sie verschränkte die Arme und drehte ihnen den Rücken zu.

Dons Mundwinkel zuckten. »Machen Sie hier Urlaub?« fragte er.

Der Mann seufzte. »Urlaub ist nicht das richtige Wort. Wir sind gerade hergezogen. Wir haben Oracle Cottage gekauft.«

Don trat hinter dem provisorischen Tresen hervor und streckte die Hand aus. »Don Cordovan.«

»Wintersett«, sagte der dunkelhaarige Mann. »Byron Wintersett.«

Don hob eine Braue.

»Ja, traurig, aber wahr«, sagte der Mann. »Er war ein Vorfahre von mir, wissen Sie, und der Lieblingsdichter meiner Mutter.«

»Sie könnten sich Ronnie nennen.«

»Ja, sicher.«

Don lachte. »Mein richtiger Name ist Dennis. In meinen Augen ein noch größeres Unglück als Byron. Hören Sie, nehmen Sie die Flasche mit und kommen Sie irgendwann mal wieder, um die Rechnung zu begleichen.«

Nadia fuhr herum. »Ha, jetzt fängst du auch noch an, auf Pump zu leben. Ich will keinen Wein trinken, der nicht bezahlt ist!«

»In diesem Fall«, sagte Don, »nehmen Sie die Flasche als Willkommensgeschenk von mir an. Wenn Oracle Cottage noch so aussieht, wie ich es in Erinnerung habe, können Sie eine Aufmunterung gebrauchen.«

Gina blieb auf der Schwelle des Ladens stehen, etwas verunsichert ob der heftigen Worte, die aus seinem Innern drangen. Nadia steuerte auf einen ausgewachsenen Wutanfall zu. Ein dunkelhaariger Mann starrte sie hilflos an, und ein zweiter, etwas kleinerer Mann, noch ziemlich jung und mit einem netten Gesicht, hatte sich hinter den Tresen zurückgezogen.

Welcher von beiden ist Don? überlegte Gina. Der große dunkle, oder der andere mit dem fröhlichen Augenzwinkern, der großen Nase und den ersten Anzeichen einer Glatze? Keiner von beiden sah den anderen Cordovans ähnlich. Vielleicht war Don nicht hier.

Prim kam energisch in den Laden und beantwortete ihre unausgesprochene Frage. Sie sah sich kurz um und nahm dann ihren Neffen aufs Korn. »Don, was ist hier los? Warum bist du da hinten in Deckung gegangen?«

»Ich bin keineswegs in Deckung gegangen«, verteidigte sich Don würdevoll.

Überhaupt nicht wie die anderen, dachte Gina. Was für ein netter Mann! Sie fühlte sich erstaunlich zu ihm hingezogen. Im Vergleich zu den Cordovans, die sie bisher kennengelernt hatte, war Don eine ausgesprochen angenehme Überraschung.

»Und wer ist diese keifende Person?« fuhr Prim fort und sah Nadia derart mißbilligend an, daß Gina am liebsten gelacht hätte.

»Eine neue Nachbarin«, begann Don, wurde jedoch von einem erneuten Wortschwall Nadias unterbrochen.

»Ich habe das Recht, meine Meinung zu äußern, es geht Sie gar nichts an, wie ich das tue, mein Mann –«

»Das reicht«, befahl Prim. »Was sind Sie, eine Marktfrau?«

»Jetzt beschimpft sie mich als Fischweib.«

»Mensch, Prim«, sagte Don. »Jetzt hast du sie wieder in Gang gesetzt.«

»Unsinn«, erwiderte seine Tante. »Es reicht jetzt, hören Sie. Ich kann nicht fassen, daß jemand so völlig unnötige Szenen macht.«

Nadia, vorübergehend zum Schweigen gebracht, starrte Prim wütend an.

»Nachbarn, hat Don gesagt?« Prim wandte sich an Byron und ignorierte Nadias Basiliskenblick. »Wo wohnen Sie?«

»Wir haben gerade Oracle Cottage gekauft«, erwiderte er.

»Das Haus ist eine Ruine«, stellte Prim sachlich fest.

Byron lächelte zum ersten Mal, ein etwas schiefes Lächeln, das sein dunkles Gesicht auf sehr anziehende Weise aufleuchten ließ.

»Ruine ist gar kein Ausdruck«, sagte er. »Im Augenblick kampieren wir dort eher recht als schlecht, aber ich hoffe es recht schnell instandsetzen zu können. Ich bin Architekt, wissen Sie.«

»Ha«, höhnte Nadia. »Ein arbeitsloser Architekt, das solltest du ergänzen.«

»Hören Sie auf, so zu keuchen«, sagte Prim. »Sie hyperventilieren sonst, und das ist schlecht für den Kreislauf. – Architekt? Befassen Sie sich mit neuen oder alten Häusern?«

»Vorwiegend mit Restaurierungen und der Erhaltung von alter Bausubstanz«, erklärte Byron. »Aber Nadia hat recht, die Firma, für die ich in London gearbeitet habe, hat gerade dichtgemacht. Im Augenblick gibt es nicht so viel für mich zu tun.«

»Mit Oracle Cottage werden Sie völlig ausgelastet sein«, sagte Prim. »Was macht Ihre Frau?«

Wie entnervend für eine Frau, dachte Gina, wenn man ihren Mann nach ihrem Beruf fragt, anstatt sich direkt an sie zu wenden. Andererseits war es wenig wahrscheinlich, daß Nadia im Augenblick eine vernünftige Antwort geben würde.

»Sie ist Linguistin«, erwiderte Byron stolz.

»In diesem Teil der Welt herrscht kein großer Bedarf an Linguisten«, erklärte Prim. »Suchen Sie sich lieber eine andere Beschäftigung und helfen Sie Ihrem Mann durch diese schwierige Zeit.«

Nadia spitzte verächtlich die Lippen. »Ich kann Ihnen sagen, was ich *nie* tun würde – einen miesen Laden wie diesen hier eröffnen. Sie behaupten, dieser Wein sei gut, was ich ganz gewiß nicht glaube, und was auch sonst niemand, der zufällig hier landet, glauben würde. Der Laden ist nicht altmodisch oder pittoresk, sondern bloß schäbig und deprimierend. Wenn Sie angeblich so guten Wein verkaufen, wo sind dann die anderen guten Dinge, die dazugehören? Delikatessen, Feinkost? Katastrophal!«

Don lächelte Nadia an. »Ich muß sagen, da haben Sie recht, Mrs. Wintersett, aber ich bin mit Anbau und Herstellung voll ausgelastet, ich habe keine Zeit, mich ernsthaft um den Laden zu kümmern.«

»Dann suchen Sie sich jemanden, der Zeit hat.«

»Das habe ich getan, aber sie … äh, hat festgestellt, daß sie damit nicht klarkommt.«

»Geben Sie mir diesen Wein.« Nadia riß Don die Flasche aus der Hand. »Und eine Flasche von dem … was, sagten Sie, ist das? Chardonnay? Wir werden sehen. Und hiervon nehmen wir auch noch eine Flasche.«

Byron wirkte peinlich berührt. »Nadia, du vergißt, daß wir kein Geld dabei haben. Und außerdem …«

»… Und außerdem können wir uns keinen Wein leisten. Ich weiß. Aber wir kaufen diese Flaschen.« Sie fuhr wieder zu Don herum. »Ja, wir werden sie mit unserem sauer verdienten Geld bezahlen, da wir keine Plutokraten sind wie Sie. Ich bringe Ihnen morgen das Geld. Anschließend werde ich prüfen, ob der Wein was taugt. Wenn ja, komme ich wieder und ziehe hier einen Laden für Sie auf, mit einem Sortiment, das die Leute dazu bringen wird, kilometerweit zu fahren, um hier Wein und Essen zu kaufen.«

Sie nahm Wein und Mann und rauschte aus dem Laden. Im Vorbeigehen warf sie Prim einen Blick des Abscheus zu.

»Großstadtmenschen«, sagte Prim.

9

»Was machst du da?« fragte Fergus.

Zoë blickte von einem Stapel Papiere auf. »Ich rechne«, sagte sie knapp und wandte sich wieder den Papieren zu.

»Wieder mal dein Konto überzogen?«

»Irrtum«, erklärte Zoë würdevoll. »Ich verfüge über ein Guthaben von dreiundzwanzig Pfund.«

»Und nur noch drei Wochen, bis dein Gehalt kommt.«

»Ich werde mich eben einschränken.«

»Oder verhungern.«

Zoë schob ihren Stuhl vom Küchentisch zurück und fuhr sich mit den Fingern durchs Haar. »So ein Mist«, sagte sie ohne Bitterkeit.

»Wieso Mist?« Fergus nahm sich einen Stuhl und setzte sich. »Was ist anders als im vorigen Monat oder in den Monaten davor? Normalerweise kommst du doch immer irgendwie zurecht.«

»Ich will aber nicht nur irgendwie zurechtkommen«, entgegnete Zoë gereizt. »Ich will Urlaub machen. Und nicht nur das.« Nachdenklich kniff sie die Augen zusammen. »Ich will meinen Job an den Nagel hängen.«

»Aha«, sagte Fergus.

»Nichts aha. Ich hasse meinen Job, ich finde ihn sterbenslangweilig und halte ihn für sinnlos. Und ich will ihn nicht mehr.«

»Dann sind Ferien ein unbedingtes Muß«, erwiderte Fergus gelassen. »Zwei, drei Wochen am Mittelmeer oder in den Hügeln Italiens. Und wenn du zurückkommst, sieht alles ganz anders aus.«

»Ja, noch schlimmer.«

»Du wirst mit frischen Kräften ans Werk gehen und die Arbeit erträglicher finden.«

»Nur wenn in meiner Abwesenheit ein Putsch stattfindet, alle Kollegen umprogrammiert werden und meine Arbeit wundersamerweise plötzlich eine ganz andere ist.«

»Hast du mit deinem Chef mal darüber gesprochen?«

»Macht man Konversation mit einer Python?«

»Zoë.« Fergus lachte über ihre tragische Miene. »Komm schon, so schlimm kann es doch nicht sein. Willst du mehr Geld verdienen, ist es das?«

»Nein. Ich meine, ja, natürlich will ich mehr Geld. Wer will das nicht? Schon gut, du brauchst es nicht auszusprechen, es ist heller Wahnsinn, seinen Job zu schmeißen, wenn überall Leute entlassen werden und keinen neuen Job finden können. Oder viele noch nie einen hatten.«

»Es wäre ziemlich unvernünftig. Du solltest Urlaub machen, um dich aus dem Stimmungstief rauszuziehen, deinen jetzigen Job vorläufig behalten und dich nach einer Alternative umsehen.«

Zoë fuhr zu Fergus herum. »Für dich ist es ja auch leicht, vernünftig und praktisch zu sein! Du hattest noch nie einen richtigen Job. Klar, ich weiß, in den Semesterferien hast du im Leichenschauhaus gejobbt und so weiter, aber es war kein Bürojob, den du tagein, tagaus runterreißen mußtest. Mit Sozialversicherung. Du spielst munter weiter den Studenten. Du hast ja keine Ahnung, wie es uns anderen geht.«

Fergus mußte zugeben, daß sie recht hatte. »Diese tolle Erfahrung steht mir erst noch bevor. Aber mal im Ernst, Zoë, du kannst es dir nicht leisten, deinen Job aufzugeben. Mit dreiundzwanzig Pfund kommst du nicht weit.«

»Nein, sicher nicht. Sei lieb, Fergus, und setz Kaffee auf, ja? Ich muß Klarheit in meinem wirren Kopf schaffen.«

Fergus holte die Kaffeebohnen aus dem Schrank. Er machte sich gern mit der Kaffeemühle zu schaffen.

»Du hast noch nichts von Gina gehört?« erkundigte er sich beiläufig, während er das gemahlene Kaffeepulver in die Glaskanne kippte.

»Von Gina?« wiederholte Zoë und konzentrierte sich widerstrebend auf das Gespräch. Aufgepaßt, sagte sie sich. »Nein, wieso?«

»Sie hat nicht angerufen oder so?«

»Ich hätte es dir erzählt, wenn ich einen Anruf aus Amerika erhalten hätte.«

»Hoffentlich hat sie was gefunden, wo sie wohnen kann. Ich mache mir Sorgen um sie.«

»Keine Angst, sie ist ganz bestimmt irgendwo untergekommen. Wo es ihr richtig gut gefällt.«

»Ich meine nur, daß sie vielleicht Probleme hatte, was zu finden, wenn ihr Vater bei ihrer Ankunft in New York nicht da war. Du bist in dieser Hinsicht ja die Ruhe selbst«, fügte er sauer hinzu.

»Probleme? Ach nein, das glaube ich nicht. Nicht in New York.«

Fergus schüttelte den Kopf über ihre zusammenhanglosen Antworten. »Du scheinst den Kaffee wirklich dringend zu brauchen. Bitte sehr.« Er stellte die Kanne auf den Tisch. »Trink ihn schwarz, damit du richtig wach wirst. Mich wundert bloß, daß Gina sich nicht gemeldet hat. Ich dachte, vielleicht hat sie dir geschrieben und du hast vergessen, es zu erzählen.«

»Wenn sie geschrieben hätte, dann hätte ich es dir gesagt.« Zoë wählte ihre Worte sehr sorgfältig.

»Übrigens – beinahe hätte ich es vergessen. Da ist ein Brief für dich. Er ist heute morgen mit der Post gekommen, als du schon weg warst. Sieht nach einer Rechnung aus.«

Zoë nahm den Umschlag, verzog das Gesicht und legte ihn ungeöffnet auf den Tisch.

»Mach ihn auf«, sagte Fergus. »Vielleicht brauchst du mehr als dreiundzwanzig Pfund.«

»Mach du ihn doch auf, wenn du so versessen darauf bist.«

Zoë ging zur Spüle, um die Kaffeebecher abzuwaschen. »Und wenn du ihn gelesen hast, kannst du ihn in den Mülleimer werfen. Da landet alle meine Post in der letzten Zeit. Sie ist viel zu deprimierend, um sie aufzubewahren.«

»Mann, Zoë«, sagte Fergus, als er den Brief überflogen hatte. »Wenn du willst, werfe ich ihn in den Mülleimer, aber es wäre wirklich schade.«

»Wieviel?« fragte Zoë niedergeschlagen.

»Zweieinhalbtausend.«

Zoë schrie auf und ließ einen Becher fallen, der auf dem Fußboden sauber in zwei Hälften zersprang.

»Das war mein Lieblingsbecher«, stellte Fergus betrübt fest.

Zoë riß ihm das Schreiben aus der Hand. »O mein Gott, du hast recht! Wie kann ich so hohe Schulden haben, wofür war das?«

»Reg dich nicht auf, Zoë. Es sind keine Schulden, du kriegst das Geld. In dem Umschlag steckt ein Scheck, sieh her.«

Sie starrte ihn ungläubig an.

Fergus bückte sich, um die Scherben aufzusammeln. »Wofür willst du es ausgeben, außer daß du einen neuen Becher für mich besorgst?«

»Woher kommt das Geld?« fragte Zoë verwirrt.

»Steht alles in dem Brief. Es ist ein Lotteriegewinn. Hast du bei einer Lotterie mitgemacht?«

»Muß ich wohl«, erwiderte Zoë unsicher. »Ich kann mich an nichts erinnern.«

»Zeig mir den Brief noch mal. Ja, du mußt nach der Show, die wir uns im Frühjahr angesehen haben, ein Los gekauft haben.«

Zoë setzte sich wieder an den Tisch, blätterte in ihren Rechnungen und krähte leise vor sich hin. Plötzlich fiel ihr etwas ein. »Sag mal, Fergus, muß ich davon Steuern zahlen?«

»Ich glaube nicht. Ich an deiner Stelle würde die eine Hälfte zur Bank bringen und die andere für einen tollen Urlaub auf den Kopf hauen.«

»Ach, sei doch nicht so langweilig. Zunächst mal lade ich dich heute zum Abendessen ein. Anschließend schreibe ich meine Kündigung und mache einen Einkaufsbummel, um mir ein paar neue Klamotten zu besorgen. Himmlisch! Und dann miete ich für mindestens vier Wochen ein hübsches Cottage auf dem Land.«

»Die reine Unvernunft.« Fergus schüttelte den Kopf.

»Ich kann noch ein Leben lang vernünftig sein.«

Gina fand Nicky in der Kleinen Bibliothek, einem ovalen, von runden Regalen gesäumten Raum. Nicky hatte sich an einem Tisch in der Mitte des Zimmers eingerichtet, vor ihr standen ordentlich aufgereihte Ablagen mit Papieren und ein Telefon.

»Hallo«, sagte Gina. »Kann ich helfen?«

Nicky sah sie skeptisch an. »Helfen?«

»Bei den Vorbereitungen für den Ball. Harry sagte, Sie könnten vielleicht Hilfe gebrauchen.«

»Das hat Harry gesagt? Wann hat ein Cordovan jemals daran gedacht, anderen als sich selbst zu helfen? Und Sie sind doch auch eine von denen, oder?«

»Eigentlich nicht, nein.« Gina hockte sich auf den Tisch. »Viel zu tun?«

»Ja«, erwiderte Nicky wenig begeistert. »Es ist mein Job, also darf ich mich nicht beklagen.«

»Aber es macht doch Spaß, oder nicht? Partys und so für andere Leute zu organisieren?«

»Um das Essen kümmere ich mich ganz gern«, sagte Nicky. »Der Rest ist ziemlich öde. Jeder will ein neues Motto, und es muß unbedingt origineller und gewagter als das der Nachbarn sein. Am Ende der Saison zermartert man sich das Hirn, um noch etwas Neues zu finden.«

»Will Aimée denn etwas Neues?«

»Ach, den Cordovans ist es piepegal, was die Nachbarn denken. Es läßt sie völlig kalt, ob sie origineller oder vornehmer sind. Sie gehen davon aus, daß alles, was sie machen, automatisch besser ist. Finden Sie sie nicht abscheulich?«

»Hm. Ich kenne sie nicht sehr gut«, sagte Gina. »Ich kann nicht behaupten, daß ich sie abscheulich finde, nein.«

»Harry ist vermutlich noch der sympathischste von allen, er scheint sich ja auch nett um Sie zu kümmern. Mit Sicherheit hat er irgendwelche Hintergedanken, also seien Sie auf jeden Fall auf der Hut.«

All diese Andeutungen machten Gina neugierig. »Ich habe eine Frau getroffen, die in Heartwell House wohnt. Sie mag die Familie auch nicht besonders.«

»Ach die«, sagte Nicky abfällig. »Die ist ja bloß beleidigt, weil die Cordovans nichts für ›gutnachbarliche Beziehungen‹ übrig haben, wie sie es nennt. Das heißt im Klartext, sie laden sie und ihren gräßlichen Mann nicht zum Essen ein, beteiligen sich nicht bei irgendwelchen Gemeindeveranstaltungen und spielen sich nicht mit ihr zusammen als Gönner anderer Leute auf.«

»Haben Sie nicht eben noch gesagt, daß Sie die Cordovans für gönnerhaft halten?«

Nicky fixierte sie. »Ich habe nichts dergleichen gesagt. Die Cordovans sind arrogant, rücksichtslos, denken nie an das Wohl anderer und sind niederträchtig in jeder Beziehung. Aber gönnerhaft? Nein. Das würde ihnen nicht im Traum einfallen. Für sie gibt es zwei Kategorien von Menschen – die Menschen, die sie kennen und mögen, und der Rest, der, soweit es sie betrifft, nicht existiert. Victor hatte mal einen denkwürdigen Zusammenstoß mit dieser Frau und wußte auf Anhieb, daß sie nicht zu den Leuten gehört, die man kennt und mag. Sie hat es nicht darauf angelegt, ihm zu gefallen, also wird er vermutlich auch nicht mit ihr in die Kiste steigen wollen. Diese Leute haben hier keine Chance, und wenn sie sich auf den Kopf stellen.«

»Vielleicht ist Lori auch nicht Victors Typ.«

Nicky warf ihr einen scharfen Blick zu. »Er hat keinen Typ«, sagte sie freimütig. »Und ich hoffe, Sie sind Victors

Charme noch nicht erlegen, denn er ist zwar selten einer schnellen Nummer abgeneigt, wenn Julia gerade nicht hinsieht, aber im Augenblick hat er's mit einer Schweizerin. Sie hat einen Superbusen, und er steht auf große Brüste.«

»Wo lebt sie?« fragte Gina neugierig.

»Was glauben Sie denn? In der Schweiz natürlich.«

»Dann sieht er sie nicht oft.«

»Unsinn, er fliegt jede Woche hin. Heute ist er übrigens auch dort. Ist Ihnen nicht aufgefallen, daß er beim Frühstück nicht da war?«

»Ich bin heute erst ziemlich spät aus dem Bett gekommen«, gestand Gina.

Nicky wandte sich der Liste in ihrer Hand zu. »Wenn Sie mir wirklich helfen wollen, beschaffen Sie einen Zeltpavillon für mich.«

»Einen Zeltpavillon?«

»Ja, Sie wissen schon, diese riesigen, bunten Dinger, die man im Mittelalter bei Turnieren aufstellte – zumindest wenn man Hollywood glauben darf.«

»Gibt es einen Verleih für solche Sachen?«

»Ja, aber an unserem Stichtag ist keins frei. Wir hätten da schon vor Monaten buchen müssen. Ursprünglich hieß es, ja kein Festzelt. Alle hier hassen Festzelte, und das zu Recht. Wir brauchen eigentlich auch kein Festzelt, schließlich haben wir die Große Halle und all die anderen geräumigen Zimmer.«

»Wozu dann der Zeltpavillon?«

»Eine spontane Laune von Aimée. Für die Disco. Er soll auf dem Rasen hinter der Terrasse aufgebaut werden. Keine schlechte Idee und durchaus realisierbar, aber es muß unbedingt ein ganz bestimmter Zeltpavillon sein, und obendrein im orientalischen Stil hergerichtet. Ich glaube, sie hat zu viele Valentino-Filme gesehen. Der Pavillon ist im Augenblick mein größtes Problem. Wenn Sie es lösen können, bin ich auf immer Ihre beste Freundin. Ich nehme an, Sie müssen nicht arbeiten, um Geld zu verdienen? Sind Sie nicht in der Fleischverarbeitung?«

»Ich bin auch Historikerin«, sagte Gina, die einen Augenblick ihre Rolle vergaß.

»Na, dann fällt es ja sozusagen in Ihr Metier, einen mittelalterlichen Pavillon aufzuspüren«, sagte Nicky nicht allzu optimistisch.

»Geben Sie mir die Nummer der Firma, die diese Zelte vermietet, und sagen Sie mir, welches Telefon ich benutzen kann. Mal sehen, was ich tun kann.«

»Ich sagte doch bereits, Herzchen, alles ausgebucht, nichts zu machen.« Nicky reichte ihr eine Geschäftskarte.

»Klar, aber vielleicht kann mir jemand einen Tip geben.«

Nicky zuckte die Achseln. »Ich mache Ihnen keine Vorwürfe, wenn Sie nichts erreichen. Ich werde bloß schreien und toben wie gewöhnlich. Ein Telefon steht da drüben, in der Großen Bibliothek. Bedienen Sie sich.«

Byron hatte entsetzlichen Hunger. Zum Frühstück hatte er nur einen Schokoriegel gegessen, da Nadia ihn in kämpferischer Stimmung aus der winzigen provisorischen Küche verbannt hatte.

»Ich habe heute keine Zeit für dich, und morgen vermutlich auch nicht. Du wirst dich selbst versorgen müssen, Löwenzahn essen, was weiß ich. Laß mich bloß in Ruhe, damit ich endlich fertig werde.«

»Ich hole mir zum Mittagessen ein Sandwich.«

»Tu das.«

Er blickte auf die abgepackten Kuchen und Pasteten im Dorfladen und seufzte. Auf einmal hatte er keinen Appetit mehr. Er kaufte eine Zeitung, murmelte ein Dankeschön und ging hinaus. Jenseits des kleinen Platzes lockte das Bunch of Grapes. *Biergarten* stand auf dem Schild. *Frische Sandwiches und Hausmannskost.*

Ich kann es mir nicht leisten, im Pub zu essen, sagte Byron sich streng. Schlappschwanz, spottete der widerspenstige Teil in ihm. Ein Tropfen auf dem heißen Stein – was machen ein Sandwich und ein Glas Bier noch aus? Denk daran, wie weit du dein Konto schon überzogen hast und daß du vom nächsten Monat an keinen Penny mehr einnimmst.

»Guten Tag«, sagte jemand freundlich hinter ihm. »Kommen Sie mit auf ein Bier?«

Don Cordovan.

»Hallo«, sagte Byron.

Na gut. Es wäre ein Zeichen für schlechte Manieren, ihn nicht zu begleiten.

»Ich komme mittags oft hierher, um auf die Schnelle etwas zu essen.« Don winkte der vollbusigen blonden Frau hinter dem Tresen zu, während er auf einen Tisch – offenbar sein Stammplatz – zusteuerte. »Mir gefällt's hier«, sagte er zu Byron. »Frische Luft vom Garten, aber nicht zu viele fliegende Objekte, die sich in dein Bierglas verirren können. Meiner Meinung nach wird das Leben im Freien reichlich überschätzt, vor allem in einem heißen englischen Sommer. Außerdem kann man sich drinnen am Anblick von Madges Wunderbusen erfreuen.«

»Allerdings«, sagte Byron.

»Aber nicht anfassen. Madges Ehemann ist groß und stark und hat einen aufbrausenden Charakter.«

»Sie müssen viel Zeit im Freien verbringen.« Byron musterte Dons gepflegte Sonnenbräune.

»Ach, die Arbeit – das ist was anderes. Also, was nehmen Sie? Da kommt schon die reizende Madge, um unsere Bestellung aufzunehmen. Wenn das, was ich da rieche, Fischpastete ist, dann nehme ich die, Madge. Ich kann die Pastete nur empfehlen, Byron, sie machen sie mit Schwertfisch, Miesmuscheln, Krabben und reichlich Sahne.«

»Ich wollte eigentlich nur ein Sandwich«, wandte Byron unsicher ein.

»Zweimal Fischpastete«, sagte Don. »Und die Getränke gehen auf mich. Ich bin ja hier mehr oder weniger zu Hause.«

Byron nahm dankbar einen großen Schluck von dem kalten Bier.

»Wie sieht's in Oracle Cottage aus?« fragte Don.

»Nicht so gut. Schlimmer, als ich erwartet hatte. Ich werde viel Zeit investieren müssen.«

»Nehmen Sie sich eine Baufirma«, riet Don.

»Das kann ich mir nicht leisten«, sagte Byron. »Nicht, bevor ich Arbeit gefunden habe.«

»Es gibt etliche alte Häuser hier in der Gegend.«

»Ja, aber vermutlich sind die Leute nicht auf meine Dienste angewiesen. Oder sie können es sich nicht leisten, mich zu engagieren. Heutzutage sitzt den Hausbesitzern das Geld nicht mehr so locker.«

»Es sitzen wohl sehr viele Architekten im selben Boot«, sagte Don mitfühlend.

»Ja, es gibt zu viele von uns.«

Madge brachte zwei Portionen der verführerisch duftenden Fischpastete. Byrons Hunger meldete sich mit Macht zurück. Ich kann Sandwiches eigentlich nicht ausstehen, dachte er und griff zu.

Don widmete sich einer Miesmuschel. »Und was hat Ihre Frau vor?«

»Nadia? Weiß der Himmel. Ich nehme an, Sie werden es bald erfahren.«

»Kocht sie gut?«

»Vorzüglich, wenn ihr danach ist. Leider kocht sie nicht oft für mich. Aber wenn wir Freunde einladen, bringt sie jedesmal einen Festschmaus auf den Tisch.«

»Woher kommt sie, aus Rußland?«

»Ja.«

»Sie haben sie drüben kennengelernt?«

Auf einmal schmeckte die Fischpastete nicht mehr so köstlich.

»Ja«, sagte Byron.

»Sie haben sich verliebt, geheiratet? Die neuen Freiheiten nach dem Fall der Mauer genutzt?«

»Nein, das ist schon zehn Jahre her«, sagte Byron. »Und ja, ich habe mich in sie verliebt und sie kurz darauf geheiratet.«

»Vor zehn Jahren. Keine Kinder?«

»Nadia will keine Kinder«, erwiderte Byron kurz angebunden. »Sie wollte einen britischen Paß, um im Westen leben zu können, und das hat sie geschafft. Und sie wollte einen gutsituierten Ehemann. Leider bin ich nicht so erfolgreich, wie sie es sich gewünscht hätte, aber so ist es nun mal.«

»Trotzdem ist sie nach zehn Jahren noch mit Ihnen zusammen«, bemerkte Don.

»Ja, und ich frage mich oft, warum. Vielleicht wird sie nach ein, zwei Wochen Oracle Cottage ja nicht mehr da sein. Wir hatten zwar hin und wieder unsere Krisen, aber so schlimm war es noch nie.«

»Frauen können einen manchmal überraschen.«

»Sind Sie verheiratet?« fragte Byron.

»Nein, nein.«

»Eine spezielle Freundin?«

»Oh, mehrere.«

Byron seufzte, nicht weil er neidisch auf Don gewesen wäre, sondern weil er den Gedanken schrecklich fand, nicht nur mit einer Nadia zurechtkommen zu müssen, sondern gleich mit einer ganzen Schar.

»Harte Arbeit«, sagte er. »Gleich mehrere, meine ich.«

»Aber es hat seine angenehmen Seiten.« Don wischte sich mit der Serviette den Mund ab.

Auch auf Heartsease Hall stand Fisch auf dem Speiseplan. Guy lobte Marias Paella in den höchsten Tönen, während er das Gericht geschickt in eine große ovale Schüssel füllte. »Sie gelingt dir zwar immer, aber diesmal ist sie vollkommen.«

»Nur schade, daß keiner pünktlich zum Essen kommt!«

Gina hatte sich entschuldigt, als Guy sie schließlich in der Bibliothek aufstöberte.

»Haben Sie den Gong nicht gehört?« fragte er.

»Ich habe telefoniert«, erwiderte Gina.

Guys Miene besagte, daß anständige Gäste zur Mittagszeit nicht telefonierten.

»Hast du auf Uish angerufen?« fragte Harry hinterhältig.

Gina setzte sich auf ihren Platz. »Nein, ich habe wegen des Zeltpavillons für Aimées Ball herumtelefoniert.«

Aimée schob sich das glänzende Haar aus der Stirn und schenkte Gina ein betörendes Lächeln. »Nicky sagt, du hast genau das gefunden, was wir brauchen. Bei einer Filmproduktion.«

»Gut gemacht«, sagte Harry. »Julia, wir sollten uns so ein Ding anschaffen, ich habe ein Foto gesehen. Genau das richtige für unseren Garten. Wir könnten es als externes Eßzimmer benutzen.«

Julia sah ihn mißbilligend an. »Wie ungemütlich, zumal wir ein völlig angemessenes Speisezimmer im Haus haben.«

»Und wo bleibt die Romantik?« fragte Harry. »Denk mal darüber nach. Lange Sommerabende, das Abendlicht tanzt auf dem Segeltuch, kleine Fähnchen flattern im Wind.«

Aimées Augen leuchteten. »Eine Laube der Glückseligkeit«, sagte sie träumerisch. »Mit Seidenkissen und Perserteppichen.«

»Und ein paar Schachteln Kleenex für hinterher«, ergänzte Harry.

»Sei nicht so ordinär«, wies Julia ihn zurecht. »Aimée, du solltest versuchen, der Erotik in deinem Leben nicht so großen Stellenwert beizumessen.«

»Es ist das einzige, was mich am Leben interessiert«, sagte Aimée offen und schob sich eine Gabelvoll Paella in den Mund. Sie zuckte träge die Achseln. »Manche Menschen sind für profane Dinge wie Buchhaltung, Gartenarbeit oder Krankenpflege begabt. Meine Begabung ist die Liebe. So ein Glück.«

Julia gab sich geschlagen. »Ich möchte heute abend zeitig essen, Guy. Bitte sagen Sie Maria Bescheid.«

»Willst du einen draufmachen, solange Victor weg ist?« fragte Harry.

Julias Blick hätte jeden im Boden versinken lassen, nur nicht Harry. »Ich nehme an einer Konferenz in Heartsbury teil. Zum Thema Safer Sex im Schulunterricht.«

Aimée blickte auf. »Wie langweilig«, sagte sie mit ihrer sanften Stimme. »Sex und Sicherheit, igitt!«

Harry lachte. »Ein Widerspruch in sich, meinst du nicht auch, Julia?«

»Ich habe für so etwas keine Zeit«, erwiderte Julia. »Wenn die Schulen sich an seriösen Unterrichtsstoff halten würden, wäre all diesen armen jungen Leuten weit besser gedient. Statt dessen lernen sie, wie man Lesbierin wird oder was Sadomasochismus ist.«

»Wir haben in der Schule Kondome auf Bananen gezogen.« Versonnen wählte Aimée einen Pfirsich aus der gutsortierten Obstschale. »Es war abstoßend und außerdem völlig überflüssig.«

»Diese Liberalen«, sagte Julia verächtlich. »Nichts als verrückte Ideen im Kopf. Guy, ich bin heute nachmittag im Arbeitszimmer. Dort nehme ich um halb fünf meinen Tee. Und bitte bringen Sie ihn selbst. Esme hat das letzte Mal eine Tasse zerbrochen.«

Guy nickte. »Jetzt Kaffee?«

»Nein, vielen Dank«, sagte Julia. »Harry, du bist zu oft zu Hause. Deine Geschäfte werden darunter leiden.«

»Meinen Geschäften geht es bestens, Julia.«

»Nicht mehr lange, wenn du sie so vernachlässigst.«

10

»Hallo, Pa«, rief Harry aus einem Fenster im ersten Stock.

Victor blieb stehen, hob den Kopf, blickte ihn finster an und ging ins Haus.

»Kein Glück«, sagte Harry. Gina zuckte zusammen, als er plötzlich neben ihr stand.

»Ich dachte, du wärst oben«, sagte sie.

»War ich auch, in meinem Zimmer. Aber ich bin das Geländer runtergerutscht, um dich durch mein plötzliches Auftauchen aus dem Konzept zu bringen.«

»Wer hatte kein Glück?« fragte Gina.

»Pa. Bei seinem Schweizer Mädel.«

»Woher weißt du das?«

»Das merke ich sofort. Wenn alles gutgegangen wäre, das heißt, wenn er sie endlich ins Bett gekriegt hätte, würde er fröhlich grinsen, leichtfüßig dahergetänzelt kommen und rundum vor Selbstzufriedenheit strotzen. Keines dieser Merkmale ist vorhanden, wie du selbst sehen kannst.«

»Was für ein Blödsinn.« Gina lachte.

»Spotte nicht«, sagte Harry. »Es ist wahr. Er geht schweren Schritts, lächelt nicht, und man sieht, daß er enorm viel Energie angestaut hat. Also ist die Jagd noch im Gange.«

»Und Julia?«

»Um Julia brauchst du dir keine Sorgen zu machen, er wird heute nacht zuschlagen. Selbstverständlich weiß Julia genau, was er vorhat, deshalb wird sie ihn zappeln lassen.«

»Du zeigst ja keinen großen Respekt vor deinen Eltern. Mal abgesehen davon, daß du über ihr Intimleben tratschst.«

»Erstens sind sie nicht meine Eltern. Na gut, Victor schon, aber nicht Julia. Nummer zwei, ich bin nicht respektlos, sondern aufrichtig. Drittens, so intim ist ihr Intimleben gar nicht. Julia beschimpft ihn, daß die Wände wackeln. Wart's nur ab. Es steigert sich in einem wilden Crescendo, und dann ... Stille. Man braucht nicht viel Phantasie, um sich das Ende auszumalen.« Er nahm Ginas Arm und zog sie nach draußen in den Obstgarten. »Außerdem hasse ich Julia«, fuhr er fort. »Warum sollte ich also Respekt vor ihr haben?«

»Du haßt sie? Wieso?«

»Sie nervt.«

»Unsinn«, sagte Gina aufmunternd. Sie dachte über Victor nach. »Hat dein Vater oft solche – Liebeleien?«

»Immerzu«, erwiderte Harry fröhlich.

»Kein Wunder, daß Julia ausflippt. Ich würde mir das nicht bieten lassen.«

»Sie wäre genauso eifersüchtig, wenn er ihr keinen Grund geben würde. Es ist ihre Natur. Also kann er ebensogut seinen Spaß haben.«

»Was passiert, wenn er sich mal richtig in eine der anderen Frauen verliebt und sich von Julia scheiden lassen will?«

»Ich hab's dir doch erzählt, er *hat* sich von ihr scheiden lassen. Sie haben nicht wieder geheiratet, soweit ich informiert bin. Meine Ma hat sich auch von ihm scheiden lassen. Hoffe ich jedenfalls, weil sie sich einen neuen Ehemann zugelegt hat.«

»Also könnte Victor jederzeit mit einer neuen Ehefrau nach Heartsease zurückkommen?«

»Dazu ist er zu schlau. Kannst du dir die Szenen vorstellen? Außerdem würde Hester es nicht gutheißen. Victor braucht Hester, ohne sie wären die vielen kleinen Annehmlichkeiten seines Daseins futsch. Er kehrt immer wieder zur Basis zurück. Die anderen Frauen sind bloße Affären. Und das wundert mich nicht. Ich muß zugeben, Julia hat alles, was ein Mann braucht – wenn man auf ihren Typ steht, was auf mich nicht zutrifft. Nur Kuhaugen und viel weißes Fleisch. Aber so richtig lustig wird's erst, wenn ein anderer Mann sich an Julia heranmacht. Himmel!«

»Das läßt er nicht zu?«

»Definitiv ein rotes Tuch für Victor.«

Gina war in Gedanken in den Alpen. »Wenn diese Schweizerin kein Interesse hat, warum läßt er dann nicht locker?«

»Er liebt die Jagd«, erwiderte Harry. »Er kann Pläne und Ränke schmieden und Strategien entwickeln. Und ich muß sagen, am Ende trägt er in der Regel den Sieg davon. Immerhin hat er einige Vorzüge, auch wenn er nicht mehr der Jüngste ist. Wahrscheinlich geht da 'ne Menge ab.«

»Wirst du genauso?« Gina lehnte sich gegen einen knorrigen Apfelbaum und blickte Harry nachdenklich an.

»Ich? Grundgütiger, nein! Ich bin natürlich klasse im Bett – kannst du gern mal ausprobieren. Aber im Vergleich zu Pa bin ich treu. Wenn ich mit dem Herzen dabei bin, läuft nichts nebenher. Und selbst wenn nicht, werde ich nie ein zweiter Victor.«

»Auf welchen Typ stehst du?« fragte Gina.

So leicht ließ Harry sich nicht fangen. »Dunkle Haare, funkelnde, wenn auch scheue Augen, wilde Locken, ziemlich groß, schlank ...«

»Also gar nicht wie dein Vater.«

»Sein Geschmack neigt zum Extremen«, erwiderte Harry sittenstreng.

»Ich glaube dir kein Wort«, sagte Gina. »Bestimmt stehst du auf üppige Silberblonde.« Sie pflückte einen noch grünen Apfel vom Baum. »Hier, ein saurer Apfel. Beiß rein.«

»Verbindlichsten Dank«, sagte Harry höflich.

Guy klopfte laut an Esmes Tür. »Esme? Wo bist du? Was machst du denn? Du wirst in der Küche gebraucht, heute abend ist volles Haus.«

Die Antwort war ein leises Wimmern. Er wartete kurz ab, dann öffnete er die Tür. Esme lag bäuchlings auf dem Bett. Splitternackt.

Guy wandte den Blick ab. »Esme, warum machst du so eigenartige Geräusche? Hast du Schmerzen?«

Sie wandte den Kopf und sah ihn an. »Das kann man wohl sagen. Ich leide Höllenqualen.«

»Hast du was Falsches gegessen?«

»Nein, ich war draußen und hab mir einen Sonnenbrand am Hintern geholt.«

Guy warf kurz einen Blick auf besagten Teil von Esmes Anatomie – ihr ansehnliches Hinterteil war in der Tat feuerrot.

»Ich kann mich nicht bewegen«, sagte sie.

»Und was hast du mit blankem Hintern in der Sonne getrieben?« fragte Guy. »Eigentlich kann ich es mir schon denken.«

»Das geht dich gar nichts an. Jedenfalls kann ich heute abend nicht arbeiten.«

»Und ob du kannst. Victor ist wieder da, die ganze Familie erscheint zum Abendessen, wir können nicht auf dich verzichten. Bleib da liegen.«

»Ich geh nirgendwohin, keine Angst. – Glaub ja nicht, daß du mich dazu bringen kannst aufzustehen«, brüllte sie ihm nach, als er leise hinausging.

Wenig später war er wieder da, mit Aspirin und einem Fläschchen homöopathischer Belladonna-Tabletten in der einen und einer Tube schmerzlindernder Lotion gegen Sonnenbrand in der anderen Hand.

»Die Tabletten schluckst du«, befahl er, »und das hier wendest du äußerlich am anderen Ende an.«

»Ich kann nicht«, stöhnte Esme. »Das mußt du übernehmen.«

»Also wirklich!«

»Ein Frauenhintern bedeutet dir doch nichts. Los, fang schon an.«

»Ich hätte nie gedacht, daß einmal der Tag kommen würde, an dem ich so etwas tun muß.« Widerwillig verteilte Guy reichlich Lotion auf den betroffenen Stellen.

»Mach die Augen zu, sonst macht es dir womöglich noch Spaß«, sagte Esme.

»Das glaube ich kaum«, erwiderte Guy würdevoll. »So. Und jetzt steh auf, zieh dich an, und dann ab in die Küche. Du hast fünf Minuten Zeit.«

»Fascho«, grummelte Esme, doch Guy zog bereits die Tür hinter sich zu.

Gina war allein mit ihren Gedanken – keine angenehme Gesellschaft, fand sie. Hester war einkaufen gefahren, und Gina bereute schon, daß sie sich ihr nicht angeschlossen hatte, denn auf Heartsease Hall gab es nichts zu tun. Harry verbrachte den Nachmittag in Bath, Nicky war in London, und in der Küche herrschte hektische Betriebsamkeit, da Maria irgendeine größere Aktion geplant hatte.

Es war zu heiß zum Radfahren, zu heiß für die kleinste körperliche Anstrengung. Gina wollte durch den Wald zum Fluß gehen und einen Spaziergang am Ufer machen. Im Augenblick stand ihr nicht der Sinn nach irgendwelchen Cordovans, und unten am Fluß bestand kaum Gefahr, welche zu treffen.

Sie ging den terrassenförmig angelegten Hang hinunter. Eines mußte sie den Cordovans lassen: Sie arbeiteten sehr hart. Sie hatte immer gedacht, reich zu sein bedeute, unbegrenzt faul sein zu können und so gut wie keine Sorgen zu haben. Eine Lebensweise, die so wenig mit ihrer eigenen zu tun hatte, daß sie nie richtig überlegt hatte, was die reichen Leute wohl mit ihrer Zeit anfingen. Sie brauchten sich nicht krummzulegen, um die Miete zu bezahlen oder um das nötige Geld für ein neues Auto oder eine Urlaubsreise aufzubringen. Ein Freifahrtschein für Müßiggang. Und doch schienen die Cordovans von früh bis spät äußerst betriebsam.

Aimée? Sie war die berühmte Ausnahme. Ihr Leben war weiß Gott ausschließlich dem Vergnügen gewidmet. Obschon man dazu vermutlich nicht unbedingt reich sein mußte. Man mußte nur seine Liebhaber sorgfältig auswählen, dann waren sicher immer die nötigen Mittel vorhanden, um einem alle Wünsche zu erfüllen.

In Gedanken mit dem turbulenten Leben ihrer Gastgeber beschäftigt, ging, schlitterte und rutschte Gina über die steilen Pfade, die im Zickzack zum Ufer des Heart hinunterführten. Die breiten, grasbewachsenen, sanft abfallenden Wege verschmähte sie und nahm Abkürzungen über die steilsten, schmalsten Abschnitte.

Nur gut, daß sie eine Hose angezogen hatte, sonst wären ihre Beine längst von Kratzern übersät. So oder so war sie erleichtert, als sie unten auf dem regulären Weg ankam, der sich am Fluß entlangschlängelte.

Von Hester hatte sie sich eine Wanderkarte ausgeliehen. Gab es irgend etwas, das ein Gast brauchen mochte und sie nicht sogleich bereitstellen konnte? fragte sich Gina, während sie die Karte auseinanderfaltete. Eine Flußbiegung ... Sie blickte auf. Mal sehen, ja, eine Flußbiegung. Allerdings gab es mehrere Flußbiegungen. Man konnte sogar sagen, daß der Fluß nur aus Biegungen bestand. Welche war es also?

Sie hielt nach anderen Orientierungspunkten Ausschau. Auf der Karte war ein Taubenschlag eingezeichnet. Richtig, auf dem Weg nach unten hatte sie einen Taubenschlag passiert. Ein hübsches Gebilde mit Kuppeldach, in dem aufgeregte weiße Flügel schlugen, als sie näherkam. Aber war sie auf diesem Weg weitergegangen oder auf dem anderen?

Gina gab es auf und steckte die Karte wieder ein. In ihrer Tasche tastete sie nach der Zehnpencemünze, die sie vorhin dort entdeckt hatte. »Kopf rechts, Zahl links«, sagte sie und warf die Münze. Zahl, also nach links.

Langsam schlenderte sie weiter. Hin und wieder mußte sie sich wegen der langen grünen Zweige bücken, die sich über den Pfad wölbten und ins Wasser hingen. Es war heiß wie im Dschungel; sie hielt sich so weit wie möglich im Schatten und genoß die schwache Brise, die hin und wieder in den Blättern raschelte und kleine Wellen auf die Wasseroberfläche zauberte.

Sie blieb stehen, um einen Reiher zu bewundern, der in den dichten Binsen am Saum des Wassers fischte. In der Ferne, an einer der vielen Flußbiegungen, konnte sie zwei Männer in einem Boot erkennen. Sie machten sich mit Netzen zu schaffen, während sie sich stromaufwärts vorarbeiteten.

Sie konnte einen Pfau schreien hören, vermutlich oben auf Heartsease Hall, wo es mehrere Exemplare gab, die lässig durch die Gegend spazierten und ihre Federn auf dem Boden schleifen ließen.

Gina lächelte, als ein farbenprächtiger Eisvogel vorbeischoß. Ich bin glücklich, dachte sie plötzlich. Rundum glücklich, das Glück eines Kindheitssommers, in dem es kein Gestern und kein Morgen gibt. Keine Ängste, keine Sorgen, nur eine warme, wunderbare, faszinierende Welt.

Glücklich?

Ginas erwachsenes Ich wollte davon nichts hören. Denk an die vielen Dinge, um die du dir Sorgen machen müßtest.

Du bist eine Hochstaplerin, die jederzeit entlarvt werden kann.

Du mußt dich entscheiden, ob du Harry heiraten willst.

Victor hat dich mit Blicken verschlungen, und du mußt zugeben, daß du dich von ihm angezogen fühlst.

Du hast kein Geld.

Und das ist erst der Anfang. Diese Schäferidylle ist pure Illusion. Hör auf, die Zeit zu verträumen, der Wirklichkeit kann man nicht entfliehen.

Wirklichkeit? Gina hatte an diesem Nachmittag nichts übrig für die Wirklichkeit. Es war zu heiß, zu angenehm für die Wirklichkeit. Die Wirklichkeit konnte warten.

Sie kam an zwei kleinen Jungen vorüber, die mit ihrem Vater zusammen angelten. Er tippte an seinen Tweedhut – ein Tweedhut bei diesem Wetter? –, und einer der Jungen zappelte begeistert, als er spürte, daß an seiner Angel ein Fisch angebissen hatte.

Der grasbewachsene Pfad wurde steiniger, zielgerichteter. Auf einem Schild stand ZUM KAI.

Ich will nicht zum Kai, dachte Gina. Der Kai war gleichbedeutend mit Aktivität und Menschen. Ich nehme die andere Abzweigung, beschloß sie.
Etwa vierhundert Meter weiter wurde aus dem sandigen Feldweg ein fester, asphaltierter Weg mit gepflegten Grasstreifen an den Seiten. Sie gelangte in ein Dorf. HEARTSBANE verkündete ein Schild. Darunter hatte ein Witzbold in krakeliger Schrift »Partnerstadt von Coeur de Lyons« gekritzelt.

Heartsbane bestand nur aus einer von Häusern gesäumten Straße, die auf einen kleinen Platz mündete. An einer Mauer stand eine Pferdetränke, in die aus einem Speirohr Wasser rieselte. Das war das einzige Geräusch und die einzige Bewegung, die sie registrierte. Das Wirtshausschild mit den leuchtend purpurroten Weintrauben hing still in der schwülen Luft.

Gina dachte gerade, wie friedlich es hier war, als mehrere spitze Schreie und ein Wortschwall in einer fremden Sprache den Zauber brachen. Gina verstand nicht, worum es ging, obwohl ihr ein, zwei Worte vertraut vorkamen. Verwünschungen bleiben eben überall auf der Welt Verwünschungen.

Der Krach kam aus einem baufälligen Cottage am anderen Ende des Platzes, das ein Stück abseits von der Straße stand. Neugierig folgte Gina dem Lärm zu einem offenen Fenster an einer Seite des Cottages, öffnete das Gartentor, das an nur einem Scharnier hing, und ging hindurch, um Nachforschungen anzustellen.

»Ha, wollen Sie schnüffeln und Ihre englische Nase in Dinge stecken, die Sie nichts angehen?«

Gina fuhr zurück. Dann erkannte sie die Sprecherin. »Hallo«, sagte sie. »Sie waren in dem Laden am Weinberg. Ist was passiert? Kann ich helfen?«

Die Frage war überflüssig, und Gina rannte auch schon ins Haus. Sie beugte sich über die Spüle, stemmte das Schiebefenster hoch und hielt es fest, während Nadia ihren Arm befreite. Kaum lockerte Gina ihren Griff, als das Fenster auch schon wieder rachsüchtig herunterkrachte.

Nadia hielt sich den Arm. Sie schimpfte noch lauter und drohender.

»Halten Sie den Arm unter kaltes Wasser«, schlug Gina praktisch vor. »Das hilft bei Blutergüssen.«

»Die Blutergüsse brauchen keine Hilfe mehr«, sagte Nadia theatralisch. »Ich werde morgen auch ohne kaltes Wasser in allen Farben schillern.«

Gina drehte den Wasserhahn auf. Er rülpste, knackte und spie schließlich ein paar bräunliche Tropfen aus.

»Oh.«

»Sehen Sie?« brüllte Nadia. »Sehen Sie, was ich alles ertragen muß? Das Fenster attackiert mich. Und dieser Schwachkopf hat das Wasser abgestellt, so daß nur noch diese braune Brühe herauskommt. Wie soll ich unter solchen Bedingungen kochen können?«

Als Gina sich umsah, wunderte sie sich, daß Nadia ernsthaft daran denken konnte, in dieser winzigen Küche zu kochen. Es war so eng, so heiß hier. Wie sinnlos, den Nachmittag auf diese Weise zu verbringen.

»Müssen Sie denn unbedingt kochen?« fragte Gina skeptisch. »An so einem heißen Tag? Wäre da ein Salat nicht besser?«

»Natürlich. Wir leben praktisch von Salat. In diesem gräßlichen Loch koche ich doch nicht für uns. Nein, ich koche für diesen Cordovan, den Weinbauer, um ihm zu zeigen, was er mit diesem schäbigen kleinen Verschlag, den er Laden nennt, anfangen sollte.«

»Don«, sagte Gina

»Ja, Don, obwohl das doch kein Name für einen erwachsenen Mann, Grundbesitzer noch dazu, ist.«

»Was wollen Sie denn kochen?«

»Ich habe schon gekocht. Fertig, finito. Ich wollte nur das Fenster öffnen, um frische Luft hereinzulassen, während ich Ordnung schaffe, und rums!, saust es herunter und klemmt mir die Hand ab.«

»Und was ist das?«

»Was Sie da sehen, ist Wildschweinpastete.«

»Wildschwein?« Gina sah sie verblüfft an. »Woher haben Sie denn das Wildschwein?«

»In den Wäldern hier wimmelt es von Wildschweinen«, erklärte Nadia befriedigt.

»Wirklich?«

»Es ist ein Wildgehege«, ließ sich die Stimme eines Mannes hinter Gina vernehmen. »Die Wildschweine werden in einem eingezäunten Waldgebiet in der Nähe von Corda Episcopi gehalten.« Er bemerkte Nadias schlaff herabhängenden Arm. »Nadia, hast du dich verletzt?«

Nadias Augen blitzten. »Ja, und das nur, weil du nicht im Traum daran denkst, das Fenster zu reparieren, wenn ich dich darum bitte.«

Byron war zerknirscht. »Ich hatte es vor, Nadia, es steht auf meiner Liste.« Er fuhr mit seinem staubbedeckten Arm über sein erhitztes Gesicht. »Es gibt unendlich viel zu tun, das ist das Problem. Hör mal, ist dein Arm auch in Ordnung? Sollten wir vielleicht einen Arzt rufen, damit er ihn sich mal ansieht?«

»Diese Frau hier …«

»Gina.«

»Gina wollte ihn unter kaltes Wasser halten. Aber nein, es gibt ja kein Wasser, weil du es abgestellt hast.«

»Großer Gott, natürlich. Liebling, es tut mir so leid, ich stelle es sofort wieder an.«

Er verschwand zur Vorderseite des Cottage. Der Hahn erzitterte, dann schoß ein kräftiger Schwall trübes Wasser heraus.

»An Ihrem Wasserdruck ist jedenfalls nichts auszusetzen.« Don stand am Tor des Cottage. »Steigt hier eine Party? Muß man eine Einladung haben?«

»Sie!« stieß Nadia hervor. »Sie sind der Grund, warum ich mir all diese Arbeit aufgehalst habe, nur um Ihnen zu zeigen, wie man's macht.«

Don lächelte sie an. »Vielen Dank.«

»Ich habe für Sie Wildschweinpastete, Würstchen nach einem Spezialrezept und Weinsorbet zubereitet, und es gibt noch viele, viele andere Dinge, die Sie drüben in Ihrem Weinberg verkaufen könnten.«

»Ich freue mich schon darauf, davon kosten zu dürfen«, erwiderte Don höflich. »Byron hat Sie in den höchsten Tönen gelobt und mir vorgeschwärmt, welch exzellente Köchin Sie seien.«

»Ha, ich habe auch noch andere Qualitäten, aber die lobt er nicht.«

Don und Gina wollten beide etwas sagen.

»Sie zuerst«, sagte Don.

»Ach, nichts weiter. – Nadia, was ist denn jetzt mit den Blutergüssen?«

»Lassen Sie mal sehen.« Don untersuchte Nadias geröteten Arm. »Ich sag Ihnen was. Ich fahre Sie jetzt gleich nach Heartsease Hall, damit meine Tante einen Blick darauf werfen kann. Ich wollte sowieso zum Abendessen dorthin.« Ihm fiel noch etwas ein. »Nein, ich habe eine bessere Idee. Byron, machen Sie sich frisch. Nadia, ziehen Sie ein Kleid an. Sie können mit uns zu Abend essen.«

Nadia war empört. »Was für Manieren! Gina steht direkt vor Ihrer Nase, und Sie laden uns ein und beachten sie gar nicht.«

Don lachte. »Pardon, Sie wissen natürlich nicht, wer Gina ist. Sie ist eine Cousine von uns und momentan Gast auf Heartsease Hall.«

Nadia starrte Gina an. Es war ein scharfer, abschätzender Blick. »Eine Cousine? Von Ihnen? Aus dieser ach so englischen Familie? Das überrascht mich aber.«

Gina spürte, daß sie rot wurde. »Ich bin eine entfernte Cousine.«

»Eine entfernte Cousine mit russischem Blut in den Adern«, sagte Nadia durchtrieben.

»Nadia, du bringst sie in Verlegenheit«, schaltete Byron sich ein. »Gina und Don werden wohl wissen, ob sie verwandt sind oder nicht. Don, es ist sehr aufmerksam von Ihnen, aber wir dürfen nicht einfach so bei Ihrer Familie hereinplatzen.«

»Aber sicher dürfen Sie«, erwiderte Don. »Es ist sogar eine glänzende Idee, weil unsere Familienzusammenkünfte jedesmal in Zank und Streit enden. Ich mische mich nicht ein, ich bin kein streitlustiger Mensch, aber die anderen genießen es. Am besten, man lädt Gäste ein, dann überlegen die Streithähne es sich zweimal, bevor sie sich gegenseitig an die Kehle gehen.«

Er sah Byrons nach wie vor skeptische Miene. »Haben Sie schon Telefon?«

Byron nickte.

»Dann rufe ich kurz Hester an und sage ihr Bescheid, daß wir kommen.«

»Noch zwei Personen zum Abendessen«, verkündete Guy, als er in die Küche kam.

»Noch zwei? Wer denn? Wieso? Wie kann man von mir erwarten, daß ich mir nichts, dir nichts zwei Personen mehr satt bekomme?« Marias Stimme war schrill vor Empörung.

»Ach, hör schon auf, Maria.« Esme knallte ein Glas Vegemite-Brotaufstrich auf den Küchentisch. »Du weißt genau, daß du immer mehr als genug kochst. Was sind schon zwei mehr? Reich mir mal das Brot rüber, Guy.«

»Ich weiß nicht, wie du dieses Hefezeug runterkriegen kannst.« Guy rümpfte die Nase, während er sorgfältig eine Scheibe Brot für Esme abschnitt.

»Es tut mir gut.« Esme strich reichlich Vegemite auf ihr Brot. »Hält mich bei Kräften.«

»Tja, kräftig bist du allerdings«, sagte Guy wenig begeistert.

»Na los, spuck's schon aus«, forderte Esme ihn auf. »Wer kommt denn heute abend? Jemand, den man kennen sollte?«

»Das neue Ehepaar aus Heartsbane. Ein Architekt und seine Frau. Sie soll Ausländerin sein.« Guy verfügte über gutunterrichtete Quellen und wußte alles über Byron und Nadia.

Maria warf einen Blick auf Esme. »Setz dich hin, wenn du ißt. Du bist eine richtige Wilde.«

»Geht leider nicht«, erwiderte Esme liebenswürdig. »Mein Hintern bringt mich um.«

»Dein Hintern?« Maria war entsetzt. »Du hast Hämorrhoiden in meiner Küche? Das kann ich nicht dulden!«

Guy reichte es jetzt. »Esmes Hintern ist wund, Maria, mehr nicht. Sie hat sich heute nachmittag einen Sonnenbrand geholt und kann nicht sitzen.«

Marias Entsetzen verwandelte sich in Empörung. »Und warum hast du deinen Hintern in die Sonne gehalten? So was hab ich ja noch nie gehört! Wie die Affen im Zoo.«

»O ja, genau so komme ich mir vor. Wie bei den Affen im Zoo«, murmelte Guy leise.

»Ich will nichts mehr von dem Thema hören.« Maria schwenkte einen Löffel. »Esme, du hast genug gegessen. An die Arbeit. Hier, alle diese Töpfe werden gespült und auf Hochglanz poliert.«

11

Stell dir vor, du könntest den Rest deines Lebens hier verbringen.

Ein Schauer überlief Gina, als sie die hinreißende Aussicht vor ihrem Fenster auf sich wirken ließ.

Sie lehnte sich weiter hinaus und atmete die duftende Luft ein, die Quintessenz des englischen Sommers. Stell dir vor, Teil dieser Familie, der englischen Tradition zu sein. Hier zu Hause zu sein, in diesem herrlichen Haus, umgeben von den schmalen Straßen und grünen Feldern, durch die sich ein silberner Fluß schlängelt. Auch im Winter muß es hier wunderschön sein, wenn an einem Dezembermorgen der Rauhreif auf dem Land glitzert …

Und inzwischen mag ich Harry ganz gern, dachte Gina. Ich bin zwar nicht wahnsinnig in ihn verliebt, ich bin überhaupt nicht verliebt, aber was soll's? Er war bereit, sich mit der zweitbesten Wahl zufriedenzugeben. Und wie viele wilde, stürmische Romanzen hielten länger als ein paar Jahre?

Georgie hatte sie getäuscht, was ihr mal wieder ähnlich sah. Harry war nicht auf einen kurzen Abstecher zum Standesamt mit darauffolgender Trennung aus. Will ich denn mit einem bisexuellen Engländer verheiratet sein? fragte sich Gina.

Viele Frauen lebten so.

Ihren Freunden zufolge blieben etliche Engländer, die die Unbilden der sehr englischen, sehr eigentümlichen Jungeninternate durchlitten hatten, für den Rest ihres Lebens in Sachen Sex einigermaßen ambivalent. Könntest du es ertragen, wenn Guy und andere Männer deinem Mann schmachtende Blicke zuwerfen? Ist ein Ehemann wie Victor denn besser?

Lieber nicht an Victor denken. Dieser Gedanke brachte nur ihre Sinne in Aufruhr. Lieber überhaupt nicht nachdenken. Denken war viel zu anstrengend an solch einem Sommerabend. Lebe in der Gegenwart, sei dankbar für das, was du hast, wie Fergus sagen würde. Sie war befreit von der Angst vor Popplewell, sie wohnte in diesem wunderbaren Haus, sie gewöhnte sich allmählich an die Familie, mochte sie sogar. Das Leben ging friedlich seinen Gang. Das Leben war, alles in allem, schön.

Hüte dich vor zuviel Glück, hätte ein antiker Philosoph sagen können. Auf dem Tisch unten in der Halle lagen die frisch eingetroffenen Zeitschriften, die noch an die Mitglieder des Haushalts verteilt werden mußten. Gedankenverloren griff Gina nach der von Nicky abonnierten Klatschzeitschrift ›Gossip!‹.

Sie erstarrte. Auf der Doppelseite in der Mitte war ein Foto von einer heißen Party in New York abgedruckt, auf dem Georgie in einem rudimentären schwarzen Kleid in die Kamera zwinkerte. »Georgie erobert die Stadt im Sturm«, lautete die Bildunterschrift. Darunter folgte in fetten Buchstaben ein Bericht über den kometenhaften Aufstieg der jungen englischen Journalistin Georgie Heartwell.

Schnell nahm Gina die Zeitschrift an sich. Schritte waren zu hören. In höchster Not stopfte sie das Blatt unter das Polster des Sofas, das zwischen zwei Türen stand.

»Aperitif auf der Terrasse«, sagte Guy. Er trug ein Tablett mit Gläsern und wartete, bis Gina ihm voranging. Ob sie später die Gelegenheit haben würde, die Zeitschrift zu holen und in kleine Stücke zu zerreißen? Es war leider zu befürchten, daß Hester dafür sorgte, daß die Polster regelmäßig ausgeschüttelt wurden. Vielleicht ja sogar jeden Abend.

Das Abendessen begann gleich mit einem Mißton. Victor ließ sich über die Einwanderungsbehörde und den gesellschaftlichen Bodensatz aus, den diese ins Land ließ, während so nützlichen Zeitgenossen wie Musikern, Geschäftsleuten aus Hongkong und – aus unerfindlichem Grund – Bewässerungsexperten die Einreise verweigert wurde.

Harry klärte Gina hinter vorgehaltener Hand auf. »Pa ist groß in die Wasserwirtschaft eingestiegen und darf nicht den Ingenieur anstellen, den er will, weil der Amerikaner ist. Die Einwanderungsbehörde besteht darauf, er könne einen Briten mit der gleichen Qualifikation finden.«

»... und Ausländer, die englische Staatsbürger heiraten, mit denen sie nichts verbindet – oder die sie in manchen Fällen nicht einmal kennen –, nur um hier leben und arbeiten zu können. Und arrangierte Ehen. Eine mittelalterliche Unsitte, für die in unserer modernen Gesellschaft kein Platz mehr ist.«

»In ihren Ländern ist es Brauch.«

»Dann sollen sie in ihren Ländern bleiben und ihre Bräuche dort ausleben. Daß so was zu unserer Kultur gehört, wäre mir neu.«

»Wir haben keine einheitliche Kultur mehr, Pa«, sagte Harry, um das Feuer zu schüren. »Heute leben wir in einer multikulturellen Welt.«

Victor explodierte. »Du kannst leben, wie du willst, Harry. Ich meinesteils werde diesen kulturellen Mischmasch niemals akzeptieren – ein bißchen Sitarmusik hier, eine Bongotrommel dort, und man lernt chinesische Geschichte und alle möglichen Fremdsprachen in der Schule, während man nicht mal richtig Englisch kann. Es zeugt doch von Ignoranz, wenn man denkt, daß etwas gut sein muß, nur weil es aus einem wärmeren Erdteil stammt.«

»Beruhige dich, Victor«, sagte Prim. »Harry will dich bloß ärgern.«

Victor blickte seinen jüngsten Sohn finster an, dann wandte er sich dem Thema Ausländer aus dem ehemaligen

Ostblock zu. »Kluger Schachzug, wenn eine Frau sich dort früher einen Mann aus dem Westen angelte. Klar, daß sie diesen Unrechtssystemen um jeden Preis entkommen wollten«, erklärte er unlogischerweise. »Es war nur dumm von den Männern, daß sie nicht erkannten, was all diese Frauen mit den exotischen Augen im Schilde führten. Selber schuld, wenn sie dann plötzlich aufwachen und feststellen, daß sie mit einer temperamentvollen Polin oder einer übellaunigen Russin verheiratet sind.«

»Pa«, sagte Don entschlossen. »Das reicht.«

Gina warf einen Blick auf Byron, dessen Gesicht zu einer Maske erstarrt war. Nadia murmelte etwas in ihren Spargel.

»Und jetzt umschleicht mich auch noch dieser Popplewell«, beklagte sich Victor, während er mit seinen kräftigen Fingern ein Brötchen zerpflückte.

Popplewell?

Gina wurde übel.

»Wer ist Popplewell?« fragte Harry.

»Ein Spinner von der Einwanderungsbehörde, der in zwei meiner Unternehmen herumschnüffelt und mir ständig mit dieser und jener Arbeitserlaubnis in den Ohren liegt. Ich stelle Leute ein, weil sie die anfallende Arbeit erledigen können. Mir ist egal, woher sie kommen. Ich brauche mich nicht von Reptilien wie Popplewell belehren zu lassen. Und ich werde es mir nicht bieten lassen. Popplewell sollte lieber vorsichtig sein.«

Gina schluckte mühsam. »Kann dein Vater es mit der Einwanderungsbehörde aufnehmen?« flüsterte sie Harry zu.

»Kein Problem«, erwiderte Harry leise. »Leichen pflastern seinen Weg, wenn man ihn erst in Rage bringt. Mit einem Mann wie Pa sollte man sich nicht anlegen.«

»Das glaube ich dir sogar«, sagte Gina.

Victor hatte seinen Fauxpas zum Thema russische Ehefrauen erkannt und war jetzt eifrig dabei, alles noch schlimmer zu machen.

»Ich bitte um Verzeihung«, sagte er aufrichtig zu Nadia. »Ich hätte kein Wort gesagt, hätte ich gewußt, daß Sie vor dem Kommunismus geflohen sind. Gut gemacht, und Ihr Mann hat's auch nicht schlecht getroffen. Frauen wie Sie wachsen nicht auf Bäumen. Denken Sie nur an all die faden Engländerinnen, die er hätte heiraten können. Und es hat doch funktioniert, oder? Sie müssen schon eine ganze Weile hier leben, so gut wie Sie Englisch sprechen und wo der ganze Spuk dort drüben schon so lange vorbei ist. Sie sind doch noch verheiratet? Und ich gehe mal davon aus, daß Sie noch miteinander schlafen – viel Sex, das ist das A und O einer stabilen Ehe.«

»Ich finde, du hast unsere Gäste jetzt lang genug in Verlegenheit gebracht«, warf Julia gelassen ein. »Ich halte die Geheimnisse des Ehebetts nicht für ein passendes Gesprächsthema bei Tisch.«

»Wenn man bedenkt, worüber sie sonst spricht ...«, raunte Harry.

»Nehmen Sie doch noch etwas von dem Spargel, Mrs. Wintersett«, sagte Hester. »Aus unserem eigenen Gemüsegarten. Und jetzt erzählen Sie mal, wie Ihre Pläne für Oracle Cottage aussehen.«

Esme machte sich geräuschvoll an der Anrichte zu schaffen und summte fröhlich vor sich hin, während sie ein Basilikumsorbet in Schälchen füllte. Julia beobachtete sie mit wachsender Mißbilligung.

»Esme, ist Ihre Hose zu eng oder warum zappeln Sie so?«

Esme stellte ein Schälchen vor Gina auf den Tisch. »Aus Kräutern gemacht«, teilte sie ihr mit. »Mir kommt's komisch vor, aber Maria schwört, es sei in Ordnung.« Sie hob die Stimme. »Nein, Mrs. C, ich trage keine Hose. Normalerweise trage ich nie Röcke, der hier ist der einzige, den ich besitze.«

Victor musterte den umfangreichen weißen Leinenrock und dachte, daß das letztlich auch besser sei.

»Dann beherrschen Sie sich«, sagte Julia.

»Ich hab bloß 'nen Sonnenbrand.« Esme ging mit den übrigen Schälchen um den Tisch herum. »Am Hintern, wahnsinnig schmerzhaft. Guy hat ihn eingecremt, aber ich glaube nicht, daß es hilft.«

»Kommen Sie her, ich sehe es mir mal an.« Julia legte ihre Serviette hin und stand auf.

»Nein«, schaltete Victor sich ein. »Ich will Esmes Hintern jetzt nicht sehen. Ich versuche zu essen. Wir sind hier nicht im Zoo.«

»Sie sollten meinen Hintern zu keinem Zeitpunkt sehen wollen«, sagte Esme streng. »Nicht, daß ich ihn überhaupt einem Mann zeigen würde, aber in Ihrem Alter sollten Sie andere Dinge im Kopf haben.«

»In meinem Alter?« Victor war wütend.

»Und was ist mit Guy?« fragte Harry.

»Ach, der zählt doch nicht als Mann«, erwiderte Esme verächtlich. »Der ist gar nichts.« Sie griff nach der leeren Schüssel und humpelte hinaus. Julia nahm ihren Platz wieder ein, und Victor stach mit seinem Löffel auf das Sorbet ein.

»Personal«, murmelte er.

Um ihn abzulenken, fragte Don, wie es in der Schweiz gelaufen sei. Ein dicker Fehler. Mürrisch teilte Victor ihm mit, es sei überhaupt nicht gut gelaufen. Victor dachte dabei an Cuckis exquisiten Busen, Don eher an Molkereiprodukte von Vierbeinern.

»Ach, das.« Victor schaltete von Schweizer Freuden zu Geld um. »Nein, das kriegen wir schon hin. Da fällt mir was ein – Hester!« brüllte er quer über den Tisch.

»Ich unterhalte mich hier, Victor.«

»Trotzdem, wenn ich es dir jetzt nicht sage, vergesse ich es nur wieder. Ich habe einen Mann eingeladen, den ich in der Schweiz kennengelernt habe. Er wird sich ein paar Tage in England aufhalten und kommt am Wochendende zu uns.«

»Und wer ist dieser Mann?« fragte Julia mißtrauisch.

»Ein Maler. Amerikaner. Sehr angesehen, glänzende Arbeit. Vielleicht kaufe ich ihm ein Bild ab, obwohl ich vermute, daß er ziemlich teuer ist. Er heißt Zandermann. Serge Zandermann.«

Die Cordovans hielt es nach dem Essen nie lange im Speisezimmer. Auch heute abend zerstreuten sie sich wie gewöhnlich, sobald der letzte Bissen Käse verzehrt war. Guy bot Kaffee im Salon an, doch niemand hatte Interesse. Victor und Julia zogen sich zu einer langen Konferenz ins Schlafzimmer zurück. Prims Gedanken kreisten um Bewässerung, und Aimée hatte wie immer ein Rendezvous.

»Ich gehe zu Fuß mit Byron und Nadia zum Bunch of Grapes«, verkündete Don. »Sie scheinen noch etwas unter Schock zu stehen. Kommt ihr mit? Harry? Gina?«

Byron wandte ein, er und seine Frau müßten allmählich nach Hause, doch das überhörte Don. Harry erklärte, er und Gina wollten noch schwimmen gehen und würden vielleicht später nachkommen.

»Ich weiß gar nicht, ob ich schwimmen will«, sagte Gina. »Nicht nach dem Essen, und außerdem bin ich ganz wirr im Kopf. Ich habe zuviel Wein getrunken. Und unter Schock stehe ich auch.«

»Kann ich mir vorstellen«, erwiderte Harry mitfühlend.

Sie waren jetzt in der Halle, und Gina tastete unter den Polstern. Noch da, Gott sei Dank.

»Was ist das?« fragte Harry. »Oh, Nickys Käseblatt. Ich liebe diese Zeitschrift, ich lese sie immer auf dem Klo, sobald sie damit fertig ist. Warum ist sie da versteckt?«

»Lesen die anderen sie auch?« fragte Gina besorgt.

»Glaub ich nicht. In ihrem eigenen Leben passiert so viel, daß sie gar nicht das Bedürfnis haben, sich obszöne Details aus dem Leben publicitysüchtiger Nobodys reinzuziehen.«

»Sieh dir das an«, sagte Gina dramatisch.

»Ah! Das ist allerdings Pech.« Er spitzte die Lippen, als er den Text überflog.

»Jeder, der das sieht, wird Verdacht schöpfen«, prophezeite Gina. »Und garantiert sieht sie der Georgie, die deine Familie kennt, ähnlicher als ich.«

»Was? Oh, ich verstehe, was du meinst. Aber reg dich nicht unnötig auf. Auf dem Foto ist sie nicht besonders gut getroffen. Gut, daß der Name nicht richtig geschrieben ist, sie haben deine Schreibweise genommen, nicht ihre. Ich sag dir eins, wenn Victor wüßte, daß diese Mieze in dem nuttigen Kleid seine Cousine ist, wäre er stinksauer. Eben ordinär, unsere Georgie, wie ich schon sagte.«

»Es geht nicht nur darum, daß die Familie sie sehen könnte«, sagte Gina. »Es geht auch um Popplewell.«

»Popplewell? Oh, der übereifrige Bürokrat, der Pa den letzten Nerv raubt. Was hat Popplewell mit dir zu schaffen?«

»Er war es, der feststellte, daß mein Visum überfällig ist, und der sich anschließend an meine Fersen geheftet hat.«

»Verstehe.«

»Er ist sowieso mißtrauisch. Ich hab's dir nicht erzählt, aber er war der Mann, der meiner Freundin neulich in Bath gefolgt ist. Er muß gedacht haben, sie würde ihn zu mir führen.«

»Ah ja«, sagte Harry. »Sollte er zufällig ein ›Gossip!‹-Leser sein, wird er sogleich wittern, daß du nicht diese kleine Schlampe auf dem Foto bist.«

»Das ist noch nicht alles«, fuhr Gina fort. »Das Schlimmste kommt erst noch.«

»Schlimmer als Popplewell?« Harry amüsierte sich über ihre kummervolle Miene.

»Viel schlimmer«, sagte sie unglücklich. »Dieser Maler, der kommen will, Serge Zandermann ...«

»Ja?«

»Er ist mein Vater.«

Diese letzte Enthüllung war zuviel für Harry. Er prustete los.

Gina war beleidigt. »Du hast gar nichts verstanden! Noch heute nachmittag fühlte ich mich so glücklich – und so geborgen. Ach, hör auf zu lachen. Das ist nicht komisch.«

»Es ist extrem komisch.« Harry tat sein Bestes, sich zusammenzunehmen. »Was für ein heilloses Durcheinander!«

»Schön und gut, aber was soll ich jetzt tun?«

»Ich werde einen Plan entwerfen müssen«, sagte Harry. »Aber im Augenblick sind wir noch hier, es ist ein herrlicher Abend, und durch das Glasdach kann man die hell funkelnden Sterne sehen. Zieh deinen entzückenden Badeanzug an und nimm zur Erfrischung ein Bad im Pool. Dort lauern keine Popplewells oder Väter auf Reisen, dort bist du in Sicherheit.«

Vor ihnen schon, ja, aber was ist mit dir? dachte Gina. Der Ausdruck in Harrys Augen verunsicherte sie.

»Woran denkst du?« fragte sie, als sie sittsam an ihm vorbeischwamm.

»An Briefmarkensammlungen«, sagte er in neutralem Ton.

Briefmarkensammlungen? Das gefiel Gina nicht. Andererseits war es sehr warm, sie hatte reichlich Wein getrunken, und sie hatte das starke Bedürfnis nach Trost …

Harry trocknete sie sehr liebevoll ab, bevor er sie nach oben in sein Zimmer lotste, wo er sie zu dem enormen, offenbar historischen Himmelbett zog.

»Da drüben« – er deutete auf eine Ecke des Zimmers – »ist eine winzige Kammer mit zwei Gucklöchern. Ich zeige sie dir mal, wenn wir nicht anderweitig beschäftigt sind.«

»Ah«, sagte Gina.

Harry küßte sie, ein höflicher, jedoch, wie Gina fand, keineswegs uninteressanter Kuß. »Durch das eine Guckloch sieht man in die Große Halle, durch das andere in die benachbarte Kapelle.«

Gina dachte nicht an Gucklöcher, Große Hallen oder Kapellen, sie konnte nur daran denken, was Harry mit ihr tat.

»Harry«, brachte sie heraus und schob ihn ein Stück weg. »Das halte ich für keine gute Idee.«

»Ich aber«, sagte Harry, der es sichtlich genoß. »Als vollendeter Gentleman höre ich natürlich sofort auf, wenn du halt sagst, aber schade fände ich es doch. Ich glaube, wir könnten zusammen viel Spaß haben.«

»Was tust du da?« kreischte Gina.

»Schsch. Man wird dich in der Halle hören.«

»Wer soll mich da hören?« fragte Gina, gab den ungleichen Kampf auf und ging selbst auf Entdeckungsreise.

»Die Gespenster«, sagte Harry. »Mmm, wie schön. Jetzt sei still, du wirst dich daran gewöhnen müssen, wenn wir heiraten wollen.«

Aber ich will dich nicht heiraten, meldete sich eine leise, unbeteiligte Stimme in Ginas Kopf zu Wort. Gut, es ist tröstlich, um nicht zu sagen aufregend, aber hilft es mir auch? Sex hat nichts mit Hilfe zu tun. Im Gegenteil, dadurch kann alles noch komplizierter werden. Und war es richtig, mit dem Sohn zu schlafen, wenn man sich zugleich neiderfüllt fragte, was wohl der Vater ein paar Zimmer weiter trieb?

Ich kenne mich nicht mehr aus, dachte Gina.

»Champagner«, verkündete Don fröhlich. »Sie haben ihn nötig. Die plötzliche Konfrontation mit Victor in voller Fahrt ist extrem belastend für den Kreislauf. Nein, nein, nein, keine Widerrede. Bier trinke ich nur hin und wieder, scheußliches Zeug wie Whisky oder Wodka rühre ich nicht an, aber – das versteht sich – einen guten Wein weiß ich immer zu schätzen. Und Wilf hat stets ein, zwei eisgekühlte Flaschen anständigen Champagner vorrätig für den Fall, daß ich bei ihm hereinschneie. Nichts geht über Champagner im Sommer.«

Wilf schob eine Flasche Krug über den Tresen, an der eiskalte Tröpfchen glitzerten. Er stellte drei tulpenförmige Kelchgläser auf ein Tablett und reichte es ihm mit schwungvoller Gebärde.

Don lotste sie durch den Schankraum in den Garten hinaus. Von dort sah man auf seine Weinstöcke. Über einen schmalen Pfad den Hügel hinunter gelangte man zum Flußufer.

»Wir bleiben hier oben«, sagte Don. »Zu heiß, um später wieder hochzusteigen.«

»Außerdem geht hier oben ein frisches Lüftchen.«

Don lächelte charmant, als er Nicky sah, die auf der Mauer hockte. »Komm, leiste uns Gesellschaft«, forderte er sie auf. »Ich hole noch ein Glas.«

»Lassen Sie mich das machen.« Byron sprang auf.

»Ich dachte schon, du beachtest mich absichtlich nicht.« Nicky schaute mit ihren grün-goldenen Augen zu ihm auf.

»Nein, nein«, sagte Don. »Aber es überrascht mich, daß du hier bist. Du hast nicht auf Heartsease Hall gegessen, deshalb dachte ich, du wärst weggefahren.«

»Die Aussicht, dem vollzähligen Cordovan-Clan gegenüberzutreten, war heute abend zuviel für mich.«

Byron kam mit dem Glas zurück.

»Darf ich vorstellen: Nicky«, sagte Don. »Nadia und Byron. Nicky arbeitet im Augenblick für uns«, erklärte er. »Daher ißt sie abends gewöhnlich auf Heartsease Hall. Der einundzwanzigste Geburtstag meiner Schwester steht bevor, und Victor gibt einen Ball. Den ersten seit Jahren. Früher waren die Bälle von Heartsease Hall so etwas wie eine Institution.«

Nadia nippte anerkennend an ihrem Champagner. »Sie sind die Frau, die den Laden für Don aufziehen wollte, aber aufgegeben hat.«

»Ich glaube nicht, daß wir das vertiefen sollten«, warf Don hastig ein.

»Wieso?« fragte Nadia.

»Aus persönlichen Gründen«, sagte Nicky. Sie warf Don einen glühenden Blick zu. »Es war eine schlimme Zeit für mich. Familiäre Probleme. Mir wuchs einfach alles über den Kopf.«

»Und die familiären Probleme sind jetzt beigelegt?«

»Sei nicht so neugierig, Nadia.« Byron war peinlich berührt.

»Ich bin nicht neugierig«, erwiderte Nadia. »Ich will es nur wissen.«

»Das wird Ihnen jeder hier gern erzählen. Das ganze Dorf weiß Bescheid«, sagte Nicky. »Hier gibt's keine Geheimnisse. Ich habe mich von meinem Mann getrennt. Wir haben zwei kleine Kinder. Es ist alles ziemlich kompliziert.«

»Hatte Ihr Mann was mit einer anderen Frau? Oder mit einem anderen Mann, wir sind ja in England?«

»Nein.« Nicky wand sich unter dem unerbittlichen Verhör. »Daran lag's nicht. Wir haben einfach festgestellt, daß wir uns nicht mehr verstehen.«

»Wenn kleine Kinder da sind, hat man aber die Pflicht, sich zu verstehen«, sagte Nadia scharf.

»Nadia!« versuchte Byron es noch einmal.

Don ließ sich seinen Champagner schmecken und sah den beiden Frauen mit belustigter Miene zu. »Interessant, eine junge Frau von Pflicht reden zu hören«, bemerkte er. »Wo bleibt Nickys Selbstverwirklichung?«

»Nickys Selbstverwirklichung muß warten«, sagte Nadia entschlossen.

Don blickte Nicky an und hob eine Braue. »Siehst du, meine Liebe. Ein neuartiger Standpunkt.«

Nicky blies in ihren perlenden Champagner und sagte nichts.

Als Gina aus Harrys Zimmer kam, stieß sie fast mit Aimée zusammen, die in einem zarten Seidennegligé durch den Korridor schwebte. Ein unwilliger Ausdruck erschien auf ihrem schönen Gesicht.

»Du warst bei Harry. Du riechst nach Sex. Wie abstoßend.«

»Wie bitte?« Gina war völlig perplex. Wie konnte sie nach Sex riechen, wenn sie gerade gebadet und sich mit einer von Harrys vielen wohlriechenden Essenzen besprüht hatte?

»Du hattest Sex mit Harry.«

»Ich glaube kaum ...«, begann Gina.

»Welch ein Fehler, welch ein Risiko«, erklärte Aimée dramatisch.

Wovon redete sie da? dachte Gina. Risiko? Harry hatte ein Kondom benutzt, es waren gefährliche Zeiten. Fehler?

»Du solltest etwas über die Liebe lernen, nicht flüchtig Sex mit jemandem machen, ohne Gefühle, ohne tiefere Empfindungen, so wie eine Nutte auf dem Strich. Der einzige Unterschied ist, daß du es nicht für Geld getan hast, sondern weil du Wärme suchst.«

Gina war wütend. Wenn sich hier jemand nur zu bereitwillig in die Horizontale begab, dann doch wohl Aimée. Wie konnte sie es wagen, ihr einen Vortrag über Sexualmoral zu halten?

»Ich nehme mir die Freiheit, offen zu dir zu sprechen, weil ich für puren Sex und Instantbefriedigung nicht das geringste übrig habe«, erklärte Aimée. »Meine Affären sind Affären des Herzens. Keine flüchtigen körperlichen Begegnungen.«

»Es geht dich überhaupt nichts an, was ich mit meinem Körper mache.« Der plötzliche Angriff hatte sie überrumpelt.

Aimée ging nicht darauf ein. »Du solltest die Liebe entdekken. Der erste Schritt ist, daß man sich gefällt, sich näherkommt, miteinander flirtet. Dann kommen Liebeskummer und Verzweiflung«, fügte sie versonnen hinzu. »Aber auch Hochstimmung, Glücksrausch, das Verschmelzen mit dem Liebsten zu einer Person. Etwas völlig anderes, als sich mit Harry auf einem alten Bett herumzuwälzen.«

»Woher willst du wissen, daß ich Harry nicht liebe?« fragte Gina.

»Was für eine dumme Frage. Denk mal darüber nach, was du gerade getan hast und was du auf den leisesten Wink wieder tun würdest – mit wem dann? Mit meinem Vater? Einem meiner anderen Brüder? Laß es sein. Warte, bis die Liebe zu dir kommt und dein Herz berührt. Dann wirst du wissen, wovon ich rede.«

Sie verschwand, und Gina blieb von ohnmächtigem Zorn erfüllt auf dem Treppenabsatz zurück.

Ich hasse diese Familie, dachte sie, als sie die Treppe hinunterlief, um sich in ihr Zimmer zu flüchten. Ich hasse sie alle. Und sie brach in Tränen aus – Tränen der Wut, der Hilflosigkeit, der Enttäuschung über den Unterschied zwischen ihrem Erlebnis mit Harry und den Gefühlen, von denen Aimée gesprochen hatte.

»Ihr könnt mich alle mal«, rief sie und knallte die Tür hinter sich zu.

12

»Alles geregelt«, sagte Harry.

Vielleicht, so hatte Gina gedacht, als sie im morgendlichen Dunst über die Terrasse ging, vielleicht stelle ich, wenn ich Harry das nächste Mal sehe, fest, daß ich doch in ihn verliebt bin. Das wäre die Lösung für all meine Probleme.

Die Feststellung blieb aus, die Probleme blieben ungelöst.

»Geregelt?« fragte sie skeptisch.

»Dein Wochenende. Ich habe eine Unterkunft für dich gefunden, wo du bis Sonntag bleiben kannst.«

»Wo soll ich hin?« Gina überlegte, wo Popplewell herumstreunen könnte.

»Es ist sozusagen gleich um die Ecke. Genauer gesagt, im Nachbardorf. Keine Angst, dein Pa wird dich dort nicht finden. Gäste von Heartsease Hall gehen bei ihrem ersten Besuch nie ins Dorf. Dazu ist das Haus viel zu komfortabel und geräumig. Höchstens springen sie mal in ihren Sportflitzer und brausen zu diesem oder jenem Rennen, zu einer Regatta oder einem todlangweiligen Golfturnier, wenn sie sportlich interessiert sind. Aber Heartsbane lassen sie grundsätzlich links liegen.«

»Ich kann mir Dad nicht vorstellen, wie er in einem Sportflitzer durch die Gegend braust«, sagte Gina, das Bild ihres zum Bohemien neigenden Vaters vor Augen. »Und ich glaube nicht, daß Pferderennen sein Ding sind.«

»Nein, klar. Trotzdem wird er sich mit ziemlicher Sicherheit von Heartsbane fernhalten.«

Gina fiel etwas ein. »Vielleicht will er aber nach Heartwell.«

»Wieso sollte er?«

»Dort hat er meine Mutter geheiratet.«

Harry war die Überraschung anzumerken. »Ach ja? Ein Romantiker, dein Vater, hm? Der den Ort aufsuchen will, wo sein eheliches Glück begann? Übrigens haben wir bisher nur von deinem Vater gesprochen. Was ist mit deiner Mutter? Und warum – falls das nicht indiskret ist – heißt dein Pa Zandermann, während du den Namen Heartwell trägst?«

»Der Name meiner Mutter ist Heartwell. Als sie und Dad sich trennten, nahm sie wieder ihren Geburtsnamen an. Ich blieb bei ihr, daher nahm ich ebenfalls ihren Namen an.«

»Und sie stammt aus dieser Gegend?«

»Ich denke. Ihr Name, und daß sie hier geheiratet haben ... Sie hat selten über ihr Leben in England gesprochen. Aber daß sie und Dad hier in Heartwell geheiratet haben, muß doch etwas bedeuten.«

»Sie hat nie in Heartwell gelebt?«

Gina zuckte die Achseln. »Davon weiß ich nichts. Mom hat nie zu den Menschen gehört, die zurückblicken. Sie lebt komplett in der Gegenwart.«

»Und wo findet die Gegenwart im Augenblick statt?«

»Was? Oh, ich verstehe. In Italien.«

»Arbeitet sie dort?«

»Nein, sie lebt mit einem fiesen Typ zusammen, der steinreich ist. Sie braucht nicht zu arbeiten.«

»Und dein Dad lebt in Amerika.«

»In New York.«

»Serge Zandermann?«

»Vater Russe, Mutter Litauerin, wenn du's genau wissen willst. Emigranten, in den dreißiger Jahren ausgewandert.«

»Und deine Eltern sind sich in Amerika begegnet.«

»Nein, in London. Dad war wegen einer Ausstellung hier. Sie haben sich in der U-Bahn kennengelernt. Dad hat Mom in der Piccadilly Line aufgelesen.«

»Ach ja?«

»Im wahrsten Sinne des Wortes. Sie war auf der Rolltreppe ausgerutscht und war drauf und dran, von den Rush-Hour-Massen zerquetscht zu werden. Dad ist stark und hat sie gerettet. Zwei Wochen später heirateten sie, und nach fünf Jahren kam die Scheidung. Ende der Geschichte.«

»Und warum haben sie ausgerechnet in Heartwell geheiratet?«

»Frag mich nicht, ich war nicht dabei. Ihre Familie stammte von hier. Sie fand es wohl einfach schöner als das Standesamt in Chelsea oder irgendeine anonyme Kirche.«

»Leben deine Großeltern noch?«

»Die Eltern meiner Mutter starben beide gegen Ende des Krieges. Ich habe noch eine russischstämmige Grandma, aber sie ist gegen meine Mutter und gegen mich eingestellt. Sie war von Anfang an nicht besonders begeistert von mir, weil sie sich einen männlichen Enkel gewünscht hatte. Der Kontakt ist abgerissen, als meine Mom auf und davon ging.«

»Traurig«, sagte Harry.

»Auch nicht anders als bei vielen anderen Leuten.«

»Aber du hast keine richtige Familie.«

»Nein.«

»Im Gegensatz zu mir. Ich hab Verwandte im Überfluß.«

»Ja, du Glückspilz«, sagte Gina leichthin.

Harry beendete jetzt die Befragung: »Also, mein Plan sieht so aus: Ich bringe dich jetzt gleich zu Sybil Longthorpe. Sie hat ein Cottage in Heartsbane und lebt allein. Nur ihre Enkel kommen sie manchmal besuchen. Sie sind zwar demnächst fällig, aber vorläufig hat sie noch Platz für dich.«

»Ist sie eine Verwandte von euch?«

»Nein, aber eine so enge Freundin, daß sie beinahe zur Familie gehört. Sie war früher Lehrerin für klassische Sprachen. Eine brillante Lehrerin. In den Ferien hat sie uns allen Nachhilfestunden gegeben – außer Aimée natürlich, die immun gegen Bildung ist, abgesehen von Liebeslyrik. Sie hat meiner Schwester Olivia beim Start in ihre hochkarätige akademische Laufbahn geholfen.«

»Klingt ziemlich einschüchternd.«

»Nein, sie ist hochintelligent, aber lieb. Vor ein paar Jahren hat sie sich pensionieren lassen, und jetzt schreibt sie Bücher. Sehr erfolgreiche Bücher.«

»Ihr Name sagt mir nichts.«

»Sie benutzt verschiedene Pseudonyme«, sagte Harry.

»Werden Hester und Julia – überhaupt alle – es nicht für merkwürdig halten, wenn ich am Wochenende verschwinde?«

»Nicht im mindesten. Wir sagen, daß du eine ehemalige Schülerin von Sybil bist und sie schon lange mal besuchen wolltest. Ich bezweifle, daß jemand Näheres wissen will.«

»Wenn du meinst ...«

»Mehr konnte ich so schnell nicht tun. Pack ein, was du brauchst, dann fahre ich dich hin und mache dich mit ihr bekannt. Jarvis soll deinen Pa gegen halb eins abholen, also müssen wir uns ein bißchen beeilen.«

Ich komme mir vor wie ein Flüchtling, dachte Gina, als sie nach oben in ihr Zimmer trottete. Ich will nicht bei einer fremden Lehrerin für klassische Sprachen wohnen, bestimmt ist sie eine Schreckschraube. Und was um alles in der Welt soll ich abends anfangen?

»Sie sind die Frau aus dem Zug!« rief Gina.

Sybil Longthorpe war tatsächlich Schmallippe aus dem Zwölf-Uhr-vierzig von Oxford. Allerdings wirkte sie nicht die Spur schmallippig, wie sie da im Garten ihres Cottages stand. Ihr langer gestreifter Rock bauschte sich im Wind, und sie empfing Harry mit einem Lächeln.

Harry umarmte sie stürmisch. »Verstehe ich das richtig – ihr kennt euch schon?«

»Kennen ist zuviel gesagt, aber wir saßen im gleichen Zug.«

»Ich bin in Heartley Junction ausgestiegen, und Sie sind weitergefahren.«

»Ja, ich wollte zur Küste, um meine Tochter zu besuchen. Normalerweise wäre ich natürlich auch in Junction ausgestiegen, so wie Sie, um die Nebenlinie nach Heartsease zu nehmen.«

Softpornos, dachte Gina, als ihr das Manuskript einfiel, das sie aufgehoben hatte. So was schreibt sie also. Kein Wunder, daß sie ein Pseudonym benutzt.

»Kommt rein«, sagte Sybil. »Jetzt sag mir doch mal, was die Heimlichtuerei soll, Harry. Warum muß ich so tun, als sei Gina eine ehemalige Schülerin von mir?«

»Sie brauchte einen Grund, um am Wochenende verschwinden zu können. Wir erwarten einen Gast, den Gina kennt. Aus verschiedenen Gründen will sie ihm im Augenblick nicht begegnen.«

»Gut. Nein, mehr will ich lieber nicht wissen. Die Sache klingt entschieden verdächtig, und ich will da nicht reingezogen werden. Ich freue mich sehr, daß Sie hier sind, meine Liebe. Sie können mir helfen, den Swimmingpool zu installieren, den ich gerade gekauft habe.«

Einen Swimmingpool? Gina fragte sich, ob die vielen Jahre in Gesellschaft der alten Griechen und Römer ihren Verstand in Mitleidenschaft gezogen hatten.

»Nennt sich auch Planschbecken. Ein großes Plastikbecken mit Metallrahmen. Es ist für meine Enkel. Mein Arbeitszimmer geht auf den Garten hinten im Hof. Sie können herumplanschen, während ich arbeite, und alle sind glücklich und zufrieden.«

»Ausgezeichnete Idee«, sagte Harry. »Dann lasse ich euch jetzt mal allein. Bis demnächst, Gina.« Er gab ihr einen flüchtigen Kuß auf die Wange und umarmte Sybil noch einmal überschwenglich.

»Typisch Harry«, sagte Sybil nachdenklich, als er um die Ecke verschwand.

»Inwiefern?« fragte Gina.

»Er verzieht sich, sobald es nach Arbeit riecht.«

»Ich hatte den Eindruck, er arbeitet ziemlich hart.«

»O ja, aber nur, wenn es ihm selbst nützt. Nicht für andere.«

»Zu mir war er bisher sehr nett.«

»Davon bin ich überzeugt.« Sybil setzte sich in Bewegung. »Ich zeige Ihnen Ihr Zimmer. Aber ich muß Sie warnen, es ist winzig. Wahrscheinlich ein Schock nach Heartsease Hall, doch das Bett ist bequem, und Sie finden es sicher sehr friedlich nach den Eulen von Heartsease.«

»Auf Heartsease scheint es wirklich viele Eulen zu geben.«

»O ja, scheint so. Nachteulen, nicht wahr?« sagte Sybil zweideutig, als sie ins Haus voranging.

»Links ist das Wohnzimmer, rechts mein Arbeitszimmer, geradeaus die Küche. Passen Sie auf Ihren Kopf auf, wenn wir nach oben gehen, da ist ein Balken ... oh, na, den kennen Sie jetzt. Das Bad, mein Zimmer, Ihr Zimmer, ein Abstellraum. Kaffee?«

»Ja, gern.« Gina stellte ihre Tasche auf den kleinen Klapptisch am Fuß des Betts. Sie sah sich in dem reizenden Zimmer um, an dessen Fenstern weißer Musselin flatterte. Rosarote Rosen zierten Tapete und Tagesdecke, und auf dem Boden lag ein verschossener rosaroter Teppich.

»Wenn Sie sich aus dem Fenster lehnen, können Sie das Meer sehen«, sagte Sybil. »Allerdings würden Sie vorher vermutlich kopfüber im Garten landen, also rate ich Ihnen davon ab. Kommen Sie runter, wenn Sie fertig sind.«

Ein weißer Kleintransporter hielt mit quietschenden Bremsen vor dem Cottage.

»Wilf«, sagte Sybil, ohne von der Bedienungsanleitung aufzusehen.

Wilf kam seitlich ums Haus herum. Er schleppte einen großen weißen Pappkarton, der offenbar sehr schwer war.

»Zwei Dutzend vom Üblichen, Sybil«, sagte er. »Aha, Sie haben Besuch.«

Sybil richtete sich auf. »Sie kennen Gina vielleicht schon. Sie ist eigentlich Gast auf Heartsease Hall. Eine alte Schülerin von mir.«

Der listige, fragende Ausdruck verschwand von Wilfs Gesicht. »Ah, so ist das. Noch eine von diesen gelehrten Damen, wie?«

»Genau«, erwiderte Sybil. »Es ist schön, sie bei mir zu haben. Sie hilft mir dabei, ein Schwimmbecken im Garten zu installieren.«

»Ich hab schon gehört, daß Sie einen Gegenstand in einer großen Kiste gekauft haben«, sagte Wilf. »Da haben Sie sich was Schönes eingebrockt. Ich hab mir auch mal so'n Ding gekauft, als die Kinder noch klein waren. Das Aufstellen sollte kinderleicht gehen, behauptete der Verkäufer.«

»Und war's nicht so?«

»Ein Haus bauen geht schneller«, sagte Wilf genüßlich. »Sie werden das ganze Wochenende dafür brauchen und sich heiser schreien vor Wut. Na ja, wenn Sie es geschafft haben, kommen Sie ins Bunch of Grapes und trinken Sie einen auf Kosten des Hauses. Das haben Sie sich dann verdient.«

»Ich hole eben meine Handtasche«, sagte Sybil. »Zwei Dutzend, sagten Sie? Hier, bitte sehr.«

»Man dankt.« Wilf warf einen letzten Blick auf die Kiste mit den Planschbecken-Einzelteilen und prustete los. »Ich bin nur froh, daß *ich* mir nicht das Wochenende damit um die Ohren schlagen muß«, sagte er und stieg wieder in seinen Transporter.

»Bier«, erklärte Sybil, während sie eine der Kisten öffnete, die Wilf gebracht hatte. »Tschechisches Bier. Eine spezielle Marke, für die ich eine Vorliebe entwickelt habe, als ich mal eine Zeitlang drüben war. Im Laden kriegt man sie nicht, aber Wilf besorgt sie für mich. Legen Sie ein paar Flaschen in den Kühlschrank. Wenn Wilf nicht übertrieben hat, werden wir sie brauchen.«

»Sieht doch ganz unkompliziert aus.« Stirnrunzelnd blickte Gina auf die Zeichnung einer explodierten Pumpe. »Das heißt, wenn man diese Diagramme außer acht läßt. Zunächst mal müssen wir den Untergrund einebnen.«

»Genau das könnte schwierig werden.« Sybil schaute auf die hubbelige grasbewachsene Stelle, an der sie das Becken aufstellen wollte.

Nach mehreren Stunden Arbeit war klar, daß sie beide für diese Aufgabe völlig ungeeignet waren.

»Mit Elektroleitungen kann ich umgehen«, sagte Sybil. »Ich kann einen Siphon aufschrauben, sogar einen Dachziegel ersetzen. Ich kann gärtnern. Aber das hier kann ich nicht.«

»Das Problem ist, hier steht zwar ›den Untergrund einebnen‹, aber es wird nicht erklärt, wie.«

»Meinen Sie, es muß überall gleich eben sein?«

»Dazu steht weiter unten was. Wenn man das Wasser eingelassen hat und es nicht auf den Zentimeter genau gerade steht, muß man alles wieder abreißen und von vorn anfangen.«

»Klingt bedrohlich«, sagte Sybil finster.

»Hat man Sie im Geschäft nicht beraten?«

»Der Verkäufer sagte nur, zu zweit könnte man es in drei bis vier Stunden schaffen.«

»Aber diese Sache mit dem Einebnen hat er nicht erwähnt?«

»Mit keinem Wort. Ich hätte das Ding nie gekauft, wenn er mir gesagt hätte, daß man stundenlang Erde schaufeln muß, bevor man den Pool überhaupt aus der Kiste holen kann.«

»In den Staaten haben viele Leute diese Dinger«, sagte Gina. »Aber sie stellen sie auf Beton oder in den Vorgarten, der ohnehin planiert ist.«

»In den Staaten? Sind Sie Amerikanerin? Ich dachte mir schon, daß Sie einen leichten Akzent haben.«

Gina hätte sich einen Tritt geben können. »Ich bin gebürtige Amerikanerin, lebe aber seit Jahren hier. Im Moment bin ich … na ja, hier weiß niemand, daß ich Amerikanerin bin.«

Das brachte ihr einen scharfen Blick von Sybil ein.

»Von mir wird es niemand erfahren«, sagte sie. »Keine Sorge.«

»Danke«, erwiderte Gina. Vielleicht war sie ihrer Gastgeberin ja eine Erklärung schuldig.

»Auf keinen Fall«, sagte Sybil schnell und entschlossen. »Ihren und Harrys Worten ist zu entnehmen, daß es sich um eine äußerst verwickelte Angelegenheit handelt, und damit will ich nichts zu tun haben. Sie sind doch nicht in böser Absicht hergekommen? Sie sind keine Journalistin, die den Leuten hier einen Skandal anhängen will? Sie haben es nicht auf die Cordovans abgesehen? Es sind alte Freunde von mir.«

»Nein, nein. Es geht um eine persönliche Angelegenheit. Wir schaden niemandem.«

War das die Wahrheit? Wenn sie Harry heiratete, würde sie ihm oder seiner Familie schaden? Und wenn sie mit dem Schweinefleischvermögen rechneten und enttäuscht wurden?

»Ach, zum Teufel damit«, sagte sie, und Sybils ausdrucksvolle Augenbrauen schossen in die Höhe. »Machen wir weiter.«

Seufzend blickte Sybil auf den Kreis, den sie auf dem Boden ausgemessen hatten. Dazu hatten sie ein Stück Bindfaden benutzt, das in der Mitte von einem Bratspieß gehalten wurde. »Was wir brauchen«, verkündete sie, »ist ein Fachmann.«

Gina ließ sich auf die Fersen zurückfallen und wischte sich Erde von den Knien. »Einen Architekten«, sagte sie. »Architekten müssen wissen, wie man den Boden einebnet.«

»Leider haben wir keinen Architekten zur Hand«, erwiderte Sybil.

»O doch.« Gina stand auf und lockerte ihre verkrampften Beinmuskeln. »Er wohnt in Oracle Cottage.«

»Natürlich! Das neue Ehepaar. Ich kenne sie kaum.«

»Dann können Sie sie jetzt kennenlernen.«

Byron war allein in Oracle Cottage. Er spähte von seinem Hochsitz auf einem freigelegten Deckenbalken zu ihnen hinunter. Nadia sei drüben im Weinberg, erklärte er. »Vermutlich staucht sie gerade den armen Don zusammen«, fügte er bedrückt hinzu.

»Es tut Don mal ganz gut, wenn ihm jemand den Marsch bläst«, erwiderte Sybil unverblümt. »Und welchen Grund zur Klage hat Ihre Frau?«

»Sie meint, er sollte mehr aus seinem Laden machen.«

»Und da hat sie völlig recht.« Sybil nickte. »Ich predige ihm seit Jahren das gleiche. Sein Wein ist ausgezeichnet, und er liebt seine Arbeit, aber er ist viel zu faul. Es ist ihm zu mühsam, die Voraussetzungen zu schaffen, um Profit erwirtschaften zu können. Er begreift eben nicht, wie gut es dem Dorf bekommen würde. Wir wollen zwar nicht von Touristen überschwemmt werden, aber ein paar mehr, die vorbeikommen, würden überhaupt nicht schaden. Wenn er den Laden in Schwung bringen würde, wären das Arbeitsplätze für ein, zwei Frauen aus dem Dorf.«

Byron musterte Sybil mit neuem Respekt. »Richtig«, sagte er. »Nadia kann sehr durchsetzungsfähig sein, wenn sie der Meinung ist, daß eine Sache den Einsatz lohnt, also werden wir ja sehen.«

Von den Überbleibseln der Decke löste sich ein Brocken Putz und klatschte neben Sybil auf den Fußboden. »Kommen Sie doch mal da runter«, sagte sie. »Ich kriege noch einen steifen Nacken, wenn ich so mit Ihnen reden muß, und wir brauchen den Rat eines Experten.«

Er kletterte die Leiter hinunter und schüttelte Putz aus seinem Haar. »Pardon«, sagte er, als bröckelige Flocken an Gina hängenblieben.

»Eklig, solche alten Decken«, sagte Sybil.

Gina schaute zu dem Loch in der Decke hoch. »Was ist das für ein Material?«

»Das Lattenwerk ist aus Holz. Der Putz ist ein ganz altes Gemisch. Tierhaare als Bindemittel, Ried, Splitter von dem Kalk, den man früher benutzte ...« Er nieste. »Und alles furchtbar staubig.«

»Holen Sie die ganze Decke herunter?« fragte Sybil.

»Hoffentlich nicht. Ich hatte auch gar nicht vor, überhaupt etwas herunterzuholen, aber gestern abend ist Nadia oben durch ein wurmstichiges Dielenbrett gebrochen. Ihr Fuß kam hier durch die Zimmerdecke.«

»Sie war bestimmt stinksauer.« Gina dachte an Nadias explosives Temperament.

»Sehr fröhlich war sie nicht.« Byron versuchte nicht daran zu denken.

»Wie können Sie es hier nur aushalten?« fragte Sybil und sah sich in dem heruntergekommenen Raum um.

»Solange wir renovieren, kampieren wir in den beiden erträglichen Zimmern.«

»Solange ›wir‹ renovieren?«

»Vor allem ich. Aber Nadia kann gut streichen und tapezieren«, verteidigte er seine Frau.

»Bestimmt. Aber es wird wohl noch eine ganze Weile dauern, bis Sie anstreichen können.«

»Ach, wer weiß«, sagte Byron optimistisch. »Darf ich Ihnen etwas anbieten? Tee? Oder ein kaltes Getränk? Es müßte noch was in der Küche sein.«

»Nein, danke«, sagte Sybil. »Eigentlich brauchen wir Ihre Hilfe. Wenn Sie so freundlich wären, uns zu meinem Cottage zu begleiten und zu beraten, bekommen Sie ein ausgezeichnetes ausländisches Bier. Eisgekühlt.«

»Ich wasche mir nur eben die Hände, dann komme ich«, erwiderte Byron sehr bereitwillig.

»Ich bewundere Ihr Cottage jedesmal, wenn ich vorbeikomme«, sagte Byron. »Wer wohnt denn nebenan? In dem rosaroten Cottage?«

»Niemand.« Sybil blieb kurz stehen, um eine kleine Unkrautpflanze auszureißen, die neben ihrer Winde die Nase in die Luft streckte. »Es ist ein Ferienhaus. Normalerweise ist es den ganzen Sommer über ausgebucht, aber die Leute, die es eigentlich gemietet hatten, mußten absagen. Ich habe eine Anzeige aufgegeben, und es haben sich sehr schnell neue Mieter gefunden, morgen kommen sie.«

»Also gehört es Ihnen?« fragte Gina.

»Ja. Vor Jahren, als mein Mann noch lebte, habe ich beide Cottages zusammen gekauft. Wir wollten sie zusammenlegen, ein einziges großes Haus daraus machen. Aber er starb vorher, und ich brauche nicht soviel Platz. Es ist ein sehr hilfreiches Zusatzeinkommen für mich.«

»Das mit Ihrem Mann tut mir leid«, sagte Byron. »Ich meine, daß er gestorben ist.«

»Oh, das ist schon lange her«, erwiderte Sybil fröhlich. »Hinters Haus, bitte, da entlang.«

Byron besah sich verblüfft den Kreis aus brauner Erde. »Was genau haben Sie denn vor?« fragte er.

»Wir wollen ein Schwimmbecken aufstellen«, erklärte Sybil. »In der Bedienungsanleitung steht, man soll den Boden ebnen. Nur wie macht man das?«

Byrons Gesicht hellte sich auf. »Oh, ich dachte schon, Sie hätten einen Turm oder ein kleines Observatorium geplant. Für so etwas wäre es die falsche Stelle.«

»Nein, nein, nichts dergleichen. Das Problem ist, wie kriegt man den Boden eben?«

»Ganz einfach«, sagte Byron. »Sie brauchen einen Pflock, Bindfaden, ein Stück Holz von fünf mal zehn Zentimetern und eine Wasserwaage.«

»Wir haben einen Bratspieß und ein Stück Bindfaden.« Gina zeigte es ihm.

»Damit geht's nicht.« Byron musterte die wacklige Vorrichtung. »Ich gehe schnell nach Hause und hole, was Sie brauchen. Es muß ganz eben sein, sonst haut es mit den Löchern nicht hin, wenn Sie die Außenwand verschrauben. Außerdem kann es Probleme geben, wenn Wellen entstehen. Obschon«, fuhr er fort und sah Sybil vorsichtig an, »Sie wahrscheinlich nicht vorhaben, Wellen zu schlagen.«

»Grundgütiger, ich werde da bestimmt nicht reinsteigen«, sagte Sybil. »Es ist für meine Enkel.«

»Oh, pardon. Tja, in diesem Fall muß der Boden unbedingt eben sein, es sei denn, es sind ausgesprochen schläfrige Kinder.«

»Das klingt, als sprächen Sie aus Erfahrung.«

»O ja. Mein Bruder hat so ein Becken für seine Sprößlinge aufgestellt. Das Kniffligste daran ist das Einpassen der Innenverkleidung.«

»Gut zu wissen«, sagte Gina mutlos. Die dicke blaue Plastikplane in der Kiste ließ Böses ahnen.

»Keine Sorge«, tröstete Byron sie. »Es ist nicht so schlimm, wenn man weiß, was man tut. Ich stehe Ihnen zur Seite, wenn es hart auf hart kommt.«

»Holen Sie die Wasserwaage, und ich mache schon mal das Bier auf«, sagte Sybil.

Don nahm sich noch ein großes Stück von der Pastete. »Köstlich«, schwärmte er. »Ganz köstlich. Was haben Sie sonst noch da?«

Nadia hatte einen Lappen mitgebracht, um den wackeligen Tresen abzuwischen, bevor sie eine Damastdecke auflegte und ihre Leckereien ausbreitete.

»Mmm. Was ist das?«

»Weinkuchen.«

»Vorzüglich.«

»Hier ist eine Liste.« Nadia klatschte sie auf das Tischtuch. »Eine Liste aller Speisen, die ich zubereiten kann, und zwar ausschließlich aus hiesigen Erzeugnissen und Ihrem Wein. Sehen Sie?«

Don überflog die Liste. »Nadia, wo haben Sie all das gelernt?«

»Von meiner Mutter. In Rußland hatten wir eine Datscha. Mein Vater jagte, mein Onkel brachte von einem Freund in der Nähe Wein mit, und wir bereiteten das Essen zu.«

»Könnten Sie denn genug für den Verkauf zubereiten?« fragte Don und sah sich in dem schäbigen Raum um. »Und wo würden Sie die Sachen auslegen? Wir sind hier ja relativ bescheiden eingerichtet.«

»Hinten ist genug Platz für eine Küche«, sagte Nadia. »Und dem Verkaufsraum sollten Sie ein altmodisches Flair geben. Poliertes Holz. Dunkel, keine Kiefer. Kühlregale natürlich. Der Wein hier, das Essen da drüben. Eine Kühltruhe für Eis und Sorbets.«

»Und Sie wollen hier arbeiten?«

»Nein. Ich bereite das Essen zu und verkaufe es Ihnen. Sie verkaufen es mit Gewinn weiter. Ich hüte den Laden, wenn es ruhiger ist. Was die übrige Zeit betrifft, nehmen Sie Leute aus dem Dorf, die Arbeit suchen.«

»Vielleicht kriegen wir das bis zum nächsten Sommer hin«, meinte Don.

»Unsinn«, sagte Nadia. »Wir fangen diesen Sommer an. Byron kann den Laden für Sie herrichten. Sie müssen ihn allerdings ordentlich bezahlen.«

»Er ist Architekt, kein Tischler«, wandte Don ein.

»Er macht den Entwurf, die Ausführung übernimmt ein Tischler. Er kennt sich mit Handwerkern aus. Wenn er die Arbeit überwacht, kostet es nicht soviel und sieht hinterher gut aus.«

»Und wenn ich nein sage?« Don stand auf und wischte sich mit einem großen Taschentuch den Mund ab.

Nadia sah ihn eindringlich an. »Dann verfluche ich Sie, weil Sie so überheblich sind und sich mit einem drittklassigen Laden zufriedengeben.« Verächtlich sah sie sich um. »Nein, mit einem viertklassigen Laden. Und jeder, der in dieses Geschäft kommt, wird denken, daß Ihr Wein ebenfalls viertklassig ist.«

Kritik an seinem Wein konnte Don nicht dulden. »O nein. Ich verkaufe sehr selten einzelne Flaschen. Die Käufer kommen in der Regel in den Weinkeller und kaufen im Dutzend.«

»Vielleicht kommen dann Leute in den Laden, kaufen eine Flasche, dazu Pastete oder Wurst oder Eis, und später kommen sie wieder, um eine ganze Kiste zu kaufen.«

»Vielleicht«, sagte Don.

Nadia funkelte ihn an.

Er strich sich über den Kopf und sah sie an. »Sie müßten sich um alles selbst kümmern«, sagte er. »Wenn Sie mit der finanziellen Seite, Buchführung und so weiter, nicht klarkommen, müssen Sie sich jemanden suchen, der Ihnen hilft. Mein Steuerberater wird die Zahlen genauestens überprüfen. Wenn es bis Ende September gut läuft, machen wir weiter.«

»Das wird es«, erwiderte Nadia selbstbewußt.

»Dann wollen wir darauf trinken.« Don ging zu dem alten Kühlschrank im rückwärtigen Teil des Ladens.

»Zum Wohl.« Nadia trank genußvoll den gekühlten Wein.

»*Na zdarówje*«, sagte Don.

»Ich gehe jetzt und sage es Byron«, verkündete Nadia.

»Er soll einen Kostenvoranschlag machen«, sagte Don. »Aber Byron kennt sich ja aus.«

»Selbstverständlich«, entgegnete Nadia stolz. »Byron kennt sich mit fast allem aus.«

»Ach übrigens«, sagte Don, als Nadia schon an der Tür stand, »in der Vorweihnachtszeit kann man sich im Weinhandel eine goldene Nase verdienen. Hätten Sie da irgendwelche Ideen? Ich nehme an, in Rußland haben Sie Weihnachten nicht gefeiert.«

»Haben Sie eine Ahnung«, entgegnete Nadia überraschend friedlich. »Meine Familie war immer christlich eingestellt. Und ich weiß sehr gut, was Engländer zu Weihnachten gern verschenken oder selbst konsumieren.«

»Solange es nicht saurer Hering ist«, murmelte Don in sein Weinglas.

13

Seit einiger Zeit schon hatten Lori und ihr Mann Gareth – wenn er die Zeit von seiner Fernsehproduktionsfirma abzweigen konnte – über drei Cottages im Zentrum von Heartwell diskutiert. Die Häuser bildeten eine separate kleine Einheit, hatten immensen historischen Charme und wirkten unbewohnt.

»An den Fenstern hängen Gardinen«, bemerkte Lori, als sie die spärlichen Lebensmittel gekauft hatte, die sie allwöchentlich erstand, um zu zeigen, daß sie den Dorfladen unterstützte.

»Soweit ich sehen kann, stehen sie nicht zum Verkauf.« Gareth kämpfte mit der Leine des Hundes, die sich um seine Beine geschlungen hatte. »Irgendwelche Infos von den Leuten aus dem Dorf?«

»Die können sich einfach nicht klar ausdrücken«, sagte Lori stirnrunzelnd. »Die Leute müssen doch wissen, wem sie gehören, aber sie erzählen einem nichts.«

»Warum seid ihr eigentlich so versessen auf die Häuser?« fragte Gareth' Schwester, die das Wochenende bei ihnen verbrachte. Ohne Hemmungen spähte sie in eines der Fenster. »Innen sind es richtige Bruchbuden. Unglaublich, wie manche Leute auf dem Land hausen.«

Tara lebte in Muswell Hill und schrieb langatmige Geschichten über das Leben in der Großstadt, die mit Preisen überhäuft und wenn auch selten gelesen, so doch oft besprochen wurden. »Am Wochenende fahre ich aufs Land«, hatte sie ihrem neuesten Liebhaber verkündet.

»Wieso?« hatte der gefragt.

»Um mich daran zu erinnern, wie unerfreulich es dort ist. Der Traum vom Landleben ist nichts als Rebarbarisierung, eine Umkehrerscheinung der modernisierten Kultur.«

Ihr Liebster drehte sich im Bett auf die andere Seite und schlief wieder ein. Vorher dachte er noch, wie erholsam zur Abwechslung ein einsilbiges Wochenende sein würde.

In Wahrheit empfand Tara das Land als sehr wohltuend. Das Haus war gemütlich und stilvoll eingerichtet. Sie konnte ihre Schwägerin herablassend behandeln, aus keinem bestimmten Grund, außer daß diese den Anschluß an das Leben in London verloren hatte, und im Familienkreis konnte sie es sich leisten, sich weitgehend normal zu unterhalten. Lange, komplizierte Sätze und ausgefallene lateinische Fremdwörter, eigens aus dem Wörterbuch herausgesucht, waren auf die Dauer furchtbar ermüdend. Wenn sie in Heartwell fremden Leuten begegnete, verfiel sie selbstverständlich sogleich wieder in ihren vielsilbigen Sprechstil. Sie mußte schließlich an ihr Image denken.

Gareth erklärte, was es mit dem Erwerb von Immobilien im Dorf – »sich in der Gemeinde engagieren« nannte er es – und der Vermietung an Feriengäste auf sich hatte. »Die Touristen zahlen jeden Preis«, schloß er.

»Na ja, wenn man immer nur ans Geld denkt«, sagte Tara hochnäsig.

Lori beeilte sich, Gareth von derlei gemeinem Zweckdenken freizusprechen. »Es dient vor allem dem Wohl des Dorfes«, erklärte sie. »Es belebt den Wohnungsmarkt. Sonst schimmeln die Häuser einfach nur vor sich hin.«

Tara musterte die kleine Siedlung mit zusammengekniffenen Augen. »Man könnte eventuell einen Verfallskünstler dafür begeistern.«

»Wen?« fragte Lori, die sich verhört zu haben glaubte.

»Einen Verfallskünstler, Liebes. Du bist überhaupt nicht mehr auf dem laufenden, hm? Die einzige derzeit interessante Kunstform befaßt sich mit Objekten, die in Verfall und Verwesung begriffen sind. Sie steht für die ewige Entropie unseres Lebens hin zu einem Zustand der Degradation und Auflösung.«

»Cottages wären mal was anderes im Vergleich zu einigen der Arbeiten, die ich gesehen habe«, bemerkte Gareth. »Sie riechen.«

»Kunst sollte all unsere Sinne ansprechen.«

Jedesmal, wenn Tara ihren Besuch ankündigte, war Lori gespannt und aufgeregt, und jedesmal wünschte sie sich eine Stunde nach Taras Ankunft, ihre Schwägerin wäre in London geblieben. Gareth, der im Rahmen seiner Arbeit ständig mit Leuten wie Tara zu tun hatte, schien sie recht gut zu verkraften. »Sie hat eben das Temperament einer Künstlerin«, sagte er stolz.

Doch eine kleine Stimme in Loris Innerem lästerte, daß es nichts mit Temperament zu tun hatte, sondern daß Tara bloß egoistisch, selbstsüchtig und verwöhnt war.

Außerdem war Tara gefräßig. In London konnte sie diesen Zug nicht ausleben, weil es dort als unerträglich uncool galt, sich herzhaftes Essen schmecken zu lassen. Hier auf dem Land hingegen konnte sie essen, was sie wollte, und zwar in rauhen Mengen.

»Ich koche heute abend für euch«, verkündete sie.

Lori protestierte. Sie hatte alles vorbereitet, die Lebensmittel besorgt, und zwar alles, was gerade angesagt war, schließlich wollte sie nicht als Landpomeranze dastehen.

»Nein, nein, ich will nicht, daß du dir soviel Arbeit machst. Ich koche heute abend. Steck die Sachen, die du gekauft hast, in die Kühltruhe.«

»Wolfsbarsch«, sagte Lori ein wenig traurig, denn es hatte sie viel Mühe gekostet, diesen Modefisch aufzutreiben.

Wildschwein, dachte Tara. Ich weiß, daß es hier irgendwo einen Laden gibt, wo man Wildschwein kaufen kann. Wenn es richtig abgehangen ist ... Vor ihrem geistigen Auge erschienen Bilder von saftigem Fleisch und in Olivenöl und Rosmarin gebackenen Kartoffeln. Und Wein – Rotwein. Lori würde französisches Mineralwasser reichen und einen so trockenen Weißwein, daß man Schluckbeschwerden bekam.

Selbstzufrieden lächelnd kehrte Tara in die Gegenwart zurück. »Nein, Lori, Wolfsbarsch will ich nicht essen. Wir könnten ja auch essen gehen, aber hier gibt's weit und breit kein anständiges Restaurant, also koche ich selbst.«

Heartsbane hatte einen Pub, aber keinen Dorfladen, Heartwell einen Dorfladen, aber keinen Pub. Da die Dörfer kaum vierhundert Meter voneinander entfernt lagen, betrachteten sich die Einwohner beider Orte als Ehrenbürger des jeweils anderen und nutzten das dortige Angebot.

Sybil und Gina gingen früh am Morgen nach Heartwell. Sybil brachte das Einkaufen gern zeitig hinter sich, und Gina wußte, daß zu dieser Tageszeit keine Gefahr bestand, ihrem Vater zu begegnen, selbst wenn er vorhatte, nach Heartwell zu fahren. Er war ein Morgenmuffel.

Sie führten einen freundschaftlichen Disput über die Frage, wer im Laden bezahlen sollte, und schlossen einen Kompromiß. Gina würde das Hähnchen bezahlen, das sie auf dem Heimweg auf der Farm abholen wollten.

»Ich bin recht wohlhabend, müssen Sie wissen«, bemerkte Sybil, als sie den Laden betraten. »Meine Bücher bringen viel Geld ein.«

Phil, der Kaufmann, bediente sie gewohnt mürrisch und erstattete Sybil Bericht über Godfrey Cowans vom Raven Cottage.

»Sitzt da draußen in der Sonne wie ein Christ, den keine Sünde drückt.«

»Wie ich höre, ist Eve mit der kleinen Irene zu ihren Eltern zurückgegangen«, sagte Sybil.

»Ja, und jetzt wird er das Sorgerecht beantragen, aber auf den fällt kein Gericht mehr rein.«

»Ich bin froh, daß diese Angelegenheit geklärt ist«, erwiderte Sybil. »Haben Sie noch eine Tüte von dem braunen Zucker da? Danke sehr, und zwei Schachteln Zündhölzer, bitte.«

Sie stellten die Einkäufe auf dem Küchentisch ab, und Sybil griff nach dem Kessel.

»Und der Pool?« fragte Gina widerstrebend. Sie konnte die große Kiste durchs Fenster sehen.

»Wir werden es zumindest versuchen müssen«, sagte Sybil ebensowenig begeistert. »Aber jetzt dürfte es nicht mehr so schwierig sein, wir brauchen ja nur noch zu montieren. Gott sei Dank hat Byron uns das Planieren abgenommen.«

»Er ist erstaunlich praktisch für einen Experten.«

»Zuerst trinken wir mal Kaffee«, sagte Sybil. »Anschließend können Sie mir helfen, das Cottage nebenan vorzubereiten, wenn Sie mögen. Die Leute wollten gegen drei hier eintreffen.«

»Klar helfe ich. Muß noch saubergemacht werden?«

»Nein, darum kümmert sich Mrs. Slubs. Aber ich muß die Betten noch beziehen und den Kühlschrank füllen. Meine Gäste sollen sich willkommen fühlen.«

»Ich weiß nicht, wie viele Personen es sind.« Sybil holte einen Stapel Laken und Handtücher aus dem Wäscheschrank in Kingfisher Cottage.

»Warum trägt dieses Haus einen Namen und Ihres nicht?« erkundigte sich Gina, während sie Sybil mit einer Keksdose und sauberen Musselinvorhängen nach oben folgte.

»Seit ich allein bin, lege ich auf so was keinen Wert mehr«, sagte Sybil. »Als wir die Cottages kauften, hatten sie keinen Namen, und für meins brauche ich auch keinen. ›The Cottages 1‹ reicht als Adresse völlig aus. Aber wenn man vermietet, braucht man einen hübschen ländlichen Namen, um Gäste anzulocken. Hier gibt es viele Eisvögel, man muß nur wissen, wo man sie finden kann. Deshalb heißt es Kingfisher Cottage.«

»Gestern oder vorgestern habe ich am Fluß einen Eisvogel gesehen.«

»Wunderschöne Vögel.« Sybil ging voran in ein Schlafzimmer. »Am besten überziehen wir alle drei Betten. Das

Doppelbett hier und zwei Einzelbetten im Zimmer nebenan.«

Im Nu waren die Betten bezogen, die Handtücher hingen auf den Haltern und die frisch gewaschenen Gardinen zierten die Fenster. Sybil und Gina gingen wieder nach unten, um in Töpfen und Vasen Blumen aus Sybils Garten zu arrangieren.

»Sieht gemütlich aus.« Gina trat zurück, um den Gesamteindruck auf sich wirken zu lassen.

»Das wär's.« Sybil sah sich ein letztes Mal prüfend um, bevor sie die Haustür hinter sich zuzog. »Und jetzt zurück zu diesem verflixten Planschbecken.«

Prim kümmerte sich an diesem Morgen um den Weinverkauf, während Don die Rebstöcke kontrollierte. Er überprüfte, wie sie sich bisher entwickelt hatten, sprach auf Band, was noch zu tun war, und vergewisserte sich, daß die Kaninchen nicht die Plastikröhren zernagt hatten, die den Fuß der jungen Reben schützen sollten.

Gareth und Lori waren pikiert, weil Don nicht da war. Tara amüsierte der Gedanke, daß jemand seine Zeit mit englischem Wein vergeudete. Sie musterte das Sortiment an Flaschen und setzte eine nachsichtige Miene auf, als lasse sie zwei eigensinnigen Kindern ihren Willen.

»Ich wollte aber eigentlich mit Don sprechen«, sagte Gareth leicht eingeschnappt. Er war ein dunkler Typ mit kantigem Kinn und trug am liebsten pinkfarbene Hemden. Seine Haare waren ein wenig zu lang, seine Krawatten zu schrill, seine Zähne strahlend weiß und kräftig. Die Schöne und das Tier, dachte Lori illoyal, als ihr Blick über Prims goldenes Haar, ihre goldbraune Haut und ihre tiefblauen Augen glitt.

»Ich kann ihn bitten, Sie später anzurufen«, schlug Prim vor. »Wollten Sie Wein kaufen?«

»Ja, eine Kiste Special Reserve, bitte.«

Prim öffnete die große Schiebetür und rief in den Hof: »Esme! Bitte eine Kiste Special Reserve in den Laden!«

Sie schrieb die Rechnung und stand reglos, anmutig und völlig seelenruhig da, während Gareth den Scheck ausfüllte. Lori musterte ihre Baumwollhose und ihr Poloshirt und fühlte sich unwohl.

Tara vermochte dieser Hinterwäldlerin ganz und gar nichts abzugewinnen. Komisch, aber irgendwie brachte diese Frau das Kunststück zuwege, daß sie, Tara, sich im Vergleich zu ihr provinzlerisch und unfertig vorkam. Es war nicht Taras Art, ihre Unsicherheit mit sich selbst auszutragen. Als Esme hereinkam, die Weinkiste unter dem Arm, als wiege sie nicht mehr als ein paar Gramm, ging sie zum Angriff über.

»Gareth, du erwartest doch nicht im Ernst von mir, daß ich englischen Wein trinke, oder?« Sie lachte silberhell. »Ist ja schön und gut, daß man die einheimische Wirtschaft unterstützen soll, aber da könnte ich ja genausogut australischen Wein trinken.«

Esme stellte die Kiste klirrend auf dem Boden ab und baute sich vor Tara auf. »Wenn Sie nicht wollen, brauchen Sie ihn nicht zu trinken. Ihr Pech, Herzchen, das Zeug ist nämlich erstklassig.«

»Ach, Sie sind Expertin?« Tara lächelte künstlich.

»Für Wein, ja. Mein Dad besitzt mehrere Weinberge, bei uns zu Hause – in Australien, falls es Sie interessiert – und in Frankreich. Ich kenne mich allerdings aus, besser als Sie, möchte ich wetten. Und ich behaupte nie, ein bestimmter Wein sei nichts wert, ehe ich ihn nicht probiert habe. So wie mit allem anderen im Leben.«

Lori versuchte die Wogen zu glätten. »Esme, nicht wahr? Ich dachte, Sie arbeiten oben im Haus »

»Ja, aber ich helfe hier aus, wenn ich gebraucht werde. Der Weinberg erinnert mich an zu Hause, und das Kistenschleppen hält fit.« Sie führte ihren Bizeps vor, warf Tara noch einen geringschätzigen Blick zu und marschierte davon.

Mit unbewegtem Gesicht reichte Prim Gareth die Quittung. »Schaffen Sie es allein?« fragte sie. »Sonst kann ich Ihnen die Kiste zum Wagen bringen.«

Gareth konnte solche Zweifel an seiner Männlickeit nicht auf sich sitzen lassen und wankte mit der Kiste zu seinem Discovery.

Schweigend fuhren sie nach Heartwell House zurück.

»Bauern«, sagte Tara, als sie dort ausstiegen.

»Ich weiß nicht, wer diese entzückende Frau war, aber in meinen Augen sah sie nicht wie eine Bäuerin aus«, sagte Gareth mit Wärme.

Lori warf ihm einen Blick zu. »Das war Prim, Victors Schwester. Sie ist selbst millionenschwer.«

»Oh«, sagte Gareth.

Sie gingen ins Haus.

»Haben Sie Brüder?« fragte Sybil.

»Nein.« Aufgelöst von der Hitze, versuchte Gina zwei gebogene Aluminiumteile ineinanderzuschieben. »Warum?«

»Weil ich eben dachte, wie sehr mich das hier an die Installation einer elektrischen Eisenbahn erinnert. Mein Sohn hatte viele Züge und Gleise und wenig Geduld.«

»Verdammt«, sagte Gina, als die Teile endlich einrasteten, das Innenteil jedoch etwa zwanzig Zentimeter kürzer war als vorgesehen.

»Es hat geläutet«, sagte Sybil. »Das sind bestimmt die Leute für Kingfisher Cottage. Ich gebe ihnen eben den Schlüssel und zeige ihnen alles. Bin gleich wieder da.«

»In Ordnung«, erwiderte Gina, ohne von den nächsten beiden gebogenen Teilen aufzusehen. Endlich hatte sie den Dreh raus, und die zusammengesteckten Teile auf dem Boden bildeten annähernd einen Kreis.

Ha, dachte Gina, während sie auf Händen und Knien herumkroch, um die Nahtstellen abzustimmen, wer hätte vor drei Wochen gedacht, daß ich jetzt als Gast einer Pornoschriftstellerin im Garten eines Cottages in Heartsbane knien und ein Planschbecken zusammenbauen würde. Was nur mal wieder zeigt, daß man nie wissen kann, welche Kapriolen das Leben vollführt.

Gina wandte sich wieder ihrer Arbeit zu und ging noch einmal die Anleitungen durch. *Sichern Sie die zusammengesetzte Metallwand mit stabilen Holzpflöcken.* Stabile Holzpflöcke! Wo lebten diese Leute eigentlich? Wo bekam man heutzutage noch Holzpflöcke? Sie hatte aber den Eindruck, als könnte man zur Not auch auf die Dinger verzichten. Man sollte sie ohnehin wieder herauslösen, sobald die Wand stand und das Becken mit Wasser gefüllt war. Und es bestand ja keine Gefahr, daß etwa starker Wind aufkam. Seit Tagen ging nur hin und wieder eine winzige Brise, die kaum die Blätter bewegte.

Im ersten Stock von Kingfisher Cottage probierte Zoë die Matratze des Doppelbetts aus. Perfekt. Sie blickte auf ihren Koffer und die verschiedenen Taschen und beschloß, daß das Auspacken noch warten konnte.

Fergus stand am Fuß der Treppe und wirkte vor den niedrigen Deckenbalken im Erdgeschoß noch größer als sonst. »Ich habe Tee gekocht«, verkündete er.

»Ich hab keine Milch mitgebracht«, sagte Zoë. »Wo hast du den Tee gefunden?«

»War schon alles vorbereitet«, sagte Fergus.

»Wie nett.« Zoë ging vorsichtig die steilen Stufen hinunter. »Es gefällt mir wahnsinnig gut hier, Fergus. Die Landschaft ist herrlich, und man kann riechen, daß das Meer nicht weit ist. Himmlisch. Schade, daß du nicht länger bleiben kannst.«

»Ich muß leider arbeiten. Und Charlotte hätte vielleicht auch was dagegen.«

»Charlotte hat doch gegen alles was«, murmelte Zoë. »Nein, ich hab nichts gesagt, Fergus. Sind das Kekse? Ich komme um vor Hunger. Wir müssen noch recherchieren, wo der nächste Supermarkt ist – meinst du, man muß bis nach Heartsbury fahren?«

»Nein, glaub ich nicht. Bestimmt gibt's einen Dorfladen, in dem du dich mit dem Nötigsten eindecken kannst. Außerdem sind wir an einer Farm vorbeigekommen, wo man Fleisch und Gemüse kaufen kann.«

»Wie stressig.« Zoë war eher Stammkundin in der Tiefkühlabteilung.

»Ich übernehme das Kochen«, bot Fergus feierlich an. »Deine Vermieterin – die kommt mir übrigens irgendwie bekannt vor – wird uns bestimmt sagen können, wie lange der Laden auf der Farm geöffnet ist. Trink erst mal deinen Tee, dann kannst du dich im Dorf umsehen.«

»Das eilt nicht.« Zoë öffnete die Tür zum Garten hinter dem Haus. »Dafür hab ich ja wochenlang Zeit!«

Fergus trat zu ihr nach draußen. »Äpfel«, sagte er nach einem Blick auf die Obstbäume. »Und Birnen.«

Zoë wurde von seltsamen dumpfen Klopfgeräuschen im Nachbargarten abgelenkt.

»Hoffentlich sind die Nachbarn nicht immer so laut«, sagte sie. »Fergus, kannst du sehen, was da los ist?«

Er schlenderte zu einer Stelle, an der die Hecke niedriger war, und blickte hinüber in Sybils Garten. »Kein Grund zur Besorgnis«, sagte er. »Sie scheinen ein Planschbecken zu bauen. Vermutlich hat deine Wirtin Enkelkinder.«

»Gegen Kinder hab ich nichts.« Zoë hatte eine Hollywoodschaukel entdeckt und ließ sich darauf nieder. »Schlimmer als die Gören meines Bruders können sie keinesfalls sein. Nimm dir einen Stuhl und setz dich, Fergus.«

Krach!

Mit wild klopfendem Herzen setzte Gina sich im Bett auf. Es klang, als stürze das Haus ein. Donnerte es?

Sie lief zum Fenster und blickte hinaus. Die leichte Brise war zu einem Sturm angeschwollen. Die Bäume rauschten, Äste peitschten dramatisch hin und her.

Erneut dieses Geräusch. Waren die Mülltonnen umgekippt? Oder brach das Dach des Schuppens ein?

Die Tür zu ihrem Zimmer ging auf, und Sybil erschien auf der Schwelle, in einem flotten Seidenpyjama und einem Männermorgenmantel aus schillerndem Brokat. »Es ist dieser verdammte Pool«, sagte sie nüchtern. »Der Metallrahmen segelt durch den Garten, als ob er aus Papier wäre.«

Gina zog Jeans und Schuhe über und lief hinter Sybil die Treppe hinunter.

Die Außenwand des Pools, die sie erst am Nachmittag so sorgfältig in die Basis eingelassen hatten, hatte sich losgerissen. Da sie die Einzelteile fest miteinander verschraubt hatten, sauste jetzt ein Metallring von hundertvierzig Zentimetern Durchmesser und neunzig Zentimetern Höhe quer durch den Garten.

»Um Himmels willen, was sollen wir tun?« Gina schrie gegen den Wind an. Prompt drehte der Metallring in ihre Richtung ab. Sie sprang hastig zur Seite.

»Wir müssen ihn packen und irgendwo festmachen«, rief Sybil.

Als der Wind vorübergehend nachließ, hörten sie eine Stimme im Nachbargarten.

»Es hat die Nachbarn aufgeweckt. Ein toller Urlaubsanfang«, sagte Sybil verärgert.

Es war eine tiefe, kräftige Stimme. »Kann ich helfen?«

Der Wind wurde wieder heftiger. »Ja«, schrie Sybil. »Hinten in Ihrem Garten ist ein Tor.« Sie wandte sich an Gina. »Wenn er schon wach ist, kann er uns auch helfen. Er ist groß und stark.«

»Gut«, rief Gina.

Wenig später erschien eine hochgewachsene und wohlbekannte Gestalt auf dem Gartenweg.

O nein, das konnte doch nicht Fergus sein. Wie kam er hierher? Und warum? Träumte sie?

Es war unverkennbar Fergus. Er packte den Metallring, der dumpf krachend auf dem Boden landete.

»Zoë, komm her«, rief er.

Zoë? Es *mußte* ein Traum sein. Was suchten Fergus und Zoë im Nachbarcottage? Von Sybil wußte sie, daß die Mieter mehrere Wochen bleiben wollten. Warum hatte Zoë ihr nichts gesagt?

All ihre Instinkte rieten ihr zur Flucht. Sybil würde sie zweifellos mit den neuen Nachbarn bekannt machen wollen. Kopflos stürzte Gina durchs Tor und rannte die Straße hinunter.

Nein, Zoë hatte nicht absichtlich Geheimnisse vor ihr. Zoë hatte keinen Kontakt zu ihr aufnehmen können. Sie selbst hatte ihr verboten, zu schreiben oder auf Heartsease Hall anzurufen. »Bestimmt überwachen Popplewells Spitzel deinen Briefverkehr«, hatte sie zu ihrer Freundin gesagt.

Gina bekam auf einmal Angst. Nicht etwa, weil sie unheimliche Schritte hinter sich gehört hätte, sondern schlicht und einfach, weil sie sich in diesem Sturm im Freien aufhielt. Das war kein Sturm mehr, das war ein Hurrikan. Ein Ast brach und krachte neben ihr auf die Straße.

Gina rannte noch schneller, flog am Ortsschild von Heartwell vorbei und hielt Ausschau nach einem Unterstand, um sich vor der beängstigenden Gewalt des Unwetters zu schützen. Als die drei Cottages in Sicht kamen, mußte sie langsamer gehen. Ihre Seiten taten ihr weh. Sehr fit bin ich nicht, dachte sie.

Plötzlich löste sich eine Gestalt aus den Schatten an der Straße. Gina blieb fast das Herz stehen vor Schreck. Als der Mann mit großen Schritten weiterging, drückte sie sich gegen die Hecke. Der Unbekannte blieb kurz vor dem Dorfladen stehen, wo eine zweite Person zu ihm stieß.

Gina folgte ihnen. Sie hielt sich im Schatten der Hecke und hoffte, daß ihre Schritte von dem Heulen des Windes und dem prasselnden Regen übertönt wurden. Sie war bereits naß bis auf die Haut, Wasser rann aus ihrem Haar über ihr Gesicht. Nasser kann ich nicht werden, dachte sie, also brauche ich mich auch nicht mehr unterzustellen.

Die beiden Gestalten erreichten die drei Cottages und verschwanden im letzten Haus. Jetzt wird's uninteressant, dachte Gina, doch dann hörte sie ein Fahrzeug aus der anderen Richtung kommen.

Ein Lieferwagen hielt vor den Cottages und hupte kurz. Die Scheibenwischer an der Windschutzscheibe quietschten, dann verstummten sie, als der Fahrer den Motor ausschaltete und auf die Fahrbahn sprang. Er ging um den Lieferwagen herum und öffnete polternd die Türen am Heck.

Die Tür des letzten Cottages öffnete sich, und einen Augenblick lang ergoß sich Licht auf den Weg. Dann sah Gina den schwachen Schein einer abgedämpften Taschenlampe, die jemand schwenkte. Die beiden Männer – oder auch Frauen, wer konnte das im Dunkeln und bei diesem Regen schon so genau sagen? – berieten sich leise und verschwanden hinter dem Lieferwagen. Beide kamen mit großen, offenbar sehr schweren Kisten beladen wieder zum Vorschein, die sie schnell in das Cottage trugen.

Dieser Vorgang wiederholte sich mehrmals. Anschließend stieg der Fahrer wieder in den Lieferwagen, ließ den Motor an und verschwand in der Dunkelheit. Die beiden anderen schlossen die Tür des Cottages ab und entfernten sich, der eine überquerte den Dorfanger, der andere kam in Ginas Richtung.

Gina erkannte den kräftig gebauten Mann – Phil, der Ladenbesitzer. Er bemerkte sie nicht, als er durch die Zähne pfeifend die Ladentür aufschloß. Gina hörte das *Pling* der Türglocke und seufzte erleichtert auf. Nicht, daß sie Phil für gefährlich hielt, doch sie hatte das Gefühl, daß bei der Nacht-und-Nebel-Aktion, die er und seine Freunde gerade durchgeführt hatten, Publikum unerwünscht war.

Er schloß die Tür hinter sich. Klappernd wurde der Riegel vorgeschoben. Gina stand erneut allein in der dunklen, regennassen, windigen Sommernacht.

Schmuggler, dachte sie. Sie schmuggeln irgendwelche Waren.

Soviel zum Thema idyllisches Landleben.

14

Für den Rückweg, der in etwas gesetzterem Tempo vonstatten ging, brauchte Gina länger. Sie mußte über den riesigen abgebrochenen Ast hinwegklettern, der jetzt quer über der Straße lag, und kämpfte sich im Sturm vorwärts, während ihr die ganze Zeit der Regen ins Gesicht peitschte. Als sie schließlich an Sybils Tür läutete, war sie völlig durchnäßt und erschöpft. Sybil öffnete, und Gina wankte dankbar ins Haus.

»Warum bist du ausgerückt?« Zoë brauchte beide Hände für das Tablett und schob die Tür mit dem Fuß zu.

»Wegen Fergus natürlich. Steht da plötzlich in voller Lebensgröße in Sybils Garten! Ein ziemlich starkes Stück, Zoë, daß du aus heiterem Himmel hier mit Fergus im Schlepptau aufkreuzt!«

Zoë stellte das Tablett auf Ginas Nachtschrank und ließ sich aufs Bett fallen. »Puh, ist das heiß hier oben.«

»Deshalb sitze ich ja hier am Fenster und schnappe nach Luft wie ein Fisch«, erwiderte Gina mürrisch. »Ich dachte, nach dem Unwetter würde es sich abkühlen, aber es ist eher noch heißer. Reich mir mal das Wasserglas da rüber, ja? Ich verdurste.« Sie trank einen großen Schluck. »Ist Fergus noch unten?«

»Mmm.« Zoë sah sich träge die Bücher auf dem Regal neben dem Bett an. »Apropos Unwetter. Offenbar ist heute früh ein großer Baum umgestürzt, auf dem Dorfanger. Es wurde niemand verletzt, aber trotzdem ist das ganze Dorf aus dem Häuschen.« Sie zog ein Buch heraus. »Übrigens flirtet Fergus heftig mit deiner Sybil.«

»Er flirtet? Mit Sybil?« Gina sah sie ungläubig an.

»Richtig, er flirtet. Da unten knistert's nur so. Ein Blick auf Fergus' männlich wohlgeformte Beine – er hat Shorts an, mußt du wissen – und eine Prise des berühmten McEttrick-Charmes, und man konnte sehen, daß er sie erobert hatte. Und er hält sie für witzig, interessant und klug. Ich fühl mich dabei wie das fünfte Rad am Wagen.«

»Shorts!« rief Gina empört. »Er kommt sich anscheinend vor wie im Urlaub.«

»Er bleibt nur übers Wochenende«, sagte Zoë. »Danach muß er seine Aristokratennase wieder in seine Bücher stekken. Tut mir leid, Gina, ich hatte alles so schön geplant. Ein Dorf in der Nähe von Heartsease, allerdings nicht so nah, daß ich dir auf den Wecker falle. Ich wollte bloß verfügbar sein, wenn du mal eine Verschnaufpause von deiner adoptierten Familie brauchst. Im Ernst.«

»Ha. Und wessen Idee war es, daß Fergus mitkommt?«

»Seine«, sagte Zoë nach kurzem Nachdenken. »Ja, er hat es selbst vorgeschlagen.«

»Wie lange will er heute hierbleiben, ich meine, hier in Sybils Cottage?«

»Nach dem Mittagessen will er diesen seltsamen Pool für sie aufstellen, und es würde mich nicht wundern, wenn sie einen gemeinsamen Abend planen.«

»Ach, es ist eine Katastrophe«, sagte Gina. »Ich will nicht ewig in diesem winzigen Zimmer eingesperrt sein.«

»Mit Gürtelrose«, fügte Zoë hinzu.

»Gürtelrose? Ich habe keine Gürtelrose.«

»O doch, hast du. Wir mußten uns einen Vorwand ausdenken, warum du hier oben bist. Ein merkwürdiger Gast, der sich partout nicht blicken läßt. Gürtelrose klingt schön ansteckend. Fergus hat angeboten, dir das Tablett zu bringen, aber ich hab ihm erklärt, wie schmerzhaft Gürtelrose ist. Das wird ihn vorläufig von dir fernhalten. Du weißt ja, wie Fergus sich anstellt, wenn er krank ist.«

»Warum nicht gleich die Pest, du malst ein Kreuz an die Tür und fertig?« fragte Gina bitter.

»Na, na, nicht gleich weinen. Ich will dir bloß helfen. Ich muß schon sagen, ein sehr pikantes Buch. Gehört das dir?«

Gina warf einen Blick auf das Taschenbuch, das Zoë in die Höhe hielt. Das Cover schmückte ein schlüpfriges Bild in Grau und Rostrot. Darüber stand in dicken silbernen Lettern ›Sinnliche Spiele auf Samos‹.

»Ganz bestimmt nicht«, sagte Gina.

»Sieht nicht schlecht aus.« Zoë blätterte ein paar Seiten um. Ihre Augenbrauen schnellten in die Höhe. »Mann! Meinst du, Sybil liest dieses Zeug? Allerhand für eine Frau in ihrem Alter.«

»Nein, sie liest es nicht, sie schreibt es«, klärte Gina sie auf.

»Sie schreibt es?« Zoë war beeindruckt. »Na, Hut ab vor ihr.« Sie warf einen Blick auf den Buchrücken. »Madam Press. Von dem Verlag habe ich gehört. Der bringt von jedem dieser Titel zigtausend Exemplare an die Frau.«

»Daher die Zeichen des Wohlstands in diesem Haus«, sagte Gina.

»Hör mal, ich glaube, es ist besser, wenn ich wieder nach unten gehe und Fergus im Auge behalte. Diese Dame scheint mit allen Wassern gewaschen. Unser lieber Fergus wäre zutiefst schockiert, wenn er das hier sehen könnte.«

An der Tür blieb Zoë kurz stehen. »Ich weiß nicht, warum du Fergus nicht alles erzählst, Gina. Wäre bedeutend einfacher.«

»Er würde schrecklich böse auf mich sein. Du weißt doch, wie staatstragend er ist. Vermutlich würde er sofort losziehen und Popplewell Bescheid sagen. Und dann bin ich geliefert.«

»Ich glaube nicht, daß Fergus viel für Jung-Popplewell übrig hat«, widersprach Zoë. »Und ich weiß, daß er sich Sorgen um dich macht. Er war schon ganz nervös, weil keine Karte und kein Anruf von dir kam.«

»Pech«, sagte Gina.

In Harrys Firma ging es zu wie im Bienenstock. In seinem Büro legte er Helm, Stiefel und den Rest seiner Bikerkluft ab, als Sally erschien.

Harry hatte nichts übrig für aufgestylte junge Sekretärinnen. Er wollte eine Frau mit Haltung, Erfahrung, Sinn für Humor, ohne familiäre Probleme und Beziehungskrisen, die außerdem firm in Rechtschreibung war. Sally, eine Großmutter von zweiundfünzig Jahren, die Stil und ein Diplom in Französisch besaß, war die Antwort auf sein Flehen. Ihretwegen war Harry der Gegenstand des Neids all seiner Kollegen und Freunde.

»Eine Unterschrift«, sagte sie und legte eine Mappe auf seinen Schreibtisch. »Den Rest habe ich erledigt. Die Karten für die Ausstellung in Paris nächste Woche – wollen Sie immer noch hinfliegen?«

Harry zog ein Jackett über sein Poloshirt. »Nein«, sagte er knapp. »Im Augenblick kann ich mich nicht loseisen. Die Lage auf Heartsease ist etwas angespannt. Jaspar kann mich vertreten. Irgendwas Neues?«

Er war mehrere Tage nicht im Büro gewesen und ließ sich in solchen Fällen gern über den neuesten Klatsch unterrichten.

»Janos ist verlobt. Er will das Mädchen heiraten, mit dem er seit längerem geht. Er ist im siebten Himmel.«

Harry hob die Augenbrauen. »Was, die umwerfend exotische Kleine von irgendeinem Südsee-Atoll? Weiß sie denn, worauf sie sich einläßt, einen Ungarn zu heiraten?«

»Sie werden wunderschöne Kinder bekommen.«

Harry verzog das Gesicht. »Kinder!«

»Janos entwirft bereits das Kinderzimmer.«

»Wie reizend.« Harry sah unzufrieden seine Post durch.

»Ihr Freund William hat angerufen, ob Sie sich zum Mittagessen mit ihm treffen können.«

»Zuviel Arbeit«, erwiderte Harry. »William nervt mich nur immerzu mit Geschichten über seine Frau und seine ach so glückliche Ehe. Ich glaube ihm kein Wort. Vermutlich sperrt sie ihn abends in eine dieser schicken Kücheneinheiten, auf die sie so stolz ist.«

»Ich habe gehört, sie erwartet ein Baby«, bemerkte Sally.

»Na großartig. Dann gehe ich auf gar keinen Fall mit ihm essen, weil er sonst ununterbrochen mit Babynamen um sich schmeißt. Sehen Sie mal.« Harry warf einen dicken cremefarbenen Umschlag auf die glänzend schwarze Schreibtischplatte. »Eine Hochzeitseinladung. Eine von vielen. Ich gehe nur noch auf Hochzeiten, mein Smoking ist schon ganz verschlissen. Mr. und Mrs. Nestor ... ihre Tochter Penelope ... Du lieber Himmel, sie heiratet Esmond. Esmond! Ich kann nicht glauben, daß Esmond unter die Haube kommt.«

Schweigend verließ Sally das Zimmer und kam wenig später mit einer Tasse Kaffee zurück.

»Das brauchen Sie nicht zu tun, Sally«, sagte Harry, der immer noch die Einladung betrachtete. »Ich kann mir meinen Kaffee selbst holen.«

»Heute mache ich mal eine Ausnahme. Sie brauchen eine Stärkung. All diese freudigen Ereignisse, ob Heirat oder Schwangerschaft, waren offenbar etwas viel für Sie.«

»Und ob.« Harry ließ sich auf seinen bequemen schwarzen Ledersessel fallen. Unzufrieden drehte er sich ein paarmal hin und her. »Wenn das so weitergeht, habe ich bald keinen einzigen unverheirateten Freund mehr.«

»Es wird Sie auch noch erwischen«, sagte Sally. »Es sei denn, Sie wollen als Mittvierziger noch Junggeselle sein, und wir wissen ja, was das bedeutet.«

»Was denn?« wollte Harry wissen. »Was bedeutet es?«

»Tja«, sagte Sally. »Ein Mann, der mit vierzig noch nicht verheiratet ist oder mehr oder weniger mit einer Frau zusammenlebt, wird überhaupt nicht mehr heiraten. Oder, falls doch, wird es sehr schwierig werden.«

»Männliche Freunde, das meinen Sie doch.« Harry war eingeschnappt.

»Möglicherweise. Aber Sie haben noch reichlich Zeit.«

»Sie haben ja keine Ahnung.«

Nerina steckte ihren grünen Stachelkopf ins Zimmer. »Hallo«, sagte sie. »Dan ist weg, Zahnschmerzen. Wir haben einen Fahrer zuwenig.«

Harry sprang vom Stuhl auf. »Kümmern Sie sich darum, Sally. Ich komme heute abend noch mal rein und nehme den Papierkram mit nach Hause. Nerina, geben Sie mir meinen Helm.«

»Gareth, was bedeutet ›ennuyant‹?« fragte Lori, als er am späten Morgen in die Küche kam, um sich Kaffee zu holen.

»Langweilig, oder? So was in der Art. Schlag es doch im Wörterbuch nach. Albernes Wort, wie kommst du da plötzlich drauf?«

Gareth trug Boxershorts und einen Morgenmantel aus Baumwolle. Sein gebräunter Bauch wölbte sich leicht über dem Gummibund, als er sich bückte, um die Kaffeesahne aus dem Kühlschrank zu holen.

Lori goß ihm eine Tasse Kaffee ein. »Wegen Tara.«

»Oh, Tara.«

»Sie hat das Gästezimmer gemeint. Sie sagte, die Farben und die Vorhänge wären ›ennuyant‹.«

»Tara weiß doch meistens gar nicht, was die Wörter bedeuten, die sie benutzt.« Gareth war bereits in seine Sonntagszeitung vertieft.

»Es war aber nicht als Kompliment gemeint, oder?«

»Vermutlich nicht.« Die Überreste der Loyalität aus Kindheitstagen hielten ihn davon ab zu sagen, daß Tara Komplimente für reine Zeitverschwendung hielt. »Dir gefällt doch, wie du es hergerichtet hast?«

»Ja. Bis jetzt jedenfalls.«

»Dann würde ich an deiner Stelle nichts auf Taras Meinung geben. Wenn ihr das Zimmer nicht gefällt, kann sie ja in London bleiben.«

Gareth war nicht gut auf seine Schwester zu sprechen. Ihr Benehmen gestern beim Abendessen, fand er, war geradezu beleidigend gewesen. Da Gareth sich eines der dicksten Felle in der Branche zugelegt hatte, hätten seine Freunde und Kollegen nicht schlecht über seine Stimmung gestaunt.

Das Wildschwein war genau richtig durchgebraten gewesen, die Sauce war vollendet, die Kartoffeln schmeckten köstlich. Alles lief bestens, und Tara war zu genüßlich mit Essen beschäftigt, um viel zu sagen, als das traute Beisammensein plötzlich vom Läuten der antiken Türglocke gestört wurde.

»Wer kann das sein?« Gareth runzelte die Stirn.

»Ich mache auf«, sagte Lori und kam kurz darauf mit Don im Schlepptau zurück.

»Tut mir leid, daß ich Sie beim Essen störe.« Er lächelte liebenswürdig, jedoch ohne Verlegenheit. »Prim sagte, Sie wollten mich sprechen, Gareth. Ich kam gerade zufällig vorbei und dachte, ich melde mich bei Ihnen. Sie haben doch nichts dagegen? Mrs. Slubs hat mir erzählt, daß Sie heute abend unter sich sind.«

»Nein, nein, schön, Sie zu sehen«, sagte Gareth. »Warten Sie, ich gieße Ihnen ein Glas Wein ein.«

Don griff nach der Flasche. »Kein schlechter Tropfen.«

»Tara hat ihn ausgesucht«, sagte Lori.

Don stellte die Flasche wieder auf den Tisch. »Ja, ich nehme gern ein Glas, Gareth.«

»Nimmst du auch noch Wein, Gareth?« fragte Tara zuckersüß.

»Ja.«

»Gareth' Firma hat gerade eine Sendung über Alkoholismus abgedreht«, sagte Tara zu Don. »Über die Frage, wie viele Einheiten man pro Woche zu sich nehmen darf, und welche Kosten dem öffentlichen Gesundheitswesen durch die Folgen des Alkoholmißbrauchs entstehen.«

»Ich glaube nicht, daß ein Glas Wein gleich auf Alkoholismus schließen läßt«, sagte Gareth gereizt.

»Und eine Reihe über Fettleibigkeit, ist es nicht so?«

»Vielen Dank, Tara.«

»Einheiten«, sagte Don nachdenklich. »Merkwürdig, daß eine der großen Freuden der zivilisierten Menschheit zu einer Frage der Einheiten verkommen ist.«

Tara parierte, immer noch zuckersüß lächelnd.

»Zivilisiert?« wiederholte sie. »Heutzutage spricht man doch nicht mehr von Zivilisation. Falls Sie die westliche postindustrielle Gesellschaft meinen – kein Soziologe würde Ihnen diesen Begriff durchgehen lassen. Er impliziert, daß andere sozio-ethnische Gruppen, denen die westliche Kultur nicht aufgezwungen wurde, unzivilisiert sind.«

Don sah Tara belustigt an und hielt sein Glas gegen das Licht. »Vorzüglich«, sagte er.

»Ich glaube nicht, daß wir das jetzt vertiefen sollten, Tara«, sagte Gareth.

»Dieses Thema muß semantisch analysiert werden«, fuhr Tara unbeirrt fort. »Ohne methodologischen Ansatz ist jede Schlußfolgerung gehaltlos.«

»Gehaltlos«, wiederholte Don. »Ja, in der Tat.«

Das war schon schlimm genug gewesen. Doch Tara, die Nervensäge, hatte jede einzelne Sendung durchgehechelt, die er in den vergangenen achtzehn Monaten produziert hatte, und die ganze Zeit über hing der Vorwurf in der Luft, daß seine Beschäftigung mit schwarzen nordirischen Transvestiten, mit Schwulen in den urbanen Zentren Nordenglands und mit den Problemen depressiver jugendlicher Straftäter oberflächlich und zynisch war.

Und all dies im Beisein von Don, der es offensichtlich auch noch irrsinnig komisch fand.

»Ist es denn nicht so?« fragte Lori in einem Anflug von Grausamkeit. »Oberflächlich und zynisch, meine ich. Machst du es nicht nur deshalb, weil die Programmdirektoren es wollen?«

»Vermutlich schon«, gab Gareth zu. »Die Zuschauer wollen so was nicht sehen, das glaube ich auch, aber die da oben verschaffen sich auf diese Weise das angenehme Gefühl, daß traurige Themen ihnen mehr am Herzen liegen als allen anderen.«

»Außerdem haben positive Storys keinen Nachrichtenwert.«

»Sehr richtig, meine Liebe«, sagte Gareth ein wenig getröstet und konzentrierte sich wieder auf die schockierenden Ereignisse in Tooting. HEIMLICHE ORGIEN IN KIRCHENGEMEINDE! schrie ihm die Schlagzeile entgegen.

Wie friedlich ist dagegen das Leben in Heartwell, dachte Gareth. Hier gab es nichts Aufregenderes zu berichten als einen Disput über den Blumenschmuck für die Kirche.

»Hast du gemerkt, daß Tara ein Auge auf Don geworfen hat?« fragte Lori, während sie die letzten Teller in die Spülmaschine räumte und die Tür zuschlug.

»Tara hat schon einen Freund«, sagte Gareth zerstreut. Er war immer noch in Tooting.

»Ich wette mit dir, daß sie jetzt öfter herkommen wird.«

»Nicht an den Wochenenden, wenn die Kinder nach Hause kommen«, erwiderte Gareth. Er hatte gelacht, als Lori einmal bemerkt hatte, daß Tara trotz ihrer beflissenen Fragen nach ihren Töchtern und dem enthusiastisch bekundeten Wunsch, sie wiederzusehen, nie an den Wochenenden kam, an denen sie bei ihren Eltern waren.

Dahinter steckte natürlich Methode. Tara entfernte jedesmal den Zettel mit den Schulterminen von dem Korkbrett in der Küche und stopfte ihn in ihre Tasche. Derlei Dinge durfte man nicht dem Zufall überlassen.

Zoë klopfte an die Tür. Als Gina mißtrauisch fragte: »Wer ist da?«, steckte sie den Kopf ins Zimmer.

»Langweilst du dich?« fragte sie.

Gina sah sie nur an.

»Gute Neuigkeiten – du kannst eine Weile rauskommen. Fergus, Sybil und ich sehen uns einen Garten an.«

»Einen Garten?«

»Ja, wir wollen ein paar seltene Pflanzen studieren. Fergus

kennt sich bestens aus, was mich ziemlich überrascht, und Sybil ist ein echter Pflanzenfan, also ziehen wir los. Bleib in Hörweite des Telefons, ich rufe kurz an, um dir Bescheid zu sagen, wenn wir uns auf den Heimweg machen. Dir winken mindestens drei Stunden Freiheit.«

»Und dann kommt ihr bestimmt alle wieder her, um hier zu essen?«

»Ich fürchte ja. Ich wollte Sybil zu uns einladen, aber sie haben mich überstimmt. Ich höre den Motor aufheulen. Die Eingeborenen werden unruhig. Das bedeutet also, daß du dein Abendessen ans Bett kriegst. Hoffentlich hast du reichlich Lesestoff. Tschüs!«

Sobald der Wagen davongefahren war, stürzte Gina aus dem Zimmer. Sie war ausgesprochen gereizt, und in erster Linie, ungerechterweise, richtete sich ihr Ärger gegen Fergus.

Blöder Kerl, dachte sie, als sie in den Garten hinausging. Was wollte er eigentlich hier? Warum hatte er nicht in Oxford bleiben können? Und warum mußte er mit Sybil schöntun, statt sich um seine eigenen Angelegenheiten zu kümmern?

Drei Stunden, hatte Zoë gesagt. Was sollte sie anfangen?

Der Weinberg, entschied sie. Sie würde eine Flasche Wein als Dankeschön für Sybil erstehen. Die Zeit reichte locker, um diese Besorgung zu machen und pünktlich zu Zoës Anruf wieder zurück zu sein.

Morgen würde sie nach Heartsease Hall zurückkehren. Gott sei Dank. Zumindest hatte sie sich dort in ihrer Rolle eingerichtet. Sich auch noch hier in Heartwell verkriechen und schauspielern zu müssen war einfach zuviel, dachte sie, als sie die Straße überquerte. Sie nahm den Fußpfad, der über zwei Felder führte und schließlich mit dem Weg zum Weinberg verschmolz.

Die vergangene Nacht hatte ihre Spuren hinterlassen. Sie hatte sich nie gefürchtet, wenn sie allein auf offenem Gelände spazierenging, doch jetzt fühlte sie sich nervös. Sie schritt zügig aus, sprang über den Zaun zwischen den beiden Feldern und legte die letzten hundert Meter durch den Wald beinahe im Laufschritt zurück.

Auf dem breiten Weg war ihr bedeutend wohler, und sie ging in gemächlicherem Tempo weiter, das dem heißen, schwülen Wetter weit angemessener war. Durch den Torbogen trat sie in den Hof. Da war der Laden, und an der Tür hing ein großes Schild.

Geschlossen.

Gina stieß eine Verwünschung aus und wollte gerade wieder umkehren, als die Tür aufsprang. Nadia stand auf der Schwelle, in eine ziemlich schmuddelige blau-weiß gestreifte Schürze gehüllt, und funkelte Gina an.

»Was wollen Sie?« fragte sie.

»Eine Flasche Wein kaufen.« Gina ging auf sie zu.

»Da steht ›geschlossen‹. Können Sie nicht lesen?«

»Ich weiß, daß da geschlossen steht«, sagte Gina gereizt. »Deshalb wollte ich ja wieder gehen.«

»Ohne den Wein?«

»Dieses Gespräch ist sinnlos. Wenn geschlossen ist, dann gehe ich wieder.«

»Wohin?«

»Ich gehe in den Pub, sobald er geöffnet ist, oder ich kaufe den Wein im Dorfladen.«

»O nein, das werden Sie nicht tun. Sie können hier kaufen, bei mir. Kommen Sie, kommen Sie.«

Gina zuckte die Achseln über diesen Widersinn, zögerte kurz und betrat dann den Laden. Dort blieb sie überrascht stehen und blickte auf das Chaos ringsum.

»Was ist denn passiert?« fragte sie. »Waren das Einbrecher?«

»Einbrecher? Wieso Einbrecher? Das war ich ganz allein. Mein Mann sollte mir eigentlich helfen, aber er mußte heute an unserem Cottage arbeiten. Er hat viel Zeit verloren, weil er irgendeiner Frau aus dem Dorf dabei geholfen hat, ein Schwimmbecken zu bauen.«

»Das waren Sybil und ich«, sagte Gina. »Tut mir leid, wenn wir Ihren Mann von der Arbeit abgehalten haben. Er war sehr hilfsbereit und hat selbst angeboten zu kommen.«

»Natürlich bietet er seine Hilfe an, wenn eine hübsche Frau ihn bittet. Er sagt, er hätte der alten Frau helfen wollen, aber er hält mich ja auch für blöd. Also gefällt Ihnen mein Mann wohl, wie?«

»Ich mag Byron, ja«, erwiderte Gina.

»Nehmen Sie ihn«, rief Nadia dramatisch. »Nehmen Sie ihn! Er wird heilfroh sein, von mir wegzukommen. Ich bin ja nur seine russische Ehefrau, die ihn geheiratet hat, um einen britischen Paß zu bekommen.«

Jede Engländerin hätte sich in tödlicher Verlegenheit hastig die nächstbeste Flasche gegriffen und wäre unter betretenem Gemurmel aus dem Laden geflohen.

Doch Gina war keine Engländerin. Sie war Amerikanerin und selbst Halbrussin, und ohne sich jemals selbst so verhalten zu haben, hatte sie Verständnis für Nadias Temperament. Außerdem war sie an dem Thema Heirat wegen eines Passes brennend interessiert.

»Beruhigen Sie sich«, sagte sie. »Ich will Ihren Mann nicht. Ich kann Ihnen versichern, mein Leben ist schon kompliziert genug, ohne daß ich auch noch Byron in die Mischung rühre. Nein, fangen Sie nicht wieder an. Hören Sie, haben Sie Byron tatsächlich nur wegen des Passes geheiratet?«

Nadias Augen verdunkelten sich tragisch. Sie verwandelte sich in eine gebrochene Frau, eine Verbannte in Sibirien, einen sterbenden Schwan.

Gina blickte sie unverwandt an. »Nun?«

»Na schön, ich erzähle Ihnen die Geschichte. Mögen Sie Geschichten? Meine ist sehr gut, sie hat eine überraschende Pointe, wie alle guten Geschichten.«

15

»Meine Urgroßmutter verließ Rußland völlig überstürzt im Jahr 1917. Damals ging dort alles durcheinander wie Kraut und Rüben, wissen Sie?«

Kraut und Rüben war keine schlechte Beschreibung für die russische Revolution, fand Gina. »Ja, ich weiß«, sagte sie.

»Ihre Familie war nicht adlig, aber ihr Mann, mein Urgroßvater, der viel älter war als sie, war Kaufmann und machte oft Geschäfte in Amerika. Er sah voraus, wohin die Entwicklung steuerte. Daher ließ sie ihr Baby bei ihrer älteren Schwester und ging in die Staaten. Die Schwester und das Baby sollten nachkommen, es wurde allerdings nie etwas daraus.«

»Wie furchtbar.«

»Sie wurden nicht getötet, es war ganz und gar nicht furchtbar.«

»Nein, ich meine, daß sie von ihrem Baby getrennt wurde.«

»Ich glaube nicht, daß es ihr viel ausmachte. Sie war erst siebzehn und amüsierte sich gern, und später bekam sie noch andere Kinder.«

»Oh.«

»Ihre Schwester zog ihr Baby, meine Großmutter, zusammen mit ihren eigenen Kindern auf. Sie kamen ganz gut zurecht, das heißt, sie überlebten die dreißiger Jahre, den Krieg und so weiter. Trotz aller Schwierigkeiten gelang es Babuschka – so nannten wir sie –, mit der Familie in Kontakt zu bleiben. Sie schrieb regelmäßig an meine Mutter, und dann, als ich zehn Jahre alt war, an mich. In Englisch und Französisch, denn sie meinte, es sei gut für mich, Fremdsprachen zu lernen.«

»Französisch?«

»Ja, nach dem Krieg ging sie nach Frankreich. Sie liebte Paris, und dort lebten viele Russen. Meine Eltern sind beide Ingenieure, aber ich habe Sprachen studiert. Ich dachte immer, eines Tages werde ich nach Paris fahren und meine Urgroßmutter besuchen. Wenn man sprachbegabt war, konnte man ins Ausland geschickt werden, als Dolmetscherin von Handelsdelegationen und so weiter.«

»Und ging Ihr Wunsch in Erfüllung?«

»Man ließ nie junge Leute gehen, man traute ihnen nicht. Es wurden immer nur Olegs und Olgas um die Fünfzig geschickt, mit Plattfüßen und mit Warzen am Kinn. Damit es nicht zu unliebsamen Romanzen kam.«

»Aber Sie sind Byron begegnet.«

»Ja, und genau das ist ja so furchtbar. Da war er, sehr gutaussehend, charmant, Engländer, ziemlich schüchtern ... Ich war nicht als Dolmetscherin für seine Gruppe vorgesehen, doch es gelang mir, mit der Frau zu tauschen, die sie betreute. Sie war mit einem Arzt verheiratet und hatte einen kleinen Sohn, sie brauchte keine jungen Männer aus dem Westen kennenzulernen. Dafür gab ich ihr drei Apfelsinen.«

»Und Sie haben sich in Byron verliebt?«

»Ich wollte nach Paris fahren, um meine Urgroßmutter zu sehen. Sie war schon so alt, ich wußte, daß die Zeit drängte. Es war ungeheuer wichtig für mich, sie zu sehen. Das können Sie nicht verstehen – es war wie eine Obsession. Ich hatte all ihre Briefe aufbewahrt, und ich fühlte mich ihr näher als meiner eigenen Mutter. Ich vertraute ihr Dinge an, die ich meiner Mutter nie erzählt hätte. Und ich versprach ihr: ›Babuschka, eines Tages komme ich zu dir nach Paris.‹«

Gina überraschte all das nicht. Sie hatte endlos viele Geschichten über auseinandergerissene Familien gehört. Russen, die mehr am Leben ihrer entfernten Verwandten interessiert waren als an dem, was tagtäglich rings um sie passierte. Und für ein einsames Kind, das in schweren Zeiten heranwuchs, war der Kontakt zu einer Urgroßmutter in Frankreich wohl so etwas wie ein Fenster zu einer anderen Welt.

»Also beschloß ich, ihn zu heiraten. Ich hatte schon einen Freund, einen Russen, und wir liebten uns, liebten uns aufrichtig. Doch ich bemühte mich um Byron, wickelte ihn um den Finger und brachte ihn dazu, sich in mich zu verlieben. Ganz schön kaltblütig, nicht wahr?«

»Vermutlich hätte ich dasselbe getan«, sagte Gina in neutralem Ton. Sie merkte, daß beim geringsten Anzeichen von Kritik der nächste Wutausbruch fällig war.

»Bei den Engländern hat man so leichtes Spiel. Diese Jungen, die gute Schulen besucht haben, wissen nichts, rein gar nichts über Frauen. Sie sind völlig ahnungslos. Es gab eine Menge Theater und Probleme, aber schließlich konnten wir heiraten, und ich durfte Rußland verlassen. Die Flitterwochen verbrachten wir in Paris.«

»Und Sie haben Ihre Urgroßmutter endlich getroffen.«

Gina sah, daß in Nadias zornigen Augen Tränen glänzten.

»Nein. Sie starb eine Woche vor unserer Ankunft. Es war zu spät, selbst für die Beerdigung.«

»O je«, sagte Gina. Arme Nadia, dachte sie. Und auch armer Byron.

»Ja, armer Byron.« Nadia seufzte dramatisch.

»Hat er jemals erfahren, warum Sie ihn geheiratet haben?«

»Ja.«

»Wie?«

»Ich habe es ihm gesagt. Dort, am Grab meiner Babuschka.«

»Aha.«

»Er hat einen absurden Ehrbegriff, er wollte mich nicht verlassen. Er sagte, ich sei seine Frau, und er würde mich in einem fremden Land nicht mir selbst überlassen. Damit meinte er England.«

»Sie scheinen sich sehr gut eingelebt zu haben. Konnten Sie ihn nicht verlassen?«

»Das wünscht er sich vermutlich. Darauf hofft er.«

»Warum um alles in der Welt sind Sie dann noch zusammen?«

»Weil ich nach unserer Ankunft in England erkannte, daß ich ihn liebte. Grigorij, mein Verlobter in Rußland – pah, ich empfand überhaupt nichts mehr für ihn. Es gab nur noch Byron.«

»Und wo liegt dann das Problem? Er liebt Sie wohl nicht mehr?«

»O doch, doch! Zumindest behauptet er das«, fügte sie finster hinzu. »Er glaubt bloß nicht, daß ich ihn liebe. Was ich auch sage, er denkt, daß ich nur aus Bequemlichkeit bei ihm bleibe, oder weil er mir leid tut.«

»Was für ein Chaos.« Gina versuchte, nicht zu lachen.

»Das ist ganz und gar nicht komisch«, sagte Nadia. »Es ist sehr schlecht für unser Sexleben, das inzwischen praktisch nicht mehr existiert. Wenn ich mit ihm schlafen will, denkt er, ich tue ihm nur einen Gefallen, und – plop – es geht gar nichts mehr!«

»Eine schwierige Situation«, sagte Gina.

»Unerträglich geradezu. Unerträglich. Also, welchen Wein wollen Sie? Wenn Sie zwei Flaschen nehmen, mache ich Ihnen einen Sonderpreis.«

»Danke, ich möchte nur eine. Es soll ein Geschenk sein.«

»Nehmen Sie zwei, eine trinken Sie selbst oder zusammen mit Ihrem Liebhaber. Mit Harry vielleicht? Das macht achtzehn Pfund – kein schlechter Rabatt.«

Gina wußte, wann sie sich geschlagen geben mußte, und reichte ihr das Geld. »Die muß ich jetzt den ganzen Weg zurück schleppen.«

»Wieso? Wo ist Ihr Wagen?«

»Ich bin zu Fuß gekommen.«

»So weit ist es doch gar nicht«, meinte Nadia. »Ich gehe überallhin zu Fuß und trage noch viel schwerere Sachen. Wir können es uns nicht leisten, mit dem Wagen zu fahren. Ein bißchen Bewegung wird Ihnen guttun, und das Tragen auch. Kräftigt Ihre Muskulatur, oder nicht?«

Sie waren nur noch eineinhalb Kilometer vom Cottage entfernt, als Zoë plötzlich einfiel, daß sie ja Gina anrufen sollte. Sie saß auf dem Rücksitz zwischen einer Palme und einer ihr unbekannten Pflanze mit dunklen Blättern und angriffslustigen Stacheln eingekeilt. Sie spähte über die Palme hinweg und versuchte vorsichtig, Sybil auf sich aufmerksam zu machen.

Doch Sybil war in ein Gespräch mit Fergus vertieft, der wegen seiner langen Beine vorn saß, und merkte nichts.

Zoë schlug alle Diskretion in den Wind. »Sybil, könnten wir bitte über Heartwell und den Dorfladen fahren? Ich muß noch was besorgen.«

Sybil und Fergus, die beide auf einen Hygieneartikel für Frauen tippten, erhoben keine Einwände.

»Gina?« sagte Zoë. »Na endlich! Wo warst du, ich dachte schon, du würdest nie mehr rangehen.«

»Harry ist hier. Er sagt, mein Vater ist abgereist, und ich kann nach Heartsease Hall zurückkommen. Wie lange braucht ihr noch?«

»Etwa fünf Minuten.«

»Oh, Zoë, das kann nicht dein Ernst sein! Du hast gesagt, du würdest anrufen, wenn ihr losfahrt. Wo bist du?«

»In der Telefonzelle in Heartwell.«

»Wo sind Sybil und Fergus?«

»Im Wagen. Sie glauben, daß ich im Laden bin. Sie haben so viel zu bequatschen, daß sie gar nicht bemerkt haben, wohin ich gegangen bin.«

»Halt sie auf, solange du kannst«, sagte Gina. »Ich brauche noch Zeit, um meine Sachen zu packen.«

»Die kannst du später noch abholen«, erwiderte Zoë. »Zieh die Vorhänge in deinem Zimmer zu, dann tun wir so, als wärst du noch da und würdest schlafen.«

»Wann fährt Fergus nach Oxford zurück?«

»Morgen.«

»Na, Gott sei Dank.«

Harry fand das Ganze ungeheuer komisch, als Gina hierhin und dorthin schoß, um ihre Siebensachen einzusammeln.

»Es wäre jedenfalls nicht langweilig, mit dir verheiratet zu sein«, sagte er, als Gina ihm einen Schwung Kleider in die Arme drückte. »Man weiß nie, was du als nächstes vorhast. Passen die hier nicht noch in deine Tasche?«

»Kein Platz, die ist schon bis obenhin voll. Los, gehen wir, schnell, schnell.«

An der Ecke kam ihnen Sybils Wagen entgegen. Gina zog hastig den Kopf ein und tat so, als krame sie im Handschuhfach.

»Perfektes Timing«, sagte Harry. »Und wir kommen gerade rechtzeitig zum Tee. Ein Gurkensandwich wäre jetzt nicht schlecht.«

Bei der Ankunft in Sybils Cottage erlitt Zoë einen Schock.

»War das nicht Harry in dem Wagen, an dem wir gerade vorbeigekommen sind?« sagte Fergus zu Sybil, als er die Palme an sich nahm und Zoë beim Aussteigen half. »Harry Cordovan?«

»Ja.« Sybil war überrascht. »Kennen Sie ihn?«

»Seit frühester Kindheit«, erwiderte Fergus munter. »Ich wollte eigentlich auf Heartsease vorbeischauen, während ich hier bin, aber ich hab's bis jetzt nicht geschafft. Ich gehe morgen kurz rüber, bevor ich fahre. Alles in Ordnung, Zoë? Hast du einen Schluckauf?«

Zoë eilte ins Haus, vor Sybil, die in gemächlicherem Tempo nachfolgte und überaus belustigt wirkte. Fergus, in

Gedanken bereits wieder bei der hochkomplizierten Konstruktion im Garten, bildete das Schlußlicht.

»Wir müßten bis heute abend fertig sein«, sagte er zu Sybil. »Über Nacht kann das Wasser einlaufen, und morgen früh setze ich gleich als erstes die Pumpe für Sie in Betrieb.«

»Mit der Pumpe komme ich schon klar«, erwiderte Sybil.

»Nein, nein, ich weiß, daß Sie mit Ihrem Buch weiterkommen wollen. Ich kümmere mich darum und mache alles startklar für den Besuch Ihrer Enkel.«

»Vielen Dank.« Sybil lächelte ihn herzlich an.

Streber, dachte Zoë, die von der Küche aus zuhörte. Ihr Blick fiel auf eine Flasche Wein auf dem Tisch.

Sie las den Zettel, der am Flaschenhals befestigt war. *Liebe Sybil – danke für alles. Gruß, Gina.* Genau, stell es dahin, wo es jeder sehen kann, dachte sie. Als Fergus hereinkam, ließ sie die Flasche blitzschnell in dem Schrank unter der Spüle verschwinden.

Ein Plan, sagte sie sich. Ich brauche einen Plan. Wie soll ich nur an Gina herankommen, um sie zu warnen, bevor Fergus auf Heartsease Hall auftaucht, um hallo zu sagen?

Gina war überrascht, wie sehr sie Heartsease Hall als ihr Zuhause empfand. Der Tee wurde auf der Terrasse gereicht, im Schutz von drei riesigen Sonnenschirmen. Aimée lag hingegossen auf einem Liegestuhl im Schatten einer großen Eiche, umschwirrt von einem eleganten Verehrer. Eine Partie Krokket war im Gange. Victor, tadellos in Leinenanzug und Panamahut gekleidet, strich nachdenklich über seinen gepflegten Bart, während er einen Meisterschuß entwarf, mit dem er seien Gegner aus dem Spiel befördern könnte.

»Spiel mit Pa niemals Krocket«, sagte Harry warnend, als er sich auf einen Liegestuhl fallen ließ. »Er ist ein Killer, und solltest du ihn wider Erwarten doch schlagen, wird er es dir wochenlang nachtragen.«

»Es scheint ihm großen Spaß zu machen.« Gina beschattete mit der Hand ihre Augen.

»Ja, im Moment sind wir recht jovial«, sagte Harry. »Aber warte nur, bis ihm jemand seinen Ball wegschlägt. Unwetter ist gar kein Ausdruck für das, was dann folgt.«

»Ich dachte immer, Krocket wäre ein vornehmes, ereignisloses Spiel.«

»Irrtum.«

»Chinesischen oder indischen Tee?« Guy tauchte neben ihr auf. »Ich hoffe, Sie haben ein angenehmes Wochenende bei Sybil verbracht, Gina.«

»Danke, ja.« Gina dachte, wie wunderbar erholsam es hier war und wie anstrengend das Wochenende, das hinter ihr lag.

»Sieben Uhr, Guy?« sagte Harry, ohne die Augen zu öffnen.

»Alles klar.« Guy räumte Teller und Tassen ab.

»Wohin gehst du mit Guy?« fragte Gina.

»In den Schwulenclub.« Harry schien schon halb zu schlafen.

»*Wohin?*«

»Nach Heartsbury.«

»Ich meine, hast du wirklich Schwulenclub gesagt?«

»Ja. Höre ich da eine Spur Mißbilligung in deiner Stimme?«

»Wieso sollte ich es mißbilligen?«

Und ob ich es mißbillige! dachte Gina. Er war gerade erst mit mir im Bett, und gleich danach rennt er in den Schwulenclub. Abscheulich. Ja, ich weiß, ich dachte, ich könnte mich mit einem bisexuellen Ehemann abfinden, aber er sollte seine Amouren zumindest geheimhalten. Ausgerechnet ein Schwulenclub – nirgends geht es indiskreter zu.

»Du kannst tun und lassen, was du willst«, sagte sie kalt.

»Wie recht du hast«, erwiderte Harry gelassen.

»Ich kann mir gar nicht vorstellen, wie es in einem Schwulenclub in einer Kathedralenstadt aussieht.«

»Ein toller Laden. Und setz dir ja nicht in den Kopf, auch mitzukommen. Dann könnte ich mich da nie wieder blicken lassen. Außerdem will ich dich nicht mitnehmen.«

»Kommt mir sehr entgegen«, sagte Gina. »Ich bin nämlich nicht interessiert.«

»Ein Hauch von Homophobie?«

»Ganz und gar nicht. Ich gehe einfach nur lieber in Clubs, in denen heterosexuelle Männer verkehren.«

»Von der Sorte sind auch immer welche da. Sie wollen die Frauen abschleppen, die in den Club kommen, um Spaß zu haben, ohne von irgendwelchen Typen angemacht zu werden.«

»Klingt kompliziert«, sagte Gina steif, stellte ihre Tasse ab und stemmte sich von ihrem Liegestuhl hoch.

»Eingeschnappt?« fragte Harry.

»Fällt mir nicht im Traum ein«, sagte Gina. »Ich muß noch ein paar Briefe schreiben.«

»Falls du Georgie schreibst, richte ihr schöne Grüße von mir aus.« Harry döste wieder ein.

Männer, dachte Gina, als sie durch den Torbogen in den Obstgarten ging. Ich hasse sie.

In der Nähe gab ein Schwein ein freundliches Grunzen von sich.

»Genau«, sagte Gina.

»Ich will nicht wer weiß wie lange in diesem scheußlichen Bummelzug sitzen und dann auch noch stundenlang in irgendeinem schäbigen Bahnhof auf die Verbindung nach London warten«, sagte Tara.

Lori sprach am Telefon mit ihrer ältesten Tochter. »Einen Moment, Liebling, Tara hat etwas gesagt.« Sie legte die Hand auf die Sprechmuschel. »Du kannst nicht erwarten, daß Gareth dich bis nach Heartsbury fährt, Tara. An dem Zug ist nichts auszusetzen. Pardon, ja, neue Sportleggings? Ja, du kannst die Hausmutter bitten, sie für dich zu besorgen, aber achte darauf, daß die Hose richtig paßt. Du weißt doch, die Hausmutter denkt immer, daß man noch wächst. Nein, Liebling, die letzte mußte umgetauscht werden, sie hing dir bis auf die Knie.«

Tara schmollte, und als Gareth hereinkam, beschwerte sie

sich über die entsetzliche Reise, die ihr bevorstand, nur weil Lori dachte, daß er sie nicht nach Heartsbury bringen könne. »Es ist doch gar nicht weit, bloß etwa vierzig Kilometer. Das ist nichts. Wenn man auf dem Land lebt, ist man doch immerzu mit dem Auto unterwegs.«

Gareth ignorierte Loris heftiges Gestikulieren und dachte nach. »Lori hat ganz recht«, sagte er schließlich. »An dem Zug von Heartsease ist nichts auszusetzen. Allerdings ...«

»Und wie oft nimmst du den?« konterte Tara beleidigt.

»Das ist etwas anderes. Wie dem auch sei, diesmal bringe ich dich nach Heartsbury, weil ich dort ohnehin noch jemanden wegen einer Sendung sprechen muß.«

Lori beendete ihr Telefongespräch mit dem Versprechen, mehr Taschengeld zu schicken, und sah Gareth stirnrunzelnd an. »Heißt das, du kommst heute abend gar nicht mehr nach Hause?«

Gareth wand sich unter dem Blick seiner Frau. »Nein, vermutlich nicht.«

»Und morgen geht's gleich weiter nach London, das heißt, ich sehe dich erst am Freitag abend wieder. Wenn ich Glück habe. Na wunderbar.«

»Ach, halt die Klappe«, sagte Gareth friedlich. »Ich hab mir überlegt, morgen hierzubleiben und erst am Dienstag früh nach London zu fahren. Vielleicht komme ich sogar am Dienstag abend oder am Mittwoch zurück. Ich kann Arbeit mit nach Hause nehmen.«

Loris Gesicht hellte sich auf. »Gut. Vergiß nicht, daß am Samstag das Sportfest stattfindet.«

Gareth vergötterte seine Kinder und ging gern zu Schulveranstaltungen. Er gab immer furchtbar an und brachte die Mädchen in tödliche Verlegenheit, doch das Sportfest war für ihn einer der Höhepunkte des Jahres. »Super«, sagte er. »Hoffentlich hat diese blöde Sportlehrerin unserer Melissa im Hundertmeterlauf eine anständige Plazierung gegeben, und es stolpern keine Idioten mit zwei linken Füßen über die Aschenbahn, so wie im letzten Jahr.«

Tara verzog sich in die Küche, um sich ein ansehnliches Freßpaket zu schnüren. Einen Teil für den Zug, einen Teil als Stärkung für Zuhause und einen Teil für die Kühltruhe. Man muß sehen, wo man bleibt, sagte sie sich.

Zoë hatte das starke Gefühl, daß man einen heißen Juninachmittag auf angenehmere Art verbringen konnte, als in einem Planschbecken für Kinder zu hocken und Plastikfalten auszubügeln.

»Das Wasser ist kalt«, teilte sie Fergus mit. »Und warum muß ich hier auf Händen und Knien schuften, während du es dir auf trockenem Boden gutgehen läßt?«

»Es ist wichtig, die Einfassung zu überprüfen«, sagte Fergus. »Und es ist wesentlich, daß wir sämtliche Falten beseitigen.«

»›Wir‹?« fragte Zoë spitz. »Interessante Wahl des Pronomens.«

»Ich lese gerade die Bedienungsanleitung, um herauszufinden, was wir noch tun müssen.«

»Und ich tue es.«

»Die Bewegung tut dir gut.«

»Das hier ist keine Bewegung, sondern Folter.«

»Wir wollen Sybil doch helfen. Und was würdest du tun, wenn du nicht arbeiten müßtest? Auf der Hollywoodschaukel liegen und ein Buch lesen.«

»Eine paradiesische Vorstellung«, sagte Zoë ärgerlich, während sie eine besonders widerspenstige Falte platthämmerte.

Fergus verlegte sich auf Bestechung. »Wenn wir das hier fertighaben, spendiere ich dir ein Glas im Bunch of Grapes.«

»Du wirst mir mehr als ein Glas spendieren müssen, Fergus McEttrick«, erklärte Zoë finster.

Wilf empfing die beiden wie alte Freunde. »Wie ich sehe, waren Sie in der Sonne«, sagte er zu Zoë. »Ein Sonnenbad genommen?«

»Eigentlich nicht, nein«, erwiderte Zoë.

Fergus zog sie mit in den Garten, bevor sie anfangen konnte zu lamentieren, und stellte sie mit einem kühlen Getränk ruhig.

»Schade, daß Gina nicht rüberkommen kann«, sagte Zoë in einem unbedachten Moment.

»Wäre schwierig, jetzt, wo sie in Amerika ist.«

»Was? O ja, natürlich. Ich meinte, es wäre schön, wenn Gina nicht in Amerika wäre, sondern hier bei uns. In Heartset, meine ich. In England. Statt in Amerika. Wo sie jetzt ist.«

»Iß lieber ein paar Nüsse«, sagte Fergus. »Offenbar ist dir der Alkohol zu Kopf gestiegen, weil du kaum was gegessen hast. Das ist nicht gut für dich.« Nachdenklich zerbiß er eine Cashew-Nuß. »Ich mache mir Sorgen um Gina.«

Zoë zuckte zusammen und verschüttete etwas von ihrem Getränk auf ihr Bein. »Wie ungeschickt von mir.« Sie tupfte es ab. »Warum machst du dir Sorgen?«

»Ich wüßte gern, wo sie ist. Sie hätte sich doch inzwischen melden müssen. Das paßt gar nicht zu ihr. Ich bin davon ausgegangen, daß sie uns ihre Adresse mitteilt. Und wie sollen wir ihr in Sachen Arbeitserlaubnis und Visum helfen, wenn wir nicht wissen, wo sie steckt? Sie kann weiß Gott wo sein. In New York, Kalifornien, Mexiko ... Interessiert dich das denn gar nicht? Ich dachte, sie wäre deine Freundin. Sie könnte sogar schon wieder in England sein.«

Zoë holte tief Luft. »In England? Also, das ist doch wohl unmöglich. Wie sollte sie ohne Visum wieder nach England einreisen können?«

»Nein, schon gut, ich weiß, sie ist in Amerika. Nur – wenn ich nicht wüßte, daß sie nicht hier sein kann, hätte ich geschworen, daß ich sie heute mit Harry Cordovan im Wagen gesehen habe.«

Zoë dachte fieberhaft nach. »Das war bestimmt Matilda.«

»Matilda?«

»Matilda Fotheringay«, sagte Zoë bestimmt. »Sybil hat mir von ihr erzählt. Dunkle Augen, dunkle Haut, spanische Vorfahren. Gina sehr ähnlich, nehme ich an. Lockige Haare. Du weißt schon.«

»Kennst du diese Matilda?«

»Kennen ist zuviel gesagt, aber die Beschreibung erinnert einen schon an Gina, oder nicht? Wär das schön, wenn sie hier bei uns sitzen könnte. Na egal. Bestimmt hat sie jede Menge Spaß, findet haufenweise neue Freunde, entdeckt Amerika neu, ist jeden Abend unterwegs.«

»Hmm«, machte Fergus. Begeistert klang es nicht.

Don verbrachte den Sonntag abend, wie es ihm am besten gefiel – entspannt, mit einem guten Wein in Reichweite und in weiblicher Gesellschaft. Es war nur eine Frau heute, ein kleiner Wermutstropfen, da Don gern viele Leute um sich hatte, aber er konnte sich nicht beklagen. Er saß faul auf der Veranda seines Hauses, nackt, rosig und ungemein zufrieden.

Nicky war ebenfalls befriedigt, jedoch von Zweifeln und Gewissensbissen erfüllt, die Don fremd waren.

»Liebst du mich?« fragte sie hoffnungsvoll und ließ ein paar Tropfen von dem kalten Wein über Dons Bauch rollen.

»Mmm«, machte Don nur. Er legte sich nie fest.

»Ich habe mir ein tolles Kleid für den Ball gekauft«, wagte Nicky sich vor, während sie sich an ihn lehnte.

Er pflückte eine Weinbeere von der Traube in der Silberschüssel, die neben ihm stand, und steckte sie in ihren Mund.

»Aimées Party, ja, natürlich. Die hatte ich schon ganz vergessen.«

Nicky drehte sich zu ihm um. »Don, bei dir sollen vier Leute übernachten. Hattest du das auch vergessen?«

»Vermutlich. Hoffentlich nette Leute.«

»Vermutlich«, sagte Nicky.

»Sinnliche junge Frauen aus Aimées Bekanntenkreis?« fragte Don erwartungsvoll.

»Das würde dir wohl gefallen, wie?«

»Immer.«

»Woran denkst du?« fragte Nicky nach einer Weile.

»An die Weinstöcke.«

»Ist mal was anderes.« Nicky seufzte.

»Sie brauchen Regen. Ich muß mit Prim reden, was sie über den weiteren Verlauf des Sommers denkt.«

Erneut trat eine angenehme Pause ein. Nicky begann sich gerade zu entspannen, als Don sich nachdenklich über den Kopf strich und ihre friedliche Stimmung zerstörte.

»Ich werde Tara – wie heißt sie noch gleich mit Nachnamen? Die Frau, die in Heartwell House zu Besuch ist? Ich werde sie zum Ball einladen. Am besten schickst du ihr eine Einladungskarte. Oder schreib sie mit auf meine.«

Nicky konnte es nicht fassen. In ihren Augen brannten Tränen, als sie sich brüsk aufrichtete und ihr Weinglas umstieß.

»Welch eine Verschwendung«, sagte Don.

»Du Mistkerl!« Nickys rotes Haar leuchtete wie eine Aureole, als die letzten Sonnenstrahlen darauf fielen.

»Sie amüsiert mich«, sagte Don ungerührt.

»Und ich nicht?«

»Immerzu. Aber dich kenne ich schon so gut, und der Reiz des Neuen zählt auch. Außerdem wirst du auf dem Ball mit organisatorischem Kram beschäftigt sein. Man braucht doch eine Partnerin auf solchen Festen, meinst du nicht auch? Wenn du auch einen Partner ganz für dich willst, könntest du Roger einladen.«

»Roger? Meinen Mann?«

»Ich glaube, er wäre begeistert. Natürlich könnte er auch auf die Idee kommen, selbst eine Partnerin mitzubringen, nur um alles noch komplizierter zu machen. Ich habe Gerüchte über ein entzückendes Mädchen aus Corda Episcopi gehört.«

Nicky nahm Dons Glas und schleuderte ihm den Inhalt ins Gesicht. Er wandte den Kopf leicht zur Seite, so daß ihn nur wenige Tropfen trafen.

»Aber, aber, wer wird denn gleich in die Luft gehen«, sagte er. »Weißt du eigentlich, daß das Leben wahnsinnig amüsant ist? Ich höre nie auf, über die köstliche Komödie zu staunen, die sich unaufhörlich rings um uns abspielt. Du gehst doch nicht schon, Nicky? Ich dachte, wir könnten zu Federico's fahren und gemütlich zusammen essen. Nein, nein, sag's nicht, sonst will ich nachher doch lieber allein essen.«

16

Gareth bahnte sich den Weg durch das Gewühl am Tresen und steuerte auf den kleinen Tisch zu, an dem Harry saß und entspannt die Leute auf der Tanzfläche beobachtete.

»Darf ich mich zu Ihnen setzen?« Gareth wartete die Antwort nicht ab. Er holte sich einen Stuhl und nahm Platz. Seine Weinschorle stellte er vor sich auf den Tisch.

Harry hob fragend die Brauen.

»Gareth Mowbray. Ein Nachbar von Ihnen. Ich wohne in Heartwell House.«

Harry streckte ihm die Hand hin, was Gareth durcheinanderbrachte und Harry einen Vorteil verschaffte.

»Natürlich. Wir sind uns nie begegnet, aber ich weiß, wer Sie sind.« Harry lehnte sich wieder zurück und überließ es Gareth, ein Gespräch anzuknüpfen.

»Ich will Sie nicht anmachen.«

»Bestimmt nicht«, erwiderte Harry höflich. »Und selbst wenn Sie es wollten, würden Sie nichts damit erreichen. Sie sind nicht mein Typ.«

Gareth folgte seinem Blick. »Ist das Ihr Freund?« fragte er und zeigte auf Guy. »Sieht klasse aus.«

»Er ist ein Freund, aber genaugenommen nicht *mein* Freund, nein. Und ja, er sieht klasse aus, wie Sie sagen.«

»Wer ist er?«

»Interessiert? Ich glaube, sein Typ sind Sie ebenfalls nicht.«

Gareth musterte Guy eingehend. »Ich bin nicht schwul«, bemerkte er. »Ein gutes Gesicht, super geeignet für die Kamera.«

»Sagen Sie jetzt bloß nicht, Sie wären Filmregisseur auf Talentsuche. Ein ziemlich alter Spruch, meinen Sie nicht?«

Gareth überhörte Harrys verächtlichen Ton. »Fernsehproduzent«, sagte er. »Nicht Film. Wissen Sie, was der junge Mann beruflich macht?«

»Um Geld zu verdienen? Er arbeitet für uns.«

»Für ›uns‹? Sie betreiben doch einen Kurierdienst, nicht wahr? Oder waren es Modems und solche Dinge?«

»Beides.«

Gareth wirkte enttäuscht. »Demnach ist er ein Computerfreak? Oder ein Biker?«

»Weder noch. Wenn ich sage, er arbeitet für uns, meine ich meine Familie. Auf Heartsease Hall.«

»Als Koch? Kann er kochen?«

»Woher das Interesse? Suchen Sie einen Koch? Ich glaube nicht, daß Guy wegen einer ähnlichen Stellung Heartsease Hall verlassen würde. Er hat vor, zu gegebenem Zeitpunkt ein eigenes Hotel zu eröffnen.«

»Also hat er eine entsprechende Ausbildung und kennt sich in der Küche aus?«

»Das ist ein Teil seiner Arbeit, ja.«

Gareth leerte sein Glas und beäugte sehnsüchtig die Champagnerflasche.

»Was möchten Sie trinken?« fragte Harry. »Ein Glas Champagner?«

»Würde ich gern, aber ich kann es nicht riskieren. Ich habe schon zu viele Punkte kassiert, ich muß extrem vorsichtig sein. Lieber bleibe ich bei Wein und Wasser.«

Er stemmte sich vom Stuhl hoch und zwängte sich zur Bar durch, um sich nachschenken zu lassen.

»Viel Betrieb hier heute abend«, sagte er, als er zum Tisch zurückkam. »Ist es hier sonntags abends immer so?«

»Es ist wohl an den meisten Abenden ziemlich voll. Sind Sie das erste Mal hier?«

»Ja. Nicht ganz meine Szene, obwohl ich zugeben muß, daß mir die Atmosphäre gefällt. Wir planen eine Sendereihe zur Clubszene in der Provinz. Dieser Schuppen hier ist nichts für uns. Zu zivilisiert, die Leute haben Spaß. Kein Konflikt zu sehen, nichts Spektakuläres. Das zieht nicht bei den Zuschauern.«

»Da kommt Guy.«

Guy setzte sich auf seinen Platz und warf Gareth einen mißtrauischen Blick zu. »Keiner von uns«, stellte er fest. »Warum sind Sie hier?«

»Gareth ist Fernsehproduzent«, erklärte Harry. »Sucht neue Talente.«

Gareth wartete auf das plötzlich erwachende Interesse, das Funkeln in den Augen, das Aufflackern von Hoffnung. *Ich? Vielleicht im Fernsehen?* Die Schüchternheit, die verhaltene Selbstdarstellung.

Nichts.

Nichts?

»Aha«, sagte Guy ohne eine Spur von Interesse. »Was für Sendungen produzieren Sie?«

»Meine jüngste Produktion wurde gerade ausgestrahlt: ›Das Tier in dir‹. Bestialität. Ist auf große Resonanz gestoßen.«

Guy wirkte abgestoßen. »Also Schweinkram«, sagte er.

Schweinkram? So hatte noch keiner seine Sendungen genannt.

»Ziemlich heiße Sache«, sagte Gareth beleidigt. »Massenhaft Proteste aus der Provinz.«

»Selber schuld, wer sich so was ansieht«, sagte Guy naserümpfend. »Ich würde nicht im Traum daran denken, so einen Müll einzuschalten.«

»Vermutlich mögen Sie Komödien und Dokumentarfilme über Tiere in der Wildnis?«

»Ich mag Sendungen nicht, die darauf angelegt sind, mich an den Menschen zweifeln zu lassen. Alles klar?« Guy wandte sich den Tänzern zu.

Gareth probierte es mit einer anderen Strategie. »Sie stehen dem allgemeinen Geschmack vielleicht näher, als

Sie denken. Es gibt Hinweise darauf, daß ungeschminkte, realistische Sendungen mittlerweile nicht mehr so gefragt sind.«

»War das denn jemals so?« fragte Harry. »Gibt es Leute, die sich bewußt dafür entscheiden, gelangweilt oder angeekelt zu sein?«

»Unser Ziel ist es zu informieren.«

»Nein, Ihr Ziel ist es, Geld zu verdienen«, konterte Harry fröhlich. »Und jetzt sind wohl mal wieder die Schwulenclubs an der Reihe, wie?«

Gareth runzelte die Stirn. »Unter anderem, ja. Aber ich spüre – ich habe immer den Finger am Puls der Öffentlichkeit, müssen Sie wissen – ich spüre, daß ein Stimmungsumschwung bevorsteht. Ich ziehe ernsthaft eine intellektuellere Schiene in Erwägung.« Er beugte sich vertraulich vor, als ginge es um Staatsgeheimnisse. »Eigentlich bin ich auf der Suche nach einem Historiker. Als Aushängeschild für eine Sendereihe. Einen Wissenschaftler. Wir brauchen einen bekannten Namen, aber er muß auch auf dem Bildschirm rüberkommen. Jemand mit einer Prise Aggressivität. Die Zuschauer stehen auf Provokation, eine Spur Gehässigkeit. Das bringt sie in Schwung.«

»Verstehe«, sagte Harry.

»Außerdem planen wir ein tolles Kochmagazin. Unser Aushängeschild wird einer der führenden zornigen jungen Küchenchefs sein. Die konventionellen Kochsendungen werden in der Luft zerrissen – nichts da mit den üblichen Nettigkeiten und hübsch vorgeschnipselten Zutaten. Wir peilen einen ganz neuen Typ Sendung an.«

»Ach ja?«

»Der Junge da sieht nett aus.« Guy hatte kein Wort von dem gehört, was Gareth sagte. Er beobachtete einen der Tänzer. »Wirklich gut drauf.«

»Wie gehen Sie mit der Aidsgefahr um?« fragte Gareth.

Guy war pikiert. »Es ist nicht meine Art, Intimitäten mit Heteros auszutauschen, die hier reinspaziert kommen und sich an meinen Tisch pflanzen. Mein Sexleben geht nur mich was an.«

»Sehen Sie?« sagte Gareth zu Harry. »Dieser Blick auf dem Bildschirm, das würde einschlagen wie eine Bombe. Sigismund – der Küchenchef – würde Guy anpflaumen, und Guy, mit diesem Blick ...«

»Wie bitte?« sagte Guy.

»Eine neue Sendereihe. Hören Sie, besuchen Sie mich doch mal irgendwann. Ich glaube, wir könnten ins Geschäft kommen. Natürlich kann ich nichts versprechen, die Entscheidung liegt nicht allein bei mir. Eine Menge Leute aus der Gastronomieszene würden ihr Leben dafür geben, um da zum Zug zu kommen. Aber ich denke, Sie könnten genau der Richtige sein, ja, das denke ich wirklich.«

Guy starrte ihn an. »Wollen Sie damit sagen, daß Sie mich ins Fernsehen bringen wollen?«

Man mußte nur Geduld haben: ungläubiges Staunen, Dankbarkeit, Entzücken.

»In diesem Kochmagazin, von dem Sie gerade gesprochen haben?«

»Korrekt.«

»Also wirklich!« Guy war stinksauer. »Das ist das Vulgärste, was ich je gehört habe. Wofür halten Sie mich eigentlich?«

Er stand auf.

»Wohin wollen Sie?« fragte Gareth perplex.

»Tanzen«, sagte Guy.

»Kommen Sie zurück? Wir müssen unsere Unterhaltung fortsetzen.«

»Ich komme zurück«, sagte Guy spitz, »wenn Sie gegangen sind.«

Stirnrunzelnd sah Phil, der Ladenbesitzer, Sybil nach, die den Anger überquerte. Er war so vertieft in ihren Anblick, daß der Pfarrer, der seine Zeitung bezahlen wollte, ihn am Arm berühren mußte.

»Pardon, ich war mit meinen Gedanken woanders.«

»Nett, daß Sybil wieder da ist, meinen Sie nicht auch?« Der Pfarrer freute sich aufrichtig.

»Nett ist nicht unbedingt das Wort, das ich benutzen würde, nein, Hochwürden«, sagte der Kaufmann und knallte trotzig die Kasse zu. »Gefährlich, das ist diese Frau, und es war ein schwarzer Tag für das Dorf, als sie hier auftauchte. Ich behaupte nicht, daß sie ihre Nase in Angelegenheiten steckt, die man lieber ruhen lassen sollte, weil sie nicht herumschnüffelt, o nein, sie scheint einfach so alles zu wissen.«

»Ja, sie hört das Gras wachsen«, gab der Pfarrer zu. »Aber alle Frauen im Dorf klatschen gern. Es ist Teil der menschlichen Natur.«

»Es gibt Klatsch und es gibt Leute wie sie, die zuviel wissen. Das ist was ganz anderes. Ich staune, daß Sie ihr überhaupt noch guten Tag sagen. Früher hätte man so eine auf dem Scheiterhaufen verbrannt.« Und so schlecht wär das nicht, fügte er im stillen hinzu.

»Na, na, Sie wissen doch ebensogut wie ich, daß die Hexen der damaligen Zeit nur Frauen waren, die sich im Dorf unbeliebt gemacht hatten. Wir leben Gott sei Dank in aufgeklärten Zeiten, obschon man sich das immer wieder ins Gedächtnis rufen muß, wenn man tagtäglich diese Horrormeldungen im Fernsehen hört. Wir schlagen niemandem den Kopf ab, wir hängen keine Kinder auf, und wir verbrennen keine Hexen.«

Phil war nicht überzeugt. Der Pfarrer erkannte an seiner Miene, daß der Kaufmann dachte, ab und zu ein rollender Kopf oder eine brennende Hexe wären bestimmt nicht verkehrt.

Sybil ging ihres Weges und kam an einer Gruppe alberner halbwüchsiger Mädchen vorbei, die plötzlich aufhörten zu kichern und sie argwöhnisch musterten.

»Einen wunderschönen guten Morgen«, sagte Sybil. »Und gestern war es eine wunderschöne Nacht, nicht wahr, Jakkie?«

»Es gab doch ein Gewitter«, sagte das mutigste der drei Mädchen.

»Jackies Gewitter war von anderer Art, nicht wahr, Jackie? Sie ist vor dem Sturm in den Heuschober geflüchtet. Nein, wie ungezogen – zusammen mit dem Dad von ihrem Bob! Er muß doch mindestens vierzig sein.«

Jackie wurde feuerrot. »Ich hab nicht … Woher wollen Sie wissen, was ich gemacht habe? Sie Spanner!«

»Ich bin kein Spanner, ganz gewiß nicht«, entgegnete Sybil. »Aber es war ein dicker Fehler, Jackie, diese Nacht im Heu wirst du noch bereuen. Was willst du tun, wenn du schwanger geworden bist – etwa Bob vorlügen, das Baby wäre von ihm? Zu ihm und seinem Dad auf die Farm ziehen und von einem Bett ins andere springen?«

»Ich hasse Sie!«

»Nein, das tust du nicht, du kannst es bloß nicht ertragen, der Wahrheit ins Gesicht zu sehen. Geh zu Dr. Cordovan in die Klinik und sag ihr, ich hätte dich geschickt, sie soll dir die ›Pille danach‹ geben.«

Jackie kreischte auf. »Ich nehme keine von diesen Pillen.«

Ihre beherzte Freundin sah sie geringschätzig an. »Das solltest du aber tun, Jackie, wenn es stimmt, was die Frau sagt. Ich weiß nicht, wie du so was tun konntest! Bob ist so ein süßer Junge, und sein Dad ist ein richtiger alter Schmutzfink.«

»Du hast gut reden! Bob will es nie mit mir tun.«

»Er weiß eben, was für eine du bist. Na los, Jackie, ab in die Klinik mit dir.« Sie warf Sybil einen unfreundlichen Blick zu und schleifte Jackie zusammen mit dem dritten Mädchen zur Bushaltestelle.

Wilf vom Bunch of Grapes in Heartsbane sah Sybil draußen auf der Straße. Er stellte das Glas ab, das er gerade poliert hatte, und rief Madge zu, sie solle den guten italienischen Kaffee holen.

Madge erschien neben ihm am Tresen, um die Kaffeemaschine einzuschalten.

Wilf und Madge akzeptierten Sybil so, wie sie war. Sie schien zu wissen, daß Wilf in seiner Steuererklärung nicht ganz ehrlich gewesen war. Na und? Wilf ließ sich deshalb keine grauen Haare wachsen, und Sybil hatte bestimmt nicht vor, dem Finanzamt einen Besuch abzustatten.

Über diese Idee hatte Sybil nur gelacht. »Das geht mich doch gar nichts an, Wilf. Keine Angst, ich hab nicht viel übrig für Bürokraten.«

»Ich möchte nicht der Finanzbeamte sein, der ihr die Steuern aus der Tasche ziehen soll«, hatte Wilf damals bemerkt. »Aber sie muß bestimmt einiges bezahlen. Trotzdem frag ich mich, wie sie ihren Lebensstandard finanziert. Ich glaub nicht, daß man mit Schriftstellerei soviel Geld verdienen kann, und sie ist ja keine von diesen berühmten Krimi-Ladys, die immer im Fernsehen gezeigt werden.«

»Phil behauptet ja, daß sie von Erpressung lebt. Sie weiß zuviel, und die Leute bezahlen sie, damit sie den Mund hält.«

»Phil hat seine eigenen Probleme«, erwiderte Wilf geheimnisvoll. »Vielleicht kriegt sie Prozente von den Immobilienmaklern. Jeder weiß, daß so mancher wegzieht, wenn sie ihn sich zur Brust genommen hat.«

»Mir egal«, sagte Madge gelassen. »Es sind doch meistens die Leute, die wir hier gar nicht wollen. Ich freu mich schon drauf, diesen verkommenen Godfrey von hinten zu sehen.«

Wilf ging zur Tür, als Sybil hereinkam. »Guten Morgen. Schön, daß Sie wieder da sind. Kaffee? Drinnen oder an einem hübschen schattigen Plätzchen im Garten? Wieder mal ein herrlicher Tag heute.«

»Ich will mich hier mit einem jungen Freund treffen«, erklärte Sybil. »Ist er draußen?«

»Groß und dunkel? Ja, er ist da, und ich bringe Ihnen auch gleich den Kaffee.«

Fergus saß in dem warmen, schattigen Garten und trank zufrieden seinen Kaffee. Als Sybil kam, sprang er auf und holte einen Stuhl für sie. Dann setzte er sich wieder, faltete seine

Zeitung zusammen und lächelte Sybil an. Er mochte sie, ihre zupackende Art und ihre Schlagfertigkeit, aus der ihre Intelligenz sprach.

»Sie haben die Nase Ihres Großvaters«, bemerkte Sybil unerwartet. »Eindrucksvoll, aber ein männliches Model werden Sie nie.«

Wilf kam aus dem Pub. Er brachte ein Tablett mit Sybils Kaffee und Keksen.

»Dies ist Fergus McEttrick, Wilf«, sagte Sybil. »Er wohnt im Augenblick in Kingfisher Cottage.«

Wilf streckte ihm seine kräftige Hand hin.

»Ein Freund von Ihnen?« fragte er.

»Ich habe mit seiner Mutter zusammen die Schule besucht, aber als ich ihn das letztemal gesehen habe, war er noch ein Baby. Er stand in seinem Kinderbettchen«, sagte Sybil, »splitternackt, und pinkelte seine Kinderfrau an.«

Fergus staunte. »Sie haben mir gar nicht gesagt, daß Sie meine Mutter kannten.«

»Es gibt einiges, was ich den Leuten nicht erzähle«, sagte Sybil geheimnisvoll. »Sie hatten früher furchtbare Wutanfälle«, fuhr sie fort, während sie sich Kaffee eingoß.

»Wie peinlich.« Fergus wurde rot.

Nachdenklich sah Sybil ihn an. »Wissen Sie, trotz der Nase sind Sie Ihrer Mutter sehr ähnlich.«

»Die meisten Menschen finden, daß ich meinem Vater nachschlage.«

»Ich spreche nicht von Ihrer äußeren Erscheinung«, sagte Sybil. »Obgleich es kein Drama ist, daß Sie Ihrem Vater nachschlagen. Er war immer ein sehr attraktiver Mann. Nein, Sie ähneln Ihrer Mutter vom Wesen her. Sie ist eine sehr mutige und unternehmungslustige Frau.«

Fergus liebte seine Mutter, doch mit diesen Worten hätte er sie nicht umschrieben. Auf ihn wirkte sie wie eine durch und durch konventionelle, mit ihren häuslichen Pflichten ausgelastete Frau, die das Geld zusammenhielt. Eine fleißige, liebevolle und entschlossene Mutter.

Sybil tunkte einen Keks in ihren Kaffee. »Ich weiß noch, wie sie nach Peru ging, weil ein junger Mann, den sie auf einer Tanzveranstaltung kennengelernt hatte, dort arbeitete. Und als sie ankam, gelangte sie zu dem Schluß, daß er doch kein so feiner Mensch war, wie sie gedacht hatte.«

Fergus sah erschrocken aus. »Hören Sie …«, begann er.

»Doch sie fand jede Menge anderer liebenswerter Männer«, fuhr Sybil fort.

»Meine Mutter?« sagte Fergus. »Sie müssen sie mit jemandem verwechseln.«

»Spricht sie denn nie von dieser Zeit? Fragen Sie sie mal danach. Erinnern Sie sie an Raimondo.«

Fergus' Verblüffung wuchs.

»Ich weiß, daß meine Mutter als junge Frau in Südamerika war«, sagte er steif. »Sie lebte bei Verwandten auf einer Ranch, glaube ich.«

»Sie tat nichts dergleichen«, sagte Sybil mit einem Lachen, das Fergus nur als anzüglich bezeichnen konnte. »Und als sie in Peru genug Unruhe gestiftet hatte, ging sie in die Staaten. Sie reiste illegal über die mexikanische Grenze ein. Dort entschied sie, daß sie mehr Bildung brauchte, und besuchte das College. Sie biß sich durch, mit dieser enormen Willenskraft, über die sie immer schon verfügt hat. Sobald sie sich etwas in den Kopf gesetzt hatte, gab's kein Wenn und Aber. Nichts konnte sie aufhalten.«

»*Meine* Mutter?«

»Diese Abenteuer in Amerika! Sie genoß jede Minute, hat sie mir später erzählt, sogar wenn sie pleite war und absolut nicht mehr weiter wußte.«

»Ich wußte, daß sie in Amerika war«, sagte Fergus skeptisch. »Aber soweit ich gehört habe, war es ein ganz normaler Aufenthalt.«

»Was heißt schon normal?« Sybil zuckte die Achseln. »Sie trinken Ihren Kaffee ja gar nicht«, fügte sie freundlich hinzu. »Er wird kalt.«

Fergus griff nach seiner Tasse und stellte sie wieder hin, als Sybil weitererzählte.

»Dort begegnete sie auch Ihrem Vater. Er war sehr entschlossen und folgte ihr durch fünf Bundesstaaten, um ihr den Hof zu machen. Er war nach Amerika gegangen, um mal von seiner spießigen Familie wegzukommen. Nur gut, daß er diesen Plan in die Tat umsetzte, weil er drüben nämlich eine Stange Geld machte. Die Familie hätte den Besitz ohne das Geld, das Ihr Vater in den USA verdiente, niemals halten können.«

»Geld? In Amerika? Mein Vater?«

»Sprechen Sie denn nie mit Ihren Eltern?«

Fergus dachte kurz nach. »Doch, aber von all dem haben sie nie was erwähnt. Sind Sie sicher, daß es so war?«

»Wieso sollte ich es erfinden?« fragte Sybil.

Fergus schwirrte der Kopf von den vielen Enthüllungen über seine scheinbar so gesetzten Eltern.

»Und was ist mit Ihnen, Fergus? Sie sind genau in dem Alter, in dem Ihre Eltern waren, als sie fortgingen. Und Sie sitzen immer noch in Oxford fest.«

»Ich promoviere.«

»Wie langweilig«, sagte Sybil. »Und was dann?«

»Wenn ich meinen Doktor habe? Dann suche ich mir vermutlich einen Job in London.«

»Wollen Sie nicht mal Ihre Muskeln spielen lassen, Fergus? Die Flügel ausbreiten?«

»Ich werde sehr bald heiraten«, sagte Fergus abwehrend.

»Wen denn?«

»Ein Mädchen namens Charlotte. Wir sind seit einer Weile zusammen.«

»Und Sie sind verrückt nacheinander?«

Fergus sah sie entgeistert an.

»So würde ich es nicht unbedingt ausdrücken. Charlotte ist nicht der stürmische Typ.«

Sybil mußte lachen. »Ach, mein lieber Junge, ein kleiner Sturm ist genau das, was Sie brauchen. Ich finde, es wird höchste Zeit, daß Sie mal richtig durchgepustet werden. Wir müssen nur noch das passende Windrad für Sie finden, meinen Sie nicht auch?«

Fergus fiel keine Antwort ein.

Auf Heartsease Hall stritt Zoë mit Gina. »Ist doch lächerlich, dieses Mantel-und-Degen-Spielchen, es ist doch bloß Fergus. Er würde dich nie im Stich lassen.«

Gina blieb fest. »Er würde es nicht gutheißen. Er würde seine Aristokratennase rümpfen, den Kopf schütteln und ts, ts sagen, auf diese typisch englische Art. Nein, ich muß ihm nur aus dem Weg gehen, solange er hier ist. Dieses Haus ist ja wohl groß genug.«

»Sehr groß«, pflichtete Zoë ihr bei, die es viel Mühe gekostet hatte, sich ins Haus zu schleichen, um Gina zu warnen.

Esme hatte sie als erste entdeckt. Sie twistete gerade zu Verdi-Klängen.

»Hey, wer bist du denn?« fragte sie und nahm ihre Kopfhörer ab.

Zoë beschloß, die Karten offen auf den Tisch zu legen. »Ich suche Gina.«

Dann stieß Guy zu ihnen, der seine hochnäsigste Miene aufgesetzt hatte. »Gäste der Familie benutzen den Haupteingang. Sie schleichen sich nicht zur Hintertür.«

»Ich schleiche nicht«, verwahrte sich Zoë. »Und ich habe gute Gründe, warum ich Gina unter vier Augen sprechen muß, ohne daß mich jemand sieht.«

»Was für Gründe?« Guy verschränkte die Arme und sah, wie Zoë fand, umwerfend aus.

»Das ist meine Angelegenheit.«

»In diesem Fall können Sie Ihre Angelegenheiten anderswo hintragen.«

Zoë verlor allmählich die Geduld. »Hören Sie, wer immer Sie sind, Gina wird sehr aufgebracht sein, wenn sie erfährt, wie wenig hilfsbereit Sie waren.«

»Mich persönlich kümmert es nicht, ob Gina aufgebracht

ist oder nicht«, entgegnete Guy. »Die Familie hat mich eingestellt, und zu meiner Arbeit gehört es unter anderem, unerwünschte Personen aus dem Haus zu befördern.«

Esme hatte Zoë nachdenklich angesehen. »Laß den Quatsch, Guy. Du denkst ja bloß, daß sie eine von Victors Püppchen ist.«

»Victors Püppchen! Esme, das geht wirklich zu weit.«

»Ach, hör schon auf«, sagte Esme. »Wer sie auch ist, sie hat keine Bombe im Gepäck, und sie sieht nicht wie eine Psychopathin aus, also laß sie rein. Komm mit.« Sie drängte Guy mühelos ab. »Ich bring dich zu Gina.«

»Mann, das ist vielleicht ein Paar!« Zoë ließ sich auf Ginas Bett fallen. »Du bist mir was schuldig, Gina.«

In diesem Punkt war Gina ihrer Meinung, doch in der Sache mit Fergus gab sie keinen Zentimeter nach. »Ist mir egal, ob du es leichter hast, wenn ich Fergus alles erzähle. *Ich* hab nichts davon. Im Gegenteil.«

Zoë setzte sich auf und sah Gina an. »Du sitzt ganz schön in der Scheiße. Sollte Harry seine Cousine Gina erwähnen, fällt das Fergus vielleicht noch nicht direkt auf, aber sobald der Name Hartwell ins Spiel kommt, ganz gleich in welcher Schreibweise, wird er garantiert ins Nachdenken kommen.«

»Harry verrät schon nichts«, sagte Gina fest, verdarb jedoch die Wirkung, indem sie unsicher hinzufügte: »Oder?«

»Hängt davon ab, wie gut sie sich kennen«, sagte Zoë.

»Das hättest du herausfinden können.«

»Ich hab's versucht, ja? Ich hab's weiß Gott versucht. Aber ich bin überhaupt nicht zu Wort gekommen, weil er und Sybil sich über Gott und die Welt unterhalten haben. Wie sich herausstellte, war seine Schwester mal Sybils Schülerin, irgendwann in dunkler Vorzeit, und das war das Stichwort für den nächsten Redeschwall. Ich hab mich zu Tode gelangweilt, das kannst du mir glauben.«

Gina öffnete die Tür und spähte vorsichtig hinaus. »Wir sollten uns lieber verziehen. Ich höre Mrs. Slubs. Sie wird mein Zimmer putzen wollen.«

Sie schlichen auf Zehenspitzen durch den Korridor und gingen die Hintertreppe hinunter, um hinter den Ställen abzutauchen. Drei Stufen vor dem Ziel stolperte Gina über eine lockere Bodendiele, verlor das Gleichgewicht und prallte gegen Fergus, der gerade zur Tür hereinkam.

Fergus sah Gina an. Gina sah Fergus an.

»Hallo, Fergus!« sagte sie schließlich in ihrem muntersten Tonfall.

»Hallo, Gina«, erwiderte Fergus grimmig. »Hast du dir weh getan?«

»Ich glaube nicht.«

»Dann machen wir jetzt mal einen kleinen Spaziergang im Garten und unterhalten uns.« Gina fand sich mit Höchstgeschwindigkeit auf den Hof hinausbefördert, und Fergus sagte, ohne stehenzubleiben, über die Schulter zu Guy: »Bitte richten Sie meiner Tante aus, daß ich gleich bei ihr bin.«

Wie bitte? dachte Gina. »Deiner Tante? Was für einer Tante?«

»Julia Cordovan«, sagte Fergus ungeduldig. »Meine Tante Julia.«

17

Gina und Fergus gingen die Stufen zu den Ziergärten mit den zu vollendeten Kegeln gestutzten Eiben und den makellosen Rasenflächen hinunter. Die Gärten waren tiefer angelegt als das umgebende Gelände und von einer etwa drei Meter hohen, dichten Eibenhecke eingefaßt, so daß man dort ungestört sein konnte.

»Komm, gehen wir zu den Goldfischen«, sagte Gina.

Fergus hockte sich auf die Steinbalustrade, die den Teich in der Mitte der Gartenanlage umgab. »Also gut, Gina. Schieß los.«

»Na, wie du siehst, bin ich nicht nach Amerika geflogen, Fergus. Ich bin hier in England, ich bin dageblieben. Punkt, Ende der Geschichte. Falls du mir jetzt eine Strafpredigt halten willst, laß es lieber. Und wenn du Popplewell herholen willst, damit er mich verhaften kann, dann los.«

Fergus war gekränkt. »Wieso sollte ich diesem widerlichen Typ sagen, daß du hier bist? Wofür hältst du mich? Offenbar nicht für deinen Freund.«

»O doch. Für einen Freund, der sich an die Gesetze hält«, entgegnete Gina bedrückt.

»Ach?« Fergus war verblüfft. »Na ja, im großen und ganzen stimmt das wohl. Und ich halte es für Wahnsinn, wenn du ohne Visum oder Arbeitserlaubnis in England bleiben willst. Ich nehme an, du hast deine Gründe.«

»Ja.« Gina lehnte sich gefährlich weit vor, um mit den Fingern einen vorbeigleitenden Koi-Karpfen anzulocken. Sie dachte angestrengt nach. Wie würde Fergus erst reagieren, wenn sie ihm gestand, daß sie sich durch Lügen und Verstellung auf Heartsease Hall eingenistet hatte? Mußte sie es ihm denn sagen? Wenn er mit den Cordovans verwandt war …

»Ich kann nicht in die Staaten zurück, bevor ich nicht ein paar Dinge geklärt habe«, stieß sie hastig hervor.

»Zum Beispiel?«

»Zum Beispiel wurde mein Paß gestohlen. Und mein Flugticket.«

Fergus runzelte die Stirn. »Gestohlen? Wann? Wo? Du hast doch sicher die Polizei verständigt.« Er dachte kurz nach. »Wer sollte Interesse an deinem Paß haben?«

Sag's ihm schon, redete Gina sich zu. »Nun ja – Georgie Hartwell.«

»Georgie!« schrie Fergus. »Gina, du hast dich doch nicht mit dieser Horrorbraut abgegeben?« Ihm ging ein Licht auf. »Georgie hat deinen Paß geklaut! Klar, das paßt zu ihr.«

»Ja, aber sie hat mir ihren dagelassen.«

»Oh, wie großherzig.«

»Und deshalb … denken die Cordovans, ich bin Georgie.«

Fergus starrte sie an. »Sie denken, du bist Georgie? Wie kommen sie denn darauf? Sie sind doch irgendwie mit den Hartwells verwandt, oder? Ihnen muß völlig klar sein, daß du nicht Georgie bist. Unter anderem ist Georgie Engländerin.«

»Ich spreche wie eine Engländerin«, sagte Gina beleidigt.

»Nein, das tust du nicht.«

»Dann denken sie vermutlich, daß ich einen schottischen Akzent habe, von der Insel, auf der die Hartwells leben.«

»Schottisch? Daß ich nicht lache«, sagte Fergus. »Und zumindest Harry muß wissen, daß du nicht Georgie bist. Er kennt sie ziemlich gut.«

»Harry hat mich hierher eingeladen. Er weiß, wer ich bin, aber seiner Familie hat er gesagt, daß Georgie ihn besuchen kommt, und seine Verwandten haben mich akzeptiert.«

Fergus war entsetzt. »Gina, das ist doch absurd. Du meinst, du gibst dich als jemand anderes aus? Sie halten dich für eine

Cousine oder was auch immer und wissen nicht, daß du in Wahrheit eine völlig Fremde bist?«

»Ja, mach mir bitte noch mehr Schuldgefühle«, sagte Gina. »Eine Fremde und eine Ausländerin.«

»Gina, du bist verrückt geworden. Du kannst unmöglich denken, daß du damit durchkommst.«

»Bis jetzt hat's geklappt. Bis du aufgetaucht bist. Du hast Sybil becirct, deinetwegen mußte ich den ganzen Tag in diesem stickigen Zimmer hocken, und jetzt kreuzt du auch noch hier auf, um deine Tante Julia zu besuchen!«

Fergus grinste. »Das warst also du? Bei Sybil? Aha, jetzt wird mir alles klar. Ein Schwimmbecken zu bauen, das im Wind davonfliegt – das ist deine Handschrift.«

»Das hätte jedem passieren können!«

Fergus dachte nach. »Wieso warst du überhaupt bei Sybil? Wenn du hier als falsche Cousine eingeführt bist?«

»Mein Vater war hier, auf Heartsease Hall.«

Das war zuviel für Fergus. Er prustete los.

»Das ist nicht komisch«, fuhr Gina ihn an. »Du hast wirklich einen seltsamen Humor, wenn du die Probleme anderer Leute für einen Witz hältst.«

»Gina, deine Probleme hast du dir doch nur selbst zuzuschreiben.«

»Das stimmt nicht. Es ist Popplewells Schuld. Und Georgies.«

Fergus wurde wieder ernst. »Warum hast du mir nicht erzählt, daß du Georgie kennst? Ich hätte dich vor ihr gewarnt, dieses Mädchen ist ein Monster. Wie bist du überhaupt auf sie verfallen?«

»Ich bin nicht auf Georgie ›verfallen‹. Sie war auf Sams Party, an jenem Abend in Oxford, erinnerst du dich? Und es war keine zufällige Begegnung, sie hat mich gezielt angesprochen.« Aber Gina hatte selbst ein paar Fragen. »Ist Julia wirklich deine Tante?«

»Ja. Sie ist die Halbschwester meiner Mutter.«

Gina versuchte sich zurechtzufinden. »Julia war doch ursprünglich eine Cordovan, oder? Ich meine, schon bevor sie Victor heiratete?«

»Der erste Mann meiner Großmutter mütterlicherseits war ein Cordovan. Dieser Ehe entsprang Julia. Dann machte er sich plötzlich aus dem Staub, meine Granny heiratete wieder, diesmal meinen Grandpa, und bekam noch eine Tochter, meine Mum. Alles klar?«

»Solange nur du nicht zu ihnen gehörst«, sagte Gina. »Bist du Harrys Cousin?«

»Nein. Meine Cousins auf seiten der Cordovans sind die Kinder von Victor und Julia. Julia ist nicht Harrys Mutter, deshalb ist er auch nicht mein Cousin. Allerdings kennen wir uns von klein auf.« Er überlegte. »Ich frage mich, was Harry sich von all dem verspricht. Harry tut nie etwas ohne Grund.«

»Ich schätze, es amüsiert ihn«, sagte Gina schnell. Unter keinen Umständen würde sie Fergus den wahren Grund für ihren Aufenthalt auf Heartsease Hall verraten. Nicht die Sache mit Harry.

Schließlich ging es Fergus ja auch nichts an.

»Fergus!«

Julias klare, herrische Stimme hallte durch den Garten. »Da bist du ja.« Sie ging energisch die Stufen hinunter, brach im Vorbeigehen einen kleinen Zweig ab, der schief von einem der großen Steinkübel herabhing, und schloß Fergus in die Arme.

»Warum hast du deinen Besuch nicht angekündigt?« fragte sie. »Kennst du Gina?«

»Wir haben uns in Oxford kennengelernt«, erwiderte Fergus.

»Jetzt komm erst mal rein und trink einen Kaffee mit mir. Ich will sämtliche Neuigkeiten hören.«

Gina drückte sich gegen eine der Eiben, als die beiden auf das Haus zusteuerten, dann lief sie schnell in die andere Richtung, an der Orangerie vorüber und weiter zum Stallhof. Dort stand immer noch Esme und wippte hin und her, während sie zur Begleitung einer ohrenbetäubenden Verdi-Arie Schmutzwasser in einen Abfluß kippte.

»Ist Zoë noch da?« schrie Gina.

Esme hob einen der Kopfhörer. »Deine blonde Freundin? Nein, die ist verduftet. Sie ist zum Cottage zurück, soll ich dir ausrichten.«

»Danke.«

Gina beschloß in den Obstgarten zu gehen, wo niemand nach ihr suchen würde. Dort könnte sie bei den Schweinen sitzen und in Ruhe nachdenken.

Sie kam nicht weit.

Hester beugte sich aus dem Fenster der Spülküche. »Wenn du sowieso in diese Richtung gehst, Gina, nimm doch bitte dieses Sieb und bring Basilikum für Maria mit. Prim arbeitet im Gemüsegarten, sie wird dir zeigen, wo du die einzelnen Kräuter finden kannst.«

Pflichtschuldig nahm Gina das Sieb und schlug die Richtung zum Gemüsegarten ein. Das Nachdenken würde warten müssen. Es war ohnehin zu heiß, um klar denken zu können. Und Gina liebte den großen, von einer Mauer umschlossenen Garten mit den Pfirsich-, Aprikosen- und Nektarinenbäumen, die in Spalieren an der jahrhundertealten Mauer wuchsen.

Prim hielt in ihrem unermüdlichen Kampf gegen das Unkraut inne, als Gina das Tor hinter sich schloß.

»Basilikum«, sagte Gina. »Maria braucht welches.« Prim richtete sich auf. Wie schaffte sie es nur, in der prallen Sonne zu arbeiten, ohne verschwitzt und aufgelöst auszusehen?

»Das Basilikum ist da drüben«, sagte Prim.

Gina sog die aromatische Luft ein, als sie zu der Stelle ging: Thymian, Rosmarin und Estragon, Koriander, Salbei, Rauke …

»Die Blätter zupft man am besten so ab.« Prim zeigte es ihr.

»Ziemlich brutal«, sagte Gina.

»Nein, die Blätter müssen abgerissen werden, damit die Pflanze schneller und buschiger wächst.«

»Was wird aus all diesen Kräutern?«

»Einen Teil benutzen wir frisch zum Kochen, den Rest trocknen wir für den Winter und für Potpourris. Hester macht gern welche. Alle Londoner Verwandten nehmen Kräuter mit, wenn sie uns besuchen, und Hester schickt ihnen kleine Pakete. Es wird alles verbraucht.«

»Ist das da ein Olivenbaum?« Gina traute ihren Augen nicht. »In England?«

»Der Garten ist sehr sonnig und geschützt. Es ist ein sehr alter Baum.«

»Wunderschön, die Blätter.«

»Ja«, sagte Prim, in Gedanken schon wieder bei den Setzlingen, die sie pflanzen wollte.

»Wieviel soll ich pflücken?«

»Mach das Sieb doch voll«, schlug Prim vor. »Wenn Maria noch mehr will, kannst du ja wiederkommen.« Sie wandte sich wieder ihrer Arbeit zu, und Gina machte sich daran, die hellgrünen, würzig duftenden Blätter zu pflücken.

Und plötzlich, als wäre sie nicht schon verzaubert genug, geschah etwas mit ihr. In der warmen Luft des ummauerten Gartens, in den Ohren das Summen der Bienen und in der Nase den Duft der Kräuter, durchlebte sie einen jener Augenblicke, in denen die Zeit stillsteht und das Leben einen Herzschlag lang vollkommen scheint.

In der Ferne sprang ein Traktor an. Ein Hund bellte. Prim rief ihr von den Radieschen aus etwas zu, und der Bann war gebrochen. Doch der Augenblick hatte sich Gina bereits unauslöschlich eingeprägt. Ich kann auf all das nicht verzichten, dachte sie. Ich kann nicht einfach weggehen und nie wiederkommen. Wenn ich nur immer hierbleiben könnte, für den Rest meines Lebens. Hier Kinder aufziehen könnte, ganz anders, als ich selbst aufgezogen wurde. Ich muß einfach bleiben.

Don steckte den Kopf ins Zimmer und erlöste Fergus von Julias strengem Verhör.

»Ich suche nur Hester«, sagte er und wollte schon wieder gehen. Dann sah er, wer bei Julia war, und kam herein, um Fergus auf die Schulter zu klopfen und eine Tasse Kaffee zu verlangen.

»Du bist sehr ungezogen«, beschwerte sich Julia, während sie ihm Kaffee eingoß.

Don ging nicht darauf ein. Er ging nie auf Julia ein, da er aus langer Erfahrung wußte, daß er sie unweigerlich auf dem falschen Fuß erwischte.

Er erkundigte sich nach Fergus' Eltern und Bruder, der Farm und dem Land.

Fergus lachte. »Dad kann wunderbar von den Subventionen leben«, sagte er. »Nur hat er leider nichts mehr zu tun. Er sitzt die meiste Zeit in seinem Büro. Er wollte eigentlich mehr zu Hause sein, aber wenn er nicht auf den Feldern nach dem Rechten sehen kann, treibt er meine Mutter zum Wahnsinn.«

»Kann ich mir vorstellen«, erwiderte Don. »Subventionen! Eine kleine Subvention könnte ich auch gut gebrauchen. Aber für englische Weinberge werden keine vergeben, wußtest du das?«

»Nein«, sagte Fergus interessiert. »Wieviel Hektar hast du mit Wein bepflanzt?«

»Etwa hundert. Fast jedes Jahr kommen ein paar hinzu. Wie lange bleibst du?«

Julia verlieh ihrem Mißfallen über Fergus' Pläne Ausdruck. »Er bleibt nicht hier«, erklärte sie. »Er wohnt bei einer Freundin in dem Cottage, das Sybil vermietet.«

»Ah, in Kingfisher Cottage, wie? Mit Charlotte?«

Fergus wurde rot. »Nein, nein, ich wohne nicht dort. Ich bin eigentlich nur übers Wochenende geblieben, nachdem ich Zoë hergefahren hatte. Sie ist meine Mitbewohnerin in Oxford.«

An Julias Miene war deutlich zu erkennen, daß sie dieses Arrangement ganz und gar nicht billigte.

»Zoë?« wiederholte sie kühl. »Weiß deine Mutter von dieser Mitbewohnerin?«

»Reg dich ab, Julia«, sagte Don. »Du brauchst Fergus nicht in die Mangel zu nehmen, er ist volljährig, und ich glaube, seine Mutter kennt seine sämtlichen Mitbewohner in- und auswendig.«

»Ja, stimmt«, sagte Fergus dankbar. »Mutter und Zoë verstehen sich übrigens bestens, Julia. Sie ist bloß eine Freundin.«

»Warum wohnt sie in Kingfisher Cottage?« fragte Julia in ihrer unnachahmlichen Art.

Don verdrehte die Augen.

»Sie macht Ferien«, erklärte Fergus. »Sie hat gerade ihren alten Job aufgegeben.«

»Und wann fährst du nach Oxford zurück?« wollte Julia wissen.

»Ich wollte eigentlich heute zurückfahren, aber ich … na ja, ich dachte, ich könnte meine Bücher holen und noch ein paar Tage dranhängen.«

»Das Wetter ist herrlich«, warf Don hilfreich ein.

»Ja, genau deshalb«, sagte Fergus erleichtert. »Weil das Wetter so toll ist.«

»Dann mußt du hier auf Heartsease Hall wohnen«, sagte Julia.

»Laß ihn doch«, meinte Don.

»Ich glaube, Zoë würde sich freuen, wenn sie sich die Kosten mit jemandem teilen könnte«, wandte Fergus ein. Er mochte seine Tante und hätte normalerweise nur zu gern auf Heartsease Hall gewohnt, aber nicht, solange Gina hier war und sich als eine andere ausgab. Er hatte so ein Gefühl, daß das dicke Ende noch kommen würde, und er wollte nicht in die Sache hineingezogen werden. Andererseits wollte er Gina helfen. Sie hatte sich in eine sehr unangenehme Situation gebracht und brauchte jetzt einen verläßlichen Freund. Einen Freund wie mich, sagte er sich. Und vom Cottage aus konnte er sie im Auge behalten, ohne unmittelbar in die Angelegenheit verwickelt zu werden.

Ahnungsloser Fergus.

»Richtig«, erwiderte Don. »Komm aber auf jeden Fall mal vorbei und sieh dir an, wie wir im Weinberg arbeiten. Wir können ein paar Flaschen köpfen und eine kleine Weinprobe veranstalten.«

»Ausgezeichnet«, sagte Fergus.

»Natürlich kannst du das Zimmer haben«, sagte Zoë. »Ich will nur wissen, warum.«

»Ich habe Lust, Ferien zu machen«, erwiderte Fergus.

»Charlotte wird das nicht gefallen«, warnte Zoë.

Charlotte hatte einen notorisch mißtrauischen und eifersüchtigen Charakter.

»Charlotte wird es nicht erfahren, weil ich es ihr nicht sagen werde.«

»Charlotte wird es herausfinden«, sagte Zoë im Brustton der Überzeugung. »Das war schon immer so.«

»Tja, Pech«, entgegnete Fergus trotzig.

Zoë sah ihn scharf an. »Du machst dir Sorgen wegen Gina.«

»O nein«, sagte Fergus unnötig heftig. »Ich bin sicher, sie ist bestens imstande, ihren Kopf allein aus der Schlinge zu ziehen. Zumal sie sich die Schlinge ja mühelos selbst um den Hals gelegt hat. Warum hat sie mir bloß nichts gesagt … Ach, egal. Ich brauche Ferien, das ist alles.«

Zoë bedrängte ihn nicht weiter. »Wann kommst du zurück?« fragte sie.

Fergus dachte kurz nach. »Morgen nachmittag. Zwischen drei und vier«, sagte er gewohnt präzise.

Zoë wandte sich handfesten Dingen zu. »Bring was zu essen mit.«

»In Ordnung. Und solltest du ausgehen, laß den Schlüssel bei Sybil.«

»Jemand sollte Charlotte von Sybil erzählen«, stichelte Zoë. »Ich glaube, Sybil ist der wahre Grund, warum du zurückkommen willst.«

»Sybil ist eine charmante und sehr nette Frau, Charlotte würde sie mögen.«

Charlotte? Nie und nimmer, sagte Zoë sich, als sie zwischen ihren zerknitterten Kleidern nach ihrem Badeanzug kramte. Charlotte hat keinerlei Sinn für Humor, wie du sehr bald selbst merken wirst, Fergus McEttrick.

Gareth erzählte Lori, daß er Harry getroffen hatte. »In einem Club«, sagte er, ohne auszuführen, in welcher Art Club. Lori würde vielleicht nicht glauben, daß er nur recherchiert hatte.

»Ziemlich kaltschnäuzig«, sagte er. »Ich würde zu gern eine Kamera in dieses Haus schmuggeln und Mäuschen beim heutigen Landadel spielen. Genauso abstoßend und zurückgeblieben wie eh und je.«

»Immer wenn jemand zeigen will, wie schrecklich diese Leute sind, halten die Zuschauer sie letztlich nur für um so interessanter.«

»Stimmt«, sagte Gareth. »Die Leute sind so überwältigt von ihrer Lebensweise, den Häusern, den Möbeln, daß sie übersehen, was für Trottel die Bewohner sind.«

»Sie wollen alle im Lotto gewinnen und selbst so leben.«

Gareth schüttelte sich demonstrativ und wandte sich dem Sportteil seiner Zeitung zu. »Ach, und ich habe einen jungen Mann kennengelernt, der oben auf Heartsease Hall arbeitet. Er heißt Guy. Ziemlich tuntig, aber er hat was. Er könnte eventuell zu Sigi passen. Sieh doch mal zu, ob du was über ihn in Erfahrung bringen kannst.«

»Hast du ihn angespitzt?« fragte Lori, die Päckchen mit zusätzlichem Proviant für ihre Töchter zusammenstellte.

»Er gibt sich desinteressiert, aber sobald ich ihm einen Vertrag vor die Nase halte, wird er garantiert anbeißen. Angeblich will er irgendwann sein eigenes Hotel eröffnen. Wenn das stimmt, kann er es sich nicht leisten, so ein Angebot auszuschlagen – immer vorausgesetzt, ich nehme ihn tatsächlich. Sein Name wäre in aller Munde, eine Superreklame für ihn. Vom Geld mal ganz abgesehen.«

»Was ist mit dem Historiker, den du brauchst?«

»Noch nichts in Sicht, obwohl man mir schon ein paar Namen genannt hat. Das Problem ist, die meisten Wissenschaftler sind knochentrocken, kein Pep. Sie mögen die Kamera nicht, und das sieht man. Aber wir treiben schon noch jemanden auf.«

»Es wäre mal was anderes als deine gewohnten Sendungen«, sagte Lori, die gleichzeitig überlegte, ob sie die vorbildliche Ehefrau mimen und eine kalte Suppe und ein raffiniertes Abendessen zubereiten oder lieber schnell nach Heartsbury fahren und die Kühltruhe bei Sainsbury's plündern sollte. Ein neues Buch und die Hängematte im Garten lockten. Sainsbury's trug den Sieg davon. Die Hausmannskost konnte warten, entschied Lori.

»Ich muß dranbleiben«, sagte Gareth. »Das ist das Wichtigste in dieser Branche.«

»Ich muß noch ein bißchen was besorgen.« Lori drückte im Vorbeigehen einen Kuß auf Gareths Kopf. »Wird nicht lange dauern.«

Gareth, der gerade ein zwei Meter großer schwarzer Baseballstar war, sah nicht von seinem amerikanischen Sportbericht auf. »Mmm«, machte er und griff nach seinem Bier, als die Haustür ins Schloß fiel.

»Dieses Fernsehvolk!« Guy hielt das Glas, das er gerade polierte, in die Höhe, um sicherzugehen, daß auch nicht der kleinste Schmierfleck seinen Glanz trübte. »Glauben, sie könnten jeden kaufen. Ich sag dir eins, Maria, dieser Mann hat mir das Gefühl gegeben, als wäre ich eine Straßennutte, so wie der mich von oben bis unten gemustert hat.«

»Du solltest nicht in solche Lokale gehen, dann würdest du auch nicht solchen Leuten begegnen. Geh dahin, wo hübsche Mädchen sind, da hast du Spaß und triffst keine Männer vom Fernsehen.«

»Er war überrascht, daß ich ihm nicht zu Füßen gefallen bin«, sagte Guy. »Das hat man gemerkt.«

Klatsch klatsch. Esme kam in die Küche, als Maria gerade eine dicke, sahnige, alkoholische Mixtur in kleine Schälchen goß, um sie steif werden zu lassen.

»*Ayí!* Jetzt sieh dir an, was ich deinetwegen gemacht habe. Ein Blick in dein Gesicht und ich weiß Bescheid. Du leidest. Was ist passiert?«

Esme schob ihren Kaugummi in die andere Backe. »Was?« Sie nahm ihre Kopfhörer ab, die eine Kakophonie blecherner Kratzgeräusche freisetzten.

»Warum schaust du so gequält?«

»Oh, das liegt an dieser Oper. Welturaufführung, im Radio. Schauerlich. Die wird bestimmt kein zweites Mal aufgeführt.«

»Warum hörst du sie dir dann an?«

Esme bestrich eine Scheibe Brot mit Butter und legte ein großes Stück sehr scharfen Käse darauf. »Bei Opern kann man nie wissen. Man muß sie sich anhören, bevor man ein Urteil fällt. Der Spinner, der sie geschrieben hat, könnte der neue Puccini sein.«

Guy hielt sich die Kopfhörer an. »Das glaube ich nicht«, sagte er.

»Nein, klar, in diesem Fall hast du recht. Ich schalte es jetzt mal aus und lege statt dessen was von dem guten alten Richard W. ein, um den üblen Nachgeschmack zu vertreiben. Wie wär's mit dem Venusberg, Guy, bist du in amouröser Stimmung?«

Guy streckte die Nase hoch in die Luft und wandte sich wieder seinen Gläsern zu. Maria teilte Esme mit, ihre kulinarischen Vorlieben seien die einer Wilden, und kümmerte sich wieder um ihre Schälchen.

Geschickt spuckte Esme ihren Kaugummi in den Mülleimer, steckte die Kopfhörer in ihre Ohren, drehte die Lautstärke auf und saß dann mampfend da, von himmlischen Klängen umspült. Die leidgeprüften Blicke, die Guy und Maria tauschten, nahm sie nicht wahr.

Schwungvoll betrat Victor das Speisezimmer, setzte sich an den Kopf der Tafel, breitete eine steife weiße Serviette über seine Knie und winkte Guy, ihm Wein einzuschenken.

Er war ausgezeichneter Laune; er hatte ein vielversprechendes Telefonat mit Fräulein Voesli hinter sich und war sicher, daß sie sich bei ihrer nächsten Begegnung zugänglicher zeigen würde als in der vergangenen Woche.

»Voll knisternder Energie«, sagte Harry leise zu Gina, als er ihr die Brötchen reichte. »Er muß mit seinem Jodelliebchen gesprochen haben, sieh nur, wie selbstzufrieden er ist.«

Gina empfand einen Anflug von Neid auf das Jodelliebchen, der schnell unterdrückt wurde. Ihr Leben war schon kompliziert genug.

Victors Blick fiel auf Nicky, die am anderen Ende des Tisches untröstlich in ihre Artischocke starrte.

»Ah«, sagte er. »Der Ball, Nicky. Ich muß Ihnen noch ein, zwei Namen geben.«

Nicky sah ihn erschrocken an.

»Haben Sie Fergus eine Einladung geschickt, Nicky?« warf Julia ein. »Wenn nicht, bitte tun Sie's. Ich habe seine Adresse in Oxford.«

»Ich glaube nicht, daß er auf der Liste stand«, sagte Nicky, die sogar ganz sicher war. »Es wird schwierig mit der Unterbringung. Allmählich gehen uns die Schlafplätze aus.«

»Ich nehme doch an, daß unsere Freunde und Nachbarn ihren Beitrag leisten«, sagte Victor.

»Fergus hat eine Bekannte in Heartsbane, bei der er übernachten kann«, bemerkte Julia in leicht mißbilligendem Ton. »Er war schon am Wochenende dort.«

»Bringt er seine deprimierende Freundin mit?« fragte Harry, der Unruhestifter.

Julia runzelte die Stirn. »Meinst du Charlotte Abyss? Ein sehr nettes Mädchen. Wie ich höre, sind sie inoffiziell verlobt.«

»Fergus ist ein Trottel«, sagte Harry unerschrocken.

»Das reicht«, mischte sich Victor ein. »Du hast keinerlei

Veranlassung, dich über Fergus' Geschmack zu mokieren. Ich wüßte nicht, daß du eine Frau gefunden hättest, geschweige denn eine akzeptable.«

»Vielleicht überrasche ich euch alle ja noch«, sagte Harry.

Aimée hob den Blick von ihrem Teller mit dem aromatischen Hähnchen in Estragonsauce und sah ihn lange und nachdenklich an. »Nicht, wenn du noch einen Funken Verstand hast«, sagte sie leise.

»Wie?« fragte Victor. »Was hast du gesagt, Aimée? Sprich lauter, ich kann es nicht leiden, wenn andere in meinem Beisein miteinander flüstern.«

»Nichts, Pa.« Aimée schenkte ihm ein bezauberndes Lächeln. »Ich habe Harry nur gerade ein Kompliment zu seinem Hemd gemacht. Armani, nicht?«

Victors Miene verfinsterte sich. »Armani! Designer-Schnickschnack. Es wird Zeit, daß du erwachsen wirst, Harry, und aufhörst, dein Geld für wertlosen Müll aus dem Fenster zu schmeißen. Fang endlich an, dich wie ein Mann zu benehmen anstatt wie ein alberner Teenager.«

Das saß. »Ich glaube kaum, daß ein alberner Teenager eine erfolgreiche Firma aufziehen kann«, gab Harry aufgebracht zurück.

Victor lachte auf. »Bloße Mode. Da ändert sich alles laufend, und eines Tages stehst du mit leeren Händen da.«

»Da irrst du dich gewaltig. Die Kommunikationsindustrie wird noch auf lange Sicht expandieren.«

»Unsinn. Die Menschen werden nicht ewig für leeren Raum bezahlen. Der Äther wird freigegeben, so wird es sein, und was wird dann aus dir?«

»Solange die Menschen kommunizieren und Nachrichten übermittelt werden müssen, werde ich mich schon über Wasser halten, Pa.«

Victor funkelte ihn an. Dann schaute er in die Runde, wen er als nächstes aufs Korn nehmen könnte. Er fing Hesters Blick auf. Sie schüttelte kaum merklich den Kopf.

»Na schön«, sagte er. »Natürlich kann ich von meinen

Kindern nicht erwarten, daß sie heiraten und Kinder kriegen wie alle anderen auch. Und die Schweine sind genauso schlimm, dabei würde man denken, wenn man die Hoden dieses Keilers sieht, daß er zu was taugt. Von wegen, kein Interesse, keine Ferkel.«

»Vielleicht ist er ein schwules Schwein«, sagte Harry unklugerweise.

Der letzte Rest von Victors guter Laune verpuffte. Gina zuckte zusammen, als sich ein Donnerwetter über Harry entlud.

Prim blickte von dem Katalog auf, den sie studierte. »Victor«, sagte sie scharf. »Das reicht.«

Victor ignorierte sie, und sie goß seufzend Wasser in ihr Glas, stand vom Tisch auf, ging zu ihm und kippte ihm den Inhalt des Kristallkelchs über den Kopf.

»Was soll das?« rief er, als er wieder zu Atem kam. Er wischte sich das Gesicht mit seiner Serviette ab und reichte sie dem mißbilligenden Guy. »Bringen Sie mir eine neue, ja? Prim, ich werde ...«

»Nein«, schaltete Julia sich ein. »Prim, das war ein wenig extrem, aber du solltest bei Tisch auch nicht herumbrüllen, Victor. Wir werden alle Magenbeschwerden bekommen.«

»Magenbeschwerden, ha«, stieß Victor wütend hervor.

»Komm, trink einen Schluck Wein«, sagte Don beschwichtigend. »Du darfst dich nicht so aufregen, das ist nicht gut für dich in deinem Alter.«

»In meinem Alter! Was fällt dir ein! Ich sag dir jetzt mal was. Als ich so alt war wie du, war ich verheiratet und hatte Kinder. Und was hast du vorzuweisen? Einen Haufen verrückter Weiber als Wochenendgespielinnen und zwei oder drei ergebene Verehrerinnen für werktags. Das ist unmoralisch und dumm.«

Nicky stieß einen Klagelaut aus und sah Victor aus großen, tränenfeuchten blauen Augen tragisch an.

»Tut mir leid, tut mir leid«, sagte Victor. »Ich hatte vergessen, daß Sie auch beteiligt sind, Nicky.« Er nahm erneut

Fahrt auf. »Aber ich meine es ernst, es gibt keine Zukunft für Sie mit meinem Sohn, also gehen Sie zu Ihrem Mann und Ihren Kindern zurück. Sie können sich glücklich schätzen, sie zu haben, und Ihre Eltern können sich glücklich schätzen, Enkel zu haben.«

Schniefend stürzte Nicky einen großen Schluck Wein hinunter.

»Doch nicht so«, sagte Don entsetzt.

»Ach, verpiß dich«, fauchte Nicky.

»Sind die Mahlzeiten im Familienkreis nicht eine Wucht?« fragte Harry munter. »Bitte reich mir mal den Pfeffer, Gina, er steht neben deinem Glas.«

Nicky war noch etwas eingefallen. »Da Don möchte, daß diese Tara aus Heartwell zum Ball kommt, werde ich auch ihrem Bruder und seiner Frau eine Einladung schicken.« Ihre Stimme zitterte zwar, hatte aber einen giftigen Beiklang. »Sie wohnen in Heartwell House, Victor, falls Sie sich noch erinnern. Ich schätze, sie können für mindestens sechs unserer Gäste ein Dinner ausrichten und Schlafplätze bereitstellen.«

Victor fing erneut an zu wettern. »Das ist doch diese unsägliche Frau, die mir aus dem Zustand unserer Straßen einen Strick drehen wollte. Die kommt mir nicht ins Haus. Nur über meine Leiche!«

Guy schnalzte leise mißbilligend mit der Zunge, während er die Teller abräumte. Dann krachte die Tür auf, man hörte einen deftigen Fluch, und Esme kam herein, beladen mit einem Tablett, auf dem Marias Schälchen standen.

»Man kann Sie kilometerweit hören«, bemerkte sie, als sie das Tablett auf die Anrichte knallte, daß die Deckel sämtlicher Töpfe und Schüsseln klirrten. »Aber jetzt gibt's Nachtisch, also essen Sie was Süßes. Das beruhigt.«

Guy scheuchte sie hinaus, und sie trabte durch den Korridor davon, den Walkürenritt schmetternd.

»Das scheint mir sehr vernünftig, Nicky, meine Liebe«, sagte Julia in schulmeisterlichem Ton. »Wir mögen sie persönlich nicht sympathisch finden, aber es kann nie schaden, eine gute Beziehung zu den Nachbarn herzustellen. Es wird nicht nötig sein, die Bekanntschaft über gelegentliche offizielle Anlässe hinaus zu pflegen.«

»Bravo«, applaudierte Harry. »Stell sie kalt, Julia, so ist's richtig!«

18

Das Haus in Oxford war still und verlassen. Wo steckt Jessica bloß? dachte Fergus, als er die Tür aufschloß. Sie hatte versprochen, das Haus zu hüten, solange er weg war. Er bückte sich, um den kleinen Stapel Post von der Matte aufzuheben, sortierte die Hälfte gleich in den Müll aus und ging in die Küche. Am Kühlschrank hing ein mit Jessicas krakeliger Schrift bedeckter Zettel.

Lieber Fergus – bin mit Freund nach Tarhitti geflogen. Hab Mum gebeten, meine Sachen abzuholen. Komme erst nächstes Jahr wieder. Tut mir leid mit dem Zimmer. Ich weiß von Leuten, die ein Haus suchen. Frag am Wellington College.

Alles Liebe, Jessica.

P.S.: Charlotte hat angerufen. Klang stinksauer. Hab nicht verraten, wohin du gefahren bist.

Tarhitti? »Verflixt«, sagte Fergus.

Er ging die Treppe hoch. Oben wirkte es noch stiller und verlassener. Ach, Blödsinn, dachte Fergus, der schon oft allein im Haus gewesen war. Was war anders als an einem beliebigen Regentag im November, an dem Jessica irgendwo herumschwirrte und tat, was ihr gerade einfiel, während Zoë arbeitete, er selbst an seinem Computer saß und Gina bei Alwyn im Jude's war?

Er ging in Ginas Zimmer. Es sah leer und kahl aus, obgleich er wußte, daß ein Teil ihrer Sachen noch hier war. Unter dem Bett und im Schrank verstaut für den Fall, daß

Popplewell hier herumschnüffeln wollte. Fergus runzelte die Stirn bei dem Gedanken an Popplewell. Es gefiel ihm nicht, wenn man Menschen einfach so aus dem Land jagte. Besonders, wenn es um jemanden ging, den er kannte. Und den er mochte, so wie in Ginas Fall. Ohne sie wäre es hier nicht mehr dasselbe.

Er knallte die Tür hinter sich zu und ging wieder nach unten. Wo hatte Zoë das Telefonbuch versteckt? Schließlich fand er es hinter dem Brotkasten und schlug die Nummer des Wellington College nach.

»Es geht nicht um ein oder zwei Zimmer, Sir«, sagte der Pförtner. »Die Interessenten möchten ein ganzes Haus anmieten. Es sind vier Männer, Amerikaner. Sie wollen den Sommer über bleiben. Ja, Sir, das werde ich tun. In ein, zwei Stunden? Ja, völlig klar, wenn sich niemand meldet, probieren Sie es im Golden Fleece. Danke, Mr. McEttrick. Ich helfe jederzeit gern.«

»Und ob du das tust, du alter Gauner«, sagte Fergus, als er den Hörer auflegte. Für ein dickes Trinkgeld tat der alles. Vermutlich knöpfte er den armen Kerlen obendrein eine Vermittlungsgebühr ab. Egal, das war ihre Sache.

Als Fergus die Haustür hinter sich zuzog, trat ein Mann durch das Gartentor. Fergus war überrascht. Der Pförtner konnte die Nachricht wohl kaum so schnell weitergeleitet haben.

»Suchen Sie jemanden?« fragte er.

Der Mann musterte ihn aus dunklen Augen, die, betont durch seine sonnengebräunte Haut, fast schwarz wirkten. »Ja. Wohnt hier nicht Gina Heartwell?«

Fergus versteifte sich mißtrauisch. Zwar hatte der Mann einen amerikanischen Akzent und war demnach wohl kaum ein Komplize von Popplewell. Überdies hatte er nichts von einem Beamten an sich. Er sah aus wie ein Schriftsteller oder Musiker. Aber vielleicht heuerten die Einwanderungsbehörden gezielt Leute wie ihn an, um ihre Opfer in Sicherheit zu wiegen.

»Darf ich fragen, was Sie von ihr wollen?«

Der Mann wirkte belustigt. »Sie dürfen, junger Mann«, sagte er. »Ich bin ihr Vater.«

Serge nickte beifällig, als Fergus in den Schankraum des Golden Fleece voranging. An einer Wand standen in kleinen Nischen die Tische, an dem massiven Deckenbalken hing Kupfergeschirr, und hinter dem breiten Mahagonitresen funkelten Gläser und Flaschen.

»Ich liebe die englischen Pubs«, schwärmte Serge. »Dahin gehe ich immer zuerst, wenn ich in England bin.«

»Ich werde eine Kleinigkeit essen«, sagte Fergus. »Im Augenblick bin ich allein, da lohnt es sich für mich nicht zu kochen.«

»Paßt mir gut«, erwiderte Serge. »Ich bin in einem Hotel außerhalb der City abgestiegen, ich wäre auf jeden Fall essen gegangen.«

»Das Essen hier ist gut.« Fergus organisierte eine Speisekarte. »Gehen wir nach draußen. Tut mir leid, daß Gina nicht in Oxford ist. Sie ist Knall auf Fall weggefahren.«

»Das hatte ich mir schon gedacht. Meine Exfrau, Ginas Mutter, hat mich aus Italien angerufen. Sie macht sich Sorgen um Gina, weil sie nichts von ihr gehört hat. Sie vermutet, daß Ginas Visum abgelaufen sein könnte, und wollte wissen, ob sie wieder in den Staaten ist. Dumm von Gina, sich nicht bei ihrer Mutter zu melden. Diese Frau macht immer ein Riesentheater. Eine Postkarte hätte schon genügt.«

Fergus überlegte, wieviel er Serge sagen sollte.

»Ja, Ginas Visum ist abgelaufen. Ich glaube, sie ist zu Freunden gefahren, und von dort aus will sie in die Staaten zurückfliegen.«

»Also glauben Sie nicht, daß sie schon wieder drüben ist? Ich habe mir auch Sorgen gemacht. Ich dachte, sie fliegt vielleicht nach New York, findet mich nicht vor und weiß nicht wohin.«

»Nein, ich bin sicher, sie ist bei Freunden, obwohl ich

Ihnen leider nicht sagen kann, wo. Sie ist ziemlich plötzlich abgereist, um keine Aufmerksamkeit zu erregen, verstehen Sie.«

»Sicher.« Serge trank sein Bier aus. »Eure Einwanderungsbehörde kann unerbittlich sein, wie ich höre.«

»Soll ich Ihnen noch ein Bier holen?« Fergus stand auf. »Und haben Sie entschieden, was Sie essen wollen?«

»Ja«, sagte Serge. »Das Essen geht auf meine Rechnung. Ich möchte, daß Sie mir erzählen, was Gina hier so gemacht hat. Keine Intimitäten – sie hat ein Recht auf ihr Privatleben, und ich will Sie nicht aushorchen. Aber ich weiß nicht mal, warum sie in Oxford ist, was sie studiert, rein gar nichts. Sie schreibt nie, und ich auch nicht, deshalb ist der Kontakt zwischen uns abgerissen. Was schade ist, weil ich sie gern habe. Und ich denke, jetzt, da sie älter ist, könnten wir viele Gemeinsamkeiten entdecken. Ich habe ihre Mutter nicht sehr gut behandelt, das ist kein Geheimnis. Da habe ich großen Mist gebaut. Aber das ist kein Grund, warum Gina und ich uns nicht verstehen sollten.«

Byron hatte in einem der Zimmer seines baufälligen Cottage eine provisorische Werkstatt eingerichtet. Während Nadia hektisch organisierte und saubermachte, blieb er bis spät in die Nacht auf, zeichnete Pläne für den neuen Laden im Weinberg und half Josh Slubs, die Spanplatten zuzuschneiden.

»Ein bißchen langsam, mein Josh«, sagte Mrs. Slubs gern über ihren Mann. »Hat nie kapiert, worum es in der Schule ging, allerdings muß ich sagen, daß die Lehrer sich auch keine große Mühe gegeben haben.«

Damit tat sie einigen hochengagierten Lehrern entschieden unrecht, die sich bis an den Rand des Nervenzusammenbruchs geschunden hatten, ohne auch nur den kleinsten bleibenden Eindruck in Joshs stumpfem Verstand zu hinterlassen. Der resignierte Schulleiter hatte sie schließlich von ihren Leiden erlöst, indem er ihnen riet, Josh als hoffnungslosen

Fall abzuschreiben. »Stecken Sie ihn in den Werkunterricht, wann immer es geht, das ist das einzige, wozu er begabt ist.«

»Hat ja keinen Sinn, ewig zu lamentieren, weil er kein so kluger Kopf ist. Dafür kann er wunderbar mit Holz umgehen.« So sah es Mrs. Slubs.

Und das stimmte, wenngleich Byron der Meinung war, daß Joshs völlige Unkenntnis des geschriebenen Worts ein Hemmnis selbst für Tischlerarbeiten darstellte. »Er kann nicht die einfachste Anleitung befolgen«, sagte er zu Gina, als sie auf dem Weg zu Sybil durchs Fenster hereinschaute.

»Aber er kann prima zuschneiden«, erwiderte Gina, die sich auf dem Fenstersims abstützte und zusah, wie Josh akkurat ein Sperrholzbrett zersägte. »Wird das nicht ein bißchen schäbig aussehen? Warum nehmen Sie nicht richtiges Holz?«

»Fangen Sie nicht auch noch an«, sagte Byron. »Sie werden sich wundern. Dieses Zeug ist großartig, man kann alles damit machen. Es wird phantastisch aussehen.«

»Wann will Nadia den Laden eröffnen?«

»Am liebsten heute noch. Don meint, wir sollten es nicht überstürzen, vielleicht im Herbst ... Oder sogar im nächsten Jahr. Aber Nadia will davon nichts hören, sie will es ihm unbedingt zeigen – sofort starten, verkaufen, was da ist, und parallel das Sortiment erweitern.«

»Hoffentlich klappt's.«

»Das hoffe ich auch«, sagte Byron aus tiefstem Herzen. »Mal abgesehen von allem anderen, wäre es nicht schlecht, wenn Nadia ein bißchen Geld verdienen könnte. Es ist eine harte Zeit für uns.«

»Das Gefühl kenne ich.« Gina drehte ihr Rad herum.

»Gehen Sie zufällig zu Sybil?« fragte Byron.

»Ja.«

»Sagen Sie ihr, ich komme später vorbei. Sie hat mich auf ein Bier eingeladen. Und wenn ich diesen Berg Arbeit abgetragen habe, werde ich es brauchen.«

Als Gina bei Sybil ankam, saß dort Zoë behaglich auf dem Sofa, eine Bierflasche in der Hand, und sah sich im Fernsehen ein Cricketspiel an. Sybils Katze lag zusammengerollt auf ihren Knien.

»Komm rein«, sagte Zoë. »Ich kann nicht aufstehen, sonst schlägt mir mein neuer Freund Heracles die Krallen ins Bein. Sybil schreibt gerade ein Kapitel zu Ende. Hol dir ein Bier. Es steht im Kühlschrank.«

Gina tat wie geheißen. Sie beneidete Zoë um die Leichtigkeit, mit der sie sich auf neue Leute und Situationen einstellen konnte. Als ob sie Sybil schon seit Jahren kennt, dachte Gina frustriert. Und Fergus ist genauso schlimm.

»Wenigstens ist er wieder in Oxford«, sagte Gina, ohne sich einzugestehen, daß sie im Grunde wünschte, er wäre nicht abgefahren.

»Apropos Fergus«, sagte Zoë, während ihr Blick irritierenderweise auf den Bildschirm gerichtet blieb, »er hat aus Oxford angerufen. Große Neuigkeiten.«

»Wenn du's mir erzählen willst, schalte erst mal den Fernseher aus«, erwiderte Gina. »Es ist schwierig, sich mit jemandem zu unterhalten, der sich ein Cricketspiel anschaut.«

Zoë richtete die Fernbedienung auf den Fernseher. »Du bist ja bloß neidisch, weil du keinen Schimmer vom Spielgeschehen hast.«

»Fang schon an«, sagte Gina.

»Gut. Zunächst mal ist Jessica getürmt.«

»Getürmt?«

»Ja, offenbar nach ›Tarhitti‹ geflogen. Fergus meint, wenn sie allein fliegt, wird sie ewig in Heathrow hängenbleiben und darauf warten, daß ›Tarhitti‹ auf der Anzeigetafel erscheint.«

»Was ist mit dem Haus? Hat sie ihren Mietanteil bezahlt?«

»O ja. Jeden Penny. Jessica würde nie Geld schuldig bleiben. Das ist die gute Nachricht. Die schlechte Nachricht ist, daß sie alle ihre Kleider Oxfam vermacht hat, also keine Jessicas mehr für uns.«

Gina verzog das Gesicht. »Verdammt. Ich hatte vor, mir ein Kleid für den Ball auf Heartsease Hall zu leihen.«

»Die nächste gute Nachricht ist, daß Fergus neue Mieter gefunden hat.«

»Mieter? Im Plural?«

»Ja, vier Amerikaner. Sie wollen bis zum Herbst das ganze Haus mieten.«

»Das geht doch gar nicht. Was wird aus Fergus?«

»Hab ich das nicht gesagt? Fergus kommt wieder hierher.«

»Was?«

»Ja, das ist auch eine gute Nachricht. Aber es kommt noch eine schlechte: Fergus muß seine und meine sämtlichen Sachen zu deinen in dein ehemaliges Zimmer stopfen. Damit drei Räume frei sind. Zwei der Männer sind ein Paar, sie wollen sich ein Zimmer teilen. Eine dicke Miete, sagt Fergus.«

»Was ist mit seiner Doktorarbeit?«

»Ich habe ihm gesagt, daß er bis zum Herbst in Kingfisher Cottage bleiben kann, wenn er will. Er bringt seine Bücher und seinen Computer mit, kein Problem.«

»Hm.« Gina hatte das Gefühl, daß mit Fergus' – wenn auch vorübergehendem – Auszug aus dem Haus in Oxford ihre letzte Verbindung zu einer ihr vertrauten und sicheren Welt gekappt war.

»Und noch eine Neuigkeit.« Zoë trank wenig damenhaft einen Schluck Bier aus der Flasche. »Dein Dad ist aufgekreuzt.«

»Was? – Wo? Wann?«

»Warum? Und womit?« witzelte Zoë. »Finde die Antworten auf diese Fragen, und das Verbrechen ist aufgeklärt. In Oxford, um dich zu suchen. Deine Ma hat nichts von dir gehört, und er auch nicht, also wollte er mal nachsehen. Um sicherzugehen, daß du beispielsweise nicht von Mädchenhändlern nach Buenos Aires verschleppt wurdest.«

»Woher wußte er, wo er mich finden kann?«

»Er hatte wohl deine Adresse. Ich nehme doch an, daß er alle fünf Sinne beisammen hat, warum sollte er also nicht rausfinden können, wo du wohnst?«

»Ja, klingt logisch«, sagte Gina unsicher. Ihr kam ein entsetzlicher Gedanke. »Himmel, Fergus hat ihm doch nicht gesagt, daß ich hier bin …«

»… und die Hochstaplerin spielst? Nein, so blöd ist er nicht. Er sagte, du wärst bei Freunden, und sobald er von dir hört, würde er dir ausrichten, daß du dich bei deinem Pa melden sollst. Er bleibt nur ein paar Tage in Oxford, dann ist er in London.«

Gina ließ sich auf den nächstbesten Stuhl fallen. »Das hat mir gerade noch gefehlt«, jammerte sie. »Monate vergehen, alles ist ruhig und friedlich, und dann, ganz plötzlich, sind alle hinter mir her.«

»Ist doch nett, so gefragt zu sein.« Zoë schaltete den Fernseher wieder ein. »Oh, sieh mal, ein Tor ist gefallen, und ich hab's verpaßt.«

Sybil steckte den Kopf ins Zimmer. »Dachte ich mir doch, daß ich Stimmen höre, die nichts mit Cricket zu tun haben«, sagte sie. »Hallo, Gina. Hat Zoë Ihnen ein Bier geholt?«

»Ja, danke.«

Sybil verschwand, dann kam sie mit einem Bier für sich zurück, das sie geschickt in ein hohes Glas goß. »Das habe ich mir verdient«, sagte sie und sank in einen Sessel.

»Haben Sie Ihr Kapitel beendet?«

Sybil nickte. »Irgendwann geht einem die Puste aus, wißt ihr. In meinem Genre muß man erfinderisch sein. Die Variationsmöglichkeiten sind begrenzt und das Vokabular ist eher banal. Der Roman soll in lustvoller Ekstase ausklingen, völlige Befriedigung garantiert, ganz anders als im wirklichen Leben. Na ja, so bezahlt man seine Rechnungen.«

Gina war fasziniert. »Schreiben Sie das gern?«

Sybil lachte. »Ob es mich antörnt, wollen Sie wissen? Früher einmal vielleicht, heute ganz gewiß nicht mehr. Es ist schwierig, lesbare Bücher einhändig zu schreiben, wissen Sie.«

»Wie sind Sie dazu gekommen?«

»Ein Freund von mir, der in einem Verlag arbeitete, wußte, daß ich nach dem Tod meines Mannes blank war. Es ist kein Spaß, mit dem Gehalt einer Lehrerin drei Kinder aufziehen und in die Schule schicken zu wollen. Der Verlag wollte Titel mit klassischen Motiven, also habe ich ihnen den Gefallen getan. Die landläufige Vorstellung ist«, fuhr sie fort, »daß zum Beispiel die Römer unaufhörlich Orgien inszenierten und ihren Perversionen frönten. Das trifft selbstverständlich nicht zu. Es war eine sehr prüde Gesellschaft. Die körperliche Liebe durfte stattfinden, solange es dunkel war – wußten Sie das? Natürlich nicht, in der Schule lernt man so was nicht. Nur Frischvermählte durften eine Ausnahme machen, und das auch nur am Tag nach der Hochzeit. Und die Damen hielten stets ihren Busen bedeckt.«

»Wirklich?« sagte Zoë.

»Tatsache«, erwiderte Sybil. »In meinen Büchern sieht's natürlich anders aus. In diesem Metier geht es nicht ohne steife Nippel. Die Leser wollen es so.«

Gina fand das sehr komisch, ebenso Zoë, die den Ton abgedreht hatte, um zuzuhören.

»Wie denken Sie sich die Handlung aus?« fragte sie neugierig.

»Eigentlich immer nach dem gleichen Strickmuster«, sagte Sybil. »In meinem Fall fängt man mit einer Heldin an. Sie begegnet dem Schurken, der einen Riesenpimmel hat, vor Gemeinheit nur so strotzt und mit besagter Heldin seine lüsternen Spielchen treibt. Andere Männer hier und da, Finale und Höhepunkt mit dem Helden, der noch besser ausgestattet ist als der Schurke. Jede Menge exotischer Schauplätze, Säulen, Eunuchen, Sklaven, was das Herz begehrt. Das Rezept geht immer auf.«

»Wow«, sagte Gina bewundernd. »Keine schlechte Methode, seine Brötchen zu verdienen.«

Es war schön gewesen, mit Zoë und Sybil zu plaudern und zu lachen, dachte Gina, als sie sich in ihrem Zimmer aus dem Fenster lehnte. Der zunehmende Mond ergoß sein fahles, klares Licht über das weite, stille Land.

Die Stille wurde jäh von einer Reihe tiefer Schreie zerrissen. Sie kamen aus dem Baum gegenüber von Ginas Fenster. Es war eine Eule, so groß wie eine Katze, weiß, mit riesengroßen Augen. Die Eulen beunruhigten Gina. Ihre Schreie waren unheimlich, gespenstisch. Und warum gab es hier so viele? So viele an einem Ort – es schien fast unnatürlich. Sie schloß die Vorhänge.

Gina legte sich aufs Bett und dachte nach. Sie hätte sich sofort aus dem Staub machen sollen, als Sybil mit dem Verhör begann.

Und unter welchem Vorwand?

Egal, jeder Vorwand hätte seinen Zweck erfüllt. Keine Höflichkeitsregel der Welt verpflichtet dich, brav auf deinem Platz sitzenzubleiben, wenn dich jemand ausquetscht wie eine Zitrone.

Es ging los, als Gina spontan erzählte, was sie in jener stürmischen Regennacht beobachtet hatte.

Sybil fand es amüsant. »Also das ist der Grund, warum Sie völlig aus dem Häuschen waren? Warum haben Sie das nicht gleich erzählt?«

»Ich hatte Angst«, sagte Gina würdevoll.

»Was, vor ein paar Männern, die im Dunkeln herumschleichen und Kisten ausladen? Das war doch bloß Schmuggelware.«

»Genau das habe ich auch gedacht«, sagte Gina. »Schmuggler.«

»Waren aus dem Ausland«, erklärte Sybil. »Sie bringen sie in einer der Buchten an Land und lagern sie später in den Cottages. Das ist immer noch billiger, als sich das Zeug in Boulogne im Supermarkt zu besorgen.«

»Und die Leute kaufen das?«

»Guter Gott, ja. Das geht seit zweihundert Jahren so, vielleicht sogar noch länger.«

Gina war nicht sicher, was sie von dieser speziellen englischen Tradition halten sollte. »Diese Typen sahen ziemlich entschlossen aus.«

»Das sind sie auch.«

»Gut, daß sie mich nicht gesehen haben.«

Sybil spitzte die Lippen. »O ja, allerdings. Nehmen Sie noch ein Bier.«

Gina nahm das Glas, lehnte sich in dem bequemen Sessel zurück und dachte, wie irreführend doch Reiseführer sein konnten.

Sybil saß entspannt, freundlich lächelnd in ihrem Sessel. Und fing an, Fragen zu stellen.

Zoë gab ausführliche Antworten. Und Sybil wirkte zufrieden mit ihren Erklärungen zu Job, Ferien und ihren ungewissen Zukunftsplänen.

Warum gab Zoë so bereitwillig Auskunft über ihr Leben? fragte sich Gina. Sie erzählte sogar, daß sie Tim den Laufpaß gegeben hatte.

Das fand Sybils ungeteilten Beifall. »Recht so«, sagte sie. »Am besten, man läßt alles Alte hinter sich.« Woraufhin sie Gina aufs Korn nahm.

»Forschung? Kann man davon leben? Füllt die Arbeit einen aus? Könnten Sie sich ein Leben lang damit beschäftigen? Immer für andere Leute arbeiten? Meist wohl für einen Mann? Er veröffentlicht, streicht den Ruhm ein ... Wie frustrierend. Oh, Sie streben selbst eine wissenschaftliche Laufbahn an? Artikel in Fachzeitschriften ... eine feste Dozentenstelle? In der heutigen Zeit, wie unrealistisch.«

Eine kurze Verschnaufpause, als sie ihr Bier austrank.

Wie fade. Ob Gina ihr ganzes Leben an dieser oder jener Universität verbringen wolle? Sei das nicht eine enge, erstickende Welt? Ob sie mal Psychologie belegt habe? Schon mal von der Suche nach Geborgenheit in der akademischen Welt gehört habe?

Dann nahm sie Alwyn auseinander. Dieser Mann, für den Sie arbeiten, bezahlt er Sie gut? Erkennt er Ihre Arbeit an? Sind Sie in ihn verliebt, nein, wie backfischhaft. Und selbstverständlich schlägt er Kapital daraus, keine Frage. Zweifellos hat er im Laufe der Jahre ganze Heerscharen von engagierten jungen Frauen ausgebeutet.

Und sie denke doch nicht an Heirat als Alternative, oder? Eine Frau mit ihrem Temperament könne doch nicht glauben, daß dies all ihre Probleme lösen würde?

Und was sei mit Reisen? Dem Reiz des Unbekannten? Ob sie nicht in anderen Ländern leben, neue Dinge ausprobieren, Abenteuer erleben wolle?

Wenn die wüßte, dachte Gina grimmig.

»Man zahlt einen hohen Preis, wenn man nicht das Leben führt, das man leben sollte«, warnte Sybil sie zum Schluß. »Das ungelebte Leben vergiftet nicht nur die eigene Existenz, sondern auch die der Menschen ringsum.«

»Du liebe Güte«, sagte Gina matt. »Das hat mir gerade noch gefehlt.«

»Nehmen Sie noch ein Bier«, sagte Sybil ermutigend. »Oder vielleicht brauchen Sie ja was Stärkeres?«

»Eine Person mehr zum Mittagessen«, verkündete Guy, als er rückwärts durch die Schwingtür in die Küche kam, eine silberne Teekanne in beiden Händen.

Esme vollführte abenteuerliche Verrenkungen, um ihren Po zu inspizieren, der sich im fortgeschrittenen Stadium des Abschälens befand. »Wer kommt denn?« fragte sie und schob mit einem Schlürfgeräusch ihren Kaugummi in die andere Backe.

Guy warf ihr einen kühlen Blick zu. »Serge Zandermann, der amerikanische Maler. Victor hat gerade mit ihm telefoniert, wegen des Bildes, das er kaufen will.«

Hester kam aus der Speisekammer. »Übernachtet er hier, Guy? Oder hat Victor nichts dazu gesagt?«

»Nein, er bleibt nicht«, erwiderte Guy, froh, weil er im

Bilde war. »Er kommt heute vormittag, bleibt zum Mittagessen und fährt dann wieder nach London. Heute abend fliegt er nach New York zurück.«

»Der Glückspilz, kann aus diesem Land entkommen«, sagte Esme.

»Niemand hält dich hier, meine Liebe«, sagte Guy unfreundlich.

»Ich hab mir vorgenommen, ein Jahr hierzubleiben, und das werd ich auch tun«, erklärte Esme gutmütig. »Hester, möchten Sie, daß ich die Terrasse abspritze und mit Bleichmittel behandle? Vor dem Ball sollten wir die glitschigen Stellen beseitigen, sonst geraten die werten Gäste noch ins Trudeln.«

»Ja, durch das Moos ist es sehr glatt.« Hester überlegte. »Macht es Ihnen auch nichts aus? Eigentlich ist es ja die Aufgabe von Jarvis, aber ...«

»Ach wo.« Esme zog ihre Hose hoch und das T-Shirt hinunter. »Der springt sowieso schon im Dreieck – all die Blumen für den Ball. Außerdem bin ich lieber draußen und betätige meine Muskeln, als hier rumzustehen und Gemüse aufzuschlitzen.«

Esme hatte ihre eigenen Ansichten zu Aimées Ball. »Was für ein Mordstheater. Sie sollten ein Grillfest geben, fertig, aus. Wer braucht schon dieses affige Getue?« Sie verschwand auf den Hof, ehe Guy den Rüffel loswerden konnte, der ihm auf der Zunge lag. Das folgende Poltern und Krachen waren ein Hinweis darauf, daß sie den großen Gartenschlauch gefunden hatte und sich geräuschvoll auf die Art körperlicher Arbeit vorbereitete, die ihr am besten gefiel.

»Also wirklich.« Guy verdrehte die Augen.

Maria machte sich mit besonderem Schwung an die Zubereitung des Mittagessens, entschlossen, eine Mahlzeit zu kreieren, die eines Weltreisenden würdig war. Eines Weltreisenden zumal, der am Abend zu einer Flugzeugspeisung verurteilt war. In Marias Augen rangierte derlei Essen nur knapp über dem Fraß des durchschnittlichen Hamburgerlokals.

»Er ist ein sehr renommierter Maler«, teilte Guy ihr mit. »Steht im internationalen ›Who's Who‹. Zahlreiche Ausstellungen. Er malt zwar gegenständlich, was heutzutage aus der Mode gekommen ist, aber er verdient bestimmt gutes Geld.«

Guy hatte in Heartsbury einen Kurs in Kunstinterpretation belegt und sprach daher mit der Stimme der Autorität. Maria runzelte die Stirn und gab unbestimmte spanische Laute von sich. Für solch einen Künstler mußte sie auf jeden Fall etwas Besonderes zubereiten. Hätte ihr weißes T-Shirt Ärmel gehabt, dann hätte sie sie hochgekrempelt. So schnürte sie nur die Bänder ihrer großen Schürze fester und marschierte zum Kühlschrank.

In der Spülküche ertönten fröhliche Melodien von Offenbach aus Esmes Radio, die Sonne strömte zum Fenster herein, und in den Sträuchern vor dem Haus summten zufrieden die Bienen.

Ein Bild des Friedens.

19

In Oxford schien die Sonne ebenso schön, doch Fergus war alles andere als friedlich gestimmt. Die langweilige Aufgabe, die drei Zimmer auszuräumen, war erledigt, zumindest das hatte er geschafft. Er sortierte seine Aktenordner, Papiere und Disketten, um sie zusammen mit dem Computer zum Wagen zu bringen. Vielleicht war es der Gedanke an all die Worte, der ihn deprimierte – die Erinnerung daran, womit er die vergangenen drei Jahre zugebracht hatte.

Oder war es die Aussicht, Charlotte anrufen zu müssen?

Fergus hatte keine Lust, mit Charlotte zu reden. Das war seltsam, denn Charlotte, ein sehr hübsches Mädchen von scheinbar angenehmem Wesen, war seit langem seine Freundin. Alle gingen wie selbstverständlich davon aus, daß sie zu gegebener Zeit heiraten würden – Charlotte, ihre Familie, Fergus' Familie und, jedenfalls bis vor kurzem, Fergus selbst.

Jetzt wollte er nicht mit ihr sprechen und konnte sich gut vorstellen, sie bis zum Herbst auch nicht zu sehen. Überhaupt konnte er sich eine Zukunft vorstellen, in der Charlotte keine Rolle mehr spielte.

Nicht, daß er auf eine andere scharf wäre, sagte er sich. Erstaunlich eigentlich. Fergus war nicht promiskuitiv. Für ihn galt die Devise, keine Charlotte, kein Sex, es sei denn, er fand eine neue Freundin. Aber das machte ihm gar nichts aus.

Da muß jemand was ins Trinkwasser getan haben, dachte Fergus mißmutig, während er Instruktionen zu Papier brachte, was zu tun war, wenn der Boiler streikte. Oder vielleicht lag es an der außergewöhnlichen Hitze? Mit den kühleren Tagen würde sicherlich auch seine Libido wieder aktiv werden. Wie dem auch sei, jetzt wartete jedenfalls Charlotte auf seinen Anruf. Sie würde den Sommer mit ihm planen wollen, das Übliche: Glyndebourne, ein, zwei Konzerte (denn Charlotte war ein kultiviertes Mädchen und liebte Musik), Wimbledon (da sie selbst eine gute Tennisspielerin war und es ihr Spaß machte, den Spielen zuzusehen), Besuche bei Freunden, zwei oder drei Wochen im Ausland ...

O nein, dachte Fergus. Nicht in diesem Sommer. Schließlich mußte er seine Dissertation zu Ende schreiben. Sie würde es verstehen, es war höchste Zeit, daß er die Arbeit abschloß und sich einen Job suchte.

Einen Job. In London. Irgendwas in der City, wie es sich für einen Ökonomen gehörte. Oder eine Stellung irgendwo im Ausland. An einem reizvollen Ort. Charlotte hatte keinen Zweifel daran gelassen, daß sie die Großstadt bevorzugte. Eine schicke Großstadt natürlich, nicht etwa eine überfüllte Dritte-Welt-Metropole oder eine vulgäre amerikanische Stadt.

Fergus seufzte. Am besten, ich bringe es gleich hinter mich. Ich erkläre ihr, warum ich aus dem furchtbar heißen Oxford fliehen und mich aufs Land verziehen muß, um mich richtig in die Arbeit reinknien zu können.

Das würde Charlotte ja vielleicht noch akzeptieren. Was Zoë betraf, war Fergus nicht so sicher. Charlotte hatte es toleriert, als im vergangenen Jahr drei Mädchen bei ihm eingezogen waren, obgleich sie keine der drei leiden konnte. Die Zahl gab ihr Sicherheit. Wenn sie aber erst herausfand, daß er das Cottage mit Zoë teilte, würde sie eventuell ins Nachdenken kommen.

Ach, zum Kuckuck mit Charlotte, dachte Fergus und machte einen letzten Rundgang durchs Haus, bevor er seinen Wagen belud. Er konnte sie auch später noch anrufen.

Der Postbote blieb an der niedrigen Ziegelmauer vor dem Haus stehen. »Nur ein Brief für Sie«, rief er fröhlich. »Geht's in den Urlaub?«

»Ich vermiete das Haus für den Sommer.« Fergus nahm den Brief an.

»Vergessen Sie nicht, einen Nachsendeantrag zu stellen«, sagte der Postbote.

Guter Tip, dachte Fergus und riß den Umschlag auf. Eine dicke Karte, geschmackvolle Prägeschrift ... ein Ball. Für Aimée. Du liebe Güte, war Aimée erst einundzwanzig? Lebhafte Bilder von Aimée gingen Fergus durch den Kopf, und ein warmes Lächeln erschien auf seinem Gesicht.

»Und Charlotte«, stand unten in ausladender, schwungvoller Handschrift.

Wieder auf der Erde.

Charlotte. Tja, das würde ihr gefallen. Lade sie ins Cottage ein, stell ihr Sybil vor, tu so, als wäre Zoë häufig unterwegs. Man konnte den Anschein erwecken, als wäre alles völlig harmlos. Was es ja auch war. Wie öde, dachte Fergus und legte einen Stapel Bücher in den Kofferraum. Doch die Einladung verschaffte ihm einen gewissen Vorteil, daher würde er Charlotte jetzt gleich anrufen, die Sache klären und sich dann auf den Weg machen. Frei und ohne Sorgen.

Zumindest bis Charlotte in Heartsbane eintraf.

Gina hatte es sich in der Hängematte auf der Terrasse gemütlich gemacht, um gründlich nachzudenken.

Ihre Umgebung war dem Nachdenken nicht eben förderlich. Dünne Wolkenfetzen zogen hoch an dem strahlend blauen Himmel dahin. Eine sanfte Brise machte diesen ausnehmend heißen Tag angenehm. Die Luft war klar und frisch, die Ziergärten bezaubernd grün. Es gab vieles, was das Auge und alle anderen Sinne erfreute, und wenig, was Gina half, mit kühlem, logischem Verstand ihre Situation zu analysieren.

Harry war in Bath. Gina hatte ihn gemieden, vor allem im Swimmingpool, wo er ihr am gefährlichsten schien. Sie spürte, daß er ungeduldig wurde. Er mochte sie, sie kamen gut miteinander aus, wozu sich also Sorgen machen? Was wollte sie mehr? Man nehme nur das Beispiel Byron und Nadia – eine kuriose Ehe, aus der Notwendigkeit und einem geheimen Plan geboren. Die beiden waren immer noch zusammen, die Ehe hatte auf ihre Art funktioniert.

Na ja, vielleicht würde es in zehn Jahren Probleme geben, wenn sie Harry heiratete. Wenn Harry ständig seine Freizeit in Schwulenclubs verbrachte, würde es sogar mit Sicherheit Probleme geben. Aber wie konnte man sich an einem Morgen wie diesem den Kopf darüber zerbrechen, was in zehn Jahren sein würde? Mich interessieren die nächsten zehn Tage, die nächsten zehn Wochen, dachte Gina, während sie sacht hin und her schaukelte.

Ihre friedliche, träge Stimmung verwandelte sich jäh in Entsetzen, als eine vertraute Stimme in ihre Überlegungen platzte.

»Pardon, haben Sie Victor Cordovan gesehen? Man hat mir gesagt, er sei hier draußen auf der Terrasse.«

Gina zuckte so heftig zusammen, daß sie aus der Hängematte kippte und auf den Steinboden plumpste.

»Du lieber Himmel, tut mir aufrichtig leid, warten Sie, ich helfe Ihnen … Gina! Was machst du denn hier?«

»Ach, verdammt«, sagte Gina und befreite ihren Fuß aus den Schlingen der Hängematte. »Hallo, Dad.«

Sie sahen einander an, die braunen Augen und dunkle Haut des einen das Spiegelbild des anderen.

Gina fing sich wieder. »Hast du gesagt, Victor wäre hier draußen? Schnell, er darf uns nicht sehen, ich muß dir erst was erklären.«

»Was denn?« Serge vermochte Gina nur mit Mühe zu folgen, als sie eiligst in den Schatten einer kleinen Baumgruppe floh. »Hey, warum rennen wir so? Victor scheint doch ganz in Ordnung zu sein, warum versteckst du dich vor ihm?«

»Psst. Komm mit, und sprich leise. Dieser Ort ist unheimlich, man weiß nie, wann oder wo plötzlich ein Mitglied der Familie oder des Personals auftaucht.«

Serge fügte sich in das Unvermeidliche und folgte Gina. An einer rustikalen Bank blieben sie stehen, und Gina ließ sich keuchend darauf fallen. Serge setzte sich neben sie und sah seine Tochter fragend an.

»Was ist los?« fragte er. »Ich wußte nicht, daß du hier bist. Dein Freund in Oxford sagte, du wärst bei Freunden, aber nicht wo ... Wie lange bist du schon hier? Ich war erst vor kurzem bei den Cordovans, aber da warst du nicht hier.«

»O doch, aber ich bin ausgerückt, damit wir uns nicht begegnen«, sagte Gina.

Serge war betroffen. »Hey, womit hab ich das verdient?«

Verdammt, dachte Gina. Ich warte seit Jahren auf die Chance, auf ihn loszugehen, und jetzt kann ich es nicht.

»Nein, es lag nicht an dir, Dad«, versicherte sie ihm. »Ich bin momentan nur in einer ziemlich komplizierten Lage. Verstehst du, obwohl ich hier wohne, wissen sie nicht, daß ich deine Tochter bin. Sie halten mich für jemand anderes, eine Cousine von ihnen.«

»Eine Cousine? Von den Cordovans?« Serge schüttelte ungläubig den Kopf. »Wie willst du mit so was durchkommen? Und wieso das alles?«

»Ich bin bis jetzt damit durchgekommen«, zischte Gina. »Und ich muß unbedingt weiter damit durchkommen. Bitte, Dad, es ist ungeheuer wichtig.«

Serge verschränkte die Arme und lehnte sich zurück. »Na gut, schieß los, Kleines. Ich will genau wissen, was hier los ist.«

»Also, es ist so«, begann Gina.

Neben anderen Vorzügen – einem klaren Verstand, reichlich Charme und seiner großen künstlerischen Begabung – verfügte Serge über Humor. Obgleich er kaum glauben konnte, was Gina ihm erzählte, und obgleich ihm klar war, wie übel die Angelegenheit mit dem Visum ausgehen konnte, fand er die Geschichte ihrer falschen Identität urkomisch.

»Ich begreife allerdings nicht, wieso Jung-Harry dabei mitspielt«, bemerkte er. »Ist er eine Art Spaßmacher, ein notorischer Betrüger?«

»Das muß es sein«, sagte Gina.

Dies war die Seite der Angelegenheit, die sie nicht verraten wollte: die Heiratspläne. Sollte es wirklich dazu kommen, würde sie ihn vor vollendete Tatsachen stellen, denn obschon sie ihren Vater nicht besonders gut kannte, hatte sie den leisen Verdacht, daß er es für krank halten würde, nur wegen eines Passes zu heiraten.

Serge stand von der Bank auf und schlenderte zur anderen Seite des Pfads hinüber. Dort fiel das Gelände steil ab, so daß man in einer Höhe mit den Wipfeln uralter Eichen stand. Anerkennend blickte Serge in das dämmrige Laub.

»Es ist phantastisch hier«, sagte er. »Ein Ort zum Träumen. Die Cordovans müssen sehr reich sein, um sich all dies leisten zu können. Und obendrein eins meiner großen Gemälde zu kaufen«, fügte er lächelnd hinzu. »Ich fasse es als Kompliment auf, daß sie hier eines meiner Bilder aufhängen wollen, wenn man die Kunstwerke betrachtet, die bereits in ihrem Besitz sind.«

»Victor ist ein sehr erfolgreicher Geschäftsmann«, erklärte Gina.

»Er muß schon dicke Gewinne machen, wenn bei seinem Tod nicht der ganze Besitz auseinandergerissen werden soll«, sagte Serge. »Von wegen Steuern und so weiter. Es wäre schade, wenn seine Kinder verkaufen, all dies aufgeben und zusehen müßten, wie es parzelliert wird.«

»Ja.«

Serge wandte sich praktischen Dingen zu. »Heute abend fliege ich in die Staaten zurück. Nur für kurze Zeit, ich muß mich um ein paar geschäftliche Dinge kümmern. Dann komme ich für mehrere Wochen nach Europa zurück. Wie wär's also, wenn ich in New York bei dieser Person vorbeischaue und deinen Paß zurückhole?«

Gina riß die Augen auf.

»Du bist vermutlich pleite. Macht nichts. Ich wollte sowieso einen Scheck an deine Adresse in Oxford schicken. Mit einem höheren Betrag als dem Preis für dein Rückflugticket.«

Gina war ungeheuer erleichtert. Sie konnte zum Flughafen fahren, sich ein Standby-Ticket besorgen und aus dem Land entwischen, bevor Popplewell oder jemand anders ihr auf die Schliche kam.

»Und was wird aus Georgie? Die sitzt dann ohne Paß in den Staaten fest. Sie wird stinksauer auf mich sein.«

Serge hob zynisch eine Augenbraue. »Ich finde, du solltest eher sauer auf Georgie sein. Sie scheint mir durchaus auf sich selbst aufpassen zu können. Aber kein Problem. Gib mir ihren britischen Paß, dann tausche ich ihn aus.«

»Und wenn sie nicht will?«

»Sie hat keine große Wahl«, sagte Serge trocken. »Ich sehe es so – sie hat deinen Paß gestohlen, und das ist ein ernsthafter Gesetzesverstoß. Außerdem hat sie als britische Staatsbürgerin ohne Visum oder Arbeitserlaubnis kein Recht, sich in den USA aufzuhalten. Geschweige denn, einen Job anzunehmen. Nein, ich glaube, deine Georgie wird mitspielen.«

Wenn ich erst wieder in Amerika bin, dachte Gina, kann ich mich mit Alwyn in Verbindung setzen. Er schien sehr zuversichtlich, daß er mir eine Arbeitserlaubnis beschaffen kann. Oder vielleicht könnte ich zurückkommen, um weiterzustudieren, meinen Doktor zu machen. Das würde mindestens noch drei Jahre in England bedeuten. Herrlich.

»Es ist toll hier«, sagte sie zu ihrem Vater, als sie zusammen zum Haus zurückgingen. »Ein wunderschönes Land.«

Serge blickte sie besorgt an. »Häng dein Herz nur nicht an all diese Dinge«, sagte er. »Vor allem nicht in deinem Alter. Es kann zu einer Fessel werden, wenn du eigentlich alle möglichen neuen Dinge ausprobieren und neue Orte kennenlernen solltest.«

»Magst du England nicht?«

»Doch, aber ich finde, daß es ein sehr kleines Land ist und die Menschen sehr schnell deprimiert und pessimistisch sind. Das liegt mir nicht.«

Gina fiel etwas ein. »Du und Mom, ihr habt hier in der

Nähe geheiratet. Ich habe die Eintragung im Kirchenregister gesehen.«

»Na so was, ja, stimmt. Deine Mutter stammte aus dieser Gegend, und sie hatte es sich in den Kopf gesetzt, sich hier trauen zu lassen. Es war eine reizende kleine Kirche.« Er wandte sich ab und blickte auf die Fassade von Heartsease Hall. »Es tut mir leid, daß es mit deiner Mutter und mir nicht geklappt hat. Für die Kinder ist es immer hart, wenn eine Ehe zerbricht.«

»Hast du Mom so schlecht behandelt?«

»Hat sie dir das gesagt?«

»Wir haben nicht oft darüber geredet«, sagte Gina. »Aber ich erinnere mich an eure Kräche.«

»Wir haben einfach nicht zueinander gepaßt. Ich mochte New York, sie nicht. Ich arbeite zu den unmöglichsten Zeiten, habe heftige Stimmungsschwankungen, wie die meisten Künstler. Deine Mutter wollte ein geregelteres Leben führen. Und ich kämpfte damals, um mich als Maler zu etablieren, das Leben war hart. Trotzdem hatten wir auch tolle Zeiten zusammen, ich möchte sie nicht missen. Aber jetzt wirkt sie recht glücklich, mit ihrem italienischen Grafen.«

»Ach, er ist ein Graf? Ich dachte, er wäre ein Gauner.«

Serge lachte. »Kann man nicht Graf *und* Gauner sein? Ist das nicht heutzutage in Italien das Übliche?« Er wurde vorübergehend ernst. »Nein, er scheint ein netter Kerl zu sein, bestimmt kein Gauner. Außerdem ist das nicht der Stil deiner Mutter, das weißt du.«

Stimmt, dachte Gina. Eine Überraschung nach der anderen. Dieser völlig unerwartete Vater, den sie mochte, wirklich mochte, und der ihr half, als wäre er schon immer für sie dagewesen. Und vielleicht hatte sie auch ihre Mutter falsch eingeschätzt. Die hatte von jeher streng zwischen Richtig und Falsch unterschieden, keine halben Sachen oder Ausreden toleriert. Bequem für sie, aber sehr lästig für mich, und außerdem ziemlich unzeitgemäß, dachte Gina.

»Ich glaube, ich lasse das Mittagessen ausfallen, wenn's dir nichts ausmacht«, sagte sie. »Es würde mir sehr schwerfallen, vor dir zu schauspielern.«

»Na schön«, meinte Serge. »Wenn die anderen uns zusammen sehen, würden sie es ohnehin eigenartig finden, wie sehr wir uns ähneln.«

Gina blieb stehen und sah ihren Vater zum ersten Mal richtig an. »Ist das so? Sehe ich aus wie du?«

»Ich fürchte ja«, sagte Serge. »Hat deine Mutter dir das nie gesagt?«

Wenn sie es getan hätte, dann hätte ich nicht hingehört, dachte Gina.

»Also, bist du noch hier, wenn ich aus den Staaten zurückkomme? Es wird ein bißchen dauern, ich lege einen Zwischenaufenthalt in der Schweiz ein. Aber ich lasse dir auf jeden Fall den Paß zukommen. Und ich hinterlasse den Scheck für dich. Wie lautet dein Deckname? Damit ich ihn auf den Umschlag schreiben kann.«

Gina sagte es ihm.

»Hartwell ohne das E. Ein Glücksfall für diese Georgie. Na schön, ich lege ihn auf den Tisch in der Halle, oder wo immer man in diesen großen Häusern die Post für Gäste hinterläßt. Das Flugticket wird nicht soviel kosten. Mit dem Rest des Geldes kannst du dir kaufen, was du magst.«

Gina küßte ihn, zum ersten Mal seit Jahren. »Danke, Dad.«

»Ist mir ein Vergnügen«, sagte er. »Und handle dir nicht noch mehr Schwierigkeiten ein, bis wir uns wiedersehen.«

»Ich habe nicht die Absicht«, sagte Gina würdevoll.

Die Haustür von Kingfisher Cottage stand offen, doch es schien niemand da zu sein. Fergus runzelte die Stirn über diese Nachlässigkeit. Ländliche Gewohnheiten, gut und schön, aber trotzdem …

Als er aus dem Fenster im ersten Stock sah, entdeckte er Zoë im Garten. Sie saß offenbar in einem Zustand völliger Glückseligkeit auf der Hollywoodschaukel. Auf einem kleinen Tisch neben ihr türmte sich ein Stapel glänzender Bücher, daneben stand eine Obstschale mit Äpfeln.

In Fergus stieg widersinnigerweise Ärger auf. Wie kam es, daß Zoë, die arbeitslos war und in Kürze zweifellos keinen Penny mehr besitzen würde, derart das Nichtstun genießen konnte?

»Du siehst sauer aus, Fergus.« Zoë blickte von ihrem Buch auf, als er über den Rasen auf sie zukam.

»Du dagegen scheinst dich des Lebens zu freuen«, grummelte Fergus. »Rutsch mal ein Stück. Es ist viel zu heiß.«

»War die Fahrt stressig?« fragte Zoë. »Und du hast bestimmt Hunger. Deshalb bist du so brummig.«

»Ich bin nicht brummig«, sagte Fergus.

»Und ob. Es gefällt dir nicht, daß ich hier faulenze. Du denkst, ich sollte etwas tun. Kommt nicht in Frage. Ich habe Ferien, und ich werde mich nicht quälen oder mir einreden, daß ich aktiv werden sollte.«

»Und das ist auch richtig so.« Sybil spähte über den Gartenzaun. »Wenn es Ihnen zu heiß wird, Zoë, und Sie die Energie haben herüberzukommen, können Sie das Schwimmbecken für mich testen. Es scheint sich zu einer erträglichen Temperatur erwärmt zu haben, und ich habe gerade in der Bedienungsanleitung gelesen, daß man darin schwimmen muß, damit das Wasser in gutem Zustand bleibt.«

»Sind Ihre Enkel nicht gekommen?« fragte Fergus hoffnungsvoll.

Sybil durchschaute ihn. »Sie mußten ihren Besuch verschieben, sie werden nicht vor Ende des Monats kommen. Glück für Sie, hm? Der Kleinste hat sich irgendwas eingefangen, deshalb ist er zu Hause besser aufgehoben. Meine Tochter weiß, daß ich stinksauer wäre, wenn ich meine Arbeit liegenlassen müßte, um mich um den Jungen zu kümmern, so gern ich ihn auch habe.«

Fergus war sehr erleichtert, aber zu höflich, um es zu sagen. »Ich gehe mal besser und lade den Wagen aus, bevor noch jemand mit meinem Computer das Weite sucht«, sagte er.

»Hier passiert so was nicht«, sagte Sybil.

»Im Kühlschrank sind Käse, frisches Brot und kalte Getränke«, rief Zoë ihm nach.

Sybil sah sie belustigt an. »Wollen Sie ihm nicht helfen?«

»Nein. Und ich werde auch nicht loslaufen und Essen für ihn machen. Wenn ich jetzt damit anfange, werde ich ihn bald rund um die Uhr bedienen, und das kommt gar nicht in Frage. Er ist ein erwachsener Mann und bestens imstande, für sich selbst zu sorgen.«

»Aha, aber will er das auch?«

»Vermutlich nicht, aber wer will das schon? Pech für ihn.«

»Wie ich höre, wartet zu Hause eine künftige Ehefrau auf ihn. Sie wird zweifellos besser für sein leibliches Wohl sorgen.«

Zoë lachte boshaft. »O ja, sie wird tun, was immer er will, solange er die nötige Knete heranschafft.«

»Nicht die schlechteste Übereinkunft.«

»Ja, und sie hat eine gewisse Tradition«, pflichtete Zoë ihr bei. »Mein Geschmack ist es nicht, aber ich bin ja auch kein Mann. Und Ihr Geschmack auch nicht«, fügte sie nachdrücklich hinzu. »Sonst hätten Sie wieder geheiratet. Erzählen Sie mir nicht, daß Sie Ihr Leben, wie es jetzt ist, nicht sehr angenehm finden.«

Sybil lachte. Man mußte Zoë mit ihrem undogmatischen Feminismus und ihrem zwanglosen Sarkasmus einfach mögen.

»Sie sind ein impertinentes Mädchen«, sagte sie.

»Nehmen Sie einen Apfel«, bot Zoë an. »Meine Vorstellung von Glück: ein gutes Buch, nein, mehrere gute Bücher, Sonnenschein, eine Schale mit knackigen, duftenden Äpfeln ... Es gibt nichts Schöneres.«

Fergus lehnte sich aus dem Küchenfenster. »Wenn ich gegessen habe, gehe ich mir den Weinberg ansehen. Willst du mitkommen, Faultier?«

»Nein«, erwiderte Zoë. »Aber bring doch irgendeine Köstlichkeit aus Nadias Laden mit. Für heute abend. Und nach dem Essen können wir in den Pub gehen. Mal sehen, was so los ist.«

»In Ordnung.« Fergus hatte bessere Laune, seit er eine Scheibe Brot und ein großes Stück Käse verdrückt hatte. »Kommen Sie mit, Sybil?«

»Wenn ich mit meinem täglichen Pensum fertig bin«, sagte Sybil.

»Zuerst die Kunst, dann der Pub?« fragte Fergus.

»Warten Sie nur ab, bis Sie selbst Geld verdienen müssen«, sagte Sybil streng.

»Lange dauert es nicht mehr.« Fergus seufzte dramatisch. »Büros, Überstunden, Geld verdienen und ausgeben …«

Zoë rückte die Kissen zurecht und machte es sich erst so richtig bequem. »Das ist eine andere Welt«, sagte sie. »Und wozu sich vorher den Kopf zerbrechen? Es kommt ja doch immer ganz anders, als man es erwartet.«

20

Don arbeitete im Weinberg. Er beschnitt rigoros die Rebstöke. Als er einen Augenblick innehielt, sah er eine hochgewachsene Gestalt auf dem Fußpfad. Er kniff die Augen zusammen, erkannte die Adlernase und winkte Fergus zu.

»Du beschneidest die Reben?« fragte Fergus interessiert. »Zu dieser Jahreszeit?«

»Nur die Blätter, es sind zu viele. Kein Wunder, der Mai war regnerisch, und jetzt all die Sonne.«

Er legte die Rebschere in den Anhänger des Traktors, der am Ende der Reihe stand. »Soll ich dich ein bißchen rumführen?« fragte er.

»Ja, gern. Aber nur, wenn du nicht arbeiten mußt. Sonst komme ich ein anderes Mal wieder. Ich bleibe noch eine Weile in Heartsbane.«

»Nein, jetzt paßt es mir gut.« Don steckte den Schlüssel des Traktors in seine Tasche und ging voran. »Wieviel Hektar bewirtschaftet dein Vater jetzt?«

»Etwa zweitausend.«

»Ackerland?«

»Überwiegend. Aber er hält auch eine preisgekrönte Herde Limousin-Rinder. Das Züchten ist sein Hobby. Er hat natürlich einen ausgezeichneten Verwalter, und heutzutage, bei dem vielen Brachland ...«

Don lachte. »Erwähne dieses Wort nicht vor Prim. Sie geht hoch wie eine Rakete, weil sie es für eine Sünde gegen die Natur hält, auf gutem Boden nicht irgend etwas anzubauen.«

»Mein Pa hat ein phantastisches Klatschmohnfeld. Ich mag die Wiesen. Bisher kannte ich sie nur aus Büchern.«

»Na ja, wie gesagt, Prim sieht es nicht so. Kultivieren, pflanzen, ernten, das ist ihr Ding. Wiesen mögen ein hübscher Anblick sein, aber sie sind nicht produktiv.«

Don führte Fergus durch die Reihen der Rebstöcke und ließ sich über Sorten, Früchtestand, Kreuzungen und Erträge aus. Sie waren ein kurioses Paar – Don eher klein, gedrungen und von der Sonne goldbraun gebrannt; Fergus groß, schlaksig und dunkel. Fergus sah man an, daß er seine Tage in der Bibliothek verbrachte, Don hingegen wirkte rundum wie ein Mann, der seine Zeit im Freien verbrachte. Fergus beneidete ihn.

»Die Weiden alle paar Reihen – sind die als Windschutz gedacht?«

»Genau. Wir brauchen sie unbedingt, sieh dir mal die Bäume da drüben an, dann kannst du erkennen, wie der Wind auf dieser Seite der Hügel bläst.«

Fergus inspizierte die jetzt verlassene Abfüllanlage.

»Mit dem Abfüllen waren wir im Mai fertig. Bis die diesjährige Ernte eingebracht ist, herrscht hier Ruhe.«

»Im Oktober?«

»Wir pflücken gewöhnlich von September bis November.«

»Wer macht das?«

»Alle hier«, sagte Don. »All unsere Angestellten, Leute aus dem Dorf, und sobald das Semester begonnen hat, Studenten vom landwirtschaftlichen College in Heartsbury.«

»Macht bestimmt Spaß.« Fergus dachte daran, was er zu dieser Jahreszeit tat: Worte ernten, keine Weintrauben. Er sagte zu Don, daß er die bessere Seite erwischt hatte, hier zwischen seinen knorrigen Pflanzen.

»Mach dir keine romantischen Vorstellungen«, sagte Don. »Winzer ist ein altehrwürdiger Beruf, aber verdammt harte Arbeit. Und wenn man in England lebt, hat man schlechte Karten.«

»Aber es lohnt sich doch?«

»Für mich ja. Es liegt mir im Blut, könnte man sagen. Und

ich liebe guten Wein, was für eine bessere Arbeit könnte es also für mich geben?«

Sie waren auf dem Haupthof angelangt, und Don schob eine Tür auf. »Also«, sagte er. »Welchen sollen wir probieren?«

Zoë reichte Fergus noch ein Glas Wasser. »Ganz schön kraß«, sagte sie streng. »Morgen wird's in deinem Schädel brummen wie in einem Bienenstock.«

»Mmm«, machte Fergus in seinem glücklich benebelten Zustand.

»Bringen Sie ihn ins Bett«, sagte Sybil.

»Kommt er denn die Stufen hoch?« fragte Zoë skeptisch.

»Wir schieben ihn«, sagte Sybil nach kurzem Nachdenken. »Er muß seinen Rausch ausschlafen, anders geht es nicht. Und wissen Sie was, ich glaube, Don hat mindestens genausoviel getrunken, und ihm merkt man höchstens einen kleinen Schwips an.«

»Der Glückliche«, sagte Zoë. »Aber ich staune über Fergus. Ich hab ihn noch nie so sternhagelvoll gesehen.«

»Alle Studenten trinken zuviel«, behauptete Sybil.

»Zu Anfang schon. Als Erstsemester ist Fergus vielleicht jeden Abend auf Sauftour gegangen, aber da kannte ich ihn noch nicht. Nein, nein, Fergus trinkt ganz gern mal einen, so wie wir alle, aber nicht in diesem Maß.«

»Ihm scheint viel im Kopf herumzugehen«, sagte Sybil.

Zoë dachte einen Augenblick nach. »Ach ja? Wieso denn? Er hat eine feste Freundin, in Kürze seinen Doktortitel, eine glanzvolle Karriere winkt – er hat doch allen Grund, zufrieden zu sein.«

Sybil sah sie listig an. »Aber er ist es eben nicht. Das kann ich aufgrund langer eigener Erfahrung beurteilen.«

»Du wirkst sehr fröhlich«, sagte Harry.

»Bin ich normalerweise so trübselig?« fragte Gina.

»Nein, aber in letzter Zeit warst du ziemlich bedrückt. Ich

hab mich in den letzten Tagen nicht viel um dich gekümmert. Tut mir leid, ich hatte viel um die Ohren.«

Arbeit oder Jungs? hätte Gina am liebsten gefragt.

Aber Harry war in Gedanken beim Thema Ehe. »Ich will dich nicht drängen, aber …«

Gina war nicht auf der Hut. Sie war froh und erleichtert wegen der Aussicht, ihren Paß zurückzubekommen, glücklich über das Wiedersehen mit ihrem Vater. Unvorsichtig erzählte sie Harry von Serge und den Plänen hinsichtlich ihres Passes.

Ein dicker Fehler.

»Verstehst du, ohne daß ich einen Paß habe, können wir ohnehin nichts in die Wege leiten.«

»Ich wußte nicht, daß man einen Paß vorzeigen muß, um zu heiraten.«

»Als amerikanischer Bürger schon. Neben vielen anderen Formalitäten.«

Harry sah nicht erfreut aus. »Daran hab ich überhaupt nicht gedacht. Na ja, kein Problem, du kannst als Georgiana Hartwell heiraten.«

»Das wäre ungültig.«

»Wer würde es je erfahren? Ein kleiner Schreibfehler auf der Heiratsurkunde, wer merkt das schon? Und von da an bist du ohnehin Mrs. C. Niemand wird sich mehr an deinen Geburtsnamen erinnern.«

Das gefiel Gina nicht, wenngleich sie nicht recht wußte, warum. Wenn eine Frau heiratete, nahm sie den Namen ihres Mannes an oder auch nicht, je nachdem, wie es ihr am besten erschien. Heiratete sie aber einen Cordovan, wurde sie in jedem Falle auch eine Cordovan, soviel war klar.

»Es hätte keinen Sinn, deinen eigenen Namen zu behalten. Du bist keine Schriftstellerin oder Künstlerin. Was zum Kuckuck spielt das für eine Rolle?«

»Ich habe noch nicht eingewilligt, dich zu heiraten.«

»Noch nicht, aber das wirst du schon noch«, sagte Harry.

Sein selbstgefälliger Ton mißfiel Gina.

»Hast du deinem Pa gesagt, daß du mich heiraten wirst?« fuhr Harry fort.

»Nein.«

»Du solltest es ihm vielleicht auch lieber erst hinterher verklickern. Obwohl er ja nie viel Interesse an dir gezeigt hat, oder?«

Gina sagte nichts. Sie war plötzlich entschlossen, am Tag ihrer Hochzeit beide Eltern bei sich zu haben.

»Wann will dein Pa zu Georgie gehen?«

»Das weiß ich nicht genau«, sagte Gina, froh über den Themawechsel. »Sehr bald, er ist ja nicht lange in New York.«

Harry machte ein nachdenkliches Gesicht. »Kommst du mit nach Bath?« fragte er.

Gina wollte gern mitkommen. Der Scheck ihres Vaters war wie angekündigt aufgetaucht, und es war eine mehr als stolze Summe, in die das Flugticket nur ein kleines Loch reißen würde. »Ich muß mir ein Kleid für Aimées Ball kaufen.«

»Ich helfe dir beim Aussuchen. Ich habe einen vorzüglichen Geschmack.«

»Ich hole eben meine Tasche.«

Harry sah ihr nach, bis sie auf der Treppe verschwunden war, dann ging er schnell in die Bibliothek. Nicky war nicht da. Er holte ein Adreßbuch in schwarzem Leder aus seiner Tasche und schlug einen Namen nach. Vorwahl von New York, dachte er, 001-212 …

Er wählte.

Das Sportfest in Guisborn Lodge war eine sorgfältig orchestrierte Veranstaltung. Die Vorkämpfe und Qualifikationen wurden am selben Tag zu unmenschlich früher Zeit ausgetragen. Nur die engagiertesten Eltern oder jene, die wußten, daß Polly-Schatz oder die liebe Hermione niemals die ersten Runden überstehen würden, fanden sich zu den Vorausscheidungen ein. Bis die Masse der Eltern in ihren mit Picknickkörben beladenen Wagen auf die Parkplätze von Laggard's

Field rollten, waren nur noch die flinksten und stärksten Teilnehmerinnen übrig.

Dies, so fand die Schulleiterin, hinterließ einen weit besseren Eindruck bei den Eltern. »Wir sind hemmungslos wettbewerbsorientiert«, verkündete sie gern mit ehernem Lächeln. »Wir bestehen darauf, daß all unsere Mädchen teilnehmen. Sie sollen lernen, daß es keinen Preis, ob im Sport oder im Leben, für jene zu gewinnen gibt, die es nicht über die Hürde der ersten Runden schaffen.«

Daher war das Leistungsniveau am Nachmittag sehr hoch und die wichtigsten Wettkämpfe bald vorüber, wodurch noch reichlich Zeit für Tee und Imbiß im Festzelt blieb, bevor es um fünf Uhr zur Founder's Hall und der jährlichen Laggard-Ansprache weiterging. Dies war der Höhepunkt des Schuljahres, unter Mitwirkung »angesehener Persönlichkeiten aus Wissenschaft, Kultur und Industrie, deren Leistungen eine Fackel sind, die unseren Mädchen den Weg zum Erfolg weisen«.

Gareth und Lori, die in der Nähe lebten, waren jedesmal von Anfang an dabei. Melissa und Ariadne waren beide sportlich und ehrgeizig, aber es bestand immer die Möglichkeit, daß eine von ihnen im Vorkampf stürzte, wie es im vergangenen Jahr dank einer tölpelhaften Konkurrentin geschehen war, die die Bahn blockiert hatte.

Melissa hatte lautstark protestiert. »Diese blöde Jemima! Ich weiß nicht, was sie an dieser Schule verloren hat. Sie sollte sich wieder auf ihre gräßliche Gesamtschule verziehen, wo man überhaupt keinen Sport treibt. Lauter Versager. Ich finde, man sollte solchen Mädchen keine Stipendien geben. Nur, weil sie auf einer Geige herumkratzt! Nicht, wenn sie schlecht in Sport sind und immerzu Minuspunkte kriegen.«

Die unglückselige Musikerin stellte in diesem Jahr keine Bedrohung mehr dar, da sie zu ihrer ungeheuren Erleichterung auf eine musisch orientierte Schule hatte überwechseln können. Doch da war noch diese Kuh Veronica, die wie der

Wind lief und bei geeigneter Gelegenheit gern mal schubste oder ein Bein stellte.

Allerdings waren Gareth und Lori zur Stelle und sahen mit Argusaugen zu, mit der strikten Anweisung, sogleich Protest zu erheben, sollte Veronica zu einem ihrer Tricks greifen. Außerdem hielt Gareth gern jede Großtat seiner Töchter mit dem Camcorder fest. Da er vom Fach war, wie er sich ausdrückte, rühmte er sich seines professionellen Umgangs mit Videotechnik. Glücklose Freunde, die sich die Ergebnisse ansehen mußten, wünschten zumeist, er wäre in dieser Hinsicht völlig inkompetent. Welche Erleichterung, wenn er vergessen würde, das Band einzulegen, auf den falschen Knopf drückte oder das verflixte Ding komplett versagte.

Im Laufe des Morgens heimste Melissa unerbittlich Punkt um Punkt ein. Ariadne, ein kräftig gebautes Mädchen, hatte eine Vorliebe für die athletischeren Disziplinen und warf mit muskelbepacktem Ehrgeiz Speer und Diskus.

»Miss Crump sagt, im nächsten Jahr soll ich am Fünfkampf teilnehmen«, verkündete sie, als sie sich neben ihren Eltern auf die Bank fallenließ. Mit ihrem roten Gesicht und dem feuchten braunen Haar war sie zwar nicht schön anzusehen, doch sie gewann, und am Tag des Sportfests war das alles, was zählte. Als Gareth den Proviant aus dem Wagen holte, stieß die längst nicht so verschwitzte Melissa zu ihnen. Ariadne zeigte ihnen mehrere Freundinnen, während Lori Servietten auseinanderfaltete und nach den schnuckeligen kleinen Salz- und Pfefferstreuern fahndete.

»Lecker«, sagte Melissa, als sie von der Pastete probierte. »Hast du die in Heartsbury gekauft?«

»Nein.« Lori reichte Gareth eine gekühlte Flasche Wein, damit er sie öffnete. »Die stammt vom Weinberg. Nadia kocht jetzt für den Laden dort.«

»Nadia?«

»Sie und ihr Mann sind in Oracle Cottage eingezogen. Ich glaube, sie ist Russin.«

»Oh, eine Ausländerin. Aber es schmeckt toll.«

»Ich habe aufregende Neuigkeiten«, sagte Lori, als sie endlich selbst zum Essen kam. »Die Cordovans haben uns zu dem Ball für ihre Tochter Aimée auf Heartsease Hall eingeladen. Es ist ihr einundzwanzigster Geburtstag. Am Abend richten wir eine Dinnerparty aus, und einige der Gäste übernachten bei uns.«

»Können Melissa und ich auch mitkommen?« fragte Ariadne.

»Nein, Liebling«, erwiderte Lori, die darüber in heftigen Streit mit Gareth geraten war.

»Nein, wir können unter keinen Umständen dort anrufen und fragen, ob wir zwei halbwüchsige Mädchen mitbringen dürfen«, hatte Gareth gesagt. »Nein, nein und nochmals nein. Das geht einfach nicht.«

Lori hatte es widerstrebend eingesehen, vor allem als ihr klar wurde, daß sie die Zimmer der Mädchen für die Gäste brauchen würde. Alles in allem war es das beste, wenn sie in der Schule blieben.

»Sie übernachten bei euch?« fragte Melissa scharf. »Hoffentlich nicht in meinem Zimmer.«

»Vielleicht Tara«, sagte Lori.

»Ist Tara eingeladen?« fragte Ariadne.

»Ja«, sagte Gareth stolz. »Sie trifft sich häufig mit Don Cordovan und wird seine Begleiterin sein. Sie wird bei ihm zu Abend essen, aber natürlich bei uns wohnen.«

»Mir macht es nichts aus, wenn ihr jemanden in meinem Zimmer einquartiert«, sagte Ariadne hilfsbereit. »Solange es ein dufter Typ ist.«

»Du bist so infantil, wenn es um Männer geht«, sagte Melissa verächtlich.

Alwyn und Angela waren zum Mittagessen im Haus der Schulleiterin eingeladen. Alwyn, ein renommierter Wissenschaftler, der Mann der Stunde, würde die Laggard-Ansprache halten. Er stand in keiner Verbindung zu der Schule, doch Angela hatte eine Tochter dort.

Alwyn genoß es, umschmeichelt und umworben zu werden, und wenngleich er sich Besseres vorstellen konnte, als an einem glühendheißen Junitag in einer Mädchenschule festzuhängen, fühlte er sich wohl. Als er sich in der Aula an seinen Platz auf dem Podium setzte, unter dem Beifall von fünfhundert pubertierenden Mädchen und ihren Eltern, empfand er das Leben als rundum angenehm. Er saß mit durchtriebener Miene da, während eine Vielzahl mehr oder weniger wohlgeformter Mädchen nach vorn marschierte, um Pokale und Preise vom Vorsitzenden des Schulbeirats entgegenzunehmen, einem großen und zerstreut wirkenden Mann, der Dekan einer nahe gelegenen Kathedrale war.

Mit boshafter Genugtuung beobachtete Alwyn, daß den Dekan weder sein Alter noch sein Amt davon abhielten, die attraktiveren unter den Sechstkläßlerinnen in wenig priesterlicher Manier zu mustern. Er mußte Angela sagen, sie solle ihrer Tochter einschärfen, sich nicht allein mit dem guten Mann in dunklen Korridoren aufzuhalten.

Kurz, Alwyn war in exzellenter Form, als er sich erhob, um zum Thema »Geschichte: Spiegel unseres Denkens« zu sprechen. Er war ein brillanter Redner mit ausdrucksstarker Stimme, genau der richtigen Prise Humor und einer Vitalität, die er außerhalb des Rednerpultes vermissen ließ. Er hatte die Gabe, sein Publikum geschickt glauben zu machen, daß alle Anwesenden die angesprochenen gewichtigen und komplexen Ideen teilten und verstanden.

Gareth war fasziniert. Noch bevor der Beifall seinen Höhepunkt erreicht hatte, zwängte er sich durch die Sitzreihe zum Ausgang.

»Also, manche Leute!«

»Ich muß schon sagen!«

»Pardon!«

»Was glaubt der, wo wir hier sind? Bei einem Rugby-Spiel?«

»Daddy, bitte nicht!«

Gareth überhörte die Proteste nicht absichtlich; er bekam

nichts davon mit. Er rannte durch die Korridore und gelangte schließlich zu den massiven Eichentüren, die zum Hauptteil der Aula führten. Die Podiumsteilnehmer kamen gerade heraus.

Er schob sich an dem Dekan vorbei, lächelte flüchtig der Schulleiterin zu und blieb vor Alwyn stehen.

»Mr. Aumbry, ich möchte Ihnen einen Vorschlag unterbreiten. Was würden Sie zu einer eigenen Fernsehsendung sagen? Ich biete Ihnen die Hauptsendezeit und einen Vertrag, für den jeder Comedy-Schauspieler einen Mord begehen würde.«

Gareth hatte seinen Star gefunden.

Gina war so entzückt von ihrem Kleid, daß sie es Zoë auf der Stelle vorführen mußte.

»Himmlisch!« schwärmte Zoë. »Carmen, nur besser geschnitten. Es muß ein Vermögen gekostet haben. War es das Geld von deinem Dad?«

»Ja«, sagte Gina. »Es war schon reduziert, aber der Preis war trotzdem horrend. Macht nichts, dieser Ball ist etwas Besonderes, und ich will mich nicht wie eine arme Verwandte in den Ecken herumdrücken.«

»Gesunde Einstellung«, pflichtete Zoë ihr bei. »Zumal du ja angeblich eine reiche Verwandte sein sollst.«

»Daran hatte ich gar nicht mal gedacht«, sagte Gina. »Also auch noch ein kluger Schachzug, keine Verschwendung.«

»Hat es Harry gefallen?«

»Ja-a.«

»Was wollte er denn kaufen?«

»Schwarz. Raffinierter. Aufreizend. Aber das war im Grunde nicht ich. Die Art Kleid, in dem du toll aussehen würdest, ich hingegen fade. Da ich ja nicht über dein Engelhaar verfüge.«

Zoë lachte und lehnte sich wieder in der Hollywoodschaukel zurück. »Aber du wirst einen Wonderbra tragen müssen. Dieses Kleid verlangt Volumen, und du hast nicht mehr viel übrig. Der ganze Streß ist nicht gut für deine Figur.«

»Mmm.« Gina war mit ihren Gedanken woanders. Sie sog den Rest ihres Eiskaffees durch den Strohhalm ein. »Wo ist Fergus? Schuftet wahrscheinlich an seinem Computer, tief in Wirtschaftszyklen versunken, oder?«

»Mitnichten. Vertieft in welche Plagen auch immer Rebstöcke befallen können. Er hilft Don beim Spritzen«, fügte sie hinzu, als sie Ginas verwirrte Miene sah. »Im Weinberg.«

»Wie eigenartig«, sagte Gina. »Kommt mir ganz untypisch vor.«

»Sybil sagt, Fergus sei völlig durcheinander«, fuhr Zoë fort.

Gina sah sie verblüfft an. »Fergus? Ich bin noch nie jemandem begegnet, der so wenig durcheinander war wie er. Er hat doch sein Leben absolut im Griff. – Vielleicht hat er Krach mit Charlotte.« Eher unwahrscheinlich, es gibt keinen Mann, der williger unter der Fuchtel seiner Freundin steht, dachte sie.

»Schon möglich, aber ich glaube nicht, daß er überhaupt mit ihr gesprochen hat, seit er hier ist.«

»Dann hat er Probleme mit seiner Arbeit.«

»Glaube ich nicht. Du weißt doch, wie straff er gewöhnlich seinen Arbeitstag organisiert?«

»Ja.«

»Nicht hier, nicht jetzt. Seine Unterlagen, Disketten und Bücher stecken alle noch in einer Kiste, die er unter sein Bett geschoben hat. Er hat noch nicht mal seinen Computer angeschlossen.«

»Ausgebrannt«, spekulierte Gina. »Er hat zuviel gearbeitet. Und dann kommt er hierher – der intensive Duft des Meeres, das viele Grün, die Urlaubsatmosphäre, du, das schlechte Vorbild, hängst den ganzen Tag rum … Gut für ihn, daß er mal eine Pause macht. Gib ihm eine Woche oder zehn Tage, dann tippt er wieder munter drauflos.«

Zoë war davon nicht so überzeugt, aber sie war zu träge, um zu widersprechen. »Wir werden ja sehen, ob es etwas mit seinem Liebesleben zu tun hat, wenn Charlotte nächste Woche kommt. Ich persönlich denke, daß er mit Charlotte nicht mehr viel im Sinn hat.«

Gina setzte sich auf. »Quatsch. Fergus ist der beständigste Mensch, den ich kenne. Du bist gemein, Zoë.«

»Ich spreche nur aus, was ich sehe«, entgegnete Zoë unerschütterlich.

Etwas verspätet registrierte Gina, was ihre Freundin sonst noch gesagt hatte. »Charlotte kommt hierher?«

»Ja, sie kommt zum Ball. Schau doch nicht so entsetzt, Gina. Fergus wurde von seiner Tante eingeladen, und sie haben die Einladung wie gewöhnlich auf seine Partnerin ausgedehnt.«

»Sie weiß, wer ich bin!«

»Natürlich weiß sie, wer ... Ach so. Sie könnte eventuell ausplaudern, daß du keine Schweinefleischerbin bist, sondern eine verschlagene Hochstaplerin.«

»Mann«, sagte Gina. »Immer wenn ich denke, daß ich erfolgreich eine Klippe umschifft habe, kommt postwendend die nächste.«

»Wir werden sie einweihen müssen. Erfinde dir einen überzeugenden Grund für alles und überrede sie, die Klappe zu halten.«

»Wann hat Charlotte schon jemals die Klappe gehalten?«

»Leider wahr. Tja, dann wird Fergus sie eben so in Atem halten müssen, daß sie keine Gelegenheit hat, groß mit den Cordovans zu plaudern. Er kann sagen, daß man dich eingeladen hat, weil du eine Freundin der Familie bist. Sie braucht ja nicht zu wissen, daß du dich als Cousine ausgibst.«

»Ein sehr großes Risiko«, sagte Gina besorgt.

»Stimmt. Aber es wird dir nichts anderes übrigbleiben, oder?«

21

»Es hat jemand für Sie angerufen«, sagte Guy, als Gina durch die Halle ging.

Gott sei Dank, dachte sie. Dad – er hat den Paß.

»Ein Mr. Popplewell. Er war extrem neugierig, und ich fürchte, ich war nicht sehr mitteilsam.«

»Popplewell?« Gina blieb die Luft weg.

»Eigentlich hat er nicht gebeten, Sie sprechen zu dürfen, sondern er wollte nur wissen, ob Sie sich hier aufhalten. Sein Ton gefiel mir überhaupt nicht. Ist er ein Freund von Ihnen?«

Guys Tonfall besagte, daß Gina in seiner Achtung stark sinken würde, wenn sie mit einem Menschen vom Schlage Popplewells bekannt wäre.

»Nein, nein«, sagte Gina. »Ein Freund? Überhaupt nicht.«

»Er war sehr beharrlich. Ich dachte schon, er wäre einer dieser Verrückten, die einen am Telefon mit Obszönitäten belästigen.«

Wie um alles in der Welt hatte er sie hier aufgestöbert? Durch den Artikel in ›Gossip!‹ vielleicht. Ob er sich mit Georgies Großeltern in Schottland in Verbindung gesetzt hatte? Hatte er erfahren, daß sie annahmen, ihre Enkelin sei in Heartset? Während er wußte, daß sie in New York fotografiert worden war? Und war er deshalb zu dem Schluß gelangt, daß es sich bei jeder Gina Hartwell mit oder ohne das E, die sich auf Heartsease Hall aufhielt, nur um seine Beute handeln konnte?

(Gina hatte unrealistische Vorstellungen von der Intelligenz des durchschnittlichen Beamten. Mr. Popplewell hatte lediglich den Postboten in Oxford befragt und erfahren, daß sämtliche Post für Fergus, Zoë und Gina nach Heartsbane weitergeleitet wurde. Dann hatte er herumgeschnüffelt, bis er eine Gina H. auf Heartsease ausfindig gemacht hatte.)

Guy sah Gina fragend an. »Geht es Ihnen nicht gut? Machen Sie sich keine Sorgen seinetwegen, ich habe ihm gesagt, was er mich kann. Ja, ich habe ihn sogar belogen.«

»Belogen?«

»Ja. Meine Nase muß jetzt mehrere Zentimeter länger sein. Ich sagte, Miss Hartwell, ein Mitglied der Familie, habe zwar hier gewohnt, sei jedoch abgereist. Und ich hätte keine Informationen zu Ihrem derzeitigen Aufenthaltsort, aber ich sei sicher, daß Freunde oder Bekannte, zu denen zu gehören er ja behauptete, wüßten, wo Sie zu finden sind.«

»Gott sei Dank«, sagte Gina. »Guy, ich bin Ihnen was schuldig. Dieser Widerling verfolgt mich seit Wochen.«

»Dann sollten wir die Polizei verständigen«, erklärte Guy schockiert. »Man weiß nie, wozu sich solche Leute hinreißen lassen. Jetzt kommen Sie erst mal mit in die Küche, ich mache Ihnen einen Kaffee. Sie sehen ganz blaß aus.«

Die Küche war ein Refugium der Ordnung und des Fleißes. Aus einer der Spülküchen drangen unverkennbar die Klänge von Esmes Opernsender, wie üblich von Trällern und Summen begleitet. Pfannen glitzerten, der Boden glänzte, der Duft süßen Backwerks erfüllte die Luft. Licht strömte zu den vielen Fenstern herein. Getröstet setzte sich Gina auf die Bank an dem langen Tisch.

»Hester sucht nach Ihnen, Gina«, sagte Maria, die geschickt etwas in einer großen Kupferschüssel mixte. »Sie hat einen Expreßbrief für Sie, aus Amerika.«

Ginas Stimmung hob sich. »Bin gleich wieder da«, sagte sie zu Guy. »Wo ist Hester denn?«

»Im Garten, sie unterhält sich mit Prim und Nicky«, erwiderte Maria. »Ich kann sie durchs Fenster sehen.«

Gina lief hinaus und durch den Torbogen in den tieferliegenden Garten. Nicky und Hester saßen auf einer Bank auf dem oberen Spazierweg. Nicky war mit einem Notizbuch ausgerüstet und wirkte gestreßt, auf Hesters Knien stand ein Korb mit Trockenblumen, die sie sortierte. Sie erörterten mit Prim den Blumenschmuck für Aimées Ball. Es war kein idealer Treffpunkt für eine Unterredung, da Prim die drei Meter hohe Eibenhecke rings um die Spazierwege stutzte.

Prim hatte sich auf der obersten Sprosse ihrer Leiter umgedreht, um ihrer Mißbilligung in bezug auf Aimées Pläne Ausdruck zu verleihen. »Ist ja schön und gut, daß Victor Aimée völlig freie Hand lassen will, aber er müßte wissen, daß sie überall Blumen aus dem Gewächshaus aufstellen will. Und es ist nicht nur eine Frage der haarsträubend hohen Kosten, es ist auch ökologisch unvernünftig.«

Schnipp, schnipp ging ihre Schere, als sie ihre überschüssige Energie wieder an der Hecke ausließ.

»Aimée ist so dickköpfig«, sagte Hester nachsichtig. »Oh, da bist du ja, Gina.« Sie stellte den Korb neben sich auf die Bank. »Da ist ein Brief für dich gekommen. Per Expreß, aus Amerika. Ich habe dich gesucht, weil ich dachte, es sei vielleicht wichtig.«

Sie reichte Gina einen schmalen blauen Umschlag. Zu schmal, um einen Paß zu enthalten, jedoch in der Handschrift ihres Vaters adressiert.

»Danke«, sagte sie und zog sich auf die nächste Bank zurück, um ihn zu öffnen. Bruchstücke des Gesprächs der drei Frauen wehten zu ihr herüber.

Hallo, Gina –

»Der Duft der Zwerglilien ...«

Ich habe getan, was ich konnte, aber der Vogel ist ausgeflogen.

»Efeugirlanden ...«

Aus New York verschwunden, keine Ahnung, wann sie zurückkommt.

»Geflochtenes Grün ...«

Ich schlage vor, du wendest dich an die Botschaft, um dir einen Ersatzpaß ausstellen zu lassen.

»Gestecke aus Mädesüß und Moosrosen …«

Frag nach Dan McOstrich, er ist ein alter Freund von mir.

»Neguspalmen im Zelt, und Herzblatt für die Eßtische.«

Wir sehen uns auf dem Ball, wenn du dann noch auf Heartsease bist. Alles Liebe, Dad.

Die Worte verflossen ineinander, bis Ginas Kopf endlich wieder klar wurde und sie das Geschriebene begriff. Wic in einem Traum befangen stand sie auf und ging schnell zum Haus zurück.

Automatisch ging sie in die Küche zurück. Sie wollte allein sein, um in Ruhe nachzudenken und diese neuen Verwicklungen zu verarbeiten. Statt dessen war sie von fröhlichen Menschen umringt, die zufrieden mit ihrer Arbeit und in gesprächiger Stimmung waren. Esme, Maria, Guy und Mrs. Slubs waren da, ergänzt durch Wilf, der eine Lieferung gebracht hatte und auf einen Kaffee und ein Schwätzchen blieb.

Guy hatte Kaffee gekocht und schenkte allen Anwesenden von dem köstlichen Gebräu ein, dazu gab es winzige Schokoladenkekse, die Maria gebacken hatte.

»Zum Probieren«, sagte sie und stellte schwungvoll einen Teller auf den Tisch. »Eine Schicht Keks, kleine Pfefferminzsplitter darauf und alles mit dunkler Schokolade überzogen. Ich will sie auf dem Ball zum Kaffee servieren.«

Die Kekse wurden begeistert aufgenommen, probiert, diskutiert und gelobt. Gina trank ihren Kaffee und knabberte an einem Keks, um Marias Gefühle nicht zu verletzen.

Die Unterhaltung war angeregt. Gina beteiligte sich nicht daran, sie versuchte sich auf ihre Probleme zu konzentrieren, während der Klatsch rings um sie blühte.

»Nicky sieht furchtbar aus.«

»Roger hat Schwierigkeiten mit den Kindern.«

»Sie fehlt den Kindern, ist ja klar. Roger tut, was er kann, aber er muß arbeiten gehen, und allein mit den Kleinen zurechtkommen – das ist zuviel. Er ist kein Organisationstalent, er hat nicht die leiseste Ahnung.«

»Nein, wirklich nicht, die Kinder gehen mit zwei verschiedenen Strümpfen und was weiß ich noch alles in die Schule. Die Lehrerin sagt, besonders sauber sind sie auch nicht, und sie vermutet, daß sie nicht richtig essen.«

Alle waren sich einig: »Schlimm.«

Esme wurde deutlich. »Sie sollte endlich aufhören, Don nachzuweinen. Reine Zeitverschwendung. Sie hatte ihre Affäre, jetzt muß sie sich von ihm lösen. So oder so kümmert es ihn nicht. Frauen wie sie gibt's für ihn wie Sand am Meer. Sie sollte sich endlich zusammenreißen.«

»Das ist nicht so einfach«, sagte Wilf weise. »Dieser Don wirkt einen richtigen Zauber auf die Frauen. Die sind alle gleich, wie die Fliegen.«

»Diese Tara von Heartwell House ist die neueste.«

»Die mit ihrem vornehmen Londoner Getue! Aber sie sieht aus, als könnte sie auf sich aufpassen.«

»Was ist eigentlich aus dir und dem Fernsehen geworden, Guy?« erkundigte sich Esme. »Hat Gareth dir noch weitere Angebote gemacht, um dich von der Arbeit an den Fleischtöpfen wegzulocken?«

»Nein«, sagte Guy. »Ich weiß nicht, ob er jemand anderen gefunden hat, der tut, was er will, ich bin's jedenfalls nicht. So eine Dreistigkeit, zu glauben, daß er nur mit den Fingern zu schnippen braucht, und schon mache ich auf dem Bildschirm Männchen.« Er gab noch einen Zuckerwürfel in seinen Kaffee. »Ich hab gehört, jetzt hat er einen Historiker an der Angel. Einen Dozenten aus Oxford. Er kriegt ein halbstündiges Programm. Haben Sie von ihm gehört, Gina? Sie waren doch in Oxford. Er heißt Alwyn Aumbry.«

Gina blinzelte. »Im Fernsehen?« Sie war wie betäubt. »Im Fernsehen? *Alwyn?*«

»Dann kennen Sie ihn.«

»O ja«, sagte sie tonlos. »Er leistet sehr gute Arbeit. Forschungsarbeit. Die Tudors sind sein Spezialgebiet.«

»Nicht mehr«, sagte Guy kenntnisreich. »Ich habe die beiden im Club darüber sprechen hören. Ich wollte, Gareth würde nicht dorthin gehen. Er ist hetero, das merkt man, und der Club ist eigentlich nicht für Voyeure gedacht. Ich glaube ehrlich gesagt nicht, daß es diesem Alwyn dort sonderlich gefallen hat, aber es ist zumindest abgedreht, was man von den Kneipen in Heartsbury nicht gerade behaupten kann.«

»Er wird seine Arbeit in Oxford trotzdem fortführen, da bin ich sicher«, sagte Gina. »Er ist mit Leib und Seele Wissenschaftler.«

Guy spitzte die Lippen. »Gareth sagte ihm, dafür sei keine Zeit mehr. Offenbar beschäftigt Alywn in Oxford Forschungsassistenten und so weiter, aber Gareth wird ihm eigene Assistenten zur Verfügung stellen, erstklassige, erfahrene Leute. Und Alwyn sagte, er würde seine Arbeit in Oxford nur zu gern an den Nagel hängen. Das kann er sich auf jeden Fall auch leisten, Sie hätten hören sollen, wieviel Geld man ihm geboten hat.«

Das setzte eine Diskussion über große Gehälter in Gang, und Mrs. Slubs tat kund, daß alle Fernsehprominenten in ihren Augen viel zu hoch bezahlt wurden. »Die werden alle arrogant und hochnäsig.«

Gina war von diesem dritten Schlag vollends geknickt. In jeder Richtung wurden Türen vor ihr zugeschlagen. Sie versuchte vergeblich, einen kühlen Kopf zu bewahren. Was spielten Popplewells, Pässe und die Wahrscheinlichkeit, daß sie keinen Job mehr in Oxford bekommen würde, im großen Maßstab betrachtet schon für eine Rolle? Leider eine sehr große, schloß sie. Panik war angesagt. Denn niemand würde ihr helfen, eine Arbeitserlaubnis zu bekommen. Keine Unterstützung, wenn sie sich für weitere Studien bewarb. Kein Oxford mehr.

Guys gelassene Stimme übertönte alle anderen. Er tat so, als sei es nicht richtig, über die Familie zu tratschen, und gab zugleich mit Genuß sein Insiderwissen zum besten. Victor war sein Spezialgebiet. »Er hatte einen furchtbaren Streit mit Marcus, furchtbar.«

»Das ist doch nichts Neues.« Esme pustete Blasen in ihren

Kaffee, was Guy widerlich fand. »Schau mich nicht so an, Guy, als wäre ich ein Monster aus dem Sumpf. Victor und sein ältester Sohn können sich nicht riechen, das ist eine uralte Geschichte.«

»Es war keiner von den üblichen Krächen«, sagte Guy. »Er sagte, Marcus' Verhältnis zu Aimée sei pervers.«

»Und da hat er völlig recht«, warf Mrs. Slubs ein. »Ich habe Dinge gesehen, die keine anständige Frau zu sehen bekommen sollte. Also, was da in diesem unanständigen Zimmer von ihr vor sich geht! So was gehört sich nicht für Bruder und Schwester.«

»Mit Charles kommt Victor auch nicht aus«, bemerkte Esme.

»Charles.« Maria verdrehte die Augen. »Der Himmel bewahre mich vor diesem Mann mit seinen Brennöfen und Skulpturen, der nur Käse ißt. Ein Glück, daß er nur so selten herkommt.«

»Kein Wunder, daß Victor nicht weiß, wer erben soll«, fuhr Guy fort.

Das brachte alle zum Schweigen.

Mrs. Slubs erholte sich als erste. »Dieser Harry mit seinen Tricks und Schlichen. Wenn er seine unnatürlichen Neigungen aufgibt und ein nettes Mädchen findet, wird Mr. Victor ungeheuer erleichtert sein.«

Die Runde pflichtete ihr bei, und ein oder zwei der Anwesenden warfen Gina einen wissenden Blick zu.

»Aber Victor ist sowieso schlechter Laune wegen dieser Schweizerin.«

»Wieso das?« fragte Esme, die ihren neunten Schokoladenkeks vertilgte.

Maria schob den Teller weg. »Die sind für alle gedacht.«

»Ach, komm schon, Maria«, protestierte Esme und streckte die Hand nach dem Teller aus.

»Victor wollte gleich nach dem Ball in die Schweiz fliegen, für zwei oder drei Tage, und dann ist sie nicht da.«

»Das wird ihn lehren, den Ausländerinnen nachzulaufen.«

»Wenn er eine Ausländerin will – da ist ja immer noch diese Nadia«, sagte Mrs. Slubs und trank schlürfend von ihrem Kaffee. Sie lachte anzüglich. »Es gefällt ihm, wenn sie Temperament haben.«

»Normalerweise jagt er aber nicht im eigenen Revier«, sagte Guy tadelnd. »Ich denke, Nadia ist zu nah an der Basis. Und sie hat einen Ehemann im Schlepptau.«

»Ja, aber wie lange noch?« fragte Esme. »Sie schreit ihn immer nur an. Ihr solltet sie mal im Weinberg hören.«

»Sie will eben, daß er sie beachtet.« Maria trank ihren Kaffee aus und brachte die Tasse zur Spülmaschine.

Esme starrte ihr nach. »Du meinst, sie ist nicht wütend auf ihn?«

Maria kam zurück und nahm mit spanischem Schwung eine Pfanne vom Haken. »Ich meine, sie ist immerzu wütend auf ihn. So wütend, daß sie Töpfe und Pfannen nach ihm werfen möchte. Ungefähr so.« Sie wirbelte die Pfanne gefährlich herum. »Man ist nicht so zornig auf Menschen, wenn sie einem nichts bedeuten. Diese Nadia würde einfach gehen, wenn er ihr gleichgültig wäre. Er, dieser Ehemann mit dem Dichternamen, er muß die Ohren spitzen. Hören, was sie ihm wirklich sagen will.«

»Da könntest du recht haben«, sagte Esme. »All der Ärger wegen einem Mann. Mit einer Freundin wäre sie besser dran.«

»Vielleicht reicht ihr ein Dildo nicht«, sagte Guy geziert.

»Also wirklich!« sagte Mrs. Slubs genüßlich. »Solche Reden!« Sie stemmte ihren stattlichen Körper vom Tisch hoch.

Esme räumte laut klappernd die übrigen Tassen ab und marschierte in die Spülküche.

Wilf wischte sich mit dem Handrücken den Mund und ging los, Jarvis zu suchen.

Guy band so elegant wie stets eine makellose grüne Schürze um seine schmale Taille und verschwand in Richtung Weinkeller.

Gina blieb allein am Tisch zurück und starrte in ihre Kaffeetasse, während sie den Bodensatz mit einem kleinen Silberlöffel umrührte.

Dann legte sie den Löffel behutsam auf den Unterteller und schwang die Beine von der Bank. Sie sah gefaßt und entschlossen aus.

»Sagen Sie, Maria, wo ist Harry?«

Zoë putzte die Küche in Kingfisher Cottage. In einer abgenutzten Jeans und einem uralten T-Shirt schrubbte sie munter drauflos.

»Ja, es kann durchaus Spaß machen, wenn man's nicht tun *muß*«, sagte sie zu Gina, während sie ein Paar hummerroter Gummihandschuhe abstreifte. »Obwohl es im Augenblick schon ein Muß ist, weil Charlotte kommt.«

Gina sagte nichts, und Zoë musterte sie prüfend. Sie war entsetzt. »Du meine Güte, hast du ein Gespenst gesehen? Ist was passiert? Du siehst schrecklich aus.«

»Ich werde heiraten«, sagte Gina.

Zoë kniff die Augen zusammen. »Warte mal, irgendwie habe ich das Gefühl, daß dies nicht der Moment für eine Flasche Schampus ist.« Sie hielt inne und warf Gina einen forschenden Blick zu. »Wir reden hier doch nicht von Harry, oder?«

»Doch«, sagte Gina trotzig. »Es geht nicht anders.«

Zoë lauschte ungläubig ihrem Bericht über Popplewell und Georgies Verschwinden.

»Und?« sagte sie, als Gina fertig war und mit einer Tasse ekelhaften Instantkaffees in einem Sessel saß. »Deswegen willst du diesen Cordovan heiraten? Ich dachte, du hättest nie vorgehabt, ihn zu heiraten, sondern nur eine Weile abtauchen wollen. Hast du dich jetzt doch in ihn verliebt? Oder mit ihm geschlafen und gemerkt, daß er dein Traum-Lover ist?«

»Nein«, erwiderte Gina. »Ich liebe ihn nicht. Ich liebe niemanden. Ja, ich habe mit ihm geschlafen, und soviel ich weiß, hat er keine abartigen Gewohnheiten, und es war ganz gut, nein, wirklich gut sogar. Ich weiß, eigentlich wollte ich nicht heiraten, aber das hatte nichts mit Harry persönlich zu tun. Ich glaube bloß nicht, daß Ehen unter normalen Umständen funktionieren.«

»Da hast du's.«

»Dies sind keine normalen Umstände.«

»Ach, komm«, sagte Zoë. »Gina, man heiratet nicht einen Mann, nur um einen Paß zu bekommen.«

»Ich schon«, entgegnete Gina prompt. »Und es ist nicht nur das. Ich habe gerade erfahren, daß dieser Gareth Soundso von Heartwell House, du weißt schon, Alwyn aus Oxford weggelockt hat, zum Fernsehen.«

»Im Ernst? Du hast das nicht erfunden?«

»Nein, leider nicht. Also bin ich überflüssig geworden, keine Chance mehr auf eine Arbeitserlaubnis.«

»Er wird weiterhin Assistenten brauchen, die Fernsehanstalten beschäftigen Hunderte davon.«

»Sie werden alle von Gareth gestellt. Es ist nicht meine Art Arbeit. Was ich mache, hätte keinen Wert für eine Fernsehsendung.«

»Es gibt noch andere Professoren in Oxford, die Forschungsassistenten brauchen.«

»Ich habe nicht die Zeit, sie zu suchen, und sie würden ohnehin abwinken, sobald die unbedeutende Kleinigkeit mit der Arbeitserlaubnis zur Sprache käme.«

»Laß mich nachdenken«, sagte Zoë. »Es muß doch einen Ausweg aus diesem Schlamassel geben.«

»Es hat keinen Sinn. Ich habe mich entschieden. Ich habe Harry gesagt, daß meine Antwort ja lautet, und damit basta.«

»Du bist dumm.«

»Das sagst du, weil du hier leben darfst, du hast einen Paß, du kannst arbeiten.«

»Du auch, und zwar in Amerika. Du kommst nicht aus irgendeinem bitterarmen Land, wo es keine Arbeit gibt und man von jedem Schluck Wasser, den man trinkt, Bilharziose und Durchfall kriegen kann. Du bist Amerikanerin, du bist eine vollwertige Bürgerin der mächtigsten Nation dieser Welt.«

»Ich will aber in England leben. Ich habe keine Angehörigen in Amerika, keine Freunde. Ich bin hier zur Schule und zur Uni gegangen, ich fühle mich als Engländerin, ich will *hier* leben.«

Zoë versuchte es mit einer anderen Taktik. »Schau mal, wenn du Harry jetzt heiratest, wirst du dich in einem oder zwei Jahren garantiert in einen anderen Mann verlieben.«

»Und wieso?«

»Das ist immer so.«

»O nein, das passiert mir nicht mehr. Ich war mal verliebt. Der Typ hat mich sitzenlassen. Das gleiche passierte noch mal. Man wird gefühlsduselig und total verkorkst. Meine Eltern waren ineinander verliebt, und sieh dir an, was aus ihnen geworden ist. Sie haben sich und mich verlassen. Ich brauche nicht verliebt zu sein, um zu heiraten. Liebe hat nichts mit Ehe zu tun. Es geht um einen Vertrag, und ich werde dafür sorgen, daß er erfüllt wird.«

»Du bist wahnsinnig.« Zoë war von düsteren Vorahnungen erfüllt. »Was soll ich bloß Fergus sagen?«

»Fergus? Das geht ihn überhaupt nichts an.«

»Es wird ihm nicht gefallen.«

»Pech für ihn.«

Zoë sah ihre Freundin wütend an.

Zu Ginas Erleichterung läutete es an der Tür und Sybil streckte den Kopf in die Küche. »Hallo, Gina«, sagte sie. »Zoë, wollen Sie immer noch nach Heartsbury? Ich brauche ein paar Bücher aus der Bibliothek, aber ich müßte gleich losfahren.«

Zoë wusch sich flüchtig die Hände, streifte die Gummischuhe ab, die sie zum Putzen angezogen hatte, schlüpfte in ihre Sandalen, nahm ihre Tasche von dem Haken an der Tür und verkündete, sie sei soweit.

»Hatten Sie Streit mit Gina?« fragte Sybil, als sie den Motor anließ.

»Diese Irre«, sagte Zoë wutentbrannt. »Wissen Sie, was sie getan hat? Dann hören Sie mal zu.«

Sybil fuhr schweigend und wartete, bis Zoë mit ihrer empörten Analyse von Ginas Fehltritten fertig war. Inzwischen näherten sie sich schon Heartsbury, und anstatt die vor Wut kochende Zoë in die Bibliothek mitzunehmen, wo sie womöglich endgültig explodieren würde, fuhr Sybil zum Einkaufszentrum.

»Da drüben ist ein Café. Trinken wir etwas Kaltes oder einen Kaffee, damit Sie sich fangen können«, sagte sie.

Zoë war froh über das Angebot, grummelte jedoch immer noch vor sich hin, als sie sich einen Tisch suchten und auf harten kleinen Stühlen Platz nahmen.

»Diese Stühle sind immer so ungemütlich«, sagte Sybil. »Aber die Kunden sollen hier natürlich nicht zu längerem Verweilen ermutigt werden. Sobald man an der Kasse bezahlt hat, soll man schleunigst wieder von hier verschwinden.«

Zoë hatte keine Lust zu Smalltalk. »Was soll ich jetzt tun?« wollte sie wissen.

»Wegen Gina und Harry? Nichts.«

»Ich kann doch nicht tatenlos zusehen, wie Gina ihr Leben ruiniert«, stieß Zoë theatralisch hervor.

»Erstens, so leicht ruinieren Menschen ihr Leben nicht. Zweitens, vielleicht verstehen sie und Harry sich besser, als Sie denken. Drittens, sie sind beide erwachsen, und es gibt nichts, was Sie tun könnten. Alle Freunde haben Fehler, entweder man akzeptiert sie und auch ihre mehr oder weniger geeigneten Partner, oder man sucht sich neue.«

»Ich schätze, Sie haben recht«, erwiderte Zoë. »Nein, ich weiß, daß Sie recht haben. Aber es ist eine Schande. Daß Gina so etwas tut, nur um einen Paß zu kriegen.«

»Ich glaube, Gina tut es aus komplizierteren Motiven, als Sie es sich vorstellen«, widersprach Sybil. »Für sie steht vieles auf dem Spiel. Sonst noch irgendwelche Männer in ihrem Leben?«

Zoë schüttelte den Kopf. Sie tauchte den Löffel in ihren Kaffee und rührte verbissen. »Nein. Ich glaube, sie war ziemlich verrückt nach Alwyn, dem Typ, für den sie gearbeitet hat. Aber es war nichts Ernstes.«

»Alwyn Aumbry?« fragte Sybil. »Na, das ist reine Zeitverschwendung. Abgesehen davon, daß Angela ihn immer genau da hat, wo sie ihn haben will, wäre Gina mit Harry, der übrigens ein charmanter Junge ist, weit besser dran.«

»Ich habe ihn nie kennengelernt«, sagte Zoë.

»Dann fällen Sie auch kein Urteil über ihn. Ich glaube, Sie und Harry würden sehr gut miteinander auskommen. Nein, mein Rat lautet, haben Sie Geduld, ersparen Sie Gina Ihre Strafpredigten und warten Sie ab, wie sich alles entwickelt. Vielleicht erleben Sie ja noch eine Überraschung.«

22

Fergus fuhr nach Heartsbury, um Charlotte vom Bahnhof abzuholen. Gewöhnlich fuhr sie immer selbst, in ihrem schikken roten Auto, das jedoch im Augenblick fahruntüchtig war: Kühe waren von dem Feld eines Nachbarn ausgebrochen und hatten die Abkürzung über die Zufahrt von Charlottes Eltern genommen.

»Und so was passiert in Surrey«, hatte Charlotte sich am Telefon beschwert. »Das ist doch Vandalismus. Es ist furchtbar lästig, mein Auto ist fast eine Woche lang zu nichts nütze, und im Augenblick haben sie auch keinen Ersatzwagen da. Es ist schlimm.«

»Wie wär's mit einem Mietwagen?« schlug Fergus vor.

»Nein, das wäre zu kostspielig, und außerdem brauche ich ihn nicht. Ich kann problemlos den Zug nehmen. Du kannst mich abholen, und dann sind wir ja sowieso die ganze Zeit zusammen und können dein Auto benutzen.«

Was, jeden Tag, von morgens bis abends? dachte Fergus bedrückt, als er auf dem verlassenen Bahnsteig auf und ab ging. Er blieb vor dem Automaten mit Snacks stehen und überlegte hin und her, ob er sich einen Schokoriegel ziehen sollte oder nicht. Nein, er hatte einen bitteren Geschmack im Mund. Warum konnte Charlotte eigentlich nicht umsteigen und bis Heartsease fahren? Warum mußte er sie unbedingt in Heartsbury abholen?

Wie ein Tiger im Käfig lief er weiter auf und ab. Vielleicht sollte er doch einen Schokoriegel essen. Der Automat schluckte seine dreißig Pence, schepperte halbherzig und spuckte ausgerechnet einen Toffeeriegel aus.

Verdammt, dachte Fergus und warf ihn in den Mülleimer. Obgleich die Junisonne noch schien, wirkte der Bahnhof düster und bedrückend. Ein Etikett, das sich von einem Päckchen gelöst hatte, segelte im Wind davon, und Fergus beobachtete seinen verschlungenen Tanz über den Bahnsteig, bis es hinunterflog und auf dem Gleis landete.

Zehn nach zehn. Der Zug hätte schon vor fünf Minuten einfahren sollen. Knisternd erwachte der Lautsprecher zum Leben und jagte Fergus, der direkt unter einer der Boxen stand, einen Riesenschreck ein. Knister, knister, zisch; dann verstummte das Rauschen, und eine roboterähnliche Stimme mit eigenartig gezierter Aussprache ertönte. Sie verkündete, daß der Zug, planmäßige Ankunft zehn Uhr fünf, etwa dreiundzwanzig Minuten Verspätung hatte. Die Durchsage endete mit einem lauten Schnarren, und auf dem Bahnhof kehrte wieder Stille ein.

Fergus schlenderte in das kleine Restaurant, in dem drei Tische vor einem Tresen standen, an dem man Tee, andere Getränke und Sandwiches bekommen konnte. Fergus beäugte den Kaffee, der auf einer Warmhalteplatte stand und wie Tinte aussah, und bestellte eine Tasse Tee. Er trank einen Schluck, stellte die Tasse auf einen der Tische und ging zu der Auslage mit Zeitschriften und Zeitungen am anderen Ende des Raums.

Eine Zeitschrift fiel ihm ins Auge, und er begann zu lesen.

Sein Tee wurde kalt, andere Leute kamen und gingen, und ebenso der verspätete Zehn-Uhr-fünf. Fergus merkte es erst, als er von zwei gereizten Frauenstimmen gleichzeitig angesprochen wurde.

Eine gehörte der Frau am Tresen. »Auf dem Anschlag da steht ›Nicht Lesen‹«, stellte sie fest. »Das ist doch nicht zu übersehen. Sie müssen die Zeitschrift bezahlen. Die will nämlich niemand mehr, nachdem Sie sie durchgeblättert haben.«

Die andere war Charlotte. »Also hier bist du. Ich finde, du hättest ruhig am Bahnsteig auf mich warten können. Ich bin nach draußen gegangen und habe deinen Wagen entdeckt, aber von dir weit und breit keine Spur. Ich weiß, der Zug hatte Verspätung, aber so hättest du mitbekommen, wie er einfuhr.«

»Hallo, Charlotte«, sagte Fergus und gab ihr einen flüchtigen Kuß auf die Wange. »Warte mal eben, ich muß dieser Frau wohl die Zeitschrift abkaufen.«

Charlotte nahm sie ihm aus der Hand. »›Country Style‹? Seit wann liest du so was, Fergus? Du brauchst sie natürlich nicht zu kaufen, wenn du nicht willst. Sie kann dich nicht zwingen.«

Fergus blickte in das kampflustige Gesicht der Frau und war sich da nicht so sicher. »Ich wollte sie sowieso kaufen«, sagte er. »Da ist ein interessanter Artikel abgedruckt, den ich zu Ende lesen will.«

Charlotte ging voraus zum Wagen und stand wartend da, während er ihre Taschen in den Kofferraum lud. Er hielt ihr die Tür auf, schloß sie hinter ihr und ging zur Fahrerseite. Plötzlich mußte er den wilden Impuls unterdrücken, die Schlüssel durchs Fenster in den Wagen zu werfen, auf den Bahnsteig zu rennen und in den gerade einfahrenden Zug nach Schottland zu springen. Statt dessen stieg er ein und ließ den Motor an.

Charlotte inspizierte die Zeitschrift. »War das der Artikel, den du gelesen hast?« fragte sie. »Über den Weinberg?«

»Ja.« Fergus beschrieb einen Bogen, um eine Rentnerin zu umfahren, die entschlossen schien, ihrem Leben hier und jetzt auf der High Street eine Ende zu setzen. »Oder vielleicht hat sie gerade ein unwiderstehliches Stück Battenberg-Kuchen in einem Schaufenster auf der anderen Seite entdeckt und alle Vorsicht in den Wind geschlagen.«

»Wie bitte?« sagte Charlotte verblüfft. »Battenberg-Kuchen? Fergus, wovon um Himmels willen redest du?«

»Ach, nichts. Ich habe nur gerade laut gedacht.«

»Laß es lieber sein«, sagte Charlotte. »Und ich kann mir überhaupt nicht vorstellen, warum du das hier lesen wolltest.

Was für ein ödes, anstrengendes Leben, Wein anzubauen. Abgesehen davon, daß man ein Produkt herstellt, das den Menschen so sehr schadet.«

»Den Menschen schadet?« wiederholte Fergus. Er trat aufs Gaspedal, als sie die Stadt hinter sich ließen.

»Nicht so schnell«, sagte Charlotte automatisch. »Außerdem solltest du den vierten Gang einlegen. Paß auf den Motorradfahrer auf.« Sie kehrte zu ihrem ursprünglichen Thema zurück. »Wein ist Alkohol, und Alkohol ist schädlich.«

Fergus warf ihr einen Seitenblick zu. Sollte das ein Witz sein?

»Keineswegs.« Aus Charlottes Augen leuchtete der Enthusiasmus der Bekehrten. »Mama war bei diesem wundervollen Arzt. Er hat ein Buch geschrieben, du mußt es unbedingt mal lesen.«

Fergus ächzte nur.

»Du bist heute so komisch.« Charlotte musterte ihn eingehend.

Sofort riß er sich zusammen. »Ich habe hart gearbeitet«, sagte er. Und das stimmte. Charlotte brauchte ja nicht zu wissen, daß er die Arbeit in Dons Weinberg investiert hatte statt in seine Dissertation.

»Sicher, und du bist erschöpft, weil du dich die ganze Zeit falsch ernährt hast. Am Schluß des Buchs sind Rezepte aufgeführt, die auf einer ausgewogenen Diät basieren. Es werden Säuren aus dem Körper eliminiert, man kann besser schlafen, und, was in deinem Fall besonders wichtig ist, das Gehirn kann sein volles Potential entfalten.«

»Ach ja?« Fergus hatte den Verdacht, daß er diese Rezepte nicht mögen würde.

»Bohnen«, sagte Charlotte triumphierend. »Das ist das Geheimnis. Ich werde alle deine Mahlzeiten für dich kochen, während ich hier bin. Du wirst staunen, wie anders du dich im Nu fühlen wirst.«

Ihm war schon jetzt ganz anders. Auch der letzte Rest seiner guten Laune verpuffte. Ich kann Bohnen nicht ausstehen, dachte er rebellisch. Und wenn sie zu dem Schluß gelangt ist, daß Alkohol mir schadet, wird sie mir in den Ohren liegen, ich soll nur noch Wasser und Saft trinken.

»Nur leicht kohlensäurehaltiges Quellwasser«, fuhr Charlotte fort. »Sonst nichts, vor allem kein anregendes Getränk. Etwa Tee oder Kaffee«, fügte sie hinzu, falls Fergus noch irgendwelche Zweifel hatte. »Du kannst heute schon mit den neuen Ernährungsgewohnheiten beginnen. Ich mache das Mittagessen, sobald wir in Heartsbane angekommen sind.«

»Kommt nicht in Frage.« Zoë blockierte die Tür. »Bedaure, Charlotte, aber die Küche ist sehr klein, und im Moment bin ich hier drin.«

In Oxford war Zoë stets höflich zu Charlotte gewesen, eingedenk der Tatsache, daß das Haus Fergus gehörte und daß Charlotte seine Freundin und höchstwahrscheinlich künftige Ehefrau war. Meist ging sie ihr soweit wie möglich aus dem Weg, denn Zoë konnte Charlotte nicht leiden, fand, daß Fergus zu gut für sie war, und war höchst erleichtert, wenn sie wieder weg war.

»Es muß so ähnlich sein, als ginge man mit einem Besen ins Bett«, hatte sie einmal zu Gina gesagt.

Gina hatte Fergus in Schutz genommen. »Er ist alt genug, um zu wissen, was er will.«

Zoë ließ diesen Einwand nicht gelten. »Kein Mann ist jemals alt genug, um zu wissen, was er will«, sagte sie bestimmt. »Abgesehen von den Dingen, die er nicht haben kann. Aber Charlotte hat Fergus genau da, wo sie ihn haben will, und er hat nicht den Mumm, ihr zu sagen, sie soll Leine ziehen.«

»Er ist in sie verliebt«, beharrte Gina. »Er will gar nicht, daß sie Leine zieht.«

»Er liebt sie ebensowenig, wie ich den Postboten liebe«, erklärte Zoë. »Früher war er vielleicht mal in sie verknallt, und seit der Zeit hat sie ihn so eingewickelt, daß er nicht weiß, wie er wieder von ihr loskommen soll.«

»Mir tut Charlotte leid«, sagte Gina. »Ich meine, falls du recht hast und er nichts für sie empfindet. Aber ich glaube es eigentlich nicht. Wenn sie kommt, verziehen sie sich immer ganz schnell ins Schlafzimmer.«

»Ja, aber sie geht voraus, ist dir das noch nie aufgefallen? Fergus ist zu faul, um sich eine andere Freundin zu suchen, also ist Sex mit Charlotte besser als nichts.«

»Wie zynisch du bist.« Gina war schockiert. »Das klingt, als ließe Fergus sich von ihr manipulieren. So ist Fergus nicht.«

»Ich habe völlig recht«, sagte Zoë. »Wart's nur ab. Es ist Faulheit, nicht mehr. Und er will sich seinen wahren Gefühlen nicht stellen.«

»Für Charlotte?«

Zoë warf Gina einen Blick zu. »Unter anderem«, sagte sie.

Jetzt, in Kingfisher Cottage, sahen die Dinge anders aus. »Du bist Gast hier, Charlotte« sagte Zoë zu ihr. »Und ich übernehme das Kochen. Es sei denn natürlich, du willst mit Fergus ausgehen. Sag mir dann nur Bescheid, wegen der Mengen und so.«

Charlotte war wütend. »So geht das nicht. Fergus braucht eine spezielle Ernährung, also werde ich für uns beide kochen. Für dich natürlich auch, wenn du willst«, fügte sie großzügig hinzu. »Ich bin sicher, eine entschlackende Diät wird dir guttun.«

»Was für eine spezielle Ernährung?« fragte Zoë. »Fergus ißt fast alles.«

»Genau, und das ist ja so schädlich für ihn. Alles heißt Fleisch und Milchprodukte, Getreide, säurehaltiges Obst und Gemüse – damit wird der Körper einfach nicht fertig. Neunzig Prozent dessen, was er zu sich nimmt, ist schädlich.«

»Ach, Blödsinn.«

Charlotte hatte die leeren Flaschen entdeckt.

»Und er trinkt natürlich viel zuviel. Alkohol ist Gift, reines Gift. Wie ich sehe, hat er Bier getrunken, und Wein.«

Fergus stand auf der Türschwelle, von den lauten Stimmen alarmiert. Wundervolle Aussichten, dachte er. Charlotte kommt zum Ball und belegt sämtliche Speisen, die dort serviert werden, mit einem Bann, ganz zu schweigen davon, daß wir natürlich Wasser statt Champagner trinken werden.

Charlotte kam erst richtig auf Touren. »Er darf nur Nahrung zu sich nehmen, die das chemische Gleichgewicht des Körpers wiederherstellt. Bohnen und Sojasprossen, auf natürliche Art gekocht, ohne Salz. Und Tofu.«

Fergus holte tief Luft und erhob Protest.

»Charlotte, ich habe einmal Tofu gegessen, in einem japanischen Restaurant. Es war widerlich.«

»Du wirst lernen, es zu mögen«, sagte Charlotte im Brustton der Überzeugung.

»Bohnen?« wiederholte Zoë. »Nicht in diesem Haus, Charlotte. In deinen eigenen vier Wänden, oder wo immer du willst, kannst du gern zum Bohnengott beten, aber nicht hier. Bohnen sind hier verboten.«

»Ich glaube kaum, daß du die Macht hast, darüber zu bestimmen, was Fergus ißt. Ich werde eine Woche hierbleiben ...«

Fergus wurde blaß.

»... das heißt, mir bleibt genug Zeit, um Fergus auf den rechten Weg zu führen. Dann, wenn ich abreise, kann er das hier benutzen.«

Sie holte ein ziehharmonikaähnliches Gebilde aus ihrer Tasche, das aufgefaltet etwa einen Meter zwanzig lang und mit kleingedruckten Spalten bedeckt war.

»Dies ist die Verbotsliste. Auf der anderen Seite stehen Rezepte.«

Fergus griff danach.

»Charlotte, fast alle Lebensmittel, die man sich nur vorstellen kann, stehen auf dieser Liste. Was darf man denn überhaupt noch essen?«

»Ein paar Gemüsesorten, die frisch und in kleinen Mengen unbedenklich sind. Eine Banane einmal die Woche. Reichlich

Wasser. Und den Hauptpfeiler einer jeden Mahlzeit bilden, wie gesagt, Bohnen.«

»Ich sagte, keine Bohnen in diesem Haus«, warf Zoë ein.

»Diese Feindseligkeit Bohnen gegenüber ist doch irrational«, sagte Charlotte.

»Das ist keine Frage der Logik. Meine Einwände sind rein sinnlicher Natur. Ich teile so ein kleines Haus nicht mit einem Mann, der Bohnen ißt.«

»Und warum nicht?«

Die erste komische Sache heute, dachte Fergus, dessen Stimmung sich hob. »Komm schon, Charlotte, tu nicht so begriffsstutzig. Bohnen bedeutet Furzen.«

Zoë lachte. »Genau. Ich hätte es nicht besser ausdrücken können.«

Charlotte verabscheute vulgäre Ausdrücke und zog es vor, das Lachen zu ignorieren. »Du scheinst einen merkwürdigen Humor zu haben«, sagte sie kalt. »Es geht um ernste Dinge. Der Verdauungstrakt gewöhnt sich an Bohnen, und ...«

»Das soll er anderswo tun«, sagte Zoë entschieden.

Charlotte versuchte ruhig zu bleiben. Wenn man sich aufregte, wurde das Verdauungssystem von Säure überschwemmt, so stand es in dem Buch des Arztes zu lesen. Sie setzte ein Lächeln auf, das zu einer herablassenden Grimasse geriet.

»Ich bin sicher, daß du einsehen wirst, Zoë, warum ich darauf bestehen muß, trotz deines freundlichen Angebots unser Essen selbst zu kochen.«

Zoë verschränkte die Arme. »Nicht hier. Dies ist meine Küche, und du wirst hier keinen widerlichen Bohnenschleim kochen.«

Die Grimasse blieb intakt. »Es ist Fergus' Küche, und ...«

»Falsch«, sagte Zoë. »Ich bin die Mieterin von Kingfisher Cottage. Fergus mag einen Mietanteil bezahlen, und die Kosten für die Verpflegung teilen wir uns, aber er wohnt bei mir. Und du ebenfalls. Und meine Gäste essen, was auf den

Tisch kommt. Wenn du nach Bohnenorgien lechzt, warte, bis du verheiratet bist. Ich sehe jetzt schon, daß eure Flitterwochen ein Superknaller werden.«

»Autsch«, sagte Fergus und mußte sich das Lachen verbeißen. Charlotte fuhr zu ihm herum.

»Fergus.« Mehr sagte sie nicht.

Zoë griff nach einem Geschirrtuch. »Ach, übrigens, Fergus«, sagte sie beiläufig, »Sybil ist vorbeigekommen. Sie sagt, Harry hat angerufen, du sollst dich um halb sieben mit ihm im Bunch of Grapes treffen. Ruf an, wenn du nicht kannst, sonst wartet er dort auf dich.«

Charlotte kniff die Augen zusammen. »Wer ist Sybil?« fragte sie in gehässigem Ton. »Und dieser Harry, ist er ein Freund von dir? Kenne ich ihn?« Sie wartete die Antwort nicht ab, sondern fuhr schnell fort: »Ich nehme an, das Bunch of Grapes ist ein Pub. Du solltest lieber gleich anrufen, Fergus, und Bescheid sagen, daß du nicht kommen kannst.«

Fergus' Gewohnheit, zu tun, was Charlotte wollte, da dies die leichteste und müheloseste Form des Umgangs mit ihr war, kämpfte mit dem heftigen Wunsch, sich keine Befehle mehr von ihr erteilen zu lassen.

Ausnahmsweise zog sein bequemes Ich den kürzeren.

»Willst du mitkommen?« fragte er Zoë. Dann fügte er an Charlotte gewandt hinzu: »Dich frage ich erst gar nicht, weil ich weiß, wie du im Moment über Alkohol denkst, und ich habe nicht vor, Wasser zu trinken.«

Zoë hatte große Lust, Fergus zu applaudieren, hatte aber das Gefühl, daß es unklug wäre. »Nein, danke«, sagte sie mit unbewegtem Gesicht. »Ich glaube, Harry will mit dir über eine persönliche Angelegenheit reden.«

Charlotte konnte wieder sprechen. »Fergus! Nein!«

»Und jetzt«, sagte Fergus, der dachte, daß er die Gunst der Stunde nutzen sollte, »gehe ich zu Don. Bis später.«

Er floh.

Auf Heartsease Hall war ein mittleres Chaos ausgebrochen. Die Vorbereitungen für den Ball liefen auf Hochtouren. Die Wetterfrösche hatten ein Andauern des heißen, trockenen Wetters vorhergesagt, so daß die Notpläne für den Fall, daß man drinnen hätte feiern müssen, fallengelassen wurden. Der Zeltpavillon wurde aufgestellt, Jarvis und Esme stolperten mit eingetopften Lorbeersträuchern, Palmen und Farnen durch die Gegend. Prim arbeitete sich durch Berge von Blumen, während eigens angeheuerte Schulmädchen aus dem Dorf grüne Eimer hierhin und dorthin schleppten und eine Stunde lang damit beschäftigt waren, alles fröhlich unter Wasser zu setzen.

Harry war in Hochstimmung, entzückt von dem Gedanken, daß er heiraten würde, begeistert, weil er ein großes Geheimnis hatte, das er nicht vor dem Abend des Balls verraten würde.

»Genau der richtige Zeitpunkt«, sagte er liebevoll zu Gina. »Die Mittsommernacht, wir werden es nie vergessen, und ein Ball, sehr romantisch und passend.«

»Es ist Aimées Ball. Stiehlst du ihr damit nicht die Schau?«

»Niemand kann Aimée jemals die Schau stehlen«, sagte Harry, als stelle er eine schlichte Wahrheit fest. »Außerdem ist es eine Familienfeier, keine Teenager-Party. Genau der richtige Zeitpunkt und Ort. Wir können sie in dem Glauben lassen, daß alles seinen üblichen Gang nimmt, Notizen in der ›Times‹, Verlobung, Geschenklisten, und unterdessen verschwinden wir und schaffen vollendete Tatsachen.«

So, als brächten wir eben den Kater zum Tierarzt, dachte Gina, die immer noch halb im Schockzustand war.

»Bald?« fragte sie.

»Am Freitag«, sagte Harry.

»Wann willst du ihnen sagen, daß ich nicht die bin, für die sie mich halten?«

»Wenn wir verheiratet sind.«

»Welche Erklärung wirst du ihnen geben?«

»Wir könnten behaupten, daß wir zusammensein wollten, ohne daß jemand merkt, was los ist.«

Noch mehr Lügen, dachte Gina. Aber wenigstens kann ich wieder ich selbst sein. Nein, stimmt nicht, ich werde Mrs. Harry sein.

»Ich gehe ein paar Stunden ins Büro.« Harry zog seine Lederjacke an. »Dann komme ich wieder, um die Stromleitungen zu legen.«

»Läßt Nicky keine Profis kommen?«

»Wir sind Profis«, sagte Harry. »Pa kümmert sich um das Feuerwerk. Hester sorgt dafür, daß das Haus eine Oase der Gastfreundschaft für alle Verwandten und Freunde ist, und beaufsichtigt das Essen. Julia präsidiert als Ehefrau und Mutter, wenn sie auch nicht Aimées Mutter ist, was das Bild ein wenig ankratzt. Prim kümmert sich um die Blumen. Don stellt den Wein, und ich sorge dafür, daß wir unter dem riesengroßen Mittsommermond fröhlich funkeln und glitzern. Es wird Vollmond sein, weißt du.«

Mittsommermondschein, sagte Gina sich. Wie überaus passend.

»Und was ist mit Dinah, der Männerhasserin?« fragte sie. »Welche Rolle übernimmt sie?«

»Sie ist die Gesandte ihres Zwillingsbruders«, erklärte Harry. »Er hat in London die Musik zusammengestellt, und sie kümmert sich hier unten darum.«

»Kommt er denn nicht?«

»Doch, natürlich. Abends werden sie alle hier sein, jeder einzelne Bruder, Onkel, jede Schwester und Tante und was es sonst noch so gibt. Das wird ein Spaß.«

»Und deine Großeltern?«

»Nein, leider nicht. Die Beziehung zwischen ihnen und Pa ist immer noch recht abgekühlt, und ich glaube nicht, daß er sie hier sehen will. Sie könnten auf die Idee kommen, wieder hierherzuziehen, weißt du, und das ginge nicht. Nein, das beste ist, wenn die lieben Alten oben im wilden, kalten Norden bleiben. Es ist nicht gut, wenn sie sich in ihrem Alter aufregen. Ich muß hinzufügen, daß sie ein wunderschönes Geschenk für Aimée geschickt haben, deshalb nehme ich an, daß ihr Zorn sich nicht auf die Enkel vererbt hat. Nicht schlecht, unter diesen Umständen.«

Er nahm seine Handschuhe, legte den Arm um Ginas Schultern und gab ihr einen liebevollen Kuß, bevor er seinen schwarzen geflügelten Helm aufsetzte und sein Motorrad auf Touren brachte.

Es kümmert mich nicht, wenn Zoë denkt, daß ich einen Riesenfehler mache, sagte Gina sich. Ich fühle mich frei. Seit Wochen war ich nicht mehr so entspannt.

Die Entscheidung war gefallen, ihre dringendsten Probleme waren gelöst. Vielleicht schuf sie neue Probleme für die Zukunft, doch das kümmerte sie jetzt nicht. Alles war besser als diese ewige Schlammschlacht mit der Gegenwart.

Gina hatte den gordischen Knoten zerhauen, und sie genoß die Erleichterung, die auf das Fällen wichtiger Entscheidungen folgt. Sie ging zu Nicky, um ihr zu helfen. Listen, Gäste, Stühle und die Frage, wo die Band essen sollte, waren geringfügige Probleme, eigentlich ein Klacks, wenn man bedachte, wie sie ihre eigenen Schwierigkeiten gehandhabt hatte.

Es blieben noch kleinere Hürden übrig, zum Beispiel Charlotte … aber warum sollte sie Charlotte nicht auch in ihrer Rolle als Georgie kennen? Und wie sollte Charlotte darauf kommen, daß sie als Schinkenerbin auf Heartsease Hall war, nicht als Gina Heartwell, die Amerikanerin aus Oxford?

Nicky, blaß und bedrückt, hielt sich tapfer angesichts der vielen Unwägbarkeiten. »Gerade wenn ich denke, daß alles geregelt ist, ruft jemand an, um zu sagen, daß er nicht kommen kann, ein anderer sagt, er wird sich verspäten oder er will seine Hunde mitbringen. Ich kann Ihnen sagen!«

Sie wedelte theatralisch mit den Listen vor Ginas Nase. »Die allerneueste Schote ist, daß diese Leute in Heartwell

House mir plötzlich verkünden, daß sie zu der Zeit einen eigenen Gast im Haus haben und deshalb ein Zimmer weniger zur Verfügung steht. Ich glaube, ich schicke ihnen Cousine Belinda und ihre scheußlichen Hunde auf den Hals, das haben sie davon. Könnten Sie dort für mich anrufen, liebe Gina? Sagen Sie, sie sollen diesen Soundso bitte mitbringen.«

»Na gut«, sagte Gina bereitwillig. »Was wollen Sie wegen des fehlenden Zimmers unternehmen?«

»Ich werde veranlassen, daß Tara bei Don unterkommt statt in Heartwell House, da sie bereits zum Essen bei ihm ist.« Nicky konsultierte ihre Liste. »Ich gehe davon aus, daß sie ohnehin das Bett mit ihm teilt«, fügte sie ein wenig bitter hinzu.

»Macht Ihnen das nichts aus?«

»Ich bin über diese Phase hinaus«, sagte Nicky. »Mein Mann hat gestern abend angerufen. Mein Jüngster hat die Windpocken bekommen. Ziemlich schlimm. Allein wird Roger nicht damit fertig. Das heißt, sobald ich dieses Durcheinander sortiert habe, werde ich nach Hause fahren und dort nach dem Rechten sehen müssen.«

»Ich rufe sofort in Heartwell House an«, sagte Gina. »Haben sie den Namen des Gasts erwähnt?«

»Ja, warten Sie, ich hab ihn irgendwo hinten auf einem Zettel notiert ... aha, da ist er. Komischer Name. Aumbry. Alwyn Aumbry.«

23

»Alwyn Aumbry?« Gina traute ihren Ohren nicht. »Dr. Alwyn Aumbry?«

»So heißt er. Sie hat die ganze Zeit davon gesprochen, daß er ein Fernsehstar wird. Als ob mich das interessieren würde. Kennen Sie ihn?«

»Ja.«

Macht nichts, dachte sie, als die vertrauten Ängste sie wieder überfielen. Macht nichts, das ist vorbei, es spielt wirklich keine Rolle. Ich nehme ihn beiseite und erkläre ihm, daß Diskretion und Geheimhaltung die Devise des Tages sind. Das einzige Problem ist, ihn unter vier Augen zu erwischen. Gareth und Lori werden bestimmt an ihm kleben.

Na gut, solange nur Popplewell nicht zum Ball kommt und mich öffentlich denunziert, bevor er mich ins Gefängnis schleppt, ist alles noch zu retten, sagte sie sich, als sie zum Telefon ging. Am Freitag werde ich Mrs. C, mit Georgies britischem Paß in der Hand. Bis dahin kann nichts passieren, was daran etwas ändern würde. Und dann bin ich in Sicherheit.

In Sicherheit! Gina atmete tief durch, als sie den weichen Rasen überquerte. Hier würde sie in Zukunft leben, zwischen den Hügeln und Wäldern, den Rasenflächen und Terrassen.

Sie würde sogar, mit der Zeit, die Eulen lieben lernen.

Nadia hatte wie eine Besessene gearbeitet. Sie hatte Delikatessen für den Laden zubereitet, die hervorragend gingen. Jetzt dachte sie daran, weitere Artikel von Zulieferern zu ordern. Sie hatte eine große Bestellung von Maria für den Ball erhalten. Und sie würde selbst als Gast zum Ball gehen, und davor war sie in Heartwell House eingeladen.

Das hieß, daß sie heute abend zeitig fertig werden mußte, um noch ein Hemd für Byron und ihr eigenes Kleid zu bügeln und sonst alles vorbereiten zu können. Keine leichte Aufgabe, wenn man auf einer Baustelle wie Oracle Cottage kampierte und die meisten Sachen noch nicht mal ausgepackt hatte. Ob die Nichte von Mrs. Slubs, die zwei Wochen lang zur Probe kam, auch richtig aufräumen würde, wenn sie früher ging?

Da ihr all dies im Kopf herumging, war sie nicht in der Stimmung, nett zu Charlotte zu sein, die mit verkniffenem Gesicht in den Laden kam, um nach Fergus zu fragen.

»Jemand hat mir erzählt, daß er im Weinberg ist«, sagte sie. »Dies ist doch der Weinberg, oder nicht?«

»Das hier ist der Laden, und die Büros sind auch hier. Wenn Sie zum Weinberg selbst wollen, wo die Rebstöcke wachsen, dann müssen Sie etwa vierhundert Meter weit auf dem Pfad da gehen.«

»Und haben Sie meinen Freund gesehen? Er ist groß und ...«

»Ich kenne Fergus sehr gut, danke.« Nadia zuckte die Achseln. »Nein, heute habe ich ihn nicht gesehen, ich bin zu beschäftigt, um aufzupassen, wer kommt und geht. Aber ich bin sicher, daß er heute noch kommt, er ist fast jeden Tag hier.«

»Was, Fergus? Unsinn, wie soll das gehen? Er lernt die meiste Zeit, er arbeitet sehr hart an seiner Doktorarbeit.«

»Nur wenn er einen Doktor in Weinbau macht. Er hilft Don laufend. Don gehört der Weinberg«, erklärte sie. »Außerdem ist er wohl irgendwie mit Fergus verwandt. Also, wollen Sie jetzt was kaufen? Essen oder Wein?«

Charlotte schüttelte sich. »Nein, vielen Dank.«

»Fergus mag besonders diese Rehfleischwürstchen. Zum Frühstück vielleicht? Sie sind vermutlich seine Freundin. Also machen Sie wohl auch mal das Frühstück.«

»Keine Würstchen, das würde mir nicht im Traum einfallen.«

Nadia verlor das Interesse. Sie dachte wieder an ihre Arbeit. »Dann kann ich Ihnen nicht helfen. Aber ich glaube, wir sehen uns morgen abend. Sie und Fergus essen in Heartwell House, so wie mein Mann und ich.«

Charlotte wirkte nicht besonders erfreut über diese Neuigkeit. Sie bedachte Nadia mit einem dünnen, reservierten Lächeln und bog energisch auf den Pfad ein, der zu den Weinstöcken führte.

Nadia beobachtete sie durchs Fenster des Ladens, während sie den Tresen abwischte. Sehr englisch, dieses Mädchen, dachte sie. Gutaussehend, aber ohne Leben. Und zu dünn. Elegant, aber kleinlich. Die Art Frau, die Byron hätte heiraten sollen. Eine Frau seines Schlages, mit einem Herzen so kalt und hart wie seines. Sie seufzte, fuhr ein letztesmal über den Tresen und überprüfte den Fleischwolf.

Es hätte Byron sehr überrascht, hätte er gehört, daß sie ihn für kalt hielt. Außerdem hatte er sich nie für große, kühle Engländerinnen interessiert. Als er mit Nadia nach England gekommen war, hatte sein Bruder ihn geneckt, er sei dazu geboren, eine Russin zu heiraten.

»Dir lag nie was an durchschnittlichen Frauen, nicht mal in der Schule«, bemerkte er. »Und sieh dir die Mädels an, mit denen du an der Uni ausgegangen bist. Anders, jede einzelne von ihnen. Künstlerinnen, Ausländerinnen oder beides. Alle mit viel Temperament und Sinn fürs Drama. Muß eine Kompensation dafür sein, daß du selbst der stille, verträumte Typ bist«, hatte er hinzugefügt. »Oder hast du einfach Angst vor deinesgleichen?«

Vielleicht hätte er eine magere, unerfahrene Engländerin wählen sollen. Zumindest hätte er sie nicht so unglücklich gemacht wie Nadia. Er war verloren gewesen, als er sie das erste Mal sah. Hatte auf Anhieb gewußt, daß sie die Frau war, die er heiraten würde. Wenn er gewußt hätte, wie es später kommen würde, hätte er gezögert, sich anders verhalten?

»Nein«, sagte er laut, als er die Bodendiele neben die anderen an die Wand lehnte. Er schaute auf seine Uhr. Spät. Und er hatte Nadia versprochen, die Koffer nach unten zu bringen. Das hatte er nicht getan. Dabei würde sie jeden Augenblick zurücksein, und er würde zugeben müssen, daß er – wieder einmal – vergessen hatte, ihr einen Gefallen zu tun.

Sie würde ihn aus diesen blitzenden vorwurfsvollen Augen ansehen. Das konnte er nicht ertragen. Oder sie würde schreien und toben und mit Gegenständen um sich werfen. Das konnte er ebensowenig ertragen. Er hörte ihre Schritte auf dem Weg zum Haus, die Tür ging auf.

Zu spät, dachte er traurig. Immer zu spät.

Charlottes Begegnung mit Fergus zwischen den Müller-Thurgau-Reben war kein Erfolg gewesen. Sie hatte Fergus bisher immer ihren Willen aufgezwungen und wußte nicht, wie sie mit diesem neuen, selbstsicheren Fergus umgehen sollte.

Nein, er würde noch eine Weile im Weinberg arbeiten.

Ja, er wisse, daß sein Computer nicht angeschlossen sei. Das liege daran, daß er ihn nicht benutzt habe.

Nein, wenn er so weitermache wie bisher, wäre seine Doktorarbeit nicht zu Weihnachten fertig.

Doch, er würde mit Harry einen trinken gehen.

Nein, selbst wenn es irgendwo in der Nähe ein vegetarisches Restaurant gäbe, würde er sie heute abend nicht dorthin ausführen. Wenn sie allein hingehen wolle, könne sie seinen Wagen nehmen.

Eine niedergeschlagene Charlotte kehrte ins Kingfisher Cottage zurück. Allerdings mußte sie noch ihr Ballkleid, eine teure und schmeichelhafte Designer-Kreation, nach draußen hängen, und sie könnte sich die Haare waschen und die Nägel machen. Als sie damit fertig war, kamen Fergus' Klamotten an die Reihe.

»Wo ist Fergus' Abendkilt?« wollte sie von Zoë wissen.

Zoë sah sie verblüfft an. »Ich habe keine Ahnung. Hat er ihn denn aus Oxford mitgebracht?«

»Das muß er doch getan haben. Er wußte, daß der Ball stattfindet.«

Zoë dachte einen Augenblick nach. »Ich habe einen Kilt in dem Wandschrank unter der Treppe gesehen«, gab sie schließlich zu.

Charlotte suchte und fand den Kilt, dann grub sie Fergus' Smokinghemd aus – es war schmutzig und zerknittert – und eine Socke. Befriedigt ging sie ins Bad zurück, und während der Seifenschaum flog, bemerkte sie, welch ein Glück es war, daß sie heute abend daran gedacht hatte, denn was hätte Fergus sonst angefangen?

Er hätte das Hemd schmutzig angezogen oder sich ein neues gekauft, dachte Zoë, sagte jedoch nichts.

»Gehst du auch zu dem Ball?« fragte Charlotte. »Nein? Wie schade. Du kennst die Familie nicht? Warst du überhaupt jemals in dem Haus?«

»Ich bin mal zur Hintertür reingeschlichen, als ich dort etwas erledigen mußte«, sagte Zoë. »Zu vornehm für mich.« Sie wandte sich wieder ihrem Buch zu.

»Was liest du da?« fragte Charlotte.

Ich kann Leute nicht ausstehen, die fragen, was ich lese, dachte Zoë, während sie den bunten Umschlag in die Höhe hielt.

»*Sie kamen in Korinth*«, las Charlotte vor. Dann nahm sie die Illustration auf dem Cover erst richtig wahr. »Das ist Pornographie!«

»Ganz und gar nicht«, sagte Zoë. »Ein erotischer Roman, etwas völlig anderes.«

»Ich dachte, du wärst eine Intellektuelle«, sagte Charlotte. »Du hast einen Universitätsabschluß!«

»Was hat das denn damit zu tun?« fragte Zoë. »Die Verfasserin hat in Cambridge studiert.«

»Das bezweifle ich«, sagte Charlotte selbstgefällig.

»Zweifle du nur. Es ist wahr. Sie ist klassische Philologin.«

»Dann sollte sie sich schämen.«

Zoë ließ sich nicht hinters Licht führen, sie sah das Funkeln in Charlottes Augen. »Lies doch auch mal einen«, sagte sie, als biete sie ihr einen köstlichen Pudding an. »Da auf dem Regal steht eine ganze Auswahl. Nimm aber nicht ›Hadrians Hure‹, den hab ich noch nicht gelesen.«

Charlotte war arg versucht, leistete erst Widerstand und gab dann nach. »Ich habe nämlich kein Buch dabei«, sagte sie.

»Dann bedien dich«, erwiderte Zoë. »Und halt dich ran, dann kannst du Fergus heute nacht im Bett schockieren.«

»Also wirklich.« Charlotte wurde rot. Aber Zoë hatte sich schon wieder ihrer packenden Lektüre zugewandt und bemerkte es nicht.

Das Buch nützte Charlotte nichts. Vielleicht hätte besser Fergus es lesen sollen, denn der glatte, nackte weiße Körper neben ihm im Bett erregte ihn so gut wie gar nicht. Er gab sich große Mühe, da er stets ein Gentleman war, doch es nützte nichts. Fluchend drehte er sich auf den Rücken, dann stieg er aus dem Bett und murmelte, er wolle kurz ins Bad.

Dort eingeschlossen, öffnete er das Fenster, beugte sich hinaus und sog die schwere, duftende Luft ein. Ich möchte auf dem Land leben, dachte er in fast schmerzlicher Selbsterkenntnis. Ich will nicht in London, Paris oder New York leben. Ich will das hier.

Harry war ein Glückspilz. Ein jüngerer Sohn, und doch würde er vermutlich zumindest einen Teil dieser Hügel erben. Während er, Fergus, einen großen Bruder hatte, der die Farm der Familie liebte und sie zu gegebener Zeit übernehmen würde. Doch Fergus wollte kein Getreide anbauen und Kühe oder Schafe züchten. Nein, er wollte einen Weinberg besitzen.

Da, der Gedanke war heraus. Klar wie das Mondlicht, das sich unten auf das Gras ergoß. Das war es, das war's, was er tun würde.

Seine Gedanken kehrten zu Harry zurück. Harry, der Glückspilz, er würde Gina heiraten. Wollte er Trauzeuge bei Harrys Hochzeit sein, wenn ihn die Aussicht auf seine eigene Heirat mit solchem Widerwillen erfüllte?

Widerwillen? Ja, Widerwillen.

Eine Offenbarung.

Er wollte Charlotte nicht heiraten.

Aber er mußte Charlotte heiraten. Er würde sie nach so langer Zeit nicht hängenlassen, er konnte es nicht. Man denke nur an das Theater, das folgen würde. Und warum sollte er sie eigentlich nicht heiraten, es war ja nicht so, als ob er eine andere heiraten wollte. Oder?

Fergus' Gedanken schweiften zu Harry ab. Harry wußte gar nicht, wieviel Glück er hatte. Er heiratete eine Frau, die er heiraten wollte, eine Frau, die so anziehend und so nett war, obwohl sie sich in letzter Zeit ein wenig merkwürdig verhalten hatte. Harry hatte Gina nicht verdient. Gina sollte keinen Mann heiraten, den sie kaum kannte. Und war Harry denn verliebt in sie? Oder Gina in ihn? Schliefen sie miteinander? Ach, verdammt.

Er bespritzte sein Gesicht mit kaltem Wasser, rieb es mit einem Handtuch trocken, schloß die Tür auf und ging wieder in sein Zimmer. Zurück ins Bett. Zurück zu Charlotte.

Charlotte hatte ebenfalls nachgedacht, ohne aber zu großen Ergebnissen zu gelangen. Irgendein böser Geist schaltete ihren gesunden Menschenverstand aus und trieb sie dazu, Fergus' Versagen zum Thema zu machen. Und es anschließend auf seinen völlig falschen Ernährungsplan und ein schlechtes Gewissen zurückzuführen.

»Ein schlechtes Gewissen?« Fergus, der sich wie ein Schuft vorgekommen war, fuhr im Bett auf wie ein Kastenteufel und brüllte Charlotte an.

Zoë erwachte im Zimmer gegenüber aus dem Tiefschlaf, hob den Kopf vom Kissen und schickte eine telepathische Sympathiebekundung an Fergus, dann zog sie sich die Decke über den Kopf und schlief wieder ein.

»Nein, es ist mir egal, ob ich diese verdammte Doktorarbeit beende oder nicht. Es ist unwichtig. Ich strebe keine Universitätskarriere an, und ich werde auch nicht in der Großstadt versauern.«

»Was willst du denn machen?« fragte Charlotte gereizt. Sie hatte ihr Nachthemd angezogen, da sie sich nackt benachteiligt vorkam, und das süßliche weiße Hemd mit den Rüschen brachte Fergus aus irgendeinem Grund vollends auf die Palme.

»Warum kannst du nicht in einem alten Shirt oder T-Shirt schlafen, so wie Zoë?«

»Woher weißt du, was Zoë im Bett anhat?« wollte Charlotte wissen.

»Ach, komm, wir wohnen zusammen, sie läuft auch mal in den Sachen rum.«

»Tja, ich freue mich, daß sie dir in Lumpen gefällt, aber leider habe ich immer Nachthemden getragen, und ich werde es auch in Zukunft tun. Jetzt und wenn wir verheiratet sind.«

Fergus stellte die Füße auf den Boden und vergrub den Kopf in den Händen. Dann gab er sich einen Ruck, lehnte sich zurück und nahm Charlottes Hand.

»Hör zu, Charlotte, ich will nicht heiraten. Ich bin noch nicht soweit.«

Charlotte blieb völlig gelassen. »Nein, natürlich nicht, erst mußt du einen Job und ein gutes Einkommen haben.«

»Ich werde mir keinen Job suchen, zumindest nicht die Art Job, die dir vorschwebt. Und ich bezweifle, daß ich in absehbarer Zukunft viel Geld verdienen werde.«

»Sei nicht albern, Liebling. Du bist bloß müde, mitten in der Nacht bist du nie besonders in Form. Versuch zu schlafen, und wir reden morgen früh darüber.«

»Nein, ich will das jetzt klären.«

Charlotte stopfte sich die Kissen in den Rücken, dann setzte sie sich zurecht und sah ihn aufmunternd an.

»Na gut, dann erzähl mir, was dich bedrückt.«

Fergus wollte ihr gar nichts erzählen. Er wollte eigentlich

vor allem schlafen, doch auf der anderen Seite war es wirklich besser, es hinter sich zu bringen. Sich auszusprechen, dachte er hoffnungsvoll und irrigerweise.

Ein weiterer Schrei zerriß Zoës Träume. Sie regte sich und brummte: »Ach, haltet doch die Klappe da drüben, was immer ihr da tut«, und schlief selig wieder ein.

»Amerika? Australien? Frankreich? Weinbau lernen? Ich hab noch nie etwas so Lächerliches gehört. Fergus, wach auf, das sind pubertäre Phantasien. Du bist Wirtschaftswissenschaftler. Die Welt liegt dir zu Füßen mit deinem Abschluß und deinen Qualifikationen, oder es wird so sein, wenn du erst deinen Doktortitel hast. Und dann, mit Daddys Hilfe ...«

»Daddy kann mich mal«, sagte Fergus.

Wilf und Madge hatten einen angenehmen Abend verbracht. Sie hatten mit Dorfbewohnern getratscht und Harry und Fergus belauscht.

»Jackie ist mit ihrem jungen Freund weggegangen.«

»Wurde auch Zeit.«

»Der hat ihr was erzählt, als er rausgekriegt hat, was sie mit seinem Dad getrieben hat.«

»Der mußte mal einer verklickern, wie sie sich zu benehmen hat.«

»Jedenfalls hat er gesagt, daß er ihr verzeiht, dieses eine Mal, aber es dürfte nicht noch mal passieren. Und dann ist er auf und davon mit ihr, denkt, daß er woanders mehr verdienen kann, will seinen Dad nie mehr sehen.«

»Ich glaub nicht, daß Bobs Dad auf sein kleines Vergnügen verzichten will.«

»Wird jetzt nicht mehr so leicht sein. Hat's bei einer von Jackies Freundinnen probiert und 'ne saftige Ohrfeige kassiert. Sue Bunting, der ist der Ehemann vor fünf Jahren mit einer vom Zirkus durchgebrannt, die würde ihn nehmen. Für die Farm und 'n festes Dach über dem Kopf. Und sie ist noch ganz schön proper, sie würde ihn von den jungen Dingern fernhalten.«

Wilf fuhr mit einem Lappen über den Tresen und wies mit dem Kopf zum Garten, wo Fergus und Harry ins Gespräch vertieft waren. »Hört euch die an. Harry erzählt diesem Fergus gerade, daß er die Cousine heiraten wird, Gina.«

»Sieht nicht so aus, als ob Fergus das gut findet.«

»Harry will, daß er Trauzeuge ist.«

»Dieser Fergus hat selbst 'n Mädel. Ganz hübsch, aber mager. Ein Kleiderbügel im Bett, möcht ich wetten.«

»Ich hab gehört, sie verstehen sich nicht besonders. Fergus hat keine große Lust mehr, sich mit ihr abzugeben.«

»Und ist diese Gina die Richtige für Harry?« Madge zapfte noch ein Bier und freute sich bei dem Gedanken, daß auf Heartsease Hall Hochzeit gefeiert werden sollte. Könnte dem Geschäft nützen.

»Ich glaub nicht. Sie sind beide nicht richtig verliebt.«

»Da hat sich schon so mancher getäuscht«, sagte Wilf. »Dann gib mir mal das Glas rüber, wenn du fertig bist.«

Gina schlief unterdessen den Schlaf der Verdammten. Sie träumte, daß sie wach war. Die Vorhänge waren aufgezogen und wehten in einem stürmischen Wind. Das Mondlicht fiel durch Gitterstäbe in ihr Zimmer und füllte es mit seltsamen Schatten. Sie ging zum Fenster und blickte durch die dicken schwarzen Stäbe auf eine endlose Rasenfläche. Riesige Gestalten bewegten sich auf dem Rasen und warfen groteske und bedrohliche Schatten.

Die Gestalten waren die Mitglieder der Familie Cordovan, die in Zeitlupe eine Partie Crocket spielten. Riesen mit riesigen Schlägern, dachte Gina, und dann war sie plötzlich draußen auf dem Rasen und blickte zu dem großen, in Mondlicht getauchten Haus auf. Alle Fenster waren vergittert, und Stimmen flüsterten an ihrem Ohr.

Hier, Gina, sagte eine Stimme hinter ihr und stieß ein unheimliches Lachen aus. Gina drehte sich zu dem Sprecher um und erkannte Harry, der seltsam in die Länge gezogen war und in einer hautengen schwarzen Lederkluft steckte. An Stiefeln und Helm glitzerten silberne Schwingen.

Gina lief los, seitlich ums Haus herum, nur weg von den bedrohlichen Gestalten. Dann schrien die Eulen, sie kamen näher und näher. Ein weißer flaumiger Körper flog dicht an ihrem Gesicht vorbei, ein anderer stieß direkt vor ihr herunter. Riesenhafte weiße Eulen, die alle genüßlich ihre unheimlichen Schreie ausstießen.

Der Swimmingpool, dachte Gina. Zum Swimmingpool werden die Eulen nicht kommen. Sie sprang hinein und sah, daß das zuvor kristallklare Wasser dunkel und trübe war. Eine Figur neben dem Delphin bewegte sich. Wie war das möglich? Was wollte sie?

Nur dich ertränken, sagte sie mit hoher Stimme und lachte, und sie spürte, wie ihr Kopf nach unten gedrückt wurde, tief hinunter in die pechschwarze Dunkelheit.

Mit einem Ruck wachte Gina, in Schweiß gebadet und völlig verängstigt, auf. Der Raum war tatsächlich voller Licht, aber es war ein angenehmes, friedliches Mondlicht, das durch ein unvergittertes Fenster hereinfiel.

Ihr Mund war trocken. Sie setzte sich auf, immer noch zitternd von ihrem Alptraum, und streckte die Hand aus, um die Nachttischlampe anzuknipsen. Das sanfte Licht bannte die Schatten und zeigte Gina ihr vertrautes, freundliches Zimmer.

Ich muß etwas gegessen haben, das mir nicht bekommen ist, sagte Gina sich, um solch einen furchtbaren Traum zu haben. Sie öffnete die Keksdose mit den Ingwerplätzchen, die die aufmerksame Hester in alle Zimmer gestellt hatte. Sie konnte nicht wieder einschlafen, nicht nach solch einem Traum. Neben ihrem Bett stand ein Radio, und sie schaltete es ein. Dann lehnte sie sich in die Kissen zurück und hörte einem Gespräch über die politischen Veränderungen in Ungarn zu.

Zehn Minuten später, das Licht brannte noch, die Stimmen sprachen noch, sank ihr Kopf zur Seite. Die Sendung muß zu Ende sein, dachte sie noch, als die Stimme sich in die ihrer Mutter verwandelte, die ihr einen wertvollen Ratschlag gab.

»Höre immer auf deine Träume, Gina, denn sie sprechen die Wahrheit.«

Was für ein Unsinn, dachte Gina, als sie auch schon tief und traumlos schlief.

Charlotte reiste früh am nächsten Morgen mit dem Taxi ab.

»Ich bringe dich zum Bahnhof«, sagte Fergus. »Bitte, Charlotte, das kann ich doch wenigstens noch tun.«

»Du hast genug getan«, sagte Charlotte mit unbewegtem Gesicht. »Ich würde nicht mal bis zum Ende der Straße mit dir fahren, danke sehr.«

»Puh«, sagte Zoë, als das Taxi losfuhr. »Gut gemacht, Fergus.«

Fergus sah furchtbar aus. »Ganz und gar nicht«, sagte er bedrückt. »Ich habe sie sehr schlecht behandelt. Ohne mich ist sie viel besser dran.«

»Ganz bestimmt«, sagte Zoë beschwichtigend. »Komm, ich mach dir einen Kaffee.«

Fergus fing an zu lachen. »Kaffee, ja«, sagte er. »Ich bin haarscharf einer lebenslänglichen Bohnendiät entkommen, weißt du das eigentlich? Himmel, wie habe ich es nur so lange mit ihr ausgehalten?« Er reckte sich und plumpste in einen Sessel.

Zoë blickte ihn liebevoll an. »Ich bediene dich nur dieses eine Mal«, sagte sie. »Wie wär's mit Würstchen zum Frühstück?«

»Super«, sagte Fergus. »Zuerst muß ich auf Heartsease Hall anrufen und Bescheid sagen, daß ich keine Begleiterin mehr habe. Ich nehme an, das bringt die Sitzordnung beim Abendessen durcheinander. Nein, Moment mal, Zoë, warum kommst du nicht mit? Ich frage Tante Julia.«

»Das würde ich gern tun«, sagte Zoë sehnsüchtig, »aber ich habe kein Kleid.«

»Doch, hast du. Ich habe zwei Jessicas abgezweigt, als ich ihre Sachen zusammengepackt habe. Ich dachte, bei dir und Gina kommen sie ebenso Bedürftigen zugute wie bei Oxfam.«

»Welche denn?«

»Ein graues und das dunkelblaue, das du so magst.«

»Du bist ein Genie«, rief Zoë. »Ich komme mit. Was für ein Glück!«

»Also abgemacht«, sagte Fergus erfreut. Er nahm Zoës Buch, das auf dem Tisch neben seinem Sessel lag, und hob eine Braue. »Sieht nicht schlecht aus«, sagte er, schlug es auf und begann zu lesen. »Drei Würstchen bitte, nein vier. Ich habe plötzlich wahnsinnigen Hunger.«

24

Als der Morgen vor Johannis anbrach, wallte ein feiner weißer Nebel über den Rasen und die Terrassen von Heartsease Hall und blieb an den großen Bäumen unten im Tal hängen.

Guy war um fünf Uhr auf den Beinen und eilte gähnend durch das stille Haus. Seine Ärmel waren exakt gleich weit aufgekrempelt, und um die Taille hatte er sich eine graue Schürze gebunden.

Esme stand kurze Zeit später auf und war auf Anhieb munter. Sie trug eine überweite Jeans und ein Sweatshirt, das bessere Tage gesehen hatte. »Wenn ich heut abend schon diese schwarze Uniform und eine Schürze tragen muß, dann will ich's wenigstens tagsüber bequem haben«, verkündete sie fröhlich. Dann schlurfte sie davon, um den Pavillon zu überprüfen und die Zeltklappen zurückzuschlagen, um frische Luft hereinzulassen.

Um acht hatte der Nebel sich verzogen, aufgelöst von der Sonne, die von einem klaren blauen Himmel herabschien. Kräftige Männer kamen in einem großen Transporter und brachten einen künstlichen Rasen, der im Garten auf das Gras gelegt werden sollte.

»Ein Geistesblitz von Nicky«, sagte Victor, der imposant und gebieterisch zum Brunnen schlenderte. Er entdeckte sie in der Ferne und winkte sie zu sich.

Das war nicht das, was Nicky wollte. Nachdem sie die ganze Nacht am Bett ihres von Juckreiz gequälten kranken Sohns gesessen und an diesem Morgen besorgt festgestellt hatte, daß ihre Tochter ebenfalls Ausschlag bekam, wollte sie vor ihrem endgültigen Zusammenbruch möglichst schnell mit allem fertig sein.

»Es wäre doch hübsch«, sagte Victor, »wenn farbiges Wasser aus dem Brunnen käme.«

Nicky seufzte. »Ja, Victor. Dafür ist bereits gesorgt. Und Harry bastelt eine extra Beleuchtung, es wird ganz reizend aussehen.«

»Ah, ich hätte wissen müssen, daß Sie bereits daran gedacht haben«, sagte Victor leicht beleidigt, weil er zu spät kam.

»Ist das alles?« fragte Nicky. »Ich habe nämlich noch viel zu tun.«

»Natürlich, natürlich«, sagte Victor wohlwollend. »Was würden wir ohne Sie anfangen? Gehen Sie nur.«

Grr, dachte Nicky, während sie absichtlich langsam aufs Haus zusteuerte.

Hester drehte hektisch Kontrollrunden durch die Zimmer und lüftete. Jeder Schlafraum im Haus war hergerichtet, selbst die Kammer des Königs, die, weil klein, dunkel und aus historischen Gründen nur mit Kerzen beleuchtet, sehr selten benutzt wurde.

»Wen hast du dort einquartiert, Hester?« fragte Julia. »Es muß jemand sein, der nicht trinkt, wir können nicht riskieren, daß aus Unachtsamkeit ein Feuer entsteht.«

»Familie«, sagte Hester. »Gray und Cora. Außerdem habe ich batteriebetriebene Campinglampen in die Kammer gestellt.«

»Welches Bad benutzen sie?« erkundigte sich Julia stirnrunzelnd. »Gray mag zwar zur Familie gehören und sich deshalb mit gewissen Unbequemlichkeiten abfinden. Aber wir dürfen nicht vergessen, daß er auf seinem Gebiet ein sehr wichtiger und anerkannter Mann ist.«

Hester seufzte. Gray konnte ein so hohes Tier sein, wie er wollte, für sie blieb er dennoch ihr nervtötender kleiner Bruder. »Ich vergesse es nicht, Julia«, sagte sie. »Ich denke immerzu daran. Und ich finde, wenn das Zimmer für einen

König geeignet war, dann wird es auch für Gray reichen. Sie werden das blaue Bad ein Stockwerk tiefer benutzen.«

Julia spitzte die Lippen. »Und es mit Aimée teilen?«

»Und mit mehreren anderen Gästen«, sagte Hester. »Ist doch besser, als wenn Marcus es mit Aimée teilen würde, da sind wir uns doch einig, und ich kann keine Badezimmer herbeizaubern, die nicht da sind.« Dann ging sie schnell davon, um noch mehr Potpourris zu verteilen und erlesene Seifenstücke auszupacken, bevor Julia von ihrem Steckenpferd, dem Anbau eines neuen Flügels, anfangen konnte, der, so war zu vermuten, fast gänzlich aus Badezimmern bestehen würde.

In der Küche herrschte das organisierte Chaos. Der Partyservice, der unter Marias Befehl stehen würde, sollte um elf Uhr eintreffen. Unterdessen bereitete Maria riesige Mengen von Erdbeeren vor. Gina half ihr. »Ich muß etwas tun« sagte sie. »Nicky hat alles unter Kontrolle und will keine Hilfe mehr.«

Tablett um Tablett mit glitzernden Erdbeeren wurde in einer der Vorratskammern auf breite Steinregale gestellt, die man speziell für den heutigen Abend freigeräumt hatte. Man kommt sich vor wie im Schlaraffenland, allein durch die Mengen und die Üppigkeit des Ganzen, dachte Gina, als der Molkereiwagen mit Kannen dicker Sahne eintraf, für die Heartset berühmt war.

Guy kontrollierte die Weine, die bereits Wochen zuvor in Abstimmung mit Victor ausgewählt worden waren. Es ging um den Wein für die Familie und dreißig weitere Gäste, die in der großen Halle zu Abend essen würden, bevor der Ball offiziell um halb zehn eröffnet wurde. Die Getränke für den Ball selbst waren schon vor mehreren Tagen angeliefert worden. Weißwein und Sekt kühlten in den dunkelsten, kältesten Kellern, während die Rotweinflaschen in Pappkartons in einem der Ställe gelagert waren.

Nicky kam in die Küche gestürzt. »Die Saxophon-Band kommt gegen sechs hier an«, sprudelte sie hervor. »Zwölf

Leute, die zu Abend essen und zur Halbzeit noch einen Imbiß wollen. Und dann das Streichquartett.«

Maria nickte gelassen. »Ich weiß. Der Partyservice wird sich darum kümmern.«

»Ich habe gedacht, das alte Speisezimmer für sie«, fuhr Nicky fort.

»Gute Idee«, sagte Guy, der mit einem Tablett voll Silberbesteck vorbeikam. »Dort können sie auch ihre Koffer abstellen und die Garderobe unter der Treppe benutzen, um sich umzuziehen. Das Disco-Team ebenso.«

Maria goß Nicky einen Kaffee ein.

»Keine Zeit«, sagte Nicky.

»Setzen Sie sich, ich bestehe darauf.« Maria gab Nicky einen Schubs. »Und ein Stück Kuchen, Sie haben nicht gefrühstückt, wie ich sehe. Wenn Sie so weitermachen, brechen Sie zusammen. Wie geht es den Kleinen?«

»Fragen Sie bloß nicht«, sagte Nicky und vertilgte in Null Komma nichts den Kuchen.

»Gut, daß sie so viel zu tun hat«, bemerkte Maria, als Nicky zum Endspurt aus der Küche lief. »Das lenkt sie von Don ab. Sie konzentriert sich auf ihren Mann und ihre Kinder, und das ist viel besser.«

»Was bist du doch für eine Moralistin«, spöttelte Guy.

»Übrigens die einzige hier", sagte Maria scharf. »Und jetzt bring sofort dieses Tablett raus, auf der Stelle, weil ich sonst nämlich sehr ärgerlich werde.«

In Heartwell House hatte Lori ebenfalls alle Hände voll zu tun. Sie hatte Dr. Aumbry und drei Paare zu Gast, und zum Abendessen würden noch mehr Personen kommen.

»Dreizehn«, stöhnte sie. »Ausgerechnet. Was soll ich nur tun?«

»Was ist mit dreizehn?« fragte Gareth.

»Leute, zum Abendessen. Du mußt mir helfen, Gareth, es ist zuviel für mich allein.«

»Ich muß arbeiten, das wirst du doch verstehen. Solange

Alwyn hier ist, müssen wir jede verfügbare Minute nutzen. Du kommst schon klar.«

»Ohne Mrs. Slubs? Ich muß die Schlafzimmer noch herrichten, mal ganz abgesehen vom Abendessen. Dazu sind wir noch *dreizehn*«, jammerte sie, zu ihrem ursprünglichen Thema zurückkehrend.

»Dann setz doch um Himmels willen Melissas Teddy auf einen Stuhl«, sagte Gareth. »Und wieso ohne Mrs. Slubs? Wir bezahlen der Frau weiß Gott genug Geld, da kann sie doch wenigstens kommen, wenn wir sie brauchen.«

»Sie hat auf Heartsease Hall alle Hände voll zu tun«, sagte Lori gereizt. »Und es ist auch sonst niemand da, der uns helfen kann. Sie sind alle auf Heartsease Hall eingespannt.«

»Du kommst schon zurecht.« Gareth war in Gedanken bereits bei den Skandalen der Royals im achtzehnten Jahrhundert. Er ging schnell hinaus und ließ die wutentbrannte Lori allein in der Küche zurück.

Lori hatte nicht übel Lust, sich an den Tisch zu setzen und zu schreien, aber das war nicht ihre Art. Als erstes würde sie die Schlafzimmer herrichten. Dann würde sie einen Bären suchen, keine schlechte Idee von Gareth, eine witzige Note für blasierte Gäste und zudem eine Beruhigung für jene, die sich in einer dreizehnköpfigen Gruppe nicht an den Tisch setzen wollten.

Eine Kaltschale aus Kirschen stand bereits im Kühlschrank. Gemüse schneiden – das könnte sie machen, während sie ihr Lieblingsprogramm im Radio hörte, wenn sie bis dahin mit den Schlafzimmern fertig war. Wenigstens hatte Mrs. Slubs die Betten bezogen, als sie vor ein paar Tagen das letztemal aufgetaucht war. Kurz durchlüften, schnell Staub wischen, Handtücher, Seife und all die kleinen Extras, die in einem funktionierenden Haushalt nicht fehlen durften ... Nein, so lange dürfte es eigentlich nicht dauern.

Nur gut, daß sie sich für die Lammnüßchen entschieden hatte anstatt für den Fisch, sagte sie sich. Viel weniger Arbeit. Und danach Apfeltörtchen aus der ungarischen Konditorei in Heartsbury. Sie hatte eigentlich an Erdbeeren gedacht, aber Gareth hatte sie darauf hingewiesen, daß vermutlich auf dem Ball Erdbeeren serviert würden. Er mochte sie nicht besonders, und eine Portion pro Abend reichte ihm völlig.

Don ließ sich keine grauen Haare wachsen, weil er den Gastgeber einer recht großen Gesellschaft mimen sollte. Eine seiner treuen Anhängerinnen kümmerte sich um alles, unterstützt von einer Schar Mitverehrerinnen, die nur zu gern in seinem Haus anrückten und ihn bedienten. Er wußte schon, welche Weine es zum Abendessen geben sollte, und hatte mit der reizenden Blonden aus Heartsbury, die stets mehr als glücklich war, wenn sie nach Heartsease kommen und für ihn kochen durfte, das Menü abgestimmt. Damit war für ihn der Fall erledigt.

Unterdessen kämpfte Fergus unter den belustigten Blicken von Zoë und Sybil mit dem Bügeleisen.

»Jetzt den Ärmel«, sagte Sybil hilfreich.

Fergus wünschte, er wäre weit, weit fort, oder Charlotte hätte sein Hemd gebügelt, bevor sie abgerauscht war.

»Wenigstens hat sie es für dich gewaschen«, bemerkte Zoë.

»Apropos Waschen, was ist mit deinem Gesicht?« konterte Fergus. Mit gutem Grund – Zoës Gesicht war mit einer dikken Schicht Seeschlamm vom Toten Meer bedeckt.

»Seeschlamm vom Toten Meer?« Fergus griff nach der Tube. »Klingt ekelhaft. Warum nicht Heartset-Schlamm, oder Cornwall-Schlick?«

»Es wirkt«, sagte Zoë. »Also ist es mir egal, woher er stammt.«

»Ich bringe Sie heute abend nach Heartsease Hall und komme dann zurück, um Zoë zu holen«, sagte Fergus zu Sybil. »Es hat keinen Zweck, zwei Autos zu nehmen.«

»Das setzt voraus, daß wir alle gemeinsam zurückfahren«, wandte Sybil ein.

Fergus wirkte überrascht. »Wieso nicht? Sagen Sie bloß

nicht, daß Sie Cinderella spielen und sich Schlag Mitternacht davonschleichen wollen. Das nehme ich Ihnen nicht ab.«

Sybil amüsierte der Gedanke, Cinderella zu spielen. »In meinem Alter, also wirklich, Fergus!« Doch sie fügte hinzu, daß sie sich freuen würde, zum Ball gefahren zu werden. »Aber passen Sie beim Essen mit dem Wein auf«, warnte sie ihn. »Ich will nicht in meinem besten Kleid im Straßengraben landen.«

Byron hatte mehr Glück als Fergus, da sein Hemd von Nadia gebügelt wurde. Nicht, daß sie ihm diese Aufgabe nicht mit Freuden überlassen hätte, doch sie wußte nur zu gut, daß er noch nie etwas gebügelt hatte, ohne sich die Finger zu verbrennen oder das in Angriff genommene Kleidungsstück zu versengen.

»Was äußerst schwach ist«, sagte sie zu ihm. »Wenn du mit einem Bohrer umgehen kannst, solltest du auch bügeln können.«

»Ich kann's ja mal versuchen«, bot er an.

»Nein«, wehrte sie ab. »Wir können uns kein neues Smokinghemd leisten, falls du das hier verbrennen solltest. Aber sobald wir uns eingerichtet haben, suche ich ein paar alte Sachen für dich heraus, an denen du üben kannst, bis du nicht mehr dich oder die Kleider verbrennst. Denn wenn ich mit dem Laden beschäftigt bin, wirst du entweder selbst bügeln oder aber mit Knitterfalten durch die Welt gehen müssen.«

Byron wußte, was er wählen würde.

Am späten Nachmittag wimmelte es auf Heartsease Hall von Menschen. Die eintreffenden Gäste wurden, wenn sie Glück hatten, von dem gelassenen, eleganten Guy empfangen und zu ihren Zimmern geführt, oder, wenn nicht, von der erhitzten, fluchenden Esme. Prim machte mit einer Sprühflasche die Runde, um die Blumen zu wässern, und Jarvis war im siebten Himmel, weil er die Wagen zu den angewiesenen Plätzen fahren durfte.

Wilf hatte den Pub Madge und einem jungen Einfaltspinsel überlassen, der das Handwerk erlernen wollte, und servierte im Salon. Dort empfing Julia die Gäste, die Tee trinken wollten. Julia liebte große Zusammenkünfte.

Victor war draußen bei seinen Brüdern, die er mehr oder weniger mochte, seinen zwei älteren Söhnen, die er nicht ausstehen konnte, und verschiedenen Satelliten, die man zusammengetrommelt hatte, damit sie bei den letzten Vorbereitungen für das Feuerwerk halfen.

In der großen Halle war die Tafel bereits für das Abendessen gedeckt. Der riesige Tisch war zu voller Länge ausgezogen, und in der glänzenden Tischplatte spiegelten sich die silbernen Kerzenleuchter aus dem siebzehnten Jahrhundert, die französischen Gläser aus dem achtzehnten Jahrhundert und das massive viktorianische Besteck, das Guy tagelang poliert hatte. Prim hatte den Blumenschmuck besorgt, der in einem Dutzend Silberschiffchen aus elisabethanischer Zeit angeordnet war. Sehr elegant, dachte Guy und speicherte die Idee für sein künftiges Hotel.

Harry, der durch das Guckloch in seinem Zimmer in die Halle sehen konnte, fand alles sehr festlich. Er drehte sich um, als jemand sein Zimmer betrat.

»Sieh nur, Aimée, und das alles dir zu Ehren.«

Aimée sah hinunter und nahm es hin wie einen Tribut. Doch sie war besorgt. »Harry«, sagte sie, »mir ist das Gerücht zu Ohren gekommen, daß du Gina heiraten willst. Es stimmt doch nicht, oder?«

Harrys Miene verdüsterte sich. »Wo hast du denn das her?«

»Ist doch egal«, sagte Aimée. »Das darfst du nicht tun. Du wirst dich verlieben, richtig verlieben, nicht bloß für einen hübschen Jungen schwärmen, und was soll dann werden?«

»Heutzutage kann man sich leicht scheiden lassen«, erwiderte Harry schnippisch und reserviert.

»Dann würde Victor dir das Haus nicht geben.«

Harry legte den Arm um Aimées Taille und gab ihr einen brüderlichen Kuß. »Ein keuscher Kuß«, zog er sie auf. »Das muß ein Novum für dich sein.«

»Sei bitte einmal ernst, Harry.«

»Bin ich doch«, erwiderte er. »Laß mich in Ruhe, Aimée. Ich weiß, was ich tue.« Er deutete auf die Halle. »Erinnerst du dich noch an das tolle Essen, das Pa für diese Russen gab, als ich einen Lachsack auf den Stuhl legte?«

Aimée lächelte, schüttelte jedoch den Kopf. »Ich weiß, daß ich recht habe«, sagte sie. »Du wirst dich verlieben, aus heiterem Himmel, und was wirst du dann tun?«

»Das ist noch nie passiert«, sagte Harry. »Und es wird wohl auch nie passieren.«

Aimée stieß einen Seufzer aus. »Ich habe keine Zeit, mit dir zu streiten, Harry, aber du machst einen großen, großen Fehler.«

Harry dachte an andere Dinge. »Hast du vor, stundenlang das Bad mit Beschlag zu belegen?« fragte er. »Wenn ja, laß mich zuerst gehen.«

»Zu spät«, sagte seine Schwester und huschte aus dem Zimmer.

Erfahrene Heartsease-Gäste wußten um die Badezimmer-Knappheit und gingen sich frühzeitig umziehen, lange bevor die weniger erfahrenen Leute auch nur daran dachten. Die übrigen, uninformierten Gäste ließen sich ein wenig verblüfft von Julias Schilderung einer Hysterektomie mit interessanten Komplikationen im Salon festhalten, die sie am Vortag durchgeführt hatte.

Andere Gäste mit schwächeren Mägen und nervöser Veranlagung hatten sich bereits hinausgeschlichen. Auf der Terrasse fanden sie eine Vielzahl runder Eßtische vor, neben denen Esme stand und mit Kopfhörern laut den Klassiksender hörte, im Arm einen Stapel Tischdecken aus weißem Damast.

»Wir brauchen die Klammern nicht«, brüllte sie Guy zu, der zusammenzuckte und weiterzählte. »Heute war ein glühend heißer Tag, und ich glaube, es wird bis zur Dämmerung warm bleiben, ohne daß Wind aufkommt.«

Guy nahm ihr ärgerlich die Tischdecken ab. »Kannst du bitte mal die Fackeln überprüfen, ob sie alle ordentlich befestigt sind? Wir wollen doch nicht, daß ein Unfall passiert.«

»Klar«, sagte Esme mit gewohnter Liebenswürdigkeit und stieß dann beim Anblick einiger Gäste, die in die gleiche Richtung gingen, einen gellenden Schrei aus. »Jude! Und Petra! Wie geht's euch?«

Guy beobachtete entgeistert, wie Esme den Unglücklichen auf den Rücken schlug. Esme sah seine Miene und winkte ihm besänftigend zu. »Ist schon gut, Guy. Das sind alte Freunde von mir, aus Australien.«

Reiche Freunde, dachte Guy, als er schnell ihre Kleidung in Augenschein nahm. Er schauderte. Welch ein Fehler, eine Person wie Esme einzustellen. Bei Leuten wie ihr wußte man nie, woran man war. Er nahm sich vor, niemals Mädchen von den Antipoden einzustellen, wenn er sein Hotel hatte, und fuhr fort, methodisch und tadellos die weißen Tischtücher auszulegen.

Er rief eine Aushilfskellnerin zu sich, um sie zu instruieren, wie und wo die Blumen und Kerzen aufgestellt werden sollten, die an einer Wand aufgereiht warteten.

»Das hätte ich dir doch abgenommen, Guy«, sagte Esme, die bereits von ihrer Blitzkontrolle der Fackeln zurückkam. »Sind die nicht schnuckelig?«

»Gehen Sie nur«, sagte Guy zu der Aushilfskellnerin. Und an Esme gewandt: »Ich glaube, es ist Zeit, daß du dich umziehst.«

»In Ordnung, Boß«, erwiderte Esme gutgelaunt und verschwand in die Richtung des Cottages ihrer Freundin Mona.

»Wo willst du hin?« rief Guy ihr empört nach. »Dein Zimmer liegt in der anderen Richtung.«

»Ja, aber ich habe mit Mona ausgemacht, mich bei ihr umzuziehen«, schrie Esme. »Mein Zeug ist da, und ich kann ihr Bad benutzen.«

Was sie auch tat. Sie badete zusammen mit Mona und erlebte ein paar glückliche Momente, bevor sie eine Stunde später in einem Männersmoking wieder zum Vorschein kam. »Ich ziehe kein schwarzes Kleid mit Schürze an, für nichts und niemanden. Das müßte schon eine Spezialanfertigung sein, und ich würde trotzdem aussehen wie ein Monster aus einer Horrorshow.« Sie hatte sich eine Bistro-Schürze wie ein französischer Kellner umgebunden und sah sehr flott aus, bis auf ihre großen und knochigen Füße, die in ihren gewohnten Zehensandalen steckten.

»Nein«, sagte Guy matt, als er sie sah. »Richtige Schuhe, bitte.«

»Kommt nicht in Frage. Laß mich in Ruhe, Guy. In höchstens fünf Minuten wird der ganze Haufen so sturzbesoffen sein von all dem Wein, den du ihnen einflößt, daß es nicht mal auffallen würde, wenn ich einen Müllsack anhätte.«

Lori hatte nicht erwartet, daß so viele ihrer Gäste einander kennen würden. Alwyn war als erster unten und sah leicht zerzaust aus. Er trug einen Frack, der ihm als Student besser gepaßt haben mochte als heute. Dann kam Fergus, zusammen mit Zoë, die so umwerfend aussah, daß Gareth seinen Bauch mindestens zwei Zentimeter einzog und eine volle Minute darauf verzichtete, Fernsehpläne mit Alwyn zu erörtern.

Alwyn machte sich von ihm los und begrüßte Fergus und Zoë. Wenn sein Blick auch über Zoës Ausschnitt glitt, war sein Ton doch wohlerzogen, als er sich nach Gina erkundigte.

Mist, dachte Zoë.

Lori hatte scharfe Ohren. »Gina?« fragte sie.

»Meine Forschungsassistentin«, erklärte Alwyn. »Frühere Forschungsassistentin, sollte ich wohl sagen«, fügte er mit einem dünnen Lächeln zu Gareth hinzu. »Jetzt habe ich ja ein ganzes Team. Sie wohnte bei, äh, Fergus, nicht wahr? Ja, und bei Zoë. Ich hoffe, Gina ist wohlbehalten in den USA angekommen.«

»Ja«, sagte Fergus ausdruckslos.

Loris neugieriger Blick verblaßte. Eine Gina in Amerika war uninteressant.

Ich muß ihn beiseite nehmen und ihn zum Schweigen bringen, sagte sich Fergus. Das wird mich sicher einiges an Überredungskunst kosten. Zum Kuckuck mit diesem Mann und seinem völligen Mangel an Phantasie und Menschlichkeit.

Der Türklopfer ertönte, und es entstand Gedränge in der Halle, als Byron und Nadia das Haus betraten, während zugleich Serge Zandermann und seine Begleiterin die Treppe herunterkamen.

Zoë begrüßte Byron und Nadia begeistert und fragte sich, warum Fergus den anderen Gast so reserviert betrachtete. »Kennst du ihn?« flüsterte sie. »Er kommt mir irgendwie bekannt vor.«

»Ginas Vater«, sagte Fergus leise. »Wieviel weiß *er* jetzt wohl?«

Zoë ging zu ihm und stellte sich vor, dann begrüßte sie höflich die atemberaubende Brünette, die neben ihm stand. Welch ein exotisches Paar in einem englischen Landhaus, dachte Zoë. Und obendrein Nadia. Lori, Gareth und Alwyn wirkten im Vergleich zu ihnen langweilig.

Die Brünette bewunderte Fergus, und Serge verlieh ebenfalls seiner Bewunderung Ausdruck. »Das ist schottische Abendkleidung, ich weiß«, sagte er. »Na, dagegen sehen wir übrigen ziemlich bieder aus.«

»Sie nicht«, sagte Zoë. »Eine wunderschöne Jacke.«

Die stahlblaue Samtjacke mit der breiten Seidenkrawatte in Rauchblau mochte nicht dem Standard auf einem englischen Ball entsprechen, doch Serge sah toll aus, fand Zoë.

Sie unterhielten sich in kleinen Grüppchen.

»Heute war wieder ein herrlicher Tag.«

»Arbeiten Sie auch in Oxford?«

Gedämpft: »Serge, Gina hat für den Mann mit der Brille gearbeitet, und er weiß nicht, daß sie noch in England ist.«

In voller Lautstärke: »Die Probleme, die dieses Mädchen mir momentan macht.«

»Welches Mädchen?«

»Oh, meine Tochter. Fergus kennt sie flüchtig, aus der Zeit, als sie hier zu Besuch war.«

»Welch ein Zufall.«

»Sind Sie geschäftlich hier, Mr. Zandermann?«

»Indirekt. Mr. Victor Cordovan will ein Bild von mir kaufen.«

»Sie handeln mit Bildern?«

»Nein, nein, ich male sie.«

Geflüstert: »Fergus, hast du den Namen der Frau mitbekommen? Die mit Serge gekommen ist?«

»Nein, aber es war kein englischer Name. Frag sie doch.«

»Ich kann nicht.«

Die übrigen Gäste kamen seide- und taftraschelnd ins Zimmer. Ein Architektenpaar kannte Byron gut, und sie plauderten sogleich über die Arbeit. Die Frau des anderen Mannes war eine alte Freundin von Zoë aus Oxford. Sie war Linguistin und hatte in London häufig mit Nadia zusammengearbeitet.

»Wie *klein* ist doch die Welt«, sagte Lori mit strahlendem Lächeln, als sie ihre Gäste ins Speisezimmer führte. »Man weiß nie, wem man selbst an den unmöglichsten Orten begegnet!«

»Ich habe das Gefühl, der heutige Abend wird das noch mehrmals bestätigen«, raunte Fergus Zoë zu, als er ihr den Stuhl hinschob, bevor er sich gelassen seinem Tischnachbarn, Melissas Teddy, vorstellte.

25

Das Fest hatte begonnen. Ein Grüppchen Gäste schlenderte zur Saxophon-Band hinüber, die zum Aufwärmen eine sanfte Melodie spielte. Die Disco war praktisch noch leer; eine wenig mitreißende Nummer dröhnte in dem reichlich geschmückten Pavillon.

Der Rauch Dutzender Fackeln stieg in die warme, leichte Abendluft auf.

Victor und Julia begrüßten die Gäste. Julia sah prachtvoll aus in einer klassisch drapierten Robe aus schwerer feuerroter Seide. Victor wirkte imposant in seinem Frack, der von einem herrlichen Kummerbund aus Brokat aufgehellt wurde. Natürlich registrierte niemand richtig, was Victor anhatte, man war allein von seiner Vitalität, seiner Präsenz und seinem guten Aussehen überwältigt.

»Mann«, sagte Zoë, als Fergus sie vorstellte. Victor strahlte sie an und war die Aufmerksamkeit in Person, Julia verströmte Kühle.

»Es tut uns ja so leid, daß Charlotte nicht kommen konnte«, sagte sie zu Fergus.

»Doch welch charmanter Ersatz.« Victor sah aus, als wollte er Zoë verschlingen. Hastig schob Fergus sie weiter.

»Ein toller Mann«, schwärmte Zoë. »Wie kommt's, daß Gina mit ihm unter einem Dach wohnt und ihn nie erwähnt hat?«

»Vielleicht fand Gina ihn ja nicht so umwerfend«, erwiderte Fergus zurückhaltend.

Zoë warf ihm einen spitzbübischen Blick zu. »Sei ehrlich, Fergus. Keine Frau mit funktionierendem Hormonhaushalt könnte diesen Victor uninteressant finden.«

»Gina ist nicht so«, erklärte Fergus würdevoll. Er angelte sich zwei Gläser vom Tablett eines vorbeieilenden Kellners. »Das wird deine feurige Phantasie abkühlen.« Er reichte Zoë ihr Glas. »Und ich brauche es, während des Essens habe ich kaum einen Tropfen angerührt. Warum muß ich eigentlich immer den Fahrer spielen?«

»Du mußt uns auch wieder nach Hause bringen«, erinnerte Zoë ihn.

»Nicht unbedingt. Ich kann den Wagen jederzeit hier stehenlassen. Ein Spaziergang wird dir guttun nach einem Abend der Exzesse. Auf jeden Fall ist die Nacht noch jung, noch reichlich Zeit, um wieder einen klaren Kopf zu bekommen.«

»Suchen wir Gina«, sagte Zoë. »Vielleicht weiß sie nicht, daß ihr Vater hier ist, und wir müssen sie warnen.«

»Da ist sie«, sagte Fergus mißmutig.

»Mit wem unterhält sie sich da?« fragte Zoë mit funkelnden Augen. »Er sieht zum Anbeißen aus.«

»Aalglatt«, sagte Fergus abschätzig, als sie in den tieferliegenden Garten hinabstiegen und sich langsam durch die Schar der Gäste schoben.

Als das Tageslicht schwand, wurde die inzwischen sehr lebhafte Szene von den Fackeln und dem ersten Licht des riesigen, schweren Vollmonds beleuchtet, der knapp oberhalb des Horizonts hing.

»Ein Zaubermond«, sagte Serge und gab Gina zur Begrüßung einen Kuß. »Tut mir leid, das mit dem Paß, warst du schon bei der Botschaft?«

»Es ist alles geklärt«, erwiderte Gina. Was stimmte, wenn auch nicht so, wie Serge dachte. Sie sollte ihm erzählen, daß sie heiraten würde. Sie *mußte* es ihm erzählen, bevor Harry der ganzen Welt ihre Verlobung verkündete. Das wollte er kurz nach Mitternacht tun, hatte er ihr gesagt, wenn Aimée ihre Torte anschnitt, der Mond hoch am Himmel stand und alle schon ein wenig überdreht waren.

Es blieb noch genug Zeit, sie wollte nicht jetzt schon erstaunte Ausrufe und Glückwünsche provozieren.

»Wo ist Victor?« fragte Serge. »Wir haben ihn bei unserer Ankunft verpaßt, und ich wollte ihm hallo sagen und Cucki vorstellen.«

»Cucki?« fragte Gina.

»Sie ist da drüben.« Serge zeigte auf die Stelle, wo Cucki stand, umgeben von mehreren Bewunderern, denen es ihr beachtlicher Busen angetan hatte. »Eine Freundin aus der Schweiz, sie wird dir gefallen.«

O nein, das wird sie nicht, dachte Gina.

»Fergus gefällt sie aber«, flüsterte ihr Zoë ins Ohr. »Er konnte beim Abendessen den Blick nicht von ihr losreißen.«

»Wohl von einem gewissen Körperteil«, sagte Gina. »Wenn sie's nötig hat, ihre Reize derart auszuspielen.«

»Sie muß doch mit irgendwas angeben«, meinte Zoë. »Und dein Vater hat sie bestimmt nicht mitgebracht, weil er ihren Sinn für Humor bewundert.«

»Er brauchte niemanden mitzubringen«, entgegnete Gina gereizt. »Ich weiß gar nicht, warum er überhaupt hier ist.«

»Na, na. Nur weil er dein Dad ist, hat er sich ja nicht zu einem Leben als Einzelgänger verpflichtet, oder?«

Gina mußte zugeben, daß ihr Vater sich kaum für ein zölibatäres Leben eignete. »Trotzdem mag ich sie nicht, und ich wundere mich über Fergus. Ich hätte nicht gedacht, daß er so ohne weiteres auf das Offensichtliche reinfällt.«

»Er hat auch lange gebraucht, um zu erkennen, daß Charlotte keinen Humor hat«, bemerkte Zoë.

»Komm mal mit.« Gina führte sie zu einer Bank hinter einer großen Steinvase. »Also, ich will alles über Charlotte wissen, und warum sie nicht hier ist. Fergus sieht ganz verändert aus, richtig locker und entspannt, also erzähl mir jede kleinste Einzelheit.«

»Also«, begann Zoë. »Es war so ...«

»Ich kenne Mr. Cordovan«, sagte Cucki zu Serge. »Er kommt oft in die Schweiz, und dann führt er mich zum Essen aus. Er will mit mir ins Bett«, fügte sie in sachlichem Ton hinzu.

»Aha«, sagte Serge. Das könnte kompliziert werden.

In diesem Moment kam Victor die Steintreppe herunter und erblickte Miss Voesli.

Er stürzte auf sie zu, nahm ihre Hände in seine und küßte sie herzhaft auf beide Wangen. »Meine Liebe, welch eine Überraschung!« Er verschlang Cucki mit glühenden Blicken. »Wo sind Sie abgestiegen? Wir hätten ein Zimmer hier im Haus für Sie freigehalten, wenn wir gewußt hätten, daß Sie kommen.«

»Ich glaube, Sie kennen Serge?« fragte Cucki zurückhaltend. »Ein alter Freund von mir.«

»Danke für die Einladung, Victor«, sagte Serge. »Auf der Karte stand ›und Begleiterin‹, deshalb habe ich Cucki gebeten mitzukommen. Wir logieren in Heartwell House, auf Initiative Ihrer tüchtigen Nicky.«

Victor zog die dunklen Brauen zusammen. Im Nu verschwanden alle Jovialität und Liebenswürdigkeit von seinem Gesicht.

Was regt Pa wohl so auf? dachte Harry, der gerade vorbeikam. Unauffällig gesellte er sich zu der kleinen Gruppe und bezog neben Serge Posten.

»Hallo, Harry«, sagte Serge. »Darf ich Ihnen Miss Voesli vorstellen, eine Freundin von mir aus der Schweiz. Es scheint, daß sie auch eine Freundin von Victor ist.«

Harry warf einen Blick auf Miss Voeslis üppige Erscheinung, die von ihrem Kleid noch unterstrichen wurde, und zählte zwei und zwei zusammen. Kein Wunder, daß Pa gleich aus der Haut fährt, dachte er amüsiert. Die Schweizer Nummer, auf die er so heiß ist.

»Wollen wir tanzen?« schlug Victor Cucki mit kalter Höflichkeit vor.

»Ja, gern.« Cucki zwinkerte Serge zu.

Victor zog sie mit sich, und Harry schüttelte den Kopf. »Unklug, sie gehen zu lassen. Victor wird Sie ausstechen.«

»Das glaube ich nicht«, erwiderte Serge. »Cucki hat feste Prinzipien, was die Männer in ihrem Leben betrifft: Sie ist sehr heikel hinsichtlich verheirateter Männer.«

»Und mein Vater hat feste Prinzipien, was Frauen betrifft: Sie sollen immer tun, was er will.«

»Er wird erfahren müssen, daß Cucki immer nur das tut, was *sie* will.«

Harry lachte. »Ich hoffe es, es wäre ein seltenes Schauspiel. Haben Sie Gina gesehen?«

Serge sah sich um. »Sie war da drüben, in der Nähe des Wintergartens, zusammen mit Zoë, dem blonden Mädchen.«

»Ich kenne Zoë noch nicht«, sagte Harry. »Aber ich werde Gina jetzt mal suchen gehen.«

»Tun Sie das.« Serge hob die Hand und ging zu den Tänzern hinüber. Cucki war in Ordnung, aber vielleicht mußte er sie doch retten. Besser, er behielt sie im Auge.

Es herrschte reges Stimmengemurmel rings um die Eßtische, als alte Freunde Grüppchen bildeten. Die Musik des Streichquartetts, das in einer Ecke der Terrasse spielte, wehte über den Rasen. Der gute Wein lockerte so manche Zunge, die Leute entspannten sich in der warmen Abendluft, und es wurde heftig getratscht.

»Ich habe ihn davor gewarnt, das Pferd zu kaufen, aber er braucht nur eine lahme Krücke zu sehen, und schon zückt er sein Scheckbuch.«

»Sie hatte noch ihren Slip an, und sonst nichts.«

»Er mußte früher oder später ja in die Bredouille kommen, du kannst nicht mit Reggie schlafen, ohne daß nach zwei Minuten jeder Bescheid weiß.«

»Eine Scheidung kam nicht in Frage, das konnte er sich nicht leisten. Und er sagte, wenn sie die Sache mit dem Pudel ansprechen würde, dann würde er die Geschichte mit den russischen Matrosen erzählen.«

»Kein Wunder, daß sie's mit dem Rücken hat – in hochhackigen Pumps, gegen eine Mauer gelehnt!«

»Zwanzigtausend Pfund! Aus heiterem Himmel.«

»Auf und davon! Ja, wirklich. Nein, er ist nicht ihr sechster Mann, das war Jamie Honks. Er muß ihr siebter sein, und inzwischen sind es sechs Kinder, oder?«

»Zuerst lassen Sie es auf kleiner Flamme schmoren, dann löst sich die Haut ganz leicht ab.«

»Sie dachten, sie läge brav in ihrem Bett in diesem furchtbar teuren Internat, aber von wegen. Unglaublich, diese Faszination, die behaarte Männer auf manche Mädchen ausüben.«

»Dann wachte er auf. Na ja, Sie können sich sicher vorstellen, wie Flora zumute war.«

»Zweiundzwanzig Zentimeter? Harbottle? Das *glaube* ich nicht. Außerdem war ich mit ihm zusammen auf der Schule, ich weiß, daß es nicht wahr sein kann.«

»Sie werden's nicht glauben, aber ich habe das bei Boots gekauft.«

Der Mond stand jetzt hoch am Himmel und strahlte die Wolkenfetzen mit seinem intensiven weißen Licht an.

»Wie in der Oper«, bemerkte ein Mann im Vorbeigehen.

Eine Nacht für die Liebe, dachte Harry, als er nach Gina suchte. Heute nacht, unter diesem wundersamen Mond, würde er seine Verlobung mit Gina verkünden. Das war gut, er hatte Gina gern, und er wollte heiraten. Aber wie mochte es sein, fragte er sich mit einem Anflug von Melancholie, jemanden wirklich zu lieben?

Er sah ein scharlachrotes Kleid aufblitzen. Da war sie ja. Sie saß auf einer Bank und unterhielt sich mit Fergus und …

Wer war dieses Mädchen?

Zoë drehte sich lachend um und schob sich das hellblonde, im Mondlicht silberne Haar aus der Stirn. Sie sah Harry und betrachtete ihn einen Moment lang.

Harry stand wie angewurzelt da und starrte sie an.

Was für Augen!

»Gina, wer ist das?« fragte Zoë und unterbrach Fergus mitten im Satz.

»Wer denn?« Gina war überrascht. Zoë fiel anderen selten ins Wort.

»Der da. Da drüben.«

»Harry«, rief Gina. »Oh, gut.« Sie winkte Harry zu sich. Er ging zu ihnen, ohne den Blick von Zoë zu wenden.

Gina legte die Hand auf seinen Arm. »Das ist meine Freundin Zoë.«

Harry streckte ihr die Hand hin, und Zoë nahm sie.

»Tanzt du?« fragte er mit einer Stimme, die Gina noch nie an ihm gehört hatte.

Zoë schüttelte nur leicht den Kopf. »Nein, du solltest mit Gina tanzen.«

»Nein, geht nur«, sagte Gina sofort. »Bitte, ich fühle mich wohl hier.«

Harry legte den Arm um Zoë und zog sie mit sich. Er sah sie an und sagte etwas, das Gina und Fergus nicht verstehen konnten.

Sie verschwanden in den Schatten.

Fergus und Gina schauten einander an. Fergus' Gesicht verriet nichts, Gina war nachdenklich.

»O je«, sagte sie nur.

Fergus wollte etwas sagen, hielt jedoch inne. »Ich denke ...«

Gina schüttelte den Kopf. »Denken hat nichts damit zu tun.« Sie lächelte ein wenig traurig. »Das ist es, was Harry immer wollte, weißt du, aber er hatte die Hoffnung schon aufgegeben.«

»Was, ein blondes Mädchen in einem langen Kleid, das ihm tief in die Augen schaut?«

»Nein, Zoë darfst du nicht die Schuld geben. Es ist einfach passiert. Ich könnte es nicht glauben, wenn ich es nicht mit eigenen Augen gesehen hätte.«

»Was denn? Sag mir doch mal genau, was da gerade passiert ist?«

»Ach, Fergus, das hat man doch gesehen. Liebe auf den ersten Blick, der Blitz ist eingeschlagen.«

»Unsinn. Ein plötzlicher Anfall sexueller Anziehung. Schlimm, aber es geht vorüber. Halte durch, Gina, es wird schon wieder werden.«

»Ach, Quatsch. Harry hat mich nie so angesehen. Und ich habe nie auch nur ein Zehntel dieser magnetischen Anziehungskraft gespürt.«

»Harry ist mit dir verlobt«, sagte Fergus heftig. »Jetzt ist wohl kaum der richtige Zeitpunkt, um deine beste Freundin anzumachen. Was für ein Scheißkerl.«

»Das hat überhaupt nichts mit unserer Freundschaft zu tun«, erwiderte Gina. »Aber was soll ich jetzt bloß machen?«

Tara tanzte mit Don und gab ihr gewohntes Kauderwelsch zum Besten.

Sie ist attraktiv, dachte Don, der ihren sinnlichen Körper an seinem spürte, aber sie ist auch sehr, sehr langweilig.

Das sagte er ihr.

So etwas hatte noch niemand zu Tara gesagt. Viele hatten es gedacht. Frühere Liebhaber, wenn ihre unbestreitbaren Reize im Bett nicht mehr neu waren; ihr Agent; ihr Verleger; eine Reihe von Lesern, die ihre Bücher schnell in die Bücherei zurückgebracht hatten oder wünschten, sie hätten nicht soviel Geld ausgegeben, um ihre neueste triste Familiensaga depressiver Büroangestellter zu erwerben.

Die Kritiker waren nicht gelangweilt von Tara oder ihren Büchern. Sie erteilten ihren Büchern Bestnoten, und sie schrieb im Gegenzug zwei oder drei Spalten in blumiger Prosa, um die Bücher der Kritiker anzupreisen.

Und jetzt hatte dieser Landmensch es gewagt, ihr so etwas ins Gesicht zu sagen. Ihre Augen blitzten, als sie sich jäh von ihm losmachte.

Don lachte. »Sie sehen noch besser aus, wenn Sie sich gehenlassen und ein wenig Temperament zeigen«, bemerkte er. »Die blasierte Pose ist ausgesprochen öde.«

Scheiße, dachte Tara. Ich habe Hadrian aus meiner Wohnung geworfen und alle möglichen Einladungen ausgeschlagen, um hierherzukommen und mit diesem Mann zusammenzusein, und was passiert? Männer! Sie verkraften es einfach nicht, wenn sie mal einer intelligenten Frau begegnen.

»Sie sind nicht intelligent«, sagte Don friedlich, packte sie und fuhr neckend und aufreizend mit der Hand über ihren Rücken. »Sie sind außergewöhnlich dumm und sehr ermüdend. Tun Sie schleunigst etwas dagegen, das ist mein Rat, oder Sie werden entdecken müssen, daß die Flut sich zurückzieht, und dann bleiben Sie zusammen mit den leeren Muschelhülsen und dem Seetang am Strand zurück.«

Sie riß sich von ihm los und lief davon, zornig, blind, rannte weiter, bis sie über eines der Seile des Pavillons stolperte und auf allen vieren vor Alwyns Füßen landete.

Er war orientierungslos und hatte die Party satt. Gareth war verschwunden, er kannte nur sehr wenige Leute und war zu dem Schluß gelangt, daß diese Gesellschaft für einen Mann seines Formats unerträglich war.

Andererseits gab es vielleicht gewisse Kompensationen, dachte er, als er Tara aufhalf und sie abklopfte.

»Gareth' Schwester?« fragte er, als er sie zu den Getränken führte. »Natürlich, die Romanautorin. Wie überaus interessant. Sie müssen mir alles über sich erzählen. Mein Name ist übrigens Alwyn Aumbry. Ich bin Historiker und werde mit Ihrem Bruder zusammenarbeiten. Ich nehme an, er hat von mir gesprochen. Wissen Sie ...«

Tara hatte einen ebenbürtigen Partner gefunden.

Nicky beobachtete den Schlagabtausch zwischen Tara und Don mit einem eigenartig distanzierten Gefühl. Sie sehnte sich nach Don, sie würde sich vermutlich immer nach ihm sehnen, aber es war sinnlos. Er würde sein Leben lang von Frauen umringt sein, sich freuen, wenn eine neue Eroberung zum Club stieß. Aber nahm er auch nur eine von ihnen ernst? Nein. Er machte sie verrückt und verließ sie dann. Später brachte er sie durch kleine freundliche Gesten dazu, sich wieder mit ihm zu versöhnen.

Man kann ihn nicht hassen, dachte Nicky, als sie sah, wie er galant ein reizendes Mädchen in einem grünen Kleid begrüßte und mit ihr auf die Tanzfläche ging. Zumindest ich nicht.

»Darf ich mich zu Ihnen gesellen?« sagte eine vertraute Stimme.

Roger. Ihr Mann. Er stand da und sah sie unsicher an. In einer Hand hatte er zwei Gläser, in der anderen eine Flasche.

Sie sah ihn nicht an. Statt dessen beobachtete sie, wie die Tröpfchen an der eisgekühlten Flasche Fangen spielten.

»Ich wünschte, du würdest nach Hause kommen«, sagte er, als er ihr ein Glas eingoß. »Du fehlst mir so sehr.«

»Was ist mit dem Mädchen aus Corda Episcopi, von dem ich gehört habe?«

Roger zuckte die Achseln. »Ich bin froh, daß du davon gehört hast, das solltest du. Ich dachte, ich könnte dich eifersüchtig machen.« Sein Blick glitt zu Don und dem Mädchen in Grün, die eng zusammen tanzten. »War wohl Zeitverschwendung. Aber wenn schon nicht für mich, könntest du vielleicht für die Kinder wiederkommen?«

In Nickys Augen brannten Tränen. Die Müdigkeit. Sie war todmüde. Sie wollte nach Hause, diese Maskerade beenden.

»Du kannst jetzt nicht schon gehen«, sagte Roger sanft. »Du hast hier wunderbare Arbeit geleistet.«

Nicky lächelte matt. »Komm, tanzen wir.«

Victor war wutentbrannt, als seine Schweizerin zu Serge zurückging, brauste zornig über Rasenflächen und Terrassen und schnauzte jeden an, der ihn ansprach. Julia, die ihn im Mondschein entdeckte, wies ihn scharf zurecht, er solle sich zusammenreißen und gefälligst benehmen, aber Victor war zutiefst verletzt und zutiefst enttäuscht und hatte nicht die geringste Lust, sich zu benehmen.

Lori saß allein auf einer Bank und wünschte, sie würde mehr Leute kennen. Sie fragte sich, warum Gareth so lange mit diesem schönen jungen Mann sprach, der für das Essen und die Getränke zuständig zu sein schien. Ach ja, er hatte gesagt, er wolle ihn für eine Fernsehsendung engagieren, aber war das alles? Mußte er so dicht neben ihm stehen und an allem, was er sagte, so furchtbar interessiert tun?

»Ah«, sagte Victor und setzte sich neben sie. »Meine Intimfeindin aus Heartwell.«

Lori blinzelte und wollte abrücken. Er saß wirklich viel näher, als die Höflichkeit es erlaubte. Andererseits ...

»Ich denke, wir sollten die Angelegenheit noch einmal erörtern, nur Sie und ich«, sagte Victor. Er winkte einem Kellner. »Champagner und zwei Gläser. Sofort.«

»Ja, Sir.«

»Champagner?« fragte Esme mißtrauisch, als der Kellner seine Bestellung stammelte. »Für wen?«

Der Junge vom Partyservice verlagerte sein Gewicht auf den anderen Fuß. »Ein vornehmer Herr. Mit Bart. Ziemlich kräftig. Hat den Arm um die Taille einer Frau gelegt.«

»Victor«, sagte Esme. »Ja, eine Flasche von dem da drüben. Nicht aufmachen, du Trottel, das macht er selbst.« Du liebes bißchen, wo gräbt man bloß solche Leute aus, fügte sie im stillen hinzu, als der Junge davoneilte. »Hey«, rief sie ihm nach. »Sag ihm, das Feuerwerk geht in einer Stunde los.«

Der Junge richtete es ehrerbietig aus und wich nervös zurück, noch während er sprach.

Victor zog mit einer kraftvollen Bewegung den Korken aus der Flasche. »Eine Stunde noch«, sagte er nachdenklich. »Danke, das ist alles.«

Er legte den Arm wieder um Loris Taille, und seine Finger glitten zu ihrem Oberschenkel.

Lori blickte auf die Hand, die auf ihrem im Mondlicht schimmernden Lamékleid lag. Ich werde es in vollen Zügen genießen, dachte sie, als Victor ihr einen Schluck Champagner einflößte, gefolgt von einem sinnlichen und sehr erregenden Kuß.

»Vielleicht lieber nicht im Mondlicht?« murmelte er. »Sollen wir kurz ins Haus gehen?«

Sybil saß mit Gina, Fergus und Byron zusammen an einem Tisch. Sie waren inzwischen ziemlich beschwipst und lachten viel.

»Bald steigt das Feuerwerk«, sagte Sybil.

»Ich mag Feuerwerke«, sagte Byron.

»Das müssen Sie auch, als Nadias Ehemann«, warf Gina ein. »Wo steckt sie eigentlich?«

»Sie läuft irgendwo herum«, sagte Sybil, »und bläst Trübsal. Was ich ziemlich traurig finde.« Sie drohte Byron mit dem Finger. »Ich muß Ihnen mal ins Gewissen reden.«

Byron mochte Sybil, aber er wollte auf keinen Fall von ihr erzogen werden. Vor allem nicht, wenn sie angesäuselt war.

»Ich mag angesäuselt sein, aber nicht so angesäuselt, daß ich nicht klarer sehe als Sie.«

»Ja«, fiel Gina ein. »Halten Sie sich fest und spitzen Sie die Ohren. Es wird höchste Zeit, daß Sie ein paar Wahrheiten zu hören bekommen.«

Byron hörte sich verblüfft, jedoch skeptisch an, was sie zu sagen hatten.

»Ist ja alles schön und gut, aber es ist reine Phantasie. Woher wissen Sie, was Nadia empfindet, für mich oder sonstwen? Und was geht Sie das überhaupt an, möchte ich wissen?« fügte er in wachsendem Ärger hinzu.

An der Mauer hinter ihnen war eine Fackel befestigt, die plötzlich aufloderte. Flammen schossen in die Höhe.

»Gina weiß, wovon sie redet«, sagte Sybil. »Nadia spricht mit ihr. Gina ist Halbrussin, sie verstehen sich.«

»Werden Sie nicht albern«, erwiderte Byron. »Gina ist eine Cousine der Cordovans und kommt aus Schottland.«

»O ja, nicht wahr?« Sybil lachte laut los. »Wir werden sehen, wir werden sehen.«

»Machen Sie sich keine Gedanken über meine Herkunft.« Gina blickte Sybil finster an. »Warum suchen Sie nicht nach Nadia und fragen Sie selbst?«

»Genau das werde ich tun«, sagte Byron. Er war bisher im großen und ganzen abstinent geblieben, doch jetzt schenkte er sich großzügig ein, kippte den Champagner in einem Zug hinunter und ging seine Frau suchen.

»Na endlich«, sagte Sybil, froh darüber, daß sie all das hinter sich hatte. »Hat Nadia ihn wirklich so gern?«

»Ja«, erwiderte Gina. »Und ob.« Ihr Gesicht umwölkte sich. »Glücklicher Byron. Glückliche Nadia. Sich so zu lieben. Ich wünschte, ich wäre verliebt. Oder daß mich jemand lieben würde, wie Byron Nadia liebt.«

Fergus, der schweigend zugehört hatte, als sie Byron auf die Sprünge geholfen hatten, schaute Gina nachdenklich an.

Sybil sah Gina an.

Gina beobachtete die Fackeln.

26

Gäste kamen vom Tanzen aus dem tieferliegenden Garten zurück und strömten aus dem Pavillon, um einen Blick auf die Torte zu erhaschen, die von Guy herangefahren wurde. Das Wunderwerk stammte nicht von Maria, die um ihre Grenzen wußte, Nicky jedoch einen Konditor empfohlen hatte. Eine vollendete Kreation, so wie Aimée selbst, und ebenso eine winzige Spur *zuviel.*

Aimée, von erlesener Schönheit in meergrünem Chiffon, der bei jedem ihrer Schritte flatterte und wehte, war bereits da. Sie lachte und flirtete mit ihren zahlreichen Verehrern. Es wurde Champagner gereicht. Victor, der aussah wie eine große Katze, die sich ausgiebig an der Sahne gütlich getan hatte, stand daneben, um das Anschneiden zu überwachen und eine Rede zu halten, bevor er das Signal zum Beginn des Feuerwerks gab.

Gespannte Stille breitete sich aus, dann trat eine Frau in einem kurzen, engen, ziemlich nuttigen Versace-Modell und mit hochhackigen Pumps vor.

»Hallo, Cousine Aimée«, rief sie. »Ich bin so froh, daß ich noch rechtzeitig gekommen bin. Einen wunderbaren Geburtstag wünsche ich dir, und viel Glück!«

Sie wollte die Arme um Aimées Nacken schlingen, doch Victor hinderte sie daran. »Wer sind Sie?« wollte er lautstark wissen, entrüstet über diese ungehörige Unterbrechung des geplanten Ablaufs.

»Hallo, Victor«, sagte sie. »Erinnerst du dich nicht mehr an mich? Georgie. Georgie Hartwell, deine kleine Cousine aus Uish. Hallo, du bist Cousine Julia, nicht wahr? Und da ist

Harry, mit einer reizenden Blonden – hab ich dich nicht schon mal gesehen, Süße, in Oxford? Und meine Namensvetterin?« fügte sie hinzu und sah sich um. »Habt ihr sie enttarnt? Wie schlau von euch! Oder hast du sie verpfiffen, Harry? Das wäre aber nicht sehr sportlich von dir.«

Julia versteifte sich. »Was sagten Sie noch gleich, wer Sie sind?«

»Ich sage es nicht nur. Ich bin's. Ich bin Georgie Hartwell. Eure Cousine.«

»Unsere Cousine Gina ist bereits hier. Und zwar schon seit einiger Zeit.«

Georgie lachte laut los. »Oh, das ist nicht eure Cousine. Sie ist Amerikanerin, ein Niemand. Sie dachte, sie könnte sich für mich ausgeben, um nicht in die Staaten zurück zu müssen. Sie wollte einen Engländer heiraten, und da kam ihr Harry wohl gerade recht.«

Ginas Wangen brannten. Georgie! Sie hätte es wissen müssen. Fergus nahm ihre Hand und drückte sie fest. »Kopf hoch«, sagte er.

Gemurmel entstand unter den Gästen, als sie miteinander spekulierten, was hier vor sich ging.

»Sagt bloß, sie ist noch hier?« Georgie runzelte die Stirn. »Falls ja, sollte sie schleunigst verschwinden, denn ich schätze mal, daß ihr von dieser Geschichte nicht besonders angetan sein werdet.«

Victor hielt unter den Gesichtern, die man im klaren weißen Licht des Mondes deutlich erkennen konnte, Ausschau. Er entdeckte Gina.

»Gina«, sagte er und bahnte sich mit den Schultern einen Weg durch die Menge. »Gina, ist das wahr?«

Fergus stand entschlossen neben ihr. »Laß sie in Ruhe«, befahl er.

»Nein, nein. Wir müssen der Sache auf den Grund gehen. Auf der Stelle.«

Auch Serge war da, und Gina war heilfroh, ihn zu sehen. Dann tauchte Harry, gefolgt von Zoë, neben ihr auf.

»Laß sie, Pa. Ich wußte, wer sie ist. Ich erkläre es dir später. Es ist kein Schaden entstanden.«

»Kein Schaden entstanden? Eine Fremde wohnt unter Vorspiegelung falscher Tatsachen in meinem Haus? Eine Hochstaplerin, die sich als Mitglied der Familie ausgibt? Wer ist sie denn eigentlich?«

»Sie heißt Gina Heartwell, aber sie ist nicht Ihre Cousine, sie trägt nur zufällig den gleichen Namen. Sie ist meine Tochter«, erklärte Serge.

Victor war völlig perplex. »Ihre Tochter?« wiederholte er erstaunt. »Was soll das alles? Und warum kommt Georgie jetzt und macht eine Szene?«

Er wartete die Antwort nicht ab, was nur gut war, denn niemand wollte es ihm im Augenblick erklären. Er fuhr zu Harry herum. »Du wolltest doch eine Rede halten, nachdem Aimée die Torte angeschnitten hat. Hatte das etwas mit Gina zu tun?«

»Nein«, erwiderte Harry. »Und ich sage es jetzt gleich.« Er trat vor und hob die Hand, um für Ruhe zu sorgen.

»Nur ein paar Worte«, begann er. »Zunächst möchte ich einen Toast auf Aimée ausbringen. Herzlichen Glückwunsch meiner reizenden, wunderschönen Schwester!«

Es gab wilden Beifall und Jubel, und Aimée lächelte und winkte. Harry hob erneut die Hand.

»Dies scheint mir der geeignete Moment, um eine Ankündigung zu machen, zumal so viele Familienmitglieder und Freunde versammelt sind. Ich möchte euch allen mitteilen, daß ich heiraten werde.«

Von den Zuschauern kamen Zurufe, Gemurmel, Kommentare.

»Wen denn?« rief ein Gast. »Wer ist die Glückliche, Harry? Sie wird ganz schön flink sein müssen, um Schritt mit dir zu halten.«

Gutmütiges Gelächter. Dann zog Harry die halb widerstrebende, lachende Zoë zu sich. »Das ist Zoë, die gesagt hat, daß sie meine Frau werden wird.«

Fergus sah Gina an, die stocksteif dastand und sich auf die Lippe biß. Victor stieß etwas Unzitierbares hervor und lief zu ihnen, um Harry einen Klaps auf den Rücken zu geben und Zoë eine mehr als väterliche Umarmung zukommen zu lassen.

»Tolles Tempo«, sagte Fergus düster. »Er kennt sie ganze drei Stunden.«

»Sie passen sehr gut zusammen«, sagte Gina. »Fergus, können wir nicht einfach verschwinden?«

»Lieber nicht.« Fergus sah zu, wie Aimée mit einem kleinen Aufschrei ein silbernes Messer in die Torte bohrte. Guy übernahm und verteilte mit Unterstützung zweier bierernster Männer vom Partyservice zügig die sahnigen Stücke.

»Sag mal, Gina«, fragte Fergus ganz unbeteiligt und blickte zu dem riesigen Mond hinauf. »Wenn wir uns vor drei Stunden kennengelernt hätten, würdest du mich heiraten?«

»Bitte, Fergus, du mußt nicht noch darauf rumreiten«, entgegnete Gina gereizt. »Es war ein dummer Plan, und er mußte ja in Tränen enden.«

»Wessen Tränen? Ich weine nicht. Und warum solltest du weinen?«

Gina wandte den Kopf ab, um die Träne zu verbergen, die langsam über ihre Wange rollte.

»Weil ich so unbedingt in England bleiben wollte. Und weil ich diese Menschen liebgewonnen habe. Was werden sie jetzt von mir denken? Natürlich freue ich mich für Zoë. Es hätte mit Harry und mir niemals funktioniert, das sehe ich jetzt ein. Nur gut, daß er heute herausgefunden hat, was er wirklich will, und nicht erst am Samstag.«

Sie schniefte. »Jetzt sitze ich wieder genauso in der Klemme wie vorher.«

»Komm«, sagte Fergus. »Gehen wir Georgie suchen. Wir hängen sie mit dem Kopf nach unten auf und reißen ihr alle Zehennägel einzeln raus, wenn sie uns nicht endlich deinen Paß gibt. Und eine Entschädigung für dein Ticket. Sie kann es sich weiß Gott leisten, sich ein eigenes Flugticket nach Amerika zu kaufen. Sie brauchte nicht deines zu klauen. Sie hätte dir gut einen Scheck für das Ticket dalassen können, aber sie hat es nicht getan. Typisch Georgie.«

»Quod erat demonstrandum«, erwiderte Gina.

»Du hast noch nicht genug Champagner getrunken, wenn du so was sagen kannst. Ich kann nur hoffen, daß sie in nicht allzu ferner Zukunft gehörig eins auf den Deckel bekommt.«

»Die nicht.« Ohne jeden Grund fühlte sich Gina plötzlich besser. »Die Georgies dieser Welt kommen immer mit allem durch.«

Georgie ließ ihren Charme auf Julia und Hester niedergehen. »Es war doch bloß ein dummer Streich«, sagte sie leichthin. »Ihr kennt doch Harry. Ich hätte natürlich nie gedacht, daß sie es so ernst nimmt. Macht nichts, jetzt bin ich ja da. Ich bleibe ein paar Tage und lerne euch alle richtig kennen. Oh, ich werde übrigens auch heiraten, ist das nicht eine tolle Neuigkeit? Einen Amerikaner. Er ist schwul, also habe ich keinen Ärger, und ich kriege trotzdem einen US-Paß.«

»Dann brauchst du Ginas ja nicht mehr«, warf Fergus ein. »Gib ihn her, Georgie.«

»Sie hat ihn mir aus freien Stücken überlassen«, behauptete Georgie seelenruhig. »Sie kann ihn sofort wiederhaben, wenn sie mir meinen zurückgibt. Den brauche ich jetzt.«

»Du hast ihren gestohlen«, sagte Fergus. »Als du bei uns in Oxford eingebrochen bist. Also her damit, und außerdem bezahlst du Gina das Flugticket, das du hast mitgehen lassen.«

Georgie lachte. »Du bist Fergus McEttrick, nicht wahr? Himmel, ihr seid ja alle so spießig in dieser Familie! Ich habe mal mit deinem Bruder geschlafen. Hoffnungslos.«

»Ich hoffe bloß, er hat ein Kondom benutzt.«

»Fergus!« rief Gina bewundernd.

Kondome waren Julias Spezialität, und sie schaltete sich sogleich ein. »Ganz recht, Fergus. Und Georgie, du kannst leider nicht bleiben. Ich glaube nicht, daß du willkommen sein würdest.«

Hester lächelte Gina an. »Wir würden uns sehr freuen, wenn *du* noch bleibst, Gina. Wir haben dich alle sehr liebgewonnen.«

»Aber ich gehöre nicht zur Familie«, sagte Gina. »Ich habe mich hier eingeschlichen.«

»Das vergessen wir einfach«, sagte Julia mit einem bösen Blick auf Georgie. »Wenigstens bist du nicht vulgär.«

Harry erschien mit einer Champagnerflasche und Gläsern. »Jemand hat mir erzählt, daß ihr noch keinen Schampus getrunken habt«, sagte er zu Fergus und Gina. Er stellte das Tablett ab und gab Gina einen Kuß auf die Wange. »Noch Freunde?«

Gina sah Zoë an, die vor Glück strahlte. »Natürlich. Ich freue mich sehr für euch. Wirklich.«

Fergus legte den Arm um ihre Taille. »Übrigens, Tante Julia, wird Gina doch bald zur Familie gehören. Sie wird mich heiraten. Und wir gehen fürs erste nicht nach Oxford zurück. Wir werden eine Weltreise zu allen möglichen Weingütern machen, und später kaufen wir uns ein eigenes und bauen Wein an.«

Gina wurde feuerrot. »Fergus, sei nicht albern. Das brauchst du nicht zu tun, mein Vater wird alles mit der Botschaft klären. Schon gut.«

»Toller Plan«, sagte Esme, die den letzten Teil des Gesprächs mitbekommen hatte. Sie schlug Fergus kräftig auf den Rücken, so daß er beinahe in die Knie gegangen wäre. »Kennen Sie irgendwelche Weinleute in Australien? Nein? Kein Problem, ich faxe meinem Dad. Sie können bleiben, solange Sie wollen, um dort zu lernen. Es gibt nichts, was er nicht über australische Weine weiß, und da gibt's nicht nur Chardonnay.«

Zoë hatte Gina beiseite genommen. »Er sagt das nicht aus Freundlichkeit. Hast du keine Augen im Kopf? Merkst du es nicht?«

»Aber Charlotte ...«

»Was hat Charlotte denn damit zu tun? Außer daß du Fergus nicht in die engere Wahl gezogen hast, weil du dachtest, er gehört einer anderen. Er ist schon wer weiß wie lange in dich verliebt.«

»Ich liebe ihn aber nicht«, sagte Gina trotzig.

»Ach nein?«

Gina fing an zu lachen. »Und ich kann Dudelsäcke nicht ausstehen. Ich wollte doch einen Engländer heiraten!«

»Wir Schotten sind in jeder Hinsicht besser«, teilte Fergus ihr mit. »Nur wirst du nicht an diesem schönen, zauberhaften Ort hier leben. Allerdings können wir oft zu Besuch kommen – wenn sie uns haben wollen.«

Julia gab ihm einen zärtlichen Kuß. »Natürlich, Fergus.«

»Ich schätze, du kennst niemanden in Amerika, der ein Weingut besitzt, oder, Gina?« fragte Fergus.

Sie nickte. »Zufällig doch. Meinen Ex-Stiefvater. In Napa Valley.«

»Siehst du, ich muß dich heiraten. Wir heiraten so schnell wie möglich und fliegen direkt nach Amerika. Dann Australien, Neuseeland und zurück nach Europa: Frankreich, Spanien, Italien. Serge«, rief er, als sein zukünftiger Schwiegervater, in ein Gespräch mit Victor vertieft, zu ihnen stieß. »Ich werde Gina heiraten.«

»Ich habe noch gar nicht ja gesagt«, bemerkte Gina.

»Das liegt daran, daß ich dir noch keinen richtigen Antrag gemacht habe.« Fergus sank dramatisch auf ein Knie. »Gina, ich liebe dich wahnsinnig. Nimmst du meine Hand, die ich dir im Licht dieses leuchtenden Mittsommermonds anbiete?«

Gina lachte hilflos, zog Fergus hoch und fiel ihm unter Applaus und Hochrufen um den Hals.

Harry hob sein Glas. »Vollkommen«, sagte er. »Trinkt, bis ihr nicht mehr könnt. Es dämmert schon, und es ist Sommersonnenwende.«

Binnie Kirshenbaum im dtv

»Wer etwas vom Seiltanz über einem Vulkan lesen will, also von den Erfahrungen einer kühnen Frau mit dem männlichen Chaos, dem sei Binnie Kirshenbaum nachdrücklich empfohlen.«
Werner Fuld in der ›Woche‹

Ich liebe dich nicht und andere wahre Abenteuer
dtv 11888
Zehn ziemlich komische Geschichten über zehn unmögliche Frauen. Sie leben und lieben in New York, experimentierfreudig sind sie alle, aber im Prinzip ist eine skrupelloser als die andere … »Scharf, boshaft und irrsinnig komisch.« (Publishers Weekly)

Kurzer Abriß meiner Karriere als Ehebrecherin
Roman · dtv 12135
Eine junge New Yorkerin, verheiratet, linkshändig, hat drei außereheliche Affären nebeneinander. Sie lügt, stiehlt und begehrt andere Männer. Daß sie ein reines Herz hat, steht außer Zweifel. Wenn sie nur wüßte, bei wem sie es verloren hat, gerade. »In diesem unkonventionellen Roman ist von Skrupeln keine Rede. Am Ende fragt sich der Leser amüsiert: Gibt es eine elegantere Sportart als den Seitensprung?« (Franziska Wolffheim in ›Brigitte‹)

Ich, meine Freundin und all diese Männer
Roman · dtv 24101
Die beiden Freundinnen Mona und Edie haben sich im College kennengelernt und sofort Seelenverwandtschaft festgestellt. Sie sind entschlossen, ein denkwürdiges Leben zu führen. Und dabei lassen sie nichts aus … »Teuflisch komisch und frech. Unbedingt lesen!« (Lynne Schwartz)

Keinen Penny für nichts
dtv 24128
Verrückte Geschichten von verletzlichen Frauen, leichtsinnig und mit abgrundschwarzem Humor.

Nina Bawden im dtv

»Kaum jemand kann weibliche Lebenssituationen sensibler darstellen als Nina Bawden.«
The Times Literary Supplement

Griechischer Kaffee
Roman · dtv 24145
Urlaub in Griechenland: Eine Handvoll Engländer, zufällig im selben Hotel abgestiegen, hält vornehmen Abstand zum Rest der Menschheit, bleibt aber nicht von Erschütterungen verschont…

Eine Frau in meinen Jahren
Roman
dtv 8415
Eine Urlaubsreise nach Marokko wird für Elizabeth Anlaß, den eigenen Lebenslügen nachzuspüren.

Das Eishaus
Roman
dtv 12177
Ruth und Daisy sind Freundinnen fürs Leben. Die Entdeckung, daß ihr Mann eine Affäre hat, bringt Ruth jedoch völlig aus dem Gleichgewicht.

Ein Flamingo im Regen
Kriminalroman
dtv 12314
Ein Mädchen wird tot aus der Themse gefischt. In ihrer Tasche findet man Briefe, die den Schuldirektor Humphrey schwer belasten.

Schwarzer Mann
Roman · dtv 12633
Als der Afrikaner Jay nach London kommt, um eine Zeitlang bei einer befreundeten Familie zu wohnen, sorgt er ungewollt für Aufregung.

Ein Haus mit Garten
Roman · dtv 24103
Fanny Pye stellt sich auf der Straße einer Gruppe von Gewalttätern in den Weg. Sie erwacht im Krankenhaus, und ihr Leben verändert sich auf eine Weise, die ihre Familie einigermaßen in Bestürzung versetzt.

Erika Pluhar im dtv

»Ich werde aus dem, was unwissend, unvorbereitet, haltlos und rücksichtslos gelebt wurde, Geschichten machen.«
Erika Pluhar

Marisa
Rückblenden auf eine Freundschaft
dtv 20061

Zwei Schülerinnen des Max-Reinhardt-Seminars: schön, begabt und faul die eine, die bald schon als Filmstar Marisa Mell in Hollywood aufstrahlen (und verlöschen) wird; pflichtbewußt und scharf beobachtend die andere, Erika Pluhar, der eine Karriere am Wiener Burgtheater bevorsteht. Die liebevolle, nachdenkliche, »wahre« Geschichte von zwei ungleichen Freundinnen – zwei Leben, die scheinbar ähnlich begannen und schockierend andere Wendungen genommen haben.

Als gehörte eins zum andern
Eine Geschichte
dtv 20174

Sie ist Schauspielerin in den besten Jahren, innerlich ist sie völlig ausgebrannt – als sie *ihn* kennenlernt. Der wachsenden Intensität ihrer Beziehung wohnt auch schon die künftige Trennung inne. Die Geschichte einer intensiven und zerbrechlichen Liebe, über Freiheit und Nähe, über das Reifen einer Frau und die Kraft starker Gefühle.

Am Ende des Gartens
Erinnerungen an eine Jugend
dtv 20236

Erika Pluhar erzählt von ihren Kriegserlebnissen in Wien, von einer Gegenwelt voller Zauber in einem österreichischen Dorf, vom Leiden der Heranwachsenden, den ersten Erfolgen am Burgtheater, von ihrer großen Liebe und ihrer ersten Ehe – und rekonstruiert so Stück für Stück die Geschichte einer sich selbst bewußt werdenden Frau.

Fay Weldon im dtv

»Fay Weldon lesen ist wie Champagner trinken.«
The Times

Die Teufelin
Roman
dtv 11132 und dtv großdruck 25065
Lange erträgt Ruth die Eskapaden ihres Mannes.
Doch dann schlägt sie zurück …

Herzenswünsche
Roman · dtv 12174
Liebe auf den ersten Blick – mit dramatischen Folgen
für alle Beteiligten.

Hier unten bei den Frauen
Roman · dtv 11515
Ein Haufen Freundinnen und ihr turbulentes Leben.

Die Klone der Joanna May
Roman · dtv 11671
Der Ex-Gatte hat Joanna klonen lassen. Erschreckt
sucht sie ihre vier Kopien.

Der Mann ohne Augen
Stories · dtv 11778
Vierzehn Geschichten über das, was man gerne
zwischenmenschliche Beziehungen nennt.

Joyce Carol Oates im dtv

»Mit dem Schreiben sei es wie mit dem Klavierspiel, hat Joyce Carol Oates einmal gesagt. Man müsse üben, üben, üben. Die Oates muß nicht mehr üben. Sie ist bereits eine Meisterin.«
Petra Pluwatsch, ›Kölner Stadtanzeiger‹

Grenzüberschreitungen
Erzählungen · dtv 1643

Lieben, verlieren, lieben
Erzählungen · dtv 10032

Bellefleur
Roman · dtv 10473
Eine Familiensaga wird zum amerikanischen Mythos.

Engel des Lichts
Roman · dtv 10741
Eine Familie in Washington zwischen Politik und Verbrechen.

Unheilige Liebe
Roman · dtv 10840
Liebe, Haß und Heuchelei auf dem Campus einer exklusiven Privatuniversität.

Die Schwestern von Bloodsmoor
Ein romantischer Roman
dtv 12244

Das Mittwochskind
Erzählungen · dtv 11501

Das Rad der Liebe
Erzählungen · dtv 11539

Im Zeichen der Sonnenwende
Roman · dtv 11703
Aus der Nähe zwischen zwei Frauen wird zerstörerische Abhängigkeit.

Die unsichtbaren Narben
Roman · dtv 12051
Enid ist erst fünfzehn, als ihre *amour fou* mit einem Boxchampion beginnt...

Schwarzes Wasser
Roman · dtv 12075
Eine Nacht mit dem Senator: den nächsten Morgen wird Kelly nicht erleben...

Marya – Ein Leben
Roman · dtv 12210
Maryas Kindheit war ein Alptraum. Dieser Welt will und muß sie entkommen.

Amerikanische Begierden
Roman · dtv 12273
Der Collegeprofessor Ian soll seine Frau ermordet haben. Wegen einer anderen...

Angelika Schrobsdorff im dtv

»Die Schrobsdorff hat ihr Leben lang nur wahre Sätze geschrieben.«
Johannes Mario Simmel

Die Reise nach Sofia
dtv 10539
Sofia und Paris – ein Bild zweier Welten: Beobachtungen über Konsum und Liebe, Freiheit und Glück in Ost und West.

Die Herren
Roman
dtv 10894
Ein psychologisch-erotischer Roman, dessen Erstveröffentlichung 1961 als skandalös empfunden wurde.

Jerusalem war immer eine schwere Adresse
dtv 11442
Ein Bericht über den Aufstand der Palästinenser, ein sehr persönliches, menschliches Zeugnis für Versöhnung und Toleranz.

Der Geliebte
Roman
dtv 11546

Der schöne Mann und andere Erzählungen
dtv 11637

Die kurze Stunde zwischen Tag und Nacht
Roman · dtv 11697

»Du bist nicht so wie andre Mütter«
Die Geschichte einer leidenschaftlichen Frau
dtv 11916

Spuren
Roman
dtv 11951
Ein Tag aus dem Leben einer jungen Frau, die mit ihrem achtjährigen Sohn in München lebt.

Jericho
Eine Liebesgeschichte
dtv 12317

Grandhotel Bulgaria
Heimkehr in die Vergangenheit
dtv 24115
Eine Reise nach Sofia heute.

Von der Erinnerung geweckt
dtv 24153
Ein Leben in fünfzehn Geschichten.

Historische Romane im dtv

Elizabeth
Marshall Thomas
Die Frau des Jägers
Roman · dtv 12004
»Ein Roman aus der Steinzeit von seltener Tiefe und Schönheit.« (New York Times Book Review)

Robert von Ranke Graves
Ich, Claudius, Kaiser und Gott
Roman · dtv 1300
Augustus, Livia, Caligula, Nero: eine Chronique scandaleuse, in der die ganze dekadente Welt des römischen Imperiums lebendig wird.

Marguerite Yourcenar
Ich zähmte die Wölfin
Die Erinnerungen des Kaisers Hadrian
dtv 12476
Ein Roman von außergewöhnlicher Feinheit. Yourcenar zeichnet mit Hadrian einen leidenschaftlichen und tatkräftigen Mann, den man betrauert wie einen Freund.

Frans G. Bengtsson
Die Abenteuer des Röde Orm
Roman · dtv 20055
Orm, Mutters Jüngster, verzärtelt und hypochondrisch, wird von plündernden Nachbarwikingern verschleppt. Doch das Schiff, auf dem die Nordmänner zu ihrem alljährlichen Raubzug gen Spanien fahren, kapern die Mauren …

Claudia Groß
Die Runenmeisterin
Roman · dtv 24166
Sie gehören zueinander, die letzte Runenmeisterin Rosalie und der Druidensproß Cai. Aber zwischen den Liebenden stehen ein Mord und ein feierliches Gelübde … Eine Kriminal- und Liebesgeschichte vor der rauhen Kulisse des Mittelalters.

Elisabeth Harris
Der heilige Stein
Roman · dtv 20253
Bei Ausgrabungen in einem einsamen Kloster in Wales entdeckt man das Skelett eines Neugeborenen. Alles deutet darauf hin, daß sich zu Beginn des 13. Jahrhunderts hier eine Liebestragödie abgespielt hat …

Historische Romane im dtv

Diana Norman
Die Piratenkönigin
Roman · dtv 20115
Irland im 16. Jahrhundert. Im Dienst der Königin wird die junge Barbary auf die rebellische Insel geschickt. Inmitten von politischen Intrigen, Freiheitskampf und Krieg erlebt sie die Schönheit und Tragik Irlands – und ihre große Liebe.

Rosemarie Marschner
Nacht der Engel
Roman · dtv 20286
Italien zur Zeit der Renaissance. Die schöne Francesca hat alles, was das Herz begehrt. Und bei Lorenzo de' Medici ist sie ein mehr als nur gern gesehener Gast. Aber es ist auch gefährlich, der Fürstenfamilie so nahe zu stehen …

Rosemarie Marschner
Der Sohn der Italienerin
Roman · dtv 12160
»Prinz Eugen, der edle Ritter…« Rosemarie Marschner erzählt das Schicksal eines der berühmtesten Helden der Neuzeit auf spannende und psychologisch raffinierte Weise.

Jochen Klepper
Der Vater
Roman eines Königs
dtv 11478
Die »äußere und innere Geschichte« Friedrich Wilhelms I. von Preußen – viel mehr als nur ein historischer Roman: eine Dichtung von unvergleichbarer Prägnanz.

Wolf von Niebelschütz
Der Blaue Kammerherr
Roman · dtv 12600
Das Inselreich Myrrha im Jahr 1732. König Alphanios ist das Opfer intriganter Minister und Finanzleute. Prinzessin Danae versucht allen Intrigen zu begegnen, um ihrem Land zu helfen. »Ein europäisches Märchen.« *Peter Härtling*

Eveline Hasler
Anna Göldin. Letzte Hexe
Roman · dtv 10457
1780. Die schöne, eigenwillige Dienstmagd Anna Göldin wird des Kindsmords und der Zauberei angeklagt. Die Geschichte des letzten Hexenprozesses in Europa.